데뷔 못 하면 죽는 병 걸림

데뷔 못 하면 죽는 병 걸림 12

1판 1쇄 발행 | 2025년 12월 08일

펴낸이 | 권태완 우천제
펴낸곳 | (주)케이더블유북스
편집자 | 한준만, 이다혜, 박원호, 이고은

출판등록 | 2015-5-4 제25100-2015-43호
KFN | 제3-38호

주소 | 서울시 구로구 디지털로31길 62 에이스아티스포럼 201호, KW북스
E-mail | paperbook@kwbooks.co.kr

ⓒ백덕수, 2021

ISBN 979-11-415-3822-4 04810
　　　979-11-415-3820-0 (set)

※ 파본은 구입하신 곳에서 교환하여 드립니다.
※ 저자와 협의하여 인지를 붙이지 않습니다.
※ 이 책은 (주)케이더블유북스와 저작자의 계약에 의해 출판된 것이므로 무단 전재 및 유포, 공유를 금합니다.

백덕수

안녕하세요. 백덕수입니다.

퇴고를 하며 문대와 친구들을 다시 만나 무척 즐거웠습니다.
이 친구는 어떤 마음으로 이런 이야기를 했는지, 이런 행동을 했는지
다시 한번 걸어가는 기분이라고 할까요.

단행본을 통해 처음으로 이 이야기를 만나시는 분들도, 다시 만나시는 분들도
문대와 친구들과 함께 즐거운 경험을 하셨으면 좋겠습니다.

신나고 만족스러운 탐독이길 바랍니다!

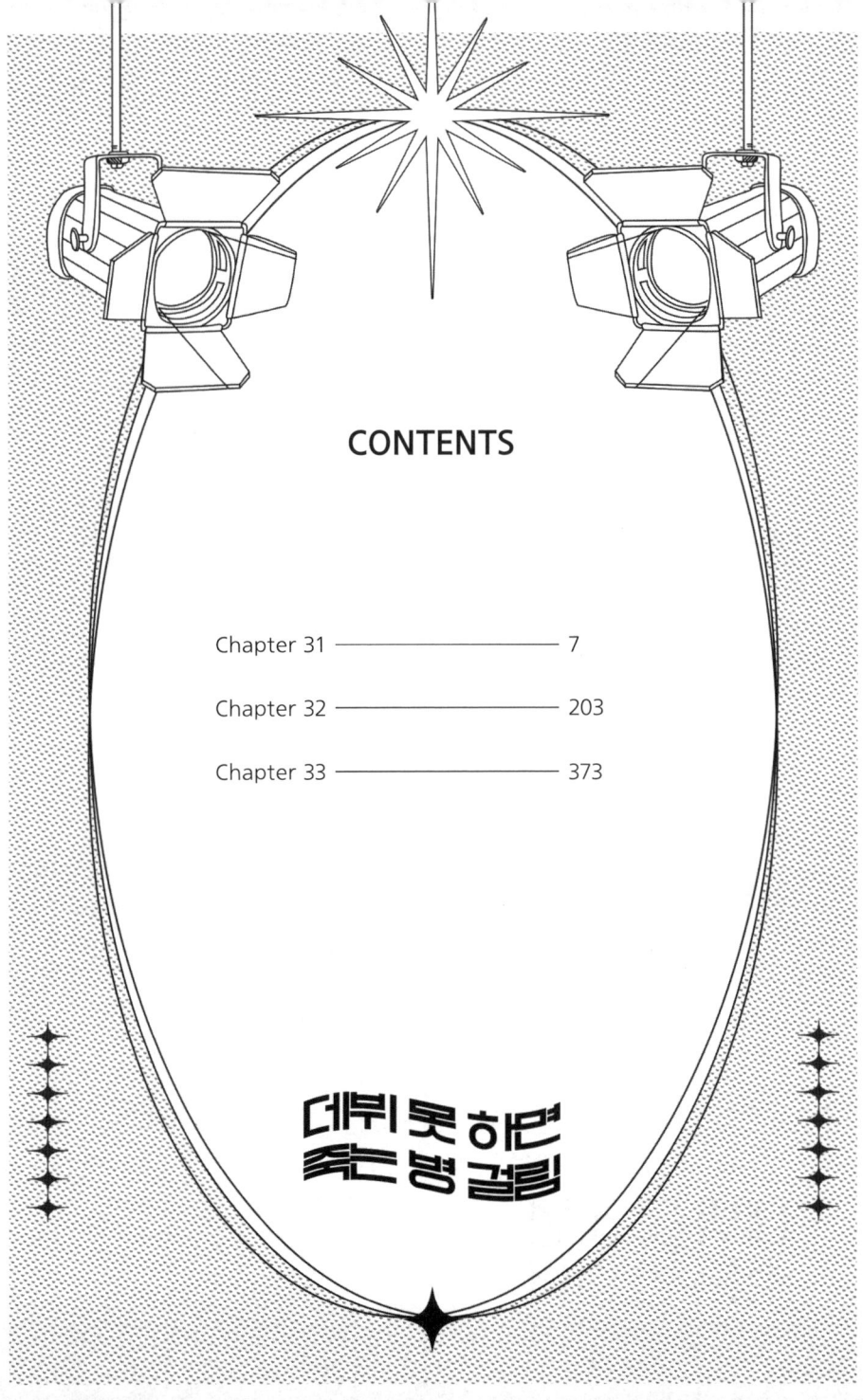

CONTENTS

Chapter 31 ——————— 7

Chapter 32 ——————— 203

Chapter 33 ——————— 373

데뷔 못 하면
죽는 병 걸림

나는 한숨을 참았다.
'거의 끝이군.'
이제 이런 유의 예능은 눈 감고도 성의 있는 것처럼 할 정도로 쉽다. 게다가 마지막 메인 코너는 더 쉽다.

─바로바로~ 보물찾기~!

뭐 폐건물에 지뢰랑 보물 숨겨두고 보물을 찾아내되 지뢰 몇 개 이상 가지면 망하는 그런 거 있지 않나. 이런 프로그램 나올 때마다 하는 것 같군. 하도 해서 뇌 빼고 해도 할 수 있을 것 같다. 물론 진짜 그러면 안 되겠지만.
나는 손에 잔뜩 쥔 서너 개의 선물 상자들을 카메라 앞에서 흔들었다.
"저기, 이거 다 진짜 보물 맞을까요. 확률상 다 지뢰일 것도 같은데…."
"저희도 모르죠~~"
"……네."
어, 보물인 거 알아. 너희 동선 다 계산해 봤어.
일부러 카메라맨에게 한번 물어보기까지 하면서 알리바이도 만들었으니, 나는 불안한 척 다음 행동에 나섰다. 적당히 교환하고선 폭사하고 나중에 전부 보물이었다는 걸 알고 억울해하는 쪽으로 가면 웃기겠지.

'MC 찾아야 하나.'

그래서 교환 장면을 잘 받아줄 만한 놈을 찾아 계단을 내려갈 때였다.

"…건우 씨?"

"…!"

마침 계단을 올라오는 놈이 보인다. 뛰어다니던 선아현.

손에는 고동색 박스가 하나 들려 있다.

'…음.'

…저놈이 이기게 해주는 것도 나쁘지 않지. 특별 게스트고… 연장자에, 국위 선양하는 놈이니까. 나는 달려가서 가지고 있던 선물 박스를 내밀었다.

"마침 잘 오셨습니다. 형 저희 이거 바꾸실래요? 왠지 형이 찾으신 게 기운이 좋을 것 같아서…."

"네?"

[딩- 동!]

[종료까지 10분, 10분 남았습니다~]

마침 분위기 조성도 좋고.

나는 다급한 척 선물들을 흔들었다.

"저… 2 대 1로 교환 어떠세요? 제가 두 개 드리겠습니다."

"……."

"형 거는 하나만 주시면…."

선아현이 갑자기 말이 없어졌다.
'뭐야.'
그래도 방송이라는 자각은 있지 않나. 내가 죽죽 빠지는 텐션에 의아해하며 놈을 볼 때, 놈이 입을 다시 연다.
"나, 나한테……."
"……?"
"줬었는데."
녀석이 우그러질 정도로 강하게 자기 박스를 쥐더니, 작게 중얼거린다.
"금색 공."
"…!"
"벨이 울리기 직전에… 받았거든요."

뭐라고.
거의 무아지경인 것처럼 말하던 놈은 그대로 입을 다물었다. 하지만 갑자기 퍼뜩 고개를 들었다.
"…아, 죄송해요! 갑자기 뭐가 떠올라서… 저도 모르게 말했네요."
"……."
"교환이 필요하시면, 많이 주시겠다는 건 감사하지만… 역시 일대일로 해요, 우리."

[형. 지금…?]

안 불러도 눈치챘다. 방금 선아현이 말한 금색 공.
'내가… 저놈한테 〈아주사〉에서 줬던 거잖아.'

개인 방송 키워드가 든 볼을 찾는 보물찾기 코너, 지금과 똑같이… 내용물을 알 수 없는 랜덤. 거기서 '냉동식품'이 든 놈의 브론즈 볼과 교환해 줬던 것 말이다.

그리고 당연하지만, 여기 발레리노 선아현에겐 저런 기억이 있을 리가 없다.

[근데 방금 말했잖아요!]

어. 그러니까 이게 무슨 상황이지.

놈이 폭탄 발언을 던지고 사라진 후, 나는 내 상태창을 다시 한번 탈탈 터는 수준으로 확인했다. 하지만 어디에도 선아현이 언급된 곳은 없다. 동료 뽑기든, 우편이든.

'이 시스템의 영향이 아닌 건가.'

[혹시 비슷한 경험이 이 세상에서도 있던 건…?]

그것도 의심하지 않았던 건 아니다만…… 그렇다고 보기엔 너무 타이밍이 절묘하다.

종료가 얼마 안 남은 상태에서 1:2 비율의 랜덤박스 교환 신청, 이건 너무 유사한 상황 아닌가. 게다가 여기 발레리노 선아현이 굳이 '금색 공을 벨 울리기 전에 받는' 독특한 경험을 저렇게 의미심장하게 떠올린다고?

'…아무리 생각해도 그게 더 가능성이 낮아.'

[그럼 역시 선아현 님이…?]

그래.
나는 그날 촬영이 끝나자마자 테스타 단체 메시지방에 글을 올렸다.
[혹시 기억 되찾기 전에 현실에 관한 잔상 같은 게 스친 사람 있나요]
새롭게 들어온 김래빈에게 농담을 쏟아내던 이전 기록을 밀어내며 답변이 쏟아진다.
[차유진 : 저는 그 사람 아니에요!]
[류청우 형 : 특별히 그런 건 없었지만 위화감은 느꼈던 것 같아]
[큰세진 : ㅎㅎ우리 멤버들 보고 막 친근감 들었는뎅 그것도 쳐주나?]
그리고 제법 심사숙고했는지 한발 늦은 대답까지.
[김래빈 : 그러고 보니 처음 딸기 하우스 앞에서 뵀을 때 어딘지 낯이 익다는 생각을 했습니다! 다만 구체적인 이미지가 떠오른 것은 아니니 해당하지 않는 듯합니다.]
결론적으로 말하자면, 어렴풋한 느낌을 받은 놈은 있어도 구체적인 장면이나 정보를 떠올린 사람은 없다.
'흠.'
나는 턱을 눌렀다. 그때, 갑자기 전화가 걸려왔다.
[배세진 형]
답변이 오지 않았던 놈이다.
"…?"
설마 전화로 해야 할 만큼 거창한 사례라도 있는 건가.
나는 수신 버튼을 눌렀다. 그러나 전화를 받자마자 이놈은 경험담을 늘어놓는 대신 정곡을 찌른다.

―선아현 이야기야?

"…!"

―우리 중에 남은 건 선아현뿐이니까, 걔잖아. …아니야? 매번 책을 끼고 살더니, 추리 소설도 좀 읽어봤다 이건가.

'후.'

"맞긴 한데요."

―…!!

굳이 부정하는 것도 웃기지. 그러자 스피커에서 살짝 숨을 들이쉬는 소리가 들린다.

―선아현이 뭘 기억했는데??

"그냥, 별건 아니고요."

나는 당시 상황을 대강 설명했다. 배세진은 제법 잘 경청했지만 결국 이렇게 반응했다.

―…그래. 그런데 이런 게 왜 중요한 건진 모르겠어. 어차피 기억 돌려준 다음에 직접 물어보면 되잖아.

"마음대로 그게 되는 건 아니니까요."

―너 지금까지 다른 애들은 다 정신 차리게 만들었잖아. 선아현한테도 확률은 있는 거 아니야?

놈은 제법 침착한 목소리로 낮게 말을 잇는다.

―내가 보기엔 시도도 안 하고 포기하는 것처럼 보여.

"……."

이 새끼 갑자기 왜 이렇게 예리해진 거지. 나는 마지못해 대답했다.

"포기라기보단 그냥, 필요가 없으니까요. 선아현이 지금도 잘사는 것처럼 보이기도 하고요. 발레리노로 성공도 했고."
 -뭐? 사회적으로 성공했다고 해서 무조건 잘살고 있다는 뜻은 아니야.
 놈은 단호하게 말하면서도 다음 문장에선 좀 머뭇거렸다.
 -…그, 트라우마나 이런 게 없어 보이는 것 때문이라면…… 나도 이해는 가는데.
 하지만 다시 목소리가 단호해진다.
 -그래도 겉이 그렇게 보인다고 해서 속까지 똑같을지는 모르는 거야.
 "……."
 -…나도, 그, 내가 힘든 상황일 때 그걸 막 떠들고 다니진 않았으니까.
 나는 〈아주사〉에서의 놈의 모습을 떠올렸다. 지금과는 상대도 안 될 수준으로 공격적이고 비협조적이던 배세진을. 그래서 그냥 성향이 영 못 써먹을 놈인 줄 알았는데, 같이 지내보니 나름의 사정이 있고 장점이 있는 놈이었지.
 '나 참.'
 나는 한숨을 참았다.
 "…그렇긴 하죠. 그럼 앞의 제 말은 철회하고… 그냥, 이놈이 기억이 있는지 의심스럽다로 하겠습니다."
 -크흠, 그래.
 이유를 모르게 뿌듯해하는 것 같던 놈은 잠시 침묵하다가, 갑자기 반색한다. 또 뭐냐.
 -…! 그러면 차라리 선아현을 한 번 더 떠보는 건 어때? 내가 자리 만들어볼 테니까!

"…??"

무슨 수로 말인가.

"형이요?"

-그래. 그러면 너는… 시간 좀 내면 되겠다.

"무슨 시간이요."

-연습 시간.

몇 주 후.

위시즈의 이번 곡, 〈Timer〉는 완전히 최상위권 알박기에 성공했다. 아직도 일간 차트 3위 안에 끈질기게 붙어 있는 미친 유지력은 음주운전했던 놈의 원곡보다도 강력했다. 김래빈의 편곡과 완벽한 노출 전략이 절묘한 시너지를 내며 균형을 이룬 것이다.

'좋아.'

그리고 시간이 흘러 어느덧 10월. 이제 사람들은 슬슬 위시즈의 수상 가능성에 대해서도 떠들기 시작했다.

명성과 인기는 아직 티홀릭에 비할 바가 안 된다. 하지만 음원 성적만 차갑게 본다면, 그리고 기획사 이름값을 고려하면, 슬슬 이 사람들에게도 각이 보였기 때문이다.

[위시즈 대상 가능성 있을까?]

[성적으로 끊으면 위시즈가 받는 게 맞아]

[티홀릭이 이렇게 밀리는 건가ㅠ 아쉬워 팬들 고민 많겠다]

[위시즈 다음 앨범 진짜 잘 가지고 와야 할 듯 분열 조짐 심해서...]

적당히 기 싸움 하는 곳에서는 이 정도.

-ㅋㅋㅋㅋ티홀릭됐네 하긴 어리고 착한 갓기즈 있는데 왜 아재 빨아ㅠ

-위조즈 음차 주작으로 올라온 거 누가 모름? 레티도 음원 사재기ㅉㅉ 주작 1위ㅊㅋ

└신인한테 열폭해서 루머 만드는 ㅎㅌㅊ인생 ㅊㅋ

-위선즈 판 진짜 시간 조금만 지나면 정병 걸리기 딱 좋다 갠팬 무더기에 편 가르기 오져 지금 미친 성적으로 간신히 봉합된 거ㅇㅇ

└이게 다 보충반 탓이다

└갠활 못 받아먹는 개노잼 오윤따리 빠시구나 알지알지

물밑에서는 이런 개판이 서서히 빌드업되고 있을 달이었다. 너무 급속도로 라이징하니 도리어 이런 잡음성 논란이 한발 늦게 따라온다고, 박문대는 생각했다.

그리고 가요계와는 그다지 상관없지만, 연예계에서는 이번 달에 그럭저럭 주목할 만한 이벤트가 하나 있다. 바로 시상식.

대한민국 대중문화예술제다. 국가 주최로 예술인들에게 상을 주는 상당히 권위 있는 시상식으로, 인터넷과 TV 양쪽으로 생방송 송출된 이 행사에는 적당한 수준의 시청자가 붙었다.

-ㅊㅋㅊㅋ
-이세진 나왔어요?ㅠ
-☆☆☆이세진 가끔 카메라가 리액션 컷 비춰줌 질문 그만☆☆☆
-최구 어르신 리액션 좋으시네ㅋㅋㅋ

한창 주가가 상승세인 배우 이세진 출연 소식에 기웃거리는 사람이 좀 늘었을 뿐이다. 최근 핫하다는 젊은 연예인보다는 나이 지긋한 예술인들 사이로 유명 배우 몇 명이 보이는 수준의 라인업이기에 시끌벅적하진 않았다.
1부가 끝나며 한 코너가 나오기 전까지는.

[축하 무대]

-아 기념 공연 나온다
-오오 누구징
-웨일러 예정이래요! :)

시상식에서 으레 하는 공연이라 생각한 시청자들이 적당히 격식 있는 라인업을 떠올릴 때, 화면에 무대 위 공연자들을 향한 클로즈업이 들어온다.
그리고 댓글창은 비명으로 가득 찼다.

-????
-헐
-뭐야뭐야ㅕ
-실화냐
-내가 본 거 맞음?????

무대 위에는 키 큰 남성 셋이 서 있었다. 다만 그 면면이 전혀 예상치 못한 조합이다.
신인 아이돌 류건우, 발레리노 선아현. 그리고… 배우 이세진.

-??? 이세진 거기 왜 있어
-선아현 이세진 옆 누구야
-미친 류거눆ㅋㅋㅋㅋㅋㅋㅋ
-아니 위시즈가 아니라 왜??
-와 뭐야 이겔ㅋㅋㅋㅋㅋ
-세 분 뭐 하세요

'후.'
무대에 선 류건우는 약간 흥분한 배세진의 목소리를 떠올렸다. 몇 달 전 이 계획을 떠들 때였다.

-이 시상식 나도 가거든? 내가 듣기로는 선아현도 특별상 받으러 온대.
-예.

―그러면 우리 여기서 공연하자.
―…??
―선아현이랑 기념 공연하자고! 그러면서 관찰 좀 해봐!

…일단, 처음부터 생각해 보자.
현실로 실현될 가능성은… 놀랍지만 있었다. 사실 이 시상식이 워낙 나이로든 위상으로든 시대의 아이콘 수준으로 짬 찬 원로 수상자들이 많았기 때문이다.
'아무리 국뽕 네임드 발레리노라도 좀 밀리지.'
특별 무대 자체는 선아현에게 돌아가도 그렇게까지 무리수는 아니었다. 문제는 설득이었다. 그렇다고 굳이 수상자가 무대를 할 필요도 없기 때문이다. 적당히 위상 높은 공연팀을 부르면 또 모를까.
박문대는 그게 관건일 것이라 생각했으나, 의외로 그가 뭘 손쓸 것도 없이 쉽게 설득되었다고 한다.

―선아현이… 이런 가요 공연에 관심 생겼었다고 하더라.

…드문 일이었다.
'무슨 연예 대상도 아니고 타 분야 국뽕 네임드가 가요 커버 무대를 고민도 없이 오케이하냐.'
하지만 그 드문 일은 순조롭게 성사되었고 결국 사람들은 무대에 선 이 세 사람을 보게 된 것이다.
"……."

시작 대형을 잡으며, 고개를 돌린 곳에서는 선아현이 서 있다.
그리고 류건우는 마지막 당부를 떠올렸다.

─근데 걔 에이전시가 너무 직접적인 아이돌 무대는 피해달라고 했다던데.

그건 오히려 좋았다. 바로 생각나는 무대가 있었기 때문이다.
'이 인원이라면.'
이거지.

[음~!]

직후, 스테이지를 밝은 기타 음향과 고전적인 드럼 사운드가 채운다. 익숙하고 친숙한 멜로디다.
그리고 무대에 선 류건우, 박문대는 알고 있었다.
'선아현은 유독 현실과 겹치는 상황을 몇 번 경험했지.'
말랑달콤 곡의 흡혈귀 버전 커버라든가 랜덤박스 바꾸기 따위의 일을 말이다. 그래서 이번엔 아예 의도적으로 비슷한 경험을 부여해 본 것이다.
무대에 음악이 깔리고, 청바지에 흰 티를 입은 세 명에게 스포트라이트가 비친다.

-헐

-대대대존잘

자막이 뜬다.

[그대는 놀라워
by 선아현, 이세진, 류건우(위시즈)]

테스타의 첫 콘서트. 재롱으로 가득했던 유닛 무대의 재현. 그때보다는 좀 더 시상식에 맞도록 격식 있는, 원곡과 유사한 편곡이 약간의 안정감을 가진 채 무대 위로 흐른다.

[마음이 들려요
수줍은 가슴의 떨림이]

파트도 그때와 정확히 똑같이 나눴다. 다른 점은 류건우가 더는 박문대의 몸이 아니라는 것과….
사람들의 기대치.

-미친
-왜 잘해??
-이세진 춤선 무슨 일임

배우가 왜 이렇게 무대를 잘해…? 사람들은 천연덕스럽게 안무와 보컬, 무대 위 표정 연기를 소화하는 배우 이세진을 보고 압도적 혼란에 휩싸였다.

그리고 곧 극도로 유쾌해지기 시작했다.

-ㅋㅋㅋㅋㅋㅋㅋㅋ이거 이세진이 하겠다고 한 게 분명함
-세진오빠 덕업일치 무슨 일이에요진짴ㅋㅋㅠㅠㅠ
-그렇게 위시즈 덕질로 인하트는 이용당하더니 결국 계탔네
-너희집 웰시코기 실물 후기 부탁드립니다

박문대의 대상을 위한 배세진의 적극적 홍보 행동이 일종의 덕질 밈이 되었기 때문이다.
사람들은 여가수의 고전 가요를 즐겁게 소화하는 세 사람과, 웃으며 박수를 보내는 예술인들의 리액션을 신나게 관람했다. 아주 유쾌한 반전이라고 생각하면서.

[우우우 놀라워!
그대의 모든 것이]

-와 선아현 미쳤나봐 진짜 잘생겼다
-여권뺏어 얼른
-보컬댄스비주얼 왜 프로무대처럼 셋 밸런스가 오지는 거지요...? 농담이 아니라 데뷔해;

그리고 배우 이세진의 놀라운 취미 역량에 대한 임팩트에 밀려서 하나를 놓쳤다.

[난 매일 두근대!
오늘도 잠들 수 없어요]

아무리 발레리노가 무대 공연을 한다고 해도 가요나 아이돌 무대와는 전혀 다른 종류의 공연이라는 것을. 그런데 너무나 자연스럽게 녹아들어서, 한 군데도 어색하지 않도록 딱 맞는 리듬의 무대를 보여주고 있다는 것을.

[그대는 정말 놀라워요]

선아현이 웃으며 턴을 돌았다.

파란만장한 특별 공연 후.
"꽤 괜찮게 한 것 같아…!"
"예."
무대 아래로 뛰어 내려오면서도 배세진은 웃음을 감추지 못했다. 지난 몇 주간 기어코 새벽 시간을 빼거나 화상 통화까지 해가며 동선을 맞추더니, 잘 구현한 게 뿌듯한 모양이다.

그리고 숨을 들이켜며 이렇게까지 말하는 것이다.
"…재밌다. 이거지!"
"……."
이렇게까지 무대뽕이 찬 놈을 보는 건 처음인 것 같은데. 역시 줬다 뺏는 게 제일 감질나게 하는 건가.
심지어 배세진은 대놓고 선아현에게 물었다.
"크흠, 그, 너도 재밌다고 생각해??"
"…! 아."
놈은 약간 멍하게 고개를 끄덕였다.
"네. …새롭네요. 그러니까… 느낌이요."
"그렇지. 오랜만에 하니까 더 그 감명도 깊고!"
그때, 옆에서 발을 동동대던 스탭이 말을 건다.
"저… 세진 씨 저희 시간이."
"…! 아, 예."
배세진은 얼굴이 시뻘게진 것을 순식간에 가라앉히고 얼른 자기 자리로 복귀하기 위해 이동했다. 아직 노미네이트가 남았기 때문이다.
하지만 놈이 남긴 말이 마음에 걸리는지 옆에서 중얼거리는 소리가 들린다.
"오랜만…?"
"……."
의도한 건 아니지만, 선택의 시간이었다.
나는 지난 몇 달의 연습 기간을 돌아보았다.
선아현은 가끔 스케줄 때문에 불출하는 것을 제외하면 성실히 참여하며 별다른 돌출 행동을 보이지 않았다. 그래서 사실 나나 배세진도 거의 떠보는 것은 포기하고 관찰이나 하고 있었지만….

'…무대는 확실히, 재밌어했어.'

나는 이놈도 얼굴이 벌겋게 올라서 배세진과 내려오는 걸 확인했다. 발레에 뭐 인생을 다 투신했다고 하지만, 발레에만 감흥을 느끼는 건 또 아닌가 보지.

'그렇다면.'

…이 정도라면.

나는 스탭에게 스마트폰을 받고 그 사람이 멀어질 때까지 잠시 기다렸다. 그리고 빈 복도, 아무도 우릴 신경 쓰지 않는다는 것을 확인하고 입을 열었다.

"콘서트에서 했었거든."

"…네?"

"이 무대를 콘서트에서 했었잖아."

나는 이전, 내가 알던 선아현에게 말하듯이 계속 놈과 눈을 마주치고 중얼거렸다.

"우리 첫 유닛 공연. 반응 괜찮았었지. 너도 재밌어했고."

"……."

침묵 후. 떨리는 목소리가 들린다.

"코, 콘서트요."

"그래."

나는 몇 초 기다렸다. 선아현은 고개를 숙였고, 다른 반응은 없었다.

'…망했나.'

갑자기 말 놓고 개소리해서 당황한 것 외에는 설명이 불가능했다. 나는 쓴 입맛을 다시며 몸을 돌렸다. 대충 '죄송하다. 농담 좀 해보려다가 망했다' 같은 말로 변명할 생각을 하면서.

그 순간이었다.

"…그때,"

팔을 잡혔다.

"풍선, 들고 했잖아…."

나는 고개를 돌렸다.

"…문대야."

놈은 웃었다.

나는 들고 있던 스마트폰을 떨어뜨렸다.

발레리노 선아현은 다른 길을 걸어본 적이 없다.

목적지로 향하는 단 하나의 오솔길을 정성스럽게 걸어가는 것이 그의 본분이었다. 길은 때론 가파르거나 거칠기도 했으나 목적지가 보였으며, 걸음을 멈추면 안 된다는 책임감이 그의 발을 계속 움직이도록 했다.

책임감만이.

'처음 시작했을 때는… 즐거웠는데.'

새로운 도전과 표현은 얼마나 즐거웠던가. 춤은 너무나 매력적인 활동이었다.

하지만 국제 콩쿠르에서 갑작스레 상상 이상으로 압도적인 성적을 거두며 우승한 후, 모든 것이 변했다.

'아.'

─아현아, 넌 이걸 하려고 태어난 거야!

선택지가 사라진 것이다.

에이전시가 붙고, 기사가 몰아치고, 유명세가 생기고, 어마어마한 타이틀과 소속이 생긴다. 완벽한 최선의 길이 드러난 이상, 이제 자신은 다른 시도를 할 수 없었다. 모든 기대와 충고에 반항할 이유도 명분도 없었다. 발레를 통한 더 큰 성공을 목표로 하는 인생만이 남았다.

…무언가 잘못된 것 같았다.

'내가… 인생을 바칠 만큼 이 일을 경험해 본 건 아닌데.'

그래도 못 견딜 만한 일은 아니었다. 춤은 즐거운 일이니까.

'원하는 걸 다 해보며 선택할 수는 없어.'

상담에서도 비슷한 말을 들었다. 모든 걸 포기할 만큼 힘들지는 않았기에, 에이전시에서 붙여준 상담사는 자신에게 불가능한 장기 휴식이나 진로 변경을 권유하진 않았다.

하지만 체념은 사라지지 않는다. 앞날에 대한, 매몰된 확신이.

'나는… 앞으로 다른 건 할 수 없을 거야.'

이미 유년기와 청년기 절반을 다 쏟아부었다. 변변한 친구도, 사회 경험도 없다. 공부도 제대로 해보지 못했다. 이 궤도에서 이탈은 불가능했다.

그러니 이제 와서 다른 소리를 할 수는 없었다. 회사를, 부모님을, 이해 관계자들을 불확실한 불안과 걱정으로 괴롭힐 수는 없었다. 이 실패 없는 인생을 망칠 수가 없었다.

'내가 의심과 걱정이 없는 성격이면 얼마나 좋을까?'

선아현은 그렇게 되기 위해서 부단히 노력했다. 다른 취미를 가지지 않고, 다른 인맥과 삶을 생각하지 않는다. 삶의 반경을 좁히는 것이다. 미련이나 호기심을 가지고 싶지 않았다.

그렇게 승승장구했다.

−*이번 수석 발레리노는 아현이일 거야. 역시!*
−*그러면 광고는 이렇게 세 개만 더 찍는 걸로 할게요. 괜찮죠, 아현 씨?*

위치는 점점 견고해진다. 절대로 이걸 깨고 나갈 수 없다. 실패하면 안 된다.

'그래.'

그래서 선아현의 길이 완전히 굳어졌을 때였다.

예고도 없이 만났다. 스케줄차 들른 방송국 세트, 그 복도에 혼이 나간 것처럼 앉아 있는 서바이벌 프로그램 참가자를.

−*저… 괜찮으세요?*

그 사람을 어떻게든 격려해 보겠다며 자신이 쏟아낸 말들이 낯설었다.

−*꼭 좋은 결과만이 답은 아니에요.*

─스스로 마음이 고통스럽지 않은 선택도 답이에요.

'나는….'
그렇게 쉽게 놓아버리는 것을 생각해 본 적도 없으면서, 왜 그토록 확신 어린 말을 하게 되었는지 모른다. 마치 자신이 아닌 사람이 말하는 것 같았다.
'이상해.'
하지만 그 말이 자신에게도 위안이 되었다.

─대안도 정답이 될 수 있어요.

자신이 실행하는 것은 불가능하다고 생각하면서도 말이다.
그리고 놀랍게도, 상대는 결국 기운을 차리고 다른 방향으로 멋진 결과를 낸다.

─와, 진짜 잘 만들었다.
─제일 좋았어요.

자신은 일회성 멘토일 뿐인데, 그것이 이상한 울렁거림과 감동을 주었다. 그 모든 상황과 그 사람이.

─…감사합니다. 덕분에 무대를 잘 마쳤습니다.

그래서 류건우에게 그 말을 들었을 때, 사실 그는 자신이야말로 감사하다고 더 진지하게 말하고 싶었다. 하지만 그렇게 이야기하는 건 상대에게 부담이 될 것 같았다.

'…혹시 기회가 된다면.'

더 친해져서 말해보고 싶었다. 이 참가자에게 말했던, 낯설게까지 느껴지던 자신의 마음가짐을 정말로 가지고 싶었다. 그래서 번호를 교환하며 다짐하는 순간이었다.

갑자기 참가자가 뒤돌아 사라지던 복도에서… 보았다.

'어?'

ㅡ……해?

인이어를 찬 금발의 누군가가, 백스테이지로 보이는 곳에서 자신을 보며 입을 열고 있었다. 무대의상과 잡아당길 듯 뻗은 손.

"…!"

그러나 손이 닿기도 전에 그 이상한 잔상은 금방 사라졌다. 환상이라기엔 비정상적일 만큼 뚜렷한 이미지였다.

'아.'

그러나 이상할 정도로 선아현은 불안하지 않았다. 그냥… 그게 맞는 것 같았다. 마치 잘못된 일을 고치는 것처럼 묘한 다짐이 머리에 새겨진다.

'괜찮아.'

오히려 더 보고 싶었다.

선아현은 잔상을 잊지 않기 위해 되새겨 보기 시작했다. 그러자 잔상은 이후로도 불쑥불쑥 다시 모습을 드러냈다. 관객석을 볼 때, 대기실에서 준비할 때, 방송국에 갈 때. 우울해하던 그 아이돌에게 조심스럽게 연락해 볼 때.

—와아아!

더 시끄럽고, 더 북적거리고, 더 많은 고난과 굴곡으로 가득한. 그러나 더 반짝이는, 가슴 떨리는 삶의 이미지들이.
그럴 때면 선아현은 혼란스러워졌으나 여전히 잘못된 방향으로 간다는 불안감은 이상하게 들지 않았다. 점점 잔상은 진해지며 연결성이 생기고, 스토리가 생긴다. 점선으로 연결된 이미지들.
'뭘까.'
선아현은 그것들은 조심스럽게 내면에 맞추고, 간직했다.

그리고 지금 이 순간.
"이 무대를 콘서트에서 했었잖아."
그 말에 족쇄가 풀린 듯이 모든 이미지 사이에 소리와 움직임이 깃든다. 간직하던 잔상들에 의미가 생기며 기억이 된다.
진짜 삶이.
"……그때."
이윽고, 선아현은 깨달았다.
'아.'
자신은 발레리노가 아니었다. 발레리노가 되는 것에 실패하고, 도망치듯 무용을 그만두었던 선아현이었다.

그러나….

'행복했어.'

선아현은 아이돌이 되었다.

"풍선, 들고 했잖아…."

그는 첫 콘서트의 즐겁던 유닛 무대를 떠올렸다. 그다음 단체 무대를, 뒤풀이를. 말을 더듬던 자신을, 포기하던 자신을, 억지를 부리던 자신을, 친구를 의심하던 자신을.

"…문대야."

실패해도 괜찮던 것이다. 발레를 그만둔다고 그걸 배우던 자신이 가치가 없어지는 건 아니었다. 무자비한 괴롭힘과 포기한 학창 시절로 무너진 일상도 언젠가는 회복할 수 있었다.

인생은 망가진 채 끝나지 않는다. 다시 방향을 잡고 걸어가기로 마음먹고 걸어갈 수 있다면.

'맞아.'

그리고 반대로 이야기하자면, 아무 끔찍한 실패 없이 겉으로 보기에 완벽한 삶을 살았다고 해서 내면의 불안과 공포가 없어지는 것이 아니었다. 그것이 도리어 테스타의 선아현이 가졌던 트라우마를 지운다. 삶의 기로에서 나약한 선택을 하지 않았나 하는 자괴감이.

'나도… 그때마다 최선의 선택을 했던 거야. 다른 멤버들처럼.'

스스로 매몰된 모든 의문과 의심이 상쇄된다. 가장 최초, 경로를 이탈해도 주저앉지 않고 새로운 길로 달려갈 수 있도록 다잡아준 말이 떠오르며.

―그냥 '이걸 해내겠다' 정도만 생각해.

그리고 지금, 그 계기를 주었던 사람과 마주 보고 있었다.

"…그러니까, 원래부터 기억이 있었던 건 아니었다는 거고."
"으응."
나는 선아현과 대기실로 빠졌다. 1부에서 이미 수상한 선아현은 객석으로 좀 늦게 돌아가도 괜찮았고, 나는 애초에 노미네이트도 안 됐으니까. 그래서 지금 이놈과 마주 보고 앉아 있을 수 있는 것이다.
선아현은 고개를 끄덕이며 웃었다.
"…지금, 완전히 기억이 났어."
생김새야 다를 게 없었지만, 그 표정과 동작, 말투에서 드러난다. 이건 내가 아는 선아현이었다.
"……."
나는 말문이 막혀서 한동안 말을 못 하다가, 겨우 대답했다.
"그래."
그리고 손을 내밀었다.
"잘 돌아왔다."
"으응…!"
놈은 양손을 내밀어 악수했다. 정말로 여전한… 놈이다.

'…좀.'
 진정하고 넘어가자. 오랜만에 봐서 뭐 해후를 풀고 이런 것보다 상황 파악이 먼저니까.
 논제.

 ─선아현은 어떻게 정신을 차렸는가.

 나는 심호흡을 한 뒤 본론으로 들어갔다. 놈은 몇 번의 잔상 끝에, 방금 내 질문에서 완전히 '깨어나듯' 자신의 자아를 확립했다고 한다.
 "콘서트 이야기 때문에."
 "맞아…."
 그게 계기가 됐다면, 계속 쌓여왔다는 뜻이다.
 "문대의 말을, 이해할 수 있을 것 같다고… 이해하고 싶다고, 그렇게 생각했거든. 그러니까 갑자기."
 선아현은 잔상이 떠오를 때마다 잘 기억해서 등장인물들을 연결했던 모양이다. 그래도 내가 본인 잔상에 등장한 박문대라는 것을 중간에는 몰랐던 것 같은데….
 "내가 박문대인 건 어떻게 알아본 건데."
 선아현의 눈이 커진다. 마치 이런 당연한 걸 물어볼 줄 몰랐다는 것 같은 표정이군.
 "…! 그, 외모가 약간 달라도… 너무 문대 같아서."
 "아."
 "그리고… 이야기했었으니까."

놈이 얼굴을 붉히더니, 진지하게 한 자, 한 자 말한다.
"문대는, 원래 류건우라는 이름을 가진 사람이었다고."
"…!"
"기억하고, 있어…. 당연히."
아.
나는 그 당시를 떠올렸다. 다짜고짜 떠든다는 멍청한 짓거리를 다 하다가 결국 민폐의 끝에서 겨우 페이스를 되찾고 선아현을 납득시킨 내 흑역사 말이다.
'……'
하지만 쓸모없는 짓은 아니었던 모양이지.
나는 약간 평가를 고치기로 했다. 어쩌면, 말하자고 결정한 것 자체는 실수가 아니었던 건지도 모르겠다고.
"고맙다."
"…! 아, 아니야! 친구니까, 당연히 그래야 하는 일이니까."
선아현은 밝게 웃었다. 다른 수가 없어서 나도 웃고 말았다.
기억이 돌아오면 쓸데없이 혼란스러워할 거라 생각했는데, 선아현은 전혀 고통이나 내적 갈등에 시달리는 것처럼 보이지 않았다. 도리어 전보다 편해 보였다.
'배세진이 맞았군.'

―겉이 그렇게 보인다고 해서 속까지 똑같을지는 모르는 거야.

인정하겠다. 그놈 1승이다.

이후로는 놈에게 빠르게 현 상황에 대해서 전달했다. 더 자세히 말해서 논리를 어떻게든 보강해 납득시켜야만 한다는 부담감은… 더는 없었다.

"더 자세한 건 시상식 끝나고 통화로 하자."

"응!"

대신 더 늦기 전에 빠르게 시상식 자리로 복귀했다.

노미네이트된 둘과 같이 공연한 덕에 임시 자리를 얻은 나도 둘의 테이블 구석에 자리를 하나 차지하고 앉았다. '왜 이렇게 늦었냐'라고 말할 것 같은 표정으로 우리를 쳐다보던 배세진은, 선아현의 표정을 체크하자마자 안색이 달라졌다. 그리고 VCR이 들어간 틈을 타 나에게 빠르게 속삭였다.

'지금 설마….'

나는 느리게 고개를 끄덕였다. 배세진의 얼굴에 미소가 크게 번지기 시작했다. 그러더니 곧바로 자신 옆에 앉은 선아현을 찌른다.

'너!'

'안녕하세요, 세진 형…!'

흥분한 배세진과 선아현이 손짓발짓하는 것을 내버려 두었다. 둘이 친목으로 기사 하나 뜨겠군. 나는 피식 웃으며 VCR이 꺼지는 것을 보았다. 시상식이 재개되고 있었다.

그리고 그날 밤.

[선아현 님이 입장하셨습니다.]

테스타 단체 메시지방은 7명이 전부 채워졌다.

[선아현 : 안녕하세요..!]
[큰세진 : 아 미친]
[큰세진 : 아니 욕 죄송해요 아 근데 아현이 드디어 왔잖아요ㅠㅠ 진짜 대환영이야!]
[차유진 : Wooooow 우리 별 일곱 개 모였어요 (선글라스 낀 이모티콘)]
[류청우 : 말 들었어 아현아 정말 잘 됐다 (미소 짓는 이모티콘) 아니 아현 형이라고 불러드릴까요?]
[선아현 : 정말 괜찮아요, 그렇게 안 하셔도 돼요!]

나는 나이가 섞인 놈들이 호칭 정리로 대혼란에 빠질 뻔하다가도 다시 신나게 대화로 복귀하는 메시지방을 침대에 누워서 쭉 내렸다. 사실 여기서 절반은 이 숙소에 있지만, 좀 다른 느낌이긴 했다.
'선아현한테 연락은 몇 분 뒤에 할까.'
좀 더 떠들게 두고 자세한 이야기는 잠시 후에 해줘야겠다. 그 전에 머릿속 의문부터 좀 정리하고.
'흠.'
뭐, 결과적으로 좋은 게 좋다는 식의 결론이 나긴 했다만⋯ 아무리 그래도 왜 선아현만 자력으로 기억을 되찾은 건지는 추론해 봐야지.
'아직도 상태창에는 선아현 없지.'

[네!]

일단 시스템이 관여한 게 아니라는 뜻이다. 그렇다면 말이다.

'…기존 각성과 차이점이 있나?'

고민해 본 결과, 하나가 생각났다. 선아현은 다른 놈들이 각성할 때 흔히 보이던 두통이나 어지럼증 따위를 호소하지도 않고, 자연스럽게 현실의 자아를 되찾았다.

'…어떻게?'

마치 원래 자기가 그럴 수 있었던 것처럼….

자기 능력처럼.

"…!"

그렇지.

나는 침대에서 몸을 일으켰다. 대가리를 후려 맞는 것 같은 기분이다.

[오오오 뭐 생각나셨어요??]

그래. 선아현이 남들과 다르게 가지고 있는 능력 말이다.

'특성.'

나는 선아현의 특성을 떠올렸다.

[근성(S)]
: 자신의 마음가짐은 스스로 만드는 것. 그렇기에 오롯이 감당할 수 있다.
-활성화 시 정신계열 상태이상 상쇄(중복 적용 가능)

이거.

지금 이곳의 선아현은 B등급이었지만, 어쨌든 상태이상 상쇄라는 효과는 기본적으로 있었다. 그러니까 이걸로 기억이 살짝이라도 돌아오면… 말이다.

현실의 선아현이 가진 S등급 특성이 돌아오는 순간, 모든 상태이상이 잡히는 것이다. 그래서 그 결과.

'…이놈이 자력으로 돌아온 거라고…??'

말도 안 되는 사기적인 행각이었다.

[와 아현 님 진짜 멋있어요!!1 미쳤다!]

아니. 그게….

'멋있다로 끝날 상황이 아니야.'

[네?]

이건… 힌트였다. 나는 침대 모서리를 꽉 쥐었다.

이 논리의 전제가 있다.

'지금 이 상황이 상태이상이라는 뜻이지.'

[!!!]

그렇다. 선아현의 특성이 상태이상을 상쇄하는 것이니, 상쇄된 이상 이 모든 상황이 '상태이상'이라는 뜻이 된다. 내 '데뷔가 아니면 죽음을'이나 청려의 '교정'처럼.

"……."

[그거 말이 되네요! 애초에 저희가 시스템을 잡으려다가 이 상황에 빠진 거니까, 시스템이 상태이상을 불러왔다고 생각하면….]

잠깐.
'…시스템을 잡으려고 했다, 라.'
이상하게 그 문장이 입에 맴돌았다.
'내가 시스템을 없애려고 했다면….'
그리고, 위화감을 눈치챘다.
"…!!"

[혀, 형?]

이런 X발. 나는 당장 문을 박차고 뛰어나와 다른 방을 찾아갔다.
"음? 마침 잘 왔어요."
청려가 있는 방.
룸메이트인 주단이 개인 스케줄로 나간 탓에 지금은 놈 혼자 있는 방이다. 청려는 책상에 앉아서 뭔가를 작성하다가 여유롭게 고개를 돌리고 말을 계속한다.
"다음 달 첫 시상식 말인데, 음원 대상 점수 산정이…."

"우리가."
"음?"
나는 혀를 씹고 싶은 심정으로 말했다.
"우리가 착각한 게 있어."
"……."
생각해 보자.
내가 이놈과 비행기를 타서, 태평양 한가운데로 몰고 간 뒤 시스템을 없애려고 했다. 무슨 방법으로? 시스템이 들어갈 숙주가 주변에 아예 없도록 만들어서 말이다. 그렇다는 건 기본적으로 그 자리에 시스템이 있어야 한다는 뜻이다.
"시스템을 없애는 지랄을 하려면 결국 지금 시스템을 가진 놈이 필요하단 말이지."
"……."
"그러면 그때 비행기에는 분명 그놈이 타고 있었을 텐데."
나는 침을 삼켰다.
"그게 누구지?"
완전히 잊고 있었다. 그럼에도 위화감을 느끼지 못했다.
눈앞의 놈이 입을 연다.
"음, 글쎄요."
여전히 책상에 앉아 있던 청려는 턱에 손을 괴더니, 마찬가지로 고민하는 듯 눈살을 찌푸린··· 잠깐. 나는 피가 식는 기분으로 눈앞의 놈을 쳐다보았다.
'멀쩡해 보이잖아.'

이 미친 통제광 새끼가, 지금 통제를 벗어난 상황에 대한 불쾌감이 일절 안 보인다고. 그건······.
"너··· 기억하고 있었지."
"······."
비행기에 한 놈 더 있었다는 걸. 그리고.
"내가 잊어버렸다는 것도 알았고."
청려는 책상에 정리하던 노트를 덮더니 웃으며 입을 열었다.
"여전히 머리가 좋네요, 후배님."
이런··· X발.
비행기에 같이 타고 있었을 시스템 보유자가 마치 없었던 것처럼 내 머릿속에서 증발했다. 그런데 눈앞의 청려, 이놈은 기억하고 있었다면.
'내가 모른다는 걸 이 새끼가 눈치를 못 챘을 리가 없다.'
반년이 넘게 떠들어대는 동안 위화감 한번 못 느꼈을 리가 있냐. 이건 의도적으로 말하지 않은 것이다. 당장 이놈 반응도 그렇다고 말하고 있지.
나는 악문 이 사이로 말했다.
"왜 말 안 했냐."
청려는 웃으며 대꾸했다.
"후배님이 그렇게 반응할 것 같아서."
"······."
뭐?
"지금 후배님은 여러 생각이 들겠지만··· 음, 나에 대한 분노나 짜증을 제외하면 남는 건 하나일 텐데."

청려는 아무렇지 않게 말한다.
"신경 쓰이죠?"
"……!"
"누군지도, 어디에 있는지도, 어떤 처지인지도 모르는 사람을 걱정하잖아요. 아니에요?"
"신경이 안 쓰일 리가 있냐?"
X발 사람이 증발했는데 당연히… 아니, 잠깐. 나는 지난번, 부모님에 대한 기억 오류로 이야기를 꺼냈을 때의 이놈 반응을 떠올렸다.
'기억이란 건 원래 오류가 있으니, 진행에 필요한 정보만 제대로 기억하고 있으면 괜찮다…'
왜냐하면,

−*경계해야 할 건… 기억 때문에 생기는 부가적 효과죠.*
−*감정.*

그리고 깨달았다.
"…그놈이 없어지든 말든 목표 달성과는 관계없으니까?"
"그래요."
놈이 눈을 가늘게 뜬다.
"후배님은 신경 쓰이는 게 생기면 효율을 자꾸 합리화하는 편이라."
뭐라고.
"음, 예시를 들까요? 이미 그룹이 결성된 상태에서도 후배님이 테스타 멤버를 계속 찾으려는 건 대상에 도움이 돼서가 아닐 텐데."

"…!"

청려가 나를 쳐다본다.

"오늘은 화제성 없는 시상식에서 별 의미 없는 기념 무대도 했고."

"……."

"지금도 그렇게 곁가지에 신경을 많이 쓰는데, 후배님이 끌어들인 사람의 안위는 얼마나 신경 쓰겠어요."

나는 입을 다물었다. 놈은 자리에서 일어나며 미소 짓는다.

"설명은 충분한 것 같은데, 화가 난 건 지금이라도 나한테…."

"시스템 가지고 있던 놈이 지금 상태가 안 좋은가 보지?"

"…!"

이거다.

나는 놈을 쳐다보았다.

"나는 기억 못 하고 너는 기억하는 정도의 차이면 굳이 이 상황까지 올 필요도 없었어."

그냥 네가 기억 못 하니 내가 전담해서 찾아보겠다는 수준으로 설득도 가능할 것이다. 그 말대로 어차피 난 기억 못 하니까. 그런데 여기서 '사실을 알면 너는 신경 쓰여서 일을 못 할 것이다' 수준의 과한 대답이 나온다고?

"넌 그 자식한테 무슨 일이 생겼다는 걸 아는 것 외엔 설명이 안 돼."

그것도 상당히… 나쁜 쪽으로 말이다. 내가 동요할 만큼.

나는 팔짱을 끼고 놈을 노려보았다.

"……."

청려는 동요하지 않았다.

"후배님은 지금 누군지도 모르는 사람 일을 그렇게까지 집요하게 캘 필요가 있을까요? 원래도 별로 안 친했어요, 둘."

"알 바냐? X발 네가 지금 사람을 속이려 든다는 게 문제지."

"속이지 않았는데."

놈은 혀를 찼다. 이 새끼가.

"후배님, 후배님도 나한테 굳이 말하지 않은 정보가 있잖아요. 안 그래요? 상대가 이해하기 어려울 거라 생각해서."

"……."

나는 동료의 현 상태를 알려주는 상태창의 이모티콘 목록을 반사적으로 떠올렸다가, 입을 다물었다.

놈이 웃었다.

"마찬가지예요. 나도 후배님이 알지도 못하는 상대에게 시간과 자원을 낭비하지 않길 바랐던 거죠."

궤변 한번 X 같이 잘 말하네.

"내가 그놈이 누군지 알면 불겠다는 뜻으로 들리는데. 기억을 못 할 뿐이지 아는 사이는 맞잖아."

"음?"

놈이 고개를 옆으로 까닥인다.

"지금은 모르잖아."

나는 이를 악물었다. 화를 내거나 때리는 건 멍청한 짓이다. 이 새끼는 좋든 싫든 지금 내 그룹이고, 폭력 사태가 언론에 걸리는 순간 스캔들이다.

그렇다면 이성적으로 접근하자. 나한테도 대가리가 있다. 굴려라. 시스템이 폭주한 상태에서, 사라진 시스템 보유자에게 일어날 수 있는 최악의 일?

그때였다.

[이이이 사람 뭐 이렇게 뻔뻔해요? 형, 진짜 제가 몸만 있었으면 때렸어요!]

상태창.
나는 큰달의 팝업을 보다가 무심코 입 밖으로 정답을 냈다.
"그놈, 시스템한테 먹혔구나."
"……."
큰달이 저 꼴이 된 것처럼 말이다.
"맞지?"
청려는 대꾸하지 않았다. 사실상의 긍정이었다. 나는 주먹을 쥐었다. 그렇다면.
'분명 단서가 있다.'
필사적으로 머리를 굴린다. 그놈이 정말 시스템에 흡수되었다면 지금 시스템을 이용 중인 나는 알아차릴 수도 있다. 어딘가 위화감이 느껴지는 대목을.
큰달이 에러를 일으켜 코인을 줬던 것처럼, 뜬금없고 전과 다른 규칙성을 가진 것. 예외적이거나, 시스템 내에서 자연스럽게 흘러가지 않는 것.
"……."
그건.

–이건 쓸데도 없는데 왜 나오는 거냐 대체.

코인처럼 동그란 금색 형태의… 하지만 문자로만 표시되는 것.

[실패 위로금이 왔다….]
+ 10G
+ 10G

골드.
이건 대체 왜 있는 건지 몰라서 〈127 섹션〉 포맷이 적용되며 튀어나온 더미 데이터라고 생각했다. 하지만 이게 만약… 일종의 신호라면. 시스템 안에서 줄 수 있는, 간신히 용납된 편법이나 버그라면.
'골드를 생각하면 나는 누가 떠오르지?'
즉각 떠오르는 것이 있다.

–대충… 골드 1과 골드 2로 부를까.

〈아주사〉에서 지었던 호칭. 최근까지 나와 인연이 있던 둘.
'골든에이지의 하일준, 그리고 스페이서의 권희승.'
"…!"
나는 욕설 섞인 감탄사를 참았다. 자, 침착하자. 둘 중에 '미래를 알고 있다'는 것이 더 잘 어울리는 행보는?
'이건 너무 뻔하지.'

나는 입을 열었다.
"권희승이군."
"……."

갑자기 〈아주사〉 새 시즌에서 우승한 놈. 그리고 같은 기획사라 나와 접촉할 시간이 더 많은 놈은 결국 그놈이다.

청려는 여전히 무표정이었으나, 눈을 가늘게 떴다 펴는 것을 보았다.
'맞았다.'

나는 주먹을 쥐고 놈이 선 책상 앞까지 걸어갔다.
"이제 아니까 대답해라."
"……."
"그 새끼가 정확히 어떻게 됐는지."

그리고 그걸 넌 대체 어떻게 알고 있는 건지 말이다.

청려의 얼굴에서 표정이 사라지더니, 천천히 입을 연다.
"목표가 달성될 때까지 기다려 볼 생각은?"
"없어."
"음."

놈은 눈을 내리깔았다. 그리고 그놈이 다시 고개를 들었을 때.

──────────────────

[‖]

──────────────────

갑자기 세상이 멈췄다.

'아.'

나는 주변을 보았다. 이미 충분히 조용하며 움직임 없는 방이라고 생각했으나 사실은 움직이는 것들이 있다. 방 밖 거실에서 들리는 TV 소리, 시계 초침이 움직이는 소리, 미세한 명암 같은 것들이 말이다. 하지만 모든 것이 움직임을 멈추고 납작해진 듯이 굳었다.

동작이 다 사라지고 멈춘 세계. 그리고 그사이.

"아, 놀랐어요? 이걸 완전히 가시화하려면 잠시 진행을 멈춰야 한다고 해서."

한 놈만이 생동감을 가지고 움직인다. 청려.

"…멈춘다고."

"네. 음, 보통 게임이라면 흔한 일인 것 같던데."

놈이 손을 든다.

"설정창을 불러올 때는, 플레이를 멈춘다면서요."

그리고 눈앞에 수많은 홀로그램이 떠오르기 시작한다.

지이이이잉-

작고 큰 박스로 가득 차는 굳은 세상.

하지만 글의 방향은 반대다. 그러니까… 내가 보라고 뜨는 게 아니라, 반대 방향에 선 놈이 보라고 뜨는 것이다.

청려.

[업무 : 캐릭터의 원활한 게임 활동을 돕자!]

[▶퀘스트 진행 중]
[환경 설정]

그 홀로그램창들 너머, 나는 상상도 못 했던 글도 거꾸로 확인했다. 내가 가진 것과 유사한 UI.

[캐릭터 목록]
[류건우 (박문대) : 당신에게 경악하는 중 (Σ//ㅁㅍ;)]

X발.
나는 간신히 입을 열었다.
"이게 뭐야."
"음, 어디서부터 설명해야 하지."
놈이 턱에 손가락을 부딪친다. 그리고 생각에 잠긴 듯 초점을 흐린다.

몇 달 전. 태평양을 가로지르던 청려의 전용기 안.

[형, 이거 이상….]

신재현은 비행기에서 의식이 잠기기 전에 보았다. '상태창'이라고 하는 것의 실물을.

'저렇게 생겼었나.'

엄청난 감흥은 없었으나 다음에 본 것은 좀 문제였다. 그 수많은 홀로그램이 깨진 것처럼 뜨는 가운데, 권희승이 그래픽 분해되듯 그 창들 사이로 흡수되는 모습을 보았기 때문이다.

'흠.'

저건… 좀 곤란할 수도 있겠어.

그 생각을 끝으로 다시 사고가 돌아왔을 때는 이미 류건우와 함께 연습실 안에 있었다.

-망할!
-하하.

그리고 한동안은 이것이 결국 돌아온 '재시작'일 수도 있다는 생각에 여러 가지 가능성을 고민하면서 계획을 다각화했다.

하지만 결국 류건우, 그러니까 박문대에게 설득된 것이다.

-그래.
-너희 개, 콩이한테 돌아가자고.

동맹으로 나무랄 데가 없는 상대였다. 박문대의 동료 선택에 불만이 없던 것은 아니지만 그 정도는 감안할 수 있었다.

다만 그전에 사건이 하나 있었다. 그가 이곳에서의 상황을 정확히 파악하기 위해 귀가했을 때, 수많은 재시작 중 한 번도 일어나지 않았던 일이 일어났기 때문에.

[업무가 도착했습니다!]

"…?"
상태창이 뜬 것이다. 그러나 그가 플레이어는 아니다.

[GM : 신재현 님을 환영합니다.]
Server : 권희승 (안정)
GM : 신재현
플레이어 : ■■■

"이런."
신재현은 희미하게 웃었다.
'변수다.'
그리고 패가 늘었다.

"그래요. 권희승은 현재 서버에 표시되는 상태고."
"……."
"나에게 특별한 이득은 없었어요. 그냥 후배님의 진행 상황을 잘 확인할 수 있다… 정도."

나는 미간을 눌렀다.

청려는 회상하듯이 고개를 옆으로 숙이더니, 웃는다.

"그리고… 약간의 보조 능력 정도?"

"너."

스치는 기억에 입을 열었다.

"설마 김래빈이 바로 동료 뽑기에서 나온 것도."

"음, 경험치가 쌓이면 확률 조정이 잠깐 가능하던데요."

망할. 나는 혀를 깨물었다.

'의심해 볼 법했는데.'

게임 튜토리얼에서 맨 처음 주는 친구는 진짜 살아 있는 계정이 아니지 않은가. 보통 GM, 게임마스터의 계정이다.

"이걸… 숨겨?"

나는 놈의 멱살을 잡아 올렸다. 옷이 뜯어질 것처럼 쥐어진다.

"마찬가지의 대답을 줄 수밖에 없는데요."

"뭐?"

그러나 놈이 미동도 하지 않고 내려다보았다.

"네가 이럴까 봐 알려주지 않았다고 이미 말했을 텐데."

"…!"

"이 홀로그램으로 서버 교체 따위의 일은 불가능했거든."

"그럼,"

"그럼 남은 효과는 뻔하지. 넌 서버의 의미를 신경 쓰느라 효율이 떨어지고…"

청려는 무덤덤하게 중얼거렸다.

"진행하는 내내 내가 뭘 할까 불안해하고, 의심하고."

"……."

"그러느니 입 다물고 대상 받을 때까지 있는 게 낫지. 끝나고 돌아가서 말해도 안 늦을 텐데."

"그래서 저 말을 따랐다고."

"그렇다기보다는 후배님의 말에 설득됐다고 하죠."

놈이 실소를 흘렸다.

"대상을 타면 엔딩을 보고, 돌아갈 수 있는 선택지가 생길 거라는 말에."

"……."

"아, 전부 말하라고 했지."

나는 청려를 쳐다보았다. 놈이 찡그리는 것처럼 웃는다.

"맞아요. 뭐가 더 있긴 했네. 이게 나에게는 봉급 형태로 뭘 주겠다고 하더라고요."

놈이 홀로그램 하나를 앞으로 보내, 내 앞까지 친히 대령한다.

[GM 엔딩 보상 : 동료 선택권]

"…!"

잠깐, 이거, 이렇게 되면….

"그래서, 그동안 계속 생각해 봤는데요."

나는 다음 말이 뭔지 직감했다.

"혹시 이곳에서 콩이가 태어날 때까지 기다렸다가, 이 선택권으로 고를 수 있다면….”

놈이 눈을 가늘게 뜬다.

"나는 아쉬울 게 없지 않나. 좀 돌아가는 일이지만.”

망할.

"후배님도 생각해 봐요. 가치 있는 모든 걸 계승할 수 있다면, 여기가 더 좋지 않아요?”

놈이 내 손을 부드럽게 자신의 목에서 뗐다.

"원래는 후배님 의견에 그냥 따라줄 생각이었는데, 이렇게 된 이상 후배님 이야기를 좀 더 들어보고 싶네.”

놈이 자리에 앉더니, 턱을 괴며 진지하게 묻는다.

"이 가능성은 어떻게 생각해요?”

"……넌,”

"아, 스케줄은 괜찮아요. 계속 멈춰두면 되죠. 나도 거의 처음 써보는데… 딱히 제한 시간은 표기 안 되네요.”

놈이 웃으며 상태창에서 시선을 뗀다.

"그러니까 말해봐요. 우리 둘 다 하나의 결론에 완전히 승복할 때까지, 계속.”

"…….”

"남은 시간은 무한하니까, 하하!”

X발. 지뢰를 밟은 것 같은 긴장감이 깃든다. 생물학적인 반응으로 식은땀이 등골을 타고 흐른다.

'그래도.'

나는 입을 열었다.

'어쩌지?!'

 박문대 본체, 상태창이 된 큰달은 비명을 지르며 의식 세계에서 빙글빙글 돌았다. 저 미친놈이 멈춘 이곳은 완전히 생동감을 잃었다. 그리고 납치극 시즌 2가 방영되기 직전이었다!

 '으아아악 뭐 안 되는…??'

 그러다가 깨달았다.

 어라? 류건우와 시야를 공유하던 자신이 어느새 유체이탈을 하듯이 바깥으로 나왔다는 것을.

 '어어어?'

 그는 쑤욱 위시즈의 숙소 천장을 뚫고 나와, 서울 상공으로 치솟았다.

 '이, 이게 뭐야?'

 왜 이게 되는 거지? 아니, 그보다 돌아가야 했다! 형을 혼자 둘 수는 없었다. 그가 마음을 먹고 다시 어떻게든 의식을 구겨 넣으려던 순간이었다.

 반짝임이 보였다.

 '…어?'

 금색 동그라미들. 마치 도로시의 노란 길처럼 반짝이는 것들이 허공에 길을 만들고 있었다. 그리고 그 끝에 있는 것은…, 상태창인 그는 본능적으로 알았다.

 에러 표시다.

'와.'

'진행 일시 멈춤' 상태라서 이런 것도 보이나 보다. 강렬해 보이는 에러의 반짝임에 잠시 그가 넋을 놓을 뻔했으나 곧 뭔가를 눈치챘다. 여기서 에러라고 부를 만한 건, 시스템에 안 잡히게 변칙적으로 기억을 되찾은….

'선아현!'

그것을 깨닫자 또 다른 가능성도 불쑥 그의 머리에 떠오른다. 자신의 능력이 확장된 상태에다가 저 사람은 에러니까, 설마?

'몰라! 해보자!'

그는 자유로워진 의식으로 선아현 앞으로 달려갔다.

그리고 일단 시도했다!

[우리 형 좀 도와주세요!]

"어, 어어…?!"

인천국제공항으로 가던 길. 갑자기 멈춘 세상에 당황해서 자동차에서 내리던 선아현은, 갑자기 뜬 홀로그램에 기겁하게 된다.

아직도 해가 뜨지 않는 숙소 방 안. 나는 방석을 깔고 앉은 채, 낮은 목소리로 서른 번째 분석을 말했다.

왜 현실이 더 나은가.

"VTIC은 개인 활동을 거의 하지 않아서 아직도 이미지 소비가 크지 않아. 장기적으로 훨씬 유리할 텐데. 그건 여기선 이미 소비한 가치지."

"글쎄요. 반대로 말하면 여기서는 개인 활동으로 인지도와 역량을 증명한 상태라는 뜻 아닌가."

"…그룹 팬덤이 박살 났잖아."

이 새끼야. 나는 한숨을 참았고, 놈은 실실 웃는다.

"그거야 내년쯤 그룹 활동에 주력하면서 안정화하면 되죠. 이미지 소비량과 컨셉도 그때부터 다듬으면 되고."

"…그러니까, 뭐 하러 그런 짓을 하냐고. 돌아가면 이미 잘 정착한 팬덤과 컨셉 잡힌 그룹이 있는데."

"그렇긴 하네요."

놈은 선선히 동의했다. 그러나 난 속지 않았다.

"하지만 발전 가능성만 고려하면 이쪽이 규모는 더 키울 수도 있죠. 이미 검증된 구성원과 곡이 있으니까."

X발 진짜.

나는 미간을 눌렀다. 이놈과의 대화는 아까부터 이런 식이었다.

이 새끼는 극단적으로 여기 남자고 발광하진 않는다. 단지 돌아가야 한다는 내 논리에서 계속 반박하고, 나도 거기에 다시 반박하는 식으로 돌아가는 것이다.

그룹의 가능성, 시장 분포, 개인 성취, 이미지, 성적…. 말 그대로, 끝장 토론.

'망할.'

말꼬리 무는 게 몇 시간짼지 모르겠다. 머리가 지근거린다. 배가 고프지도 생리현상이 생기지도 않으니 소름이 끼칠 지경이다.

"음, 물이라도 마셔볼래요? 마실 수 있는지는 모르겠지만."

"됐다."

나는 이마를 짚었다. 그리고 문득, 원론적인 질문을 떠올렸다.

'…왜 이걸 하는 거지?'

사실상 이성적으로 결론이 날 리가 없는 문제다. 둘 다 하나의 결론에 승복하자고? 논리적으로 완전무결한 절대적 가치라도 나와야 할 텐데, 불가능하지 않은가. 예체능 커리어로 비교가 들어가면 모든 게 가능성의 영역일 뿐이니까.

도리어 이 세계가… 약간 우위다.

'…이게 아니야.'

멍청했군. 이 새끼 기세에 끌려가서는 밀리지 않으려고 쓸데없는 짓을 했다. 내가 고개를 들자, 청려는 전과 똑같은 자세로 책상 앞 의자에 앉아 있었다.

나는 자세를 바꾸었다.

"너도 알 텐데. 이건 결론이 날 문제가 아니야. 애초에 어느 쪽이 더 아이돌로 성공할 수 있는지 재보고 돌아가자고 한 것도 아니고."

"……."

애초에 이 새끼는 다 알면서 내 미래 없는 일회용 대상 그룹 계획에 적극적으로 참여했다. 돌아가는 쪽에 베팅했다는 것이다. 이제 와서 이러는 건….

나는 아까 놈이 했던 말들을 떠올렸다.

―원래는 후배님 의견에 그냥 따라줄 생각이었는데, 이렇게 된 이상 후배님 이야기를 좀 더 들어보고 싶네.

그리고 몇 시간을 거쳐 식은 머리가 결론을 도출해 낸다.
"너… 지금까지 나한테 일방적으로 협조해 줬다고 말하고 싶은 거냐."
다른 선택지가 있는데도 불구하고 협조해 줬는데, 뭐 하나 숨겼다고 나한테 추궁당해서 삐쳤냐는 거다.
'그러니 협조할 이유가 사라졌다고.'
말하면서도 어이가 없다. 시스템이 친히 내려준 GM이라는 게 보통 비밀도 아니고 X발 적반하장이 따로 없군.
'뭐 이런 새끼가 다 있어.'
그러나 놈은 부정하지 않았다.
"글쎄요. 후배님이 목표보다 사람 챙기는 데에 관심이 더 많아 보이길래, 나도 좀 생각해 봤다는 거죠."
놈은 고개를 옆으로 기울였다.
"그랬더니… 말했잖아. 굳이 돌아갈 이유가 없다고."
"그 관점으로 보면 없겠지."
나는 숨을 들이켰다. 머리가 좀 맑아졌다.
이놈 뭘 착각하고 있었다. 방금까지 나도 그럴 뻔했고.
"내가 잘못 말했다."
"음?"
"커리어를 빼고 생각해 봐."
그건 비교도 불가능할뿐더러 애초에 1군 아이돌로서의 커리어가 완벽하니 그 현실로 돌아가야 한다고 말하려던 게 아니니까. 나는 이전에, 이 새끼한테 자살 종용당할 때 아가리를 갈겨주고 했던 말을 떠올렸다.

—VTIC은 하락세 좀 맞으면 안 됩니까?

그러니까 말이다. 단순히 숫자로 표현할 수 있는 사회적 성공이 아니라 다른 가치를 말해야 했다. 가령.

"네가 X 같은 일이 벌어져도 현실을 살기로 마음먹고… 멤버 하나 탈퇴한 뒤에 낸 앨범과 경험들 말이야."

"……."

"그런 건 안 아깝냐."

현실에서, 네 개 말고는 정말 아무것도 너한테 의미 있는 게 없냐? 실패하는 순간 삶을 갈아치우려 들지 않고, 계속 그냥 살아보기로 결심한 뒤 했던 경험들이 말이다.

사용해 본 적 없는 새 곡으로 채워 낸 앨범, 처음 해보는 솔로 활동, 답안지를 모르는 상황. 결국 실패를 딛고 일어서는 그룹. 성취감. 새로운 수상 소감.

"너 사실 그런 것도 포함해서 현실로 돌아가기로 마음먹었던 거잖아. 나한테 일방적으로 협조한 게 아니라. 그게 아깝고 그리웠던 거 아니냐고."

청려는 처음으로 동요했다. 나는 놈이 손을 깍지 껴 무릎에 올리는 것을 보았다.

그러나 답은 왜곡된다.

"생각해 보니, 그것도 여기서 다시 해보면 되겠네요."

X발. 나는 머리를 휘저었다.

"다시 할 수 없어서 의미가 있는 거라고…!"

"……."

"아니, 애초에… 야, 여긴 말 그대로 시스템이 만든 거라고. 들어."

나는 오늘 선아현이 기억을 되찾는 과정에서 추리해 낸 결과를 놈에게 전달했다. 이 세계는 일종의 상태이상, 왜곡일 뿐이라는 걸. 우리가 처음 상정한 기대대로 현실은 정말 따로 있을 확률이 높다는 것까지.

"…그러니까, 이건 진짜 시스템 X대로 굴러가는 세상이야."

나는 거칠게 침대를 쳤다.

"너 진짜 여기서 시스템 끼고 살 생각이냐? GM인지 뭔지 하면서 꿀빨 수 있으니까?"

"……."

"넌 X발 시스템 때문에 그 개고생한 새끼가 배알도 없냐?"

"……."

청려는 한참 대답이 없었다. 나는 심호흡을 했다.

그리고 천천히 나온 목소리는….

"개고생?"

의아해하고 있다. 소름이 돋았다.

"그건… 좀 동의하기 힘든데."

"…!"

"결국 재시작할 수 있어서 성공할 기회를 얻은 건 맞지 않냐."

아, 망할.

"시스템을 없애는 건 이 혜택이 제어하지 못할 타인에게 가는 걸 막기 위한 일이었지. 시스템을 도구화하는 게 불가능하니까."

"……."

"물론 불쾌감도 이유 중 하나겠지만… 단순히 그것만으로 움직인 건 아니라고 생각하는데."

나는 침음했다. 이 새끼는 여기서부터가 문제였다.

'재시작이 일단 이득이라고 정신 개조된 놈인데.'

이걸 어떻게 설득하냐고.

"……."

다시 침묵이 흐르기 시작했다. 나는 전의를 상실한 기분으로 침대에 머리를 기댔다. 네놈 말대로 시간이 무한하다니 편하게 입 좀 닥치고 있어야겠다.

다만 놀라운 점은 잠시 후 이 새끼가 먼저 입을 열었다는 것이다. 약간 가라앉은 목소리로.

"하지만 감정적인 이유만이라면, 후배님이 돌아가고 싶어 하는 건 알겠어요."

"…!"

"그래. 후배님 부모님 문제도 있었으니까."

나는 이를 악물었다.

"그리고 넌 그때도 말 안 했지."

내가 기억 오류가 있는 것 같다고 집어서 말했는데도 말이다.

"그건……."

놈의 말투가 덜 무미건조해진다. 약간 떨렸다.

"…미안해요."

"……."

나는 한숨을 참으며 눈을 감았다.

"너는… 네가 상태창 있는 걸 말했으면 내가 무조건 널 의심하고 능률이 박살 났을 거라고 생각하나 본데."

웃기는 새끼다.

"그냥 믿었을걸."

"…!"

"물론 쓸데없는 짓 안 하나 감시를 더 하긴 했겠지. 하지만 그것보다 다르게 써먹을 구석을 찾아내려고 기를 쓰고 연구했을 것 같은데."

능률 박살 안 났을 거라고 개자식아.

"…그래요?"

"어."

나는 뒤척였다.

"내가 처음부터 상태창 생긴 것까지 너한테 솔직히 다 불었잖아. 내가 말 안 한 건 프라이버시 문제 정도였어."

"……."

뒤통수 갈긴 건 너라고.

곧, 순순히 낮은 목소리가 들렸다.

"알았어요."

후. 나는 얼굴을 문질렀다. 저 새끼가 한풀 죽었다.

'그 외에도 골드 2 문제가 있긴 한데….'

나도 안다. 이 새끼한테 권희승이 불쌍하지 않냐 같은 건 안 먹힌다.

그런 걸 고려하면서 움직이는 놈이 아니다. 사람을 자원으로 보는 놈이니까.

그렇지만 그 리셋증후군이던 미친 오함마 때로부터 전혀 변하지 않았냐고 물어본다면….

—데려왔어요. (사진)
—콩이가 아파요.

그건 또 아닐 것이다.
하지만 막다른 길목이었다. 이 새끼는 본인이 왜 돌아가고 싶은지 제대로 납득하지 못하면….
'또 훼방 놓을 수도 있나.'
그건 용납이 안 돼서 말이다.
'저거 정신머리 고치고 나간다.'
나는 결론을 내리고 눈을 떴다. 그리고 뜬금없이 보았다.
팝업을.

[Error : 문대야…?]

"…!!"
뛰어오를 뻔했다.

[Error : !]

[Error : 문대가 확인한 것 같아!]

팝업이 기쁜 듯이 갱신된다. 거기까진 큰달인가 했다.
이것들이 뜨기 전까지는.

[RAB : 드디어 확인하셨군요. 혹시 위급한 상황일까 몹시 염려했습니다.]
[Sejini : 박문대 너 괜찮아? 문대문대 이렇게 불러야 알아보나?]
[BaeSJ : 대답 좀 해]

뭐야 이게.

큰달은 선아현의 앞에서 온갖 쇼를 했다. 시간이 멈추고 문대 형이 협박(?)을 당하고 있다는 말을 쏟아내며 동시에 선아현에게 자신이 누구인지 열심히 떠들었다는 뜻이다.
물론 선아현이 당황했다고 바보가 되진 않았다. 그는 차분히 요구했다.
"…믿을 수 있게, 증거를 보여줘."

[그!]

큰달은 열심히 머리를 굴렸으나 사실 본인도 알았다. 증거는 없었다….
'으흑흑…'

몸이 없는 게 이렇게 아쉬울 수 없었다. 게임 진행이 멈추자, 본인이 슬슬 인간적인 감각을 되찾고 있다는 것을 까마득히 모르는 큰달은 열심히 머리를 굴렸다.

그리고 한 명을 떠올렸다.

[래빈 님이 저에 대해서 알아요!]

지옥의 질문 순환에 질린 류건우가 큰달의 존재를 상세한 설명과 함께 인증까지 해준 것이다.

"하지만, 내가… 지금 래빈이를 만날 수 있어?"

[아….]

문제는 지금 김래빈도 멈춰 있다는 점이지만….

'뭐 없을까?'

큰달은 열심히 머리를 굴리며 열심히 상태창을 돌려 UI창을 뒤적거렸다. 그리고 그 뒤, 복잡한 알고리즘의 세부 코드 같은 정신세계를….

'어라?'

그러다가, 지금 '환경 설정' 중이기 때문에 건드릴 수 있는 무언가를 발견했다. 저 하단에 한 줄, 급하게 추가한 것 같은 기능.

[골드 상점]

골드?

'…접속!'

류건우의 추리 쇼를 이미 본 큰달은 당장 그것을 켰다. 그러자 단출한 목록이 뜬다.

[채팅방 개설 - 5,000G]
[초대 – 1,000G]

바로 깨달았다. 이거다!

'형, 함부로 써서 죄송하지만 그래도 형을 도우려는 거니까…!'

그는 당장 두 가지를 전부 구매했다. 새로운 기능이 개방되자, 이어서 팝업을 조작했다.

[채팅방에 입장하시겠습니까?]

"…!"

[래빈 님을 불러올게요!]

이윽고 선아현이 고민 끝에 그 팝업에서 입장을 수락하는 순간, 큰달은 미친 듯이 날아서 서울로 갔다. 그리고 기어코 화보 촬영장에서 수정 메이크업을 받던 김래빈과 접촉했다.

당연하지만 김래빈은 에러가 아니라 정지한 상태.

'그렇지만!'
그는 이미 채팅창에 누가 들어와 있는지 알았다.
시스템의 상태이상을 상쇄하는 사람.

[채팅방에 입장하시겠습니까?]

김래빈의 접속계에 금색 동그라미가 흡수되며, 에러가 퍼진다.
'된다!'
선아현과 채팅창, 즉 큰달의 정신인 상태창을 매개로 연결되며 에러가 공유된다.
그리고 새 채팅.

[RAB : …??]
[RAB : 혹시 이건 꿈입니까?]

큰달은 환호를 참았다.

[Error : 그렇게 문대에게 메시지를 띄울 수 있게 된 거야]

'…그래.'
나는 채팅방에 정신없이 오간 대화들을 보며 고개를 끄덕였다.

대충 이해는 했다. 권희승이 눈물의 SOS를 보내고 있는 걸 큰달이 잘해 먹었다는 거군. 그런데 말이다.

'…필요한 건가, 이게?'

솔직히 이놈들에게 채팅만으로 무슨 도움을 받을 수 있는지 모르겠는데.

'아니, 채팅이 아니라고 해도 당장 이 새끼 두들겨 팬다고 뭐 수가 나오는 게 아니라서.'

아무리 생각해도 큰달이 청려 놈 하는 꼴을 보고 놀라서 급발진한 것 같다. 나는 다소 떨떠름하게 채팅창을 훑었다.

[Tiger : 형 무슨 상황이에요? 싸워요?]
[BaeSJ : 설마 우릴 여기 처박은 놈이랑 만났어?]

게다가 이놈들 자세한 설명을 못 들었는지 그냥 내가 곤경에 처했다는 것만 아는 것 같다.

나는 약간 고민하다가, 채팅을 보냈다. 생각으로 되는군.

[Apple : 그런 건 아니고, 누굴 설득해야 하는데요]
[BaeSJ : 누구!]

그 순간, 갑자기 상단에 팝업이 뜬다.

[인원 8]

[※!남은 골드 : 5,000G※]

음?

[Leader : 얘들아. 아무래도 채팅을 칠 때마다 에너지가 소모되는 형태 같아. 문대만 이야기하고 우리는 조언하는 정도로만 하자]

다들 상황 파악을 했는지 수긍하는 답장도 오지 않았다.
"……."
나는 잠깐 고민하다가, 채팅을 쳤다.
이게 뭔 의미가 있는지는 모르겠지만.

[Apple : 다들 현실로 돌아가고 싶은 마음이 드는 순간은 언제인가요]

힌트를 얻을지도 모르니까. 안 하는 것보다 낫겠지.
잠시 후, 채팅창이 꽉 채운 글자로 갱신된다.

[Tiger : 우리 무대 하고 싶을 때!]
[RAB : 다양한 사례가 있었습니다만, 가장 빈도가 번번한 것은 저희가 발표했던 앨범을 몹시 들어보고 싶어지는 순간입니다.]
[Error : 오늘 혼자 공항에 가니까, 같이 지내던 시간이 떠올라. 그런 때인 것 같아.]

공연, 앨범, 활동, 숙소, 다양한 대답이 채운다. 구호를 외칠 때 테스타 구호가 떠오른다는 류청우, 위튜브로 아이돌 무대가 알고리즘에 뜰 때 그렇다는 배세진.

그리고 마지막 답변.

[Sejini : 그때의 내가 그리울 때]

공통점은…. 강한 그리움, 향수를 불러일으키는 순간이다.
감정적 기억.
"……."
나는 채팅을 입력했다.

[Apple : 도움이 됐어. 고맙다.]

골드가 하락했다는 알림창이 또 뜨는 순간.
말소리가 들린다.
"뭘 보는 거지."
놀랍진 않았다. 일부러 대놓고 하기도 했고.
나는 놈에게 입을 열었다.
"나한테 지금 동료로 채운 채팅창이 하나 뜨는데."
"음?"
"혹시 모르니 넌 확인하려고 하지 마라. 편법 같으니까."
GM이 보면 안 되지. 시스템이 막을 수도 있지 않은가. 그러자 놈이 실소한다.
"철저하네."
"그래."
나는 잠시 침묵하다가, 놈에게 물었다.
"여기서 내 상태창 기능 쓸 수 있을까."
"관리자 허가가 있으면."
"해보고 싶은데."
"……"
청려는 거절하지 않았다. 나는 다시 동료 목록을 불러왔다.

[신재현 : 동료의 말을 생각하는 중 (//~^)]

나는 천천히 입을 열었다.
"너는 처음부터 동료 목록에 있었지."
"그렇죠. GM이니까."
"그리고 처음부터 기억이 있었어."
고개를 들었다. 청려가 서 있었다.
"한 번도 각성해 본 적이 없지."
"……"
그 기능을 생각해 보자.
애초에 각성에 기억을 돌려주는 기능을 넣은 것은 나와 큰달이 〈127 섹션〉의 설명문에서 뽑아낸 편법 기능이다. 시스템이 정식으로 넣은 것이 아니라는 것이다.

'그렇다면.'

그게 그토록 거친 방식인 것도 이해할 수 있다. 애초에 상정되지 않은 기능이니까.

'감정과 기억의 파도가 몰아쳐 오는 것 같다… 고 했던가.'

나는 입을 열었다.

"한번 해볼 생각 없냐."

"이유는?"

"그게 너한테 새로운 정보를 줄 수도 있으니까."

"……."

놈은 잠시 생각에 잠긴 것 같았다.

그러나 곧, 묘한 눈으로 고개를 끄덕였다.

'그래.'

나는 동료 신재현의 각성 버튼을 눌렀다.

신재현의 기억은 아주 깊은 겹겹의 층을 이루고 있다.

오랜 반복과 수많은 삶의 끝에 쌓인 지층 같은 해저에서, 신재현은 필요 없는 부분을 굳이 건드린 적이 없다. 그렇기에 끝이 보이지 않는다. 움직이지 않는다. '각성'이라는 편법적 해석에서 비롯된 일회용 충격으로 일렁이기엔 그의 첫 시도는 너무 깊은 심해에 있었다.

하지만 한 겹, 닿은 곳이 있었다. 최상부. 가장 최근의 기억. 현실.

툭.

파동이 올린다. 그리고 공교롭게도 가장 최근의 삶은 평균과 달리 아주 독특한 양식을 띠고 있었다.
다시 시작할 수 없다고 믿었던 삶.

-네가 X 같은 일이 벌어져도 현실을 살기로 마음먹고….

다소 속되지만, 그가 직전에 들었던 표현이 맞을 것이다. 청려는 실패 이후의 시간을 살았다.
툭.
잔물결처럼 당시의 기억이 일렁인다. 시작은 같은 이가 만든 계기였다.

-넌 이제 재시작 못 해.

그를 제압한 박문대가 만신창이 꼴로 별장에서 나서며 한 말. 그리고 어쩌면, 더 중요한 것은 그다음에 나온 말일 것이다.

-네가 가진 건 이제 없어지지 않는다는 거야.

그 말은 낯설도록 오랜만이었던 VTIC의 자숙기 동안 그의 머릿속에 부표처럼 떠 있었다. 그게 구체적으로 어떤 의미인지 와닿아 감격했던 것은 아니다. 다만 어떤 모호한 지표가 되었다.
재시작이 불가능하다면, 어떤 선택을 할 수 있는가.
무엇을 가질 수 있는가.

그는 우선 개를 데려왔다. 더는 키우는 개를 헷갈릴 일이 없기 때문이다. 새 곡을 썼다. 더는 미래 시점에 성공했던 곡을 선점할 수 없기 때문이다. 솔로 활동을 했다. 더는 그룹의 성적이 모든 성공 지표의 기준이 아니었기 때문이다.
그래도 VTIC은 침몰하지 않았다.
실패는 없어지지 않았다. 그러나 실패 위에 쌓은 것들도 없어지지 않는 삶. 하지만 그 모든 과정에서도 의문은 있다.
'왜 이걸 하고 있는 거지.'
공허라기보단 순수한 질문이다. 모든 행위에 목표라는 원동력이 없는 것처럼 느껴졌기 때문이다.
미션이 없는 삶. 무지한 머리로 정답지 없이 만들어가야 하는 낯선 풍경. 그것이 느리게 일상으로 자리 잡는 것을, 신재현은 천천히 다시 확인한다.
툭.
파동이 겹친다. 그러자 물결은 무심코, 그것과 아주 비슷한 모양새를 띤 하나의 기억을 반짝 떠올린다.
저 밑, 보이지 않는 심해의 끝. 가장 최초의 재시작이다.

—이게 무슨….

다시 주어진 단 한 번의 기회라고 믿었다. 그렇기에 더는 재시작할 수 없다고 믿었던 삶이 거기도 있었다. 어리고 무지한 자신. 그 기억이 정확히 어떤 모양새인지는 모른다. 보이지 않는다. 원본이 아닌 정보처럼 남아 있을 뿐이다.

'그래.'

읽을 가치는 없다. 신재현은 감정했다. 본래 거기서 끝났어야 했다. 그러나 무의식은 거기서부터 다시 움직인다.

'…?'

순간, 파동은 뿌리처럼 기억의 지층에 미세한 균열을 만들어 올라간다. 그리고 심해 곳곳을 희미하게 울린다. 자극이랄 것도 없는 떨림. 하지만 수많은 시도와 반복의 층, 그 사이사이로 유사한 모양새가 보인다. 아주 드물게, 가끔.

우연한 화합.
빗물 속 번지는 목격담.
부상 중 공연.

구체적으로 어떤 상황이었는지, 어떤 감정이었는지, 어떤 고통이었는지 드러나진 않는다. 경험의 심해는 이미 아득히 깊고 다층적으로 쌓였기 때문에, 전부 어렴풋한 맛일 뿐이다.

하지만 때로는 흔적만으로도 충분할 때가 있었다. 거기에 존재했다는 증거가 되기 때문이다.

아무리 다시 시작하더라도 그 유일하고 찬란한 순간이 다신 오지 않을 것 같은 그 느낌.

-제발.

툭.

그건 재시작할 수 없다고 믿었던 삶이 아니다. 하고 싶지 않았을 뿐이다. 그것이 기회가 아니라 상실이라고 생각했던 순간들이 그에게도 있다.

'알고 있었지.'

아득바득 재시작하지 않으려 기를 쓰는 박문대를 보면서 문득 떠오르던 잔상들.

―⋯나도, 그랬던 것 같은데.

그러나 지나오며, 지층 아래로 눌려 이미 뭉개진 것들에는 가치가 없다. 쓸모없는 감상이기 때문이다. 그 순간이 어떤 느낌을 주었든, 실패하면 재시작하게 되었으니까. 그저 다음 단계로의 진행을 늦추는 비효율적인 충동이라 생각했기 때문에.

―⋯⋯.

파동은 이내 사라졌다. 수면은 다시 고요해졌다.
그의 지층은 여전히 견고하고, 심해는 보이지 않는다.

신재현은 생각했다. 변한 건 없다.
여전히, 이전 현실로 돌아가서 얻을 절대적 이점은 없다. VTIC은 지나온 전성기만큼의 전성기도 더 유지하지 못할 것이다. 오점 없던 그룹

평판에는 뗄 수 없는 꼬리표가 붙었다. 포지션의 빈칸은 영원히 공란으로 남겨둬야 할 것이다.

그럼에도 불구하고. 그런데도. 그는 굳이 그것을 버리고 싶지는 않았다. 어차피 재시작하면 다 사라질 것이라는 걸 알면서도 머물고 싶었던 오래전처럼. 단지 그렇게 하고 싶으니까.

그 불합리한 충동이야말로 본래 삶의 원동력인가?

청려는 눈을 떴다.

관찰하듯이, 혹은 걱정하듯이 보는 시선을 마주한다.

"아."

그는 반사적으로 턱 아래를 손가락으로 훑었다. 당연하게도 물기는 없었다. 짧은 몇 초의 파동은 거대한 파도나 충격이 아닌 스치는 물결로 지나갔을 뿐이다.

그러나 하나의 자국을 남기긴 했다.

"……."

청려는 인정했다. 현실로 돌아가고 싶은 자신의 충동을. 여기서 다시 할 수 있든 없든, 박문대의 말대로 한 번뿐이라 의미가 있든 상관없었다.

그래서 그는 입을 열었다.

"새로운 정보는 없던데."

"……."

"물어보고 싶은 건 있어요."

그리고 사실, 줄곧 떠올렸으나 구체화하지 못했던 질문을 했다.

"왜 나는 현실로 돌아가고 싶을까."

박문대는 '내가 X발 지금까지 한 말은 어디로 들은 거냐'고 윽박지르진 않았다. 단지 한숨을 참으며 입을 열었을 뿐이다.

"네 현실은 원래 네 거니까 당연히 버리기 싫지. 자기 걸 그냥 버리고 싶은 사람이 어디 있냐."

"…!"

삶은 원래 자신의 것이기 때문에, 온전히 유지하고 소유하고 싶은 건 당연한 일이니까. 그 충동과 욕망을 신재현은 느리게 회복 중이었다. 그래서 박문대는 거칠게 다시 입을 열었다.

"돌아가자, 개X끼야."

"……."

왜 그래야 하는지 여전히 합리적인 이유를 댈 수 없다. 그러나 모른다는 것이 충동의 본질일지도 모른다. 그리고 이제 그는 충동적으로 행동해도 괜찮았다.

청려는 입을 열었다.

"그래요."

"……!"

"그리고… 계획을 좀 바꿔야겠는데."

그는 홀로그램을 다시 띄웠다. 수많은 창이 난립하나, 누구도 눈 하나 깜짝하지 않는다.

"절대로 여기 남지 않겠다면, 쓸 만한 방법이 하나 더 있을 것 같거든."

"……."

"어때."

눈앞의 상대는 거절하지 않았다. 대신 고개를 까닥거렸다.

"말해봐."

째깍.

시계가 다시 가기 시작한다.

"후."

〈일시 멈춤〉 상태는 청려와의 극적 합의 후, 체감상 약 한두 시간쯤 뒤에 끝났다.

'더럽게 피곤하군.'

나는 관자놀이를 누르며 내 방에 복귀했다. 다행히 합의 후에는 멈춘 시간 동안 제법 생산적인 말을 떠들긴 했다.

'그리고… 그 새끼가 왜 그렇게 된 건질 모르는 건 아니다만.'

그렇다고 X발 그 자식이 뒤통수 갈긴 게 없어지는 건 아니지. 이건 무조건 빚으로 달아둬서 어떻게든 갚게 만든다.

―어때요?

물론 지금이라도 이 새끼가 뭘 할 수 있는지 알아낸 건 호조긴 했다. 나는 놈의 UI창을 분석하며 알아낸 몇 가지 사실을 토대로 전략을 되새겼다. 그 새끼 말대로 GM의 상태창엔 제법 쓸 만한 기능이 있긴 했다.

내가 봐도 극단적인 방향이라 보완책을 잘 붙여놔야겠지만.

'과정을 약간 추가해야겠군.'

나는 뇌를 굴렸다. 그 와중에도 팝업은 울리고 있다.

[형 진짜 너무 다행이에요, 정말….]
[아니 그렇게 위험한 상황은 아니었다고 하셨지만 그래도요!]
[저 그 사람 앞으로 감시할 거예요! 꼭!]

알았다니까.
한 시간 동안 글자만으로 눈물이라도 줄줄 흘릴 것 같던 놈은 한참을 그렇게 떠들더니, 얼마 후에야 '왠지 엄청나게 피곤한 것 같다'라며 사라졌다.
'나 참.'
그렇게 날뛰었다니 그럴 만도 했다. 나는 남은 골드 액수와 자연스럽게 비활성화된 '골드 상점'의 존재를 떠올리며 혀를 찼다.
'애쓰는군.'
어쨌든 골드 2, 그러니까 권희승이 이렇게 시그널을 보내는 걸 보니, 방향은 잘 잡은 모양이다.
"후."
나는 침대에 누웠다. 그제야 긴장이 풀렸다.
그리고 조용해진 팝업 대신 시끄러워진 스마트폰을 들여다보았다. 원인은 바로 단체 메시지방 놈들이다.
[배세진 형 : 세상에]
시간이 다시 가기 시작하자마자 이 말을 시작으로 온갖 감상과 질문을 쏟는 놈들에게 이 시스템적인 상황을 적절히 설명했다. 그리고 청

려가 연관이 되어 있으며 놈을 설득했다는 정도까지.

'고생 많았다'부터 '이런 초자연적 사태를 해결하다니 역시 문대 형께서는 역량이 출중'까지 온갖 소리가 쏟아졌고… 기어코 이 상황에 이르렀다.

[차유진 : 우리 텔레파시 가능해요! LIIIIIITTTT (선글라스 낀 이모티콘)]

[큰세진 : 와 문대가 말하던 게 이런 거였어?ㅋㅋ 진짜 만화영화 같다!]

바로 채팅창 능력 분석이다.

놀랍게도 채팅창 기능은 아직도 없어지지 않고 불러올 수 있는 모양이다. 다만 방장은 선아현이라 그놈만 채팅방을 열 수 있는 것 같고.

[선아현 : 조금 놀랐지만 도움이 됐다니 정말 다행이야 다음에도 혹시 문제가 생긴 것 같으면 얼른 켤게!]

[선아현 : (웃는 이모티콘)]

[류청우 형 : 꼭 그게 아니더라도 급할 때 구조 요청 용도로 쓸 수도 있겠는데? 현실에서도 쓸 수 있으면 유용할 것 같아]

[김래빈 : 그렇습니다. 비록 골드라는 에너지원을 소모하는 구조이긴 하지만 위기 상황에서 소통이 가능한 것은 큰 메리트로 주저하지 않고 사용해야 할 듯합니다!]

너 그거 골드 2가 들으면 울었겠는데.

나는 채팅방 사용법과 골드의 출처를 묻는 놈들에게 답변하며, 자정이 넘어서야 잠이 들었다. 일 친 놈을 떡이 될 때까지 패는 대신 정보와 기능을 얻었으니 그리 손해는 아니라는 생각을 하면서.

그리고 다음 날.

"사실 저도 거기 있었습니다."

"…??"

"채팅방 말이죠."

주단은 무표정으로 중얼거렸다. 나는 물을 뱉을 뻔했다. 어쩐지 정원이 8명으로 표기되더라니 큰달이 아니라 저놈이 있었군. 동료를 다 부른 모양이다. 식탁에서 류청우가 약간 당황한 얼굴로 물었다.

"저, 혹시 저희가 불편해서 말씀 못 하신 겁니까?"

"그렇다기보단, 감동적인 클라이맥스 장면에 함부로 외부자가 흐름을 깨며 들어오는 건 테러니까요."

"……?"

물이나 마시자.

그러나 한 놈이 낚인다.

"…! 설마 그룹이 달라서 그렇게 생각하신 겁니까?"

"그렇다기보다는 서로 공유하는 서사가 없다는 점이죠. 단순히 소속 집단으로 구분되는 게 아닙니다. 맥락이 중요하죠."

"오……."

저건… 안 되겠군. 나는 김래빈이 복잡한 생각에 빠지는 것을 보다가 입을 열었다.

"그래서 외부인이 아니도록 만들어드릴 생각인데요."

"혹시 저도 아직 기억하지 못하는 과거가 있습니까? 2차 각성?"

아니, 그건 아니고. 나는 방에서 나오는 청려 새끼를 손가락으로 가리켰다.

"저놈 시킬 거예요."

"…??"

사람을 몇 시간 동안 개같이 노동시킨 값을 뽑아야지.

며칠 후. 나는 메인 퀘스트를 진행하며 받은 상태창 우편 탭의 소포를 확인했다.

"여기선 어차피 동료 뽑기권밖에 안 나온다 이거지."

"그래요."

놈은 이젠 순순히 정보를 상납했다. 나는 고개를 끄덕이며 우편 내부 정보를 확인했다.

[4성 확정권]
[5성 확정권]

놈이 확률을 조작한 누군가들의 확정권이다. 나랑 별 인연 없는데도 별 다섯 개 받은 괴물 같은 놈이 누군지는 벌써 짐작이 간다만, 아무튼 이제 세팅만 하면 된다.

"충격이 덜하게 좀 환영하는 분위기를 조성하면 어떨까?"

"Yeah Party~"

좋은 제안이다. 나는 청려를 쳤다.

"야."

"음?"

"네가 해라."

양심이 있으면 하라고.

물론 이 새끼에겐 양심이 없겠지. 그러니 없어도 시킬 것이다.

그리고 잠시 후.

"무슨 일이에요?"

"어…?"

1박 2일 간의 예능 촬영을 마치고 돌아온 진채율과 오윤신은 뜻밖의 광경을 마주하게 된다.

"혀, 형?"

"……"

고깔모자를 쓰고 〈Welcome VTIC〉이라고 적힌 거대한 종이짝을 양손으로 들고 있던 청려는 웃고 있다.

나는 그 입에 파티용 코끼리 나팔을 물렸다. 청려의 미소가 더 진해진다. 질문하면 죽여 버리겠다는 뜻 같은데, 다행히 두 놈은 거실부터 봤다. 촛불과 풍선, 꽃 가루. 파티 3종 세트다.

진채율의 얼굴에 화색이 돈다.

"깜짝 파티…? 나 생일 아닌데!"

"그러게."

"아뇨."

나는 무표정으로 박수를 쳤다. 짝짝, 다른 놈들이 따라서 친다.

"귀환 파티입니다."

"…??"

"약간 충격이 있을 수도 있으나 몸에 해롭지는 않으니 걱정하지 마시고요."
그리고 우편에서 받은 확정권 두 개를 깠다.

[★★★★ 오윤신 / 리드래퍼]
[★★★★★ 진채율 / 센터]

잠시 조정 시간 후.
"어서 오세요. 선배님 환영합니다."
"…??"
"위시즈가 되신 걸 정말 환영합니다."
주단이 손을 흔든다. 비틀거리다 몸을 일으킨 채율은 물음표가 가득한 얼굴이고, 신오는 혼절할 것 같다.
나는 엄숙하게 말했다.
"그런데 죄송하지만 바로 일해주셔야겠습니다."
"예?"
"저희가 고지가 코앞이거든요."
"네…??"
그렇게 케이팝 불지옥 합동 캠프가 개장되었다.

위시즈, 그러니까 테스타와 VTIC을 반반 섞어 데뷔한 이 무늬만 신인인 경력직 그룹은 거의 종착점까지 왔다.

대상이라는 목표 말이다.

'음원 순조로워. 인지도 훌륭해.'

사실상 이젠 성적으로만 보면 받아도 안 이상하다. 연말이 올수록 점점 예측이 빗나갈 위험성은 낮아진다. 돌발 사태가 일어나지 않는 이상… 아니, 이렇게 틀어막고 있는데 그럴 리가 있나.

남은 건 하나. 소위 말하는 '급'의 문제다.

-위시즈가 레티 아니었으면 지금 대상 소리 할 수 있을 리가ㅋㅋ
-남돌 신인이 갑자기 음원 잘 나오는데 차트도 의심되면 조작 가능성 얼마나 된다고 생각해? (주어 없음 추측X)
-대상 이야기 나오는 신인 남돌 솔직히 예능인 프젝 그룹 같은 느낌이라 어색함

'저 이름값으로 받는 건 좀'이라는 인식 말이다. 그룹 인지도보다 개인 인지도가 더 높아서 발생하는 문제이기도 했다.

'뭐, 사실 저것도 진짜 받을 것 같으니까 더 저러는 거지만.'

X밥에겐 견제도 없다는 법칙이지. 어쨌든 음원 성적이 좋아서 받는 건 못 막으니 받아도 인정 못 받게 밑밥 치겠다는 새끼들이 출몰하는 것이다. 테스타 신인상 받을 때랑 달라진 게 없는… 아니, 정확히 말하자면 이때로부터 테스타까지 달라진 게 없는 거로군.

'아마 개개인 안티가 따로따로 붙어서 더 잡기 힘든 것 같고.'

예능으로 개인 인지도를 극한까지 끌어올린 건 좋지만, 그만큼 캐릭터가 강하게 노출되어서 호불호가 갈리기에 생기는 문제다.

Chapter 31 | 89

-ㅅㅂㅅㅂ육진촤 순진한 외국인이자 에이스쿼터백 누구 발상임 진짜 어디서 이런 개쓰레기같은 컨셉질이
　-ㅋㅋㅋ레티 맬렁우웩으로 맛 좀 보더니 정신 못 차리고 남돌도 병맛미네 근시안 어쩌면 좋아
　-킴랩 나중에 백퍼 존나 깨는 인맥문제생김 관상+관종 환상의 조합 나 이런 감 틀린 적이 없자나

　아는 만큼 딱 집어 못 견디게 싫다는 인간들이 몇 배로 붙는 거지. 어쩔 수 없긴 하다만 약간 아쉽기도 하다.
　'데뷔곡부터 확 터졌으면 반은 먹고 들어갔을 텐데.'
　이미지를 처음부터 '대상급으로 미친 데뷔'로 잡았으면 이런 시비가 덜 걸린다. 김래빈이 저 성격인데도 인상 덕에 학교 다닐 때 호구 잡으려던 놈이 없었던 걸 예시로 들 수 있겠군. 최소한의 균형을 맞추고자 앨범 판매량까지 극대화하기 위해 이걸 어쩔 수 없이 포기했더니, 역시 부작용이 있다. 나는 입맛을 다셨다.
　아무튼, 그래서 약간의 보정 작업이 필요하다는 것이다.
　나는 촛불과 꽃 가루를 대충 치운 거실의 큰 탁자 앞에서 엄숙하게 선언했다.
　"한 번 정도 할 필요가 있습니다."
　"그, 어떤 걸…?"
　"최대한 많은 사람한테 어필할, 강렬한 그룹 활동."
　"…!"

"우리가 대상 받았을 때 인터넷 반발을 좀 누그러뜨리게요."

지금까지 상 관련 상태이상은 다 '대중의 인정'을 기반으로 하고 있었으니까.

'괜히 저 두 놈 각성시킨 게 아니지.'

"저는 그게 무대 하나였으면 좋겠는데."

일차적으로는 무대 퀄리티를 탑티어 중에서도 손에 꼽았던 그때의 수준으로 끌어올리기 위해서다. 물론 한 시간 만에 '우리는 왜 이 지경이 되었는가' 속성 강의를 들은 VTIC 놈들이 따라올 수 있느냐는 별개의 문제지만.

"어어…… 좋죠."

진채율은 간신히 대답했다. 아직도 이게 현실인지 꿈인지 모르겠다는 표정이군. 청려는 별 표정 변화 없이 입을 열었다.

"무대 한 번으로 뒤집기엔 너무 거창한 발상인데. 예비 곡으로 빠른 컴백하는 게 낫지 않나."

"아이코닉한 한 번이 나아. 여러 번이면 임팩트만 분산될 뿐이지."

"낙관적인 발상이네요."

"우리가 필요한 건 장기적으로 갈 평판이 아니라, 연말에 확 먹힐 순간 여론이니까."

"음."

청려는 살짝 웃었다.

"좋아요. 그렇다면야."

좀 봐준다는 투지만 그리 열 받진 않는다. 방금까지 형광 핑크 뒤집어쓰고 있던 놈이 분위기를 잡아봤자이기 때문이다. 참고로 고깔모자는 이미 일 끝나자마자 쓰레기통에 들어간 상태다. 과연 돈 많은 놈답게 물건 아낄 줄 모른다.

"그럼 건우 형… 그러니까 문대 의견 말고 다른 의견 있으신 분?"

어쨌든 바로 만장일치로 찬반 투표가 끝났으니 이제 원래 하던 일을 해야지.

브레인스토밍이다.

"우리 BOOM! 하고 관객들 막 소리 지르게 만들어요! 잠깐… 저 알았어요! Motorcycle! 우리 Motorcycle 타요!"

"모로싸이콜…?"

"모터사이클. 오토바이."

"…! 위험한 장치를 단기간에 준비하는 건 무모한 의견이야. 무엇보다 위시즈 곡들과 안 맞아!"

"김래빈이 편곡하면 돼!"

"나도 내 의견이 있어! …제 생각에는 시간여행 컨셉이 좋을 것 같습니다! 이 시기에 관련 영화가 개봉되었으니 오마주하면 독특한 편곡이 나올 것 같습니다."

"래빈이 말도 좋긴 한데, 그 OST가 너무 유명해서 도리어 위험할 것 같기도 해. 어때 문대야?"

"저도 어느 정도는. 일단 다음도 들어볼까."

"예!"

"……"

편곡, 컨셉, 의상, 출연 프로그램. 이젠 익숙해진 테스타 놈들은 거침없이 진도를 뺀다. 그리고 순식간에 지나가는 대화와 내용에 막 각성한 VTIC 두 놈이 눈을 끔벅인다. 여기 말 없는 놈은… 주단뿐이군.

"의상은 너무 과하지 않게 섹스어필하는 것도…."

"쟤네 몸은 미성년잔데요."

"취소합니다."

아무튼, 그렇게 의견이 몰아치며 슬슬 방안이 구체화 된다. 나는 말을 던지며 방향성을 툭툭 몰았다.

'시간은 좀 걸리지만, 역시 이게 낫지.'

본인이 합의했다고 생각되면 더 적극적으로 열심히 하게 된단 말이지. 참신한 의견이 나올 수도 있고. 하지만 분명 이런 형태를 선호하지 않을 청려 놈도 웃고만 있다. 끼어들지 않겠다는 뜻이다.

'나름의 항복 선언인가.'

뭐, 방해 안 할 거라면 됐다.

"휴식하고 갈까요."

"넵."

논의가 생산성 없는 방향으로 흐르기 전에 한 번 끊는다.

'하는 김에 정리도 하고.'

"Coke?"

"괜찮다."

나는 한둘씩 일어나서 주방으로 가거나 본인 방 전자기기로 가는 놈들에게 섞여서 나도 내 방으로 돌아갔다. 지금까지 나온 내용을 정리해 놓을 생각이었다.

그리고 책상 자리에 앉아 펜을 들었을 때.

똑똑. 누군가 문을 두드린다.

"들어오세요."

그러자 조심스럽게 열린 문 사이에서 룸메이트가 들어온다.

진채율.

"저, 안녕하세요."

어색한 미소를 지은 놈은 슬쩍 방을 둘러보고 안으로 들어왔다. 바로 어제 아침까지만 해도 콧노래까지 부르면서 둠칫거리며 문을 열던 놈은 기억을 찾자 방이 약간 낯설어진 모양이다.

"선배님 방이신데 편하게 앉으세요."

"으음, 그, 네."

그래도 곧 슬그머니 자기 침대에 앉더니, 웃으며 말을 꺼낸다.

"재현 형이랑 말 놓았네요!"

그러고 보니 빡쳐서 너무 당당히 그 새끼한테 말을 놨군.

"……예. 뭐, 어쩌다 보니."

"좋다!"

채율이 씩 웃었다. 그리고 작게 한숨을 쉬었다.

"이제 진정했어요. 저희도 원래대로 돌아가고 싶으니까, 열심히 참여할게요."

"아."

그게 고려가 부족했나.

"죄송합니다. 충격받으셨을 텐데 저희가 지나치게 급박하게 진행했어요."

"아뇨! 원래부터 좀 드문 방식이라 그래요. 저희가 보통 이런 식으로 막… 기초부터 나누면서 일을 진행하진 않거든요."

놈은 황급히 손을 내젓더니 진지한 얼굴로 고개를 끄덕인다.

"그냥 딱 역할 분담이 되어 있고, 각자 맡은 일을 최선을 다해서 하는 느낌이라고 해야 하나."

"음."

"그래서 그런가, 꿈이라고는 해도 여기서 활동하는 거 재밌었어요. 의견도 많이 내고."

놈은 약간 어린 말투로 중얼거렸다.

"왜, 그 이번 서브곡 제스처 제가 고른 것도 좋았고요!"

"예. 실제로 반응도 좋았고요."

"흠흠, 좀 그랬죠? 건우… 아니, 후배님!"

볼 터지겠군. 웃던 채율이 곧 웃음기가 남은 채로 묻는다.

"돌아가기 전까지는 그냥 건우 형 섞어서 불러도 돼요? 아, 그 문대 씨인 걸 머리로는 아는데 반년간 본 건우 형 얼굴이다 보니까!"

"저야 상관없는데요."

돌아가서 논란 만들 가능성은 차단해야지.

"말 놓고 편하게 하셔도 괜찮지 않을까요. 아무리 그래도 선배님이시잖아요."

"아, 그럴게!"

사실 반말을 노렸나 싶을 정도로 냉큼 승낙하는군. 채율은 짬 찬 선배답게 내 등을 두드리며 말한다.

"문대도 그럼 돌아가서 나한테 말 놓고 편하게 해! 어차피 나 조금 있으면 군대 가서 활동도 안 하는…"

"……."

"……."
"화이팅입니다."
"예……."
난 두 번 가게 생겼다. 너도 견뎌라.
어쨌든 다음 회의 들어가면서부터는 두 놈이 쓸 만한 의견을 낼 때까지 좀 시간을 줘볼까 한다.
그리고 몇 시간 후.

"그럼 결정된 것부터 목록 뽑을게요."
"네!"
나는 뒷면에 'Welcome VTIC'이 적힌 종이 쪼가리를 주워다 활용해 글을 적어갔다.
"1번. 출연 프로그램."

―무조건 경연 프로그램이어야 해요.
―후보 중 시청률과 위튜브 조회수를 합산에 선정하시는 것이 어떻겠습니까?

나는 해당하는 프로그램을 적었다.
'마침 100화 특집도 하니 일거양득이군.'
그리고 다음.
"2번, 연상 작용."

―우리가 개인 활동으로 잡은 캐릭터들을 약간씩 살리면 좋겠어.
―잘못하면 역효과가 날 수도 있지만….
―저 잘해요. 다들 잘해요. 그러면 문제없어요!

반박할 수 없군. 그래서 결정된 연출 사항과 컨셉에 대한 3번 사항까지 적었을 때였다.
"저, 음, 의견이 있는데."
"…!"
진채율이 손을 들었다.
"컨셉 관련해서인가요."
"그것도 그렇지만, 음… 출연 프로그램 말인데."
"아, 선배님께서 다른 좋은 선택지를 발견하셔서 바꾸고 싶으십니까?"
"그건 아니고요."
놈은 약간 머뭇거리다가 입을 열었다.
"출연을 일주일만 더 미루면 어떨까 해서요!"
"…!"
100화 특집을 두고 굳이?
"제가 이 프로그램 애청자였는데, 그때 특집 다음 주에 대단한 분들이 나왔거든요."
놈이 뒷머리를 쓰다듬었다.
"오히려 그때가 시청률이 더 잘 나왔던 것 같아서…."
"그게 누군가요."
"티홀릭 선배님이요."

"…!!"

그건… 확실히 대어긴 한데.

'이걸 저놈보다 더 잘 알았을 놈이 있어서 말이지.'

나는 고개를 돌려서 청려를 보았다. 놈은 눈도 돌리지 않고 말한다.

"글쎄."

"……"

"일부러 한 주 일찍 뺀 거야. 이런 건 선점 효과가 있거든. 프로그램 섭외 조절이 까다롭기도 하고."

닥치라는 뜻이다. 채율이 살짝 침을 삼켰다. 신오가 딱한 사람 보는 눈으로 순간 채율을 보더니 그래도 백업이라도 해보려던 생각인지 입을 열려는 순간.

"어, 그래도 직접 비교되면 효과가 더 커질 것 같아서요! 우리도, 경쟁의식이 생기기도 하고요."

"…!"

채율이 먼저 입을 열었다. 이놈은 이 상황이 어색한지 좀 당황스러운 얼굴이었지만 그래도 말을 철회하진 않는다.

청려는 별 표정이 없다.

'흠.'

좀 거들어줄까. 나는 펜을 놓으며 입을 열었다.

"성사만 된다면 좀 위험해도 질 것 같진 않은데. 지금 우리 그룹 인원을 좀 봐."

놈이 시선을 돌린다. 나는 씩 웃었다.

"대선배님께 연차로 안 밀리는 상황에서 설욕전, 해볼 만하지 않나."

"……."

"판돈을 키우는 거지."

침묵이 흘렀다.

그리고 잠시 후, 턱을 만지던 청려는 고개를 끄덕였다.

"나쁘지 않네."

"…!"

순간 VTIC 세 놈이 하늘에서 날개 달린 개가 내려오는 걸 목격이라도 한 표정이 됐다.

"I'm in! 저 좋아요. 경쟁이 사람들을 움직여요!"

냉큼 물고 들어온 차유진 덕에 분위기가 잡힌다.

"반대 있으신가요."

"음, 없는 것 같습니다."

약간 웃음기 섞인 류청우의 목소리를 들으며, 나는 마지막 목록을 적었다.

[4. 비교 대상]

말 없는 놈들이 많을수록 좋은 바이럴 승부가 되겠군. 괜찮은 발상이다. 현대적이고.

나는 신오와 아닌 척 아래로 하이파이브 하는 채율을 보고 내심 고개를 끄덕였다. 그래도 직접 계급장 떼고 비교당해서 이기겠다니, 의외로 티홀릭 같은 대선배 상대로 인성질도 할 줄 아는 놈이지 않은가.

'괜히 10년 차 1군이 아니군.'

독기가 충분한 점이 참 다행이었다. 나는 표정 없이 바로 입을 열었다.
"이제 잘 때만 쉬면서 모든 시간을 다 연습에 갈아 넣기만 하면 되겠네요."
"……."
"……."
"저, 테스타는 원래 이러나요?"
"네. VTIC은 아닌가요."
"……."
차마 부정은 못 하는군. 역시 돈 많이 버는 예체능은 워라밸 박살 나는 노동을 전제로 하는 것이다.

〈진성 승부〉.
가수들이 무대로 순위와 승패를 겨루는 여러 프로그램이 난립하는 가운데, 가장 장수하는 중인 오리지널 프로그램이다. 특히 이번 시즌 7은 이를 갈고 온 구성에 원조 PD까지 돌아오며 시청률을 잘 회복해 성장했다.
다만 문제가 있다면 장수 프로그램의 비애다. 출연진 풀의 부족. 그러다 보니 원래 가창력이나 미친 퍼포먼스로 유명한 가수들만 부르던 그들도 살짝 노선을 변경할 수밖에 없었는데….
바로 아이돌의 출연이다.

-실력 있는.가수보여준다는.초심.어디갔나.참으로.괘씸하다!
-음악방송 틀어도 누군지 모르는 아이돌만 나오는데 여기까지ㅠ? 제발 그만해요~~

그래서 슬금슬금, 조심히 아주 인기 있거나 실력 좋은 그룹을 섭외하며 허들을 낮추며 시청자를 꾀는 단계였는데… 갑자기 이번 화 예고에서 배신 아닌 배신을 한 것이다.

-무슨 아이돌이 두 팀이나..
-티홀릭이랑 위시즈? 위시즈가 누군가요?

하지만 그나마 나은 점은 둘 다 얼굴이 익숙하고 아는 곡이 있다는 점이다. 그래서 시청자들은 투덜거리고 욕하면서도 어쨌든 이번 화를 시청하려고 TV와 컴퓨터, 스마트폰 화면 앞에 앉아 있게 되었다.

-화장실 타임 보장이라고 생각하겠습니다 피디님

그리고 위시즈는 신인답게 오프닝 무대에서 등장할 예정이었다.

위시즈가 이번에 출연하는 경연 프로그램, 〈진성 승부〉는 토크 분량을 줄지언정 무대를 준비하는 서사를 길게 보여주지 않는다. '모든 건 무대로 말한다'라는 실력파 대전 컨셉을 지키기 위해서다.

그래서 도리어 류건우에겐 기꺼웠다.

'준비 과정을 너무 보여주면 임팩트가 떨어져.'

다 경력직인 탓에 신인답지 않게 능숙하게 쓱쓱 진도 빼는 그림이 나올 것이기 때문이다. 그런 캐릭터를 원하는 것이 아니다.

'기대를 배신하는 맛을 줘야지.'

덕분에 위시즈는 준비 분량은 거의 없이 전형적으로 '한 곡 빵 뜬 대박 신인'이 받을 편집을 받았다.

[〈다섯 번째 팀은?〉]
[당신이 바라는 아이돌~ 안녕하세요, 위시즈입니다.]

싹싹한 모습, 그리고 현재 잘나가는 곡, 〈타이머(Timer)〉를 광고하듯 소개하는 분량 정도.

원래라면 더 많이 받았을 것이다. 개개인이 다 핫한, 말도 안 되는 괴물 신인이니까. 그러나 그 외 초반 분량은 포지션과 이미지가 상위호환인 팀이 가져간다.

바로 티홀릭이다.

[아~ 어서 오세요!]
[〈왔다, 국민 아이돌!〉]

더 대중적으로 인지도가 높고 히트곡이 많은 그룹이기에 좋든 나쁘든 시청자의 리액션은 그쪽에 집중된다. 다만 날카로운 분석을 자랑하는 것을 좋아하는 몇몇 사람들은 해당 코멘트를 남겼다.

-좀 겹치는 듯하네요.
-이건 섭외 실패다 둘이 너무 이미지가 비슷해
-차라리 류청우로 차별화해서 분량 뽑지ㅉㅉ

개인 활동으로 활약한 멤버 개개인이 핫한 인지도가 있으며, 대중적인 음원용 히트곡이 있다. 그 사실만 나열하면 위시즈는 누가 봐도 티홀릭 라인의 후발주자였다.
게다가 이번 101화 퍼포먼스의 주제까지 위시즈를 돕지 않는다.

[주제 : 초심]
[100화를 넘어 새로운 1화를 맞이하는 〈진성 승부〉에 도전장을 낸 가수들을 위한 테마]

신인에게 초심? 게다가 화려한 무대 장치와 유명 작곡가의 명곡들로 벌이던 축제 같은 100화 특집을 떠올리면 심심할 수밖에 없었다.
무대 전 마지막 한마디, 리더인 신재현이 요청받은 '각오의 말씀'을 할 때도 사람들은 떨떠름해했다.

[저희가 여러 개인 활동을 통해 감사하게도 이름을 알렸지만, 사실 본질은 그룹 무대를 하는 사람이라는 걸.]

[보여 드리고 싶습니다.]

-저거 사망 플래그 같다
-누가 보면 예능만 오 년쯤 나온 줄 알겠음ㅋㅋㅋㅋ
-타이머로 많이 했을 거 아님?

이미 흥행한 곡을 쥐고 있는 유망 신인의 발언에 시청자들이 다소 기가 찬다는 식으로 반응할 때, 응원 글을 남기던 팬이 참지 못하고 키보드를 두드린다.

-ㅋㅋ다들 잘 모르시는구나 위시즈 서바이벌 프로그램 출신이에요
-그룹 경연 자체가 애들 초심임

글은 순식간에 떠밀려 사라졌으나, 그 순간 방송 화면이 바뀌었다.

[생방송]

상단 구석에 실시간 송출이 뜨며 화면의 질감이 변하는 순간, 카메라가 움직이며 무대를 비춘다.
준비가 끝난 오프닝 스테이지. 상단 전광판에 거대한 필기체가 밝게 뜬다.

[Yesterday]

무대 위로 햇살같이 노란 조명이 내린다. 푸른 하늘 같은 전광판 앞, 무대 세트는 벽돌로 지어진 학교의 멋진 현관이다. 그리고 그 패널 구조물들 사이로 퍼포머들이 등장한다.

단정한 사립학교 학생복을 입은 위시즈의 멤버들. 동선을 타고 모인 그들이 대형을 갖추고, 센터에서 금발의 채율이 웃는다.

—타이머를 돌려 과거에 가볼까

다들 아는 곡의 등장이었다.

다소 뮤지컬스럽게 동선과 창법을 바꾸고 브라스 반주를 넣은 스테이지는 다소 복고적이며 유쾌하다. 벅차고 즐거운 느낌.

게다가 자기 파트 때마다 자신이 예능에서 쌓았던 캐릭터를 살짝 익살맞게 섞었다. 안경을 쓰고 책을 읽는 류청우. 신문지에 불을 붙이는 마술을 하는 주단. 본인의 랩 어미를 '습니다'로 끝내며 눈을 찡긋거리는 차유진. 유행어를 섞거나, 상황을 재현한다.

그리고 캠페인 팻말을 시위하듯 들고 있던 류건우는 팻말을 꽉 안더니, 웃으며 후렴을 부른다.

—뛰던 내 마음엔 네가
우리 위에서, 내리던 유성
아직 기억해 오늘도

손을 흔들며 안무를 하는 멤버들.
 그 모든 순간이… 참 자연스러우면서도 기분 좋은 응원의 느낌을 주었다. 성공적인 편곡과 긴장한 것처럼 보이지도 않는 편안한 멤버들의 모습까지.

-괜찮다
-잘하네요 아이돌의 순기능~~ 응원받는 느낌이네^^
-표 좀 받았겠어요 노래도 꽤 하네요

좀 심심할 수도 있지만, 오프닝으로 좋은 기분 좋은 무대였다. 보컬도 흠잡을 곳은 없다. 욕하지 않고 넘어가 줄 만하다고 생각한 그 순간.

-어? 김래빈 어딨어

복잡한 동선과 왜곡된 카메라 워크에 눈치채지 못한 사이, 무대 장치 뒤 난간을 타고 올라간 인영이 있다. 뒤늦게 따라가는 카메라가 비추는 것은 학교 시계 위에 손을 올리는… 하얀 머리의 김래빈.
 내리깔 듯 보는 눈이 카메라와 눈이 마주친 그때.

–D-------ing-----

휙 카메라 워크가 뒤로 빠진다. 전광판의 푸른 하늘이 꿈틀거리더니, 종소리를 물고 새로운 소리가 치고 들어온다.

단조의 리코더. 그리고 반주의 템포가 변한다.

-????

김래빈이 여유롭게 한 걸음씩 난간을 내려오는 동안, 남은 일곱이 어느새 모여서 안무를 선보인다. 흡사 댄스 브레이크 간주처럼 보이나, 엇박이고 어딘가 느린, 살짝 이상한 기분이 들게 하는 안무.
　김래빈이 다 내려와서 합류했을 때는 종소리와 기존의 반주는 이미 잦아들었다. 백색소음 속. 센터에 걸어와 선 김래빈이 고개를 까닥한다. 쉰 듯이 나오는 낮은 목소리.

-타이머를 움직여
-내 소원을 들어줘

맞지 않는 멜로디에 낯선 랩이 잡아채듯 붙으며, 곡이 다시 전개된다. 내리꽂듯 강렬한 리프 멜로디.

-절대 잊지 못할 주문을
외워 나에게 가르쳐
네 세상을

전광판은 어느새 붉게 물든 시간을 지나 어둡게 지고, 초승달이 뜬다. 밤의 시간.

[Yesterday]

상단의 글자까지 변하는 순간, 진짜 안무가 시작된다.
그리고 '타이머'에서의 자기 파트를 찾으러 멤버가 나올 때마다.

-타이머를 돌려
-여기 있어 나는 변하지 않아

가로막힌다.
타이머의 멜로디를 물고 들어오는 새로운 단조의 멜로디. 고전적인 편곡을 밀어내고 자연스럽게 현대적인 미디 음이 자리를 차지한다.
이 정도면 모를 수가 없기에 시청자는 당황했다.

-이거 무슨 곡임
-타이머가 데뷔곡 아니에요?

아니다. KPOP 팬덤의 입맛에 딱 맞춰낸, 국내 음원 대중성을 걷어찬 그들의 데뷔곡은 따로 있다.

-영원히 외워도
안 질려 날 붙잡아
여기 남겨줘

〈Wish(소원)〉. 한밤의 학교에 영원히 갇힌 괴담의 스토리는 타이머를 잠식한다. 잡아먹듯이, 타이머의 리프 멜로디가 나올 때마다 쥐어뜯듯이 Wish의 비트가 찍어 누른다.
그리고 가로막듯이 안무도 변한다.

−사진이 반짝
−사냥의 밤 사냥감의 숨소리
소원을 들어주는 건 나

타이머 후렴의 진채율의 동선을 뒤로 밀고 막듯이, 차유진이 눈을 빛내며 댄스 센터를 잡는다. 타이머 파트에서 의도적으로 파트가 적었던 멤버들이 전면으로 나온다.
점점 비트가 빨라지고 격해지며 안무의 동작들도 거칠게, 동선이 밀어내듯 우악스러워진다.
사냥의 밤. 스산한 고음이 몰아친다.

−Ohohohoh−

그 아래를 받치는 어둡고 강렬한 목소리.

−Make me enhanced
Make me better

Come- in-

튀어나오듯 뻗어오던 손과 정지 동작들이 갈무리되는 순간.
곡이 끝난다.
허공을 향해 들었던 손을 내리며, 가운데에서 앞으로 나오는 인영.

-하나
둘
셋
이제 내 소원을 들어줘

단정한 차림새.
손가락으로 옷감을 정리한 뒤, 웃으며 돌아서는 신재현을 끝으로 동선은 피라미드 형태로 굳는다. 하지만 뒤로 돌아선 그의 후열은 여전히 그대로 앞을 보고 있다. 그리고 입을 연다.

-우… 우….

야유하듯 울리는 아카펠라.
붉은 자정의 학교에서 종이 울린다.

-Ding-

리듬에 맞춰 상체가 흔들린다.

-Dong-

조명이 꺼졌다.

-……g

어두운 스테이지 위, 남은 종소리만이 감돌며 오프닝 스테이지가 끝났다.
곧 다음 무대를 위해 VCR을 통한 MC의 멘트가 울리지만….

-???
-지금 이거 무슨 곡이에요?? 누가답좀주세요
-짜릿했다
-방금 내가 뭘 본 거임

시청자들의 반응은 흐름을 따라가지 못하고 경악에 잠겨 있었다.

-? 화장실 갔다 왔는데 분위기 왜 이럽니까

이날 생방송 무대가 다 끝난 후 객석 반 시청자 반 비율인 10분간의 투표 시간, 위시즈는 맨바닥에서 2위로 최종 성적을 마무리하는 기염을 토했다.

퇴근 전, 화장실에 들렀다 돌아오며 복도에서 스마트폰 화면을 넘겼다. 페이지를 넘길 때마다 이 그룹 이야기가 튀어나온다.
주요 키워드는 당황이다.

-위시즈 원래 무대 이렇게 해요?

음원을 노린 〈타이머〉의 무대는 일부러 따라 하기 쉽게, 보기 편하게 구성되어 있었다. 미친 듯한 고난이도로 경악하게 만들거나 입 벌어지는 강한 기세와 당황스러울 정도로 시선을 끄는 느낌 같은 게 주가 아니었다는 뜻이다.
그냥 기분 좋게 끼가 보이는 무대. 그렇기에 대중은 위시즈의 장기와 노선을 '대중 친화적 티홀릭 라인'으로 파악했다.
하지만 이번 무대로 깨달은 것이다. 이 그룹의 지망을.

-얘네 예능 진짜 부업이었네

놀랍게도 진실이다. 나는 베스트 댓글을 보며 고개를 끄덕였다.

-아니 사기 아니야? 생방으로 이걸 해>??ㅋㅋㅋㅋㅋㅋㅋ

-와 이거 타이밍 어떻게 맞춘거지? 다 잘하네 와 미쳤다 라이브...
-마이너 감성 이 정도까지일 줄은 몰랐음 근데 매력 있다 원래 데뷔는 이런 느낌이었어?

아이돌에 관심 있던 연예 커뮤니티에서도 이런 반응이 쏟아지는 와중에 일반 시청자들은 더했다. 너무 잘해서 약간 거부감이 느껴질 정도로 의외라는 속사포 반응이 주를 이룬다.
게다가 이건 일반 프로그램이 아니다.

-속이 다 시원한 무대였습니다 어린 청년들이라 그런지 도전할 줄 아네요 천재들을 봤습니다
-오프닝을 이래 버릴 줄이야~~멋졌다!
-이런 실력을 두고 그동안 예능만 내보내는 무정한 회사 때문에 마음 고생했겠구나. 참 노래도 춤도 잘한다.

오래 묵은 경연 프로그램. 이미 고인물이 된 시청자들은 더 강렬하고 자극적인 경연 무대를 바라고 있었으니까. 100화 넘게 보며 웬만한 건 다 클리셰로 보이게 된 이 사람들 눈에는 이 정도가 딱 좋은 자극이었나 보다.
무대적으로도 서사적으로도.
'잘하는 놈이 착한 놈이라 이거지.'
덕분에 절대다수가 태세 전환하신 모습이 보기 좋다.
'좋아.'

나는 고개를 끄덕이며 인터넷을 내렸다. 내일 기사 쭉 뿌리면 문제없이 그룹 이미지를 띄울 수 있겠다고 생각하면서.

이제 들어가서 발 뻗고 오랜만에 6시간 이상 좀 자보는 게….

"어어. 저기요."

"예?"

고개를 돌리자, 아는 얼굴이 보이는데….

'음.'

이 새끼… 누구였더라.

'아, 티홀릭이군.'

그런데 탈퇴 멤버라는 게 모르는 원인이다. 미안하지만 현실에선 네가 탈퇴한 지 한참 지나서 말이다. 뭐 얼굴 볼 일이 있었어야 말이지. 나는 냉큼 신인답게 허리를 숙이며 인사했다. 놈은 고개를 끄덕였다.

"무대 잘 봤어요. 아주 열심히 준비했던데, 2위 할 만해, 할 만해!"

"감사합니다."

나는 놈이 내미는 손을 공손히 잡았다. 그러자 놈의 눈에서 무시와 경계 사이 어디쯤의 기색이 지나간다.

"다음 컴백곡은 그런 무대 느낌으로 내는 게 멋질 것 같아. 위시즈는 그런 걸 가장 잘하는 것 같더라고요."

대중성 꼬라박이라고?

뭐, 신인이 그걸 결정한 권한이 없다는 걸 이놈이 모르진 않을 테지. 그냥 진 게 기분 더러워서 대선배 대접받으려고 일부러 우리 대기실 주변을 휘적거렸나 보군.

'오.'

갑질 좀 할 줄 아는 놈인가.

아무러면 어떠냐. 어차피 몇 년 안에 퇴직할 놈이. 나는 내심 피식 웃으며 고개를 끄덕였다.

"아, 감사합니다."

"그래요, 그래. 다음에 우리 나가는 예능에서도 또 너희가 따라 출연해서 얼굴 볼 수 있었으면 좋겠고."

"아, 예."

그래도 기는 좀 죽여놔야 하나. 내 대기실 문이 바로 눈앞인데 퇴근을 못 하니 썩 기분이 좋지는 않아서 말이다. 혹시 입 좀 다물고 꺼질 생각 없냐.

그런데 갑자기 그 문이 열리더니, 사복으로 갈아입은 놈이 나온다. 청려.

"안녕하세요. 선배님."

"아, 재현이. 잘 왔어. 그래."

리더랍시고 다른 놈들보다 인사를 다닌 건지 뭔지 안면이 있나 보다.

'넘기고 들어갈까.'

나는 걸어오는 놈을 드물게 반갑게 쳐다보았다. 티홀릭 탈퇴자는 입을 느물거린다.

"너는 언제나 태도가 좋아. 어 오래 가려면 계속 그래야지."

"언제나 존경합니다."

"그래, 그래."

절대로 자신이 이 위치를 벗어나지 않을 것이라는 의미 없는 확신. 그리고 자만심.

'좀 멕일까.'

내가 입을 열려던 순간이었다. 먼저 청려 놈이 천천히 입을 열었다.

"그래도 언제까지나 전성기일 수는 없죠. 그룹도, 사람도."

"…!"

신재현은 곧 빙그레 웃더니, 티홀릭 놈을 쳐다보았다. 네가 나보다 오래 못 갈 거란 의미다.

'……저놈.'

멕였네. 하지만 저놈이… 저런 말을 대놓고 입 밖에 내는 걸 볼 줄은 몰랐는데 말이다.

−전성기는 끝나니까 전성기잖아요.

나는 이전에 놈에게 했던 말을 떠올렸다. 그리고 탈퇴자는 점점 얼굴이 붉어지더니, 정색하기 시작했다.

"너 지금…."

"아이고 형 여기 계셨네요!"

그 순간, 밝은 목소리가 또 끼어들었다. 모퉁이 너머에서 냉큼 달려온 녀석은 티홀릭의 다른 멤버였다.

"매니저 형이 찾더라. 아, 위시즈 분들."

내가 〈아주사〉 첫 평가 때 했던 'Party in me'의 주인인 티홀릭 막내는 눈을 찡긋했다.

"무대 너무 잘 봤어요. 방송국에서 오래 볼 수 있게 우리 서로 선의의 경쟁합시다!"

"아뇨. 저희가 감히 경쟁은…."
"겸손하기까지 하시네요."
아니, 현실로 돌아가면 세대 차이 때문에 경쟁 못 한다는 뜻인데. 그쯤 되면 노인 공격이다. 어쨌든 녀석은 약간 장하다는 것처럼 웃는 것 같았으나 곧 금방 표정을 고쳤다.
"고맙습니다~ 자, 형 가자!"
티홀릭 막내는 곧 탈퇴할 놈을 끌고 사라졌다.
"……"
나는 청려를 쳐다보았다. 놈은 어깨를 으쓱하더니, 가늘게 웃었다.
"음, 자신이 한 말이 인용된 소감은?"
"알면 됐다."
"하하!"
나는 실소하는 놈을 두고 대기실 문을 열었다.

그렇게 모든 조건은 다 갖춰졌다.
이제 대상 시즌이 온다.

"안녕하십니까, 시청자 여러분~"
시상식, MC석 사이드에서 마이크를 잡은 그룹 자이롭의 이세진이 웃으며 인사했다. 검게 염색한 머리로 대호평을 받았던 그는 올 한 해 착실한 그룹 활동과 뛰어난 개인 활약에 힘입어 이 자리에 서 있었다.

물론 그가 능수능란하게 생방송 사회를 잘 볼 수 있는 몇 안 되는 적임자라는 것도 이유 중 하나였지만, 회사는 모르는 사정이 있다.

'……잘될 거라고 생각은 하지만.'

이세진은 만일의 돌발 상황을 위하여 이 자리에 있다. 계획과 작전을 위해.

'아, 이런 것도 다 해보네.'

그는 남몰래 긴장감에 침을 삼키면서도, 아무렇지 않게 웃으며 고개를 들었다.

"〈레몬 뮤직 어워드〉, 막이 오릅니다!"

연말 시상식이 시작되었다.

"오늘 이 자리에서 뜻깊은 소식을 전해드려 기쁩니다."

이세진의 시상식 진행은 흠잡을 곳이 없었다. 나이와 연차 문제로 입을 대던 사람들도 막상 시상식이 진행되자 조용해질 정도였다. 게다가 본인이 소속된 그룹도 상을 하나 챙기며 좋은 그림이 나왔다.

"퍼포먼스상, …자이롭입니다!"

-오오ㅊㅋㅊㅋ
-이세진 MC석에서 걸어 나오는 거 미쳤나 개멋있어 정장 박제해
-ㅋㅋㅋㅋ애들 합류해서 인사하는 거 귀엽네

이세진은 단상에 올라온 주변 멤버들과 합류하며 씩 웃었다. '형'들은 눈이 마주치자 황급히 마주 웃는다. 아주 열심히 눈치 보고 있다는 티가 역력한 성실한 반응이었다.

'그래, 잘~ 한다.'

그럴 만도 했다. 이세진은 현실의 테스타 자아를 되찾자마자 멤버들에게 진정한 현실의 맛을 보여줬기 때문이다.

우선 머리를 염색하고 돌아간 날.

-이야~ 너 뭐냐?
-이세진 X나 지 맘대로 하네 올~

드디어 이놈도 이런다며 낄낄대거나, 하다못해 그런 반응도 없이 스마트폰에 코를 박은 놈들을 향해 이세진은 씩 웃으며 말했다.

-오… 웃어?
-…?!
-그런데 정답 맞네요. 와, 형님 말씀 그대로 제 마음대로 하려고요!

그리고 그 길로 회사로 가서 염색 사실을 알렸다. 돌발 상황에 기겁하며 어르기와 체벌 사이에서 갈팡질팡하는 회사에게 트레이드 안으로 제안한 것이 바로 이것이다.

-어어? 다들 편하게 지내셔서 저도 그래도 되는 줄 알았죠. 보고하고 해야 했구나~

멤버들의 탈선 행위.

문어발 연애 수작부터 비밀 계정, 클럽용 인맥을 위한 라인까지. 본래 자이롭의 이세진이 수습을 위해 이 악문 채 최대한 파악해 두고 있던 것을 고스란히 폭탄으로 터뜨린 것이다.

-아니…!
-여기 여기, 대화 내역 보이시죠?

아무리 성적이 괜찮게 나오고 있다고 해도 3년 차다. 당연하지만 회사에서는 기겁하고 수습에 나섰다. 휴대폰 감찰, 일거수일투족 감시 강화, 비상벨이 울리며 데뷔 직전 빡빡한 관리 체계가 다시 멤버들의 엉덩이를 걷어차며 들어온 것이다!
당연히 멤버들은 이세진에게 격분했다. 암묵적으로 팀 내에서 봐주며 쉬쉬하는 게 기본인데 이렇게 나오는 것은 용납할 수 없는 배신행위였다. 감히 집단생활에서 막내가?

-너 돌았냐?
-야.

그러나 이세진은 눈 하나 깜짝 않고 히죽 웃었다.

-이거 협박이에요? 오~ 형들의 협박과 따돌림에 못 이겨 탈퇴한다고 SNS에 올려야지!
-…?!

그리고 정말 SNS 계정을 켜서 거침없이 글을 작성하기 시작한다. '고독한 타인' 따위의 우울한 시를 인용한 감성 사진까지 골라서 첨부하는 디테일까지. 이쯤 되면 무섭다.

―너, 너 이 새끼 미쳤어?
―몰라요~ 그런가 봐요!

본래 제일 어리고 싹싹하게 사회생활하던 놈이 휙 눈이 뒤집혀서 말 안 통하는 싸이코 새끼가 되니 더 무서운 것이다.
바로 미친놈 메타였다.

―잠깐, 잠깐만.
―아 제발…. 아니, 야.

예측 불가의 상황에 압도당한 멤버들이 항복 선언을 하기까지는 하루도 채 걸리지 않았다.

―와~ 클럽! 하긴 연습실에서 하나 클럽에서 춤추나 그게 그거죠? 제가 형 클럽에서 진짜 열심히 연습한다고 인증 샷 올려드릴게요, SNS에!
―아, 알았어. 잠깐만.

'오.'

깽판이 답이었다. 일평생 사회에 잘 적응하며 사람들과 최대한 얼굴 안 붉히고 지냈던 이세진이 생전 처음 느끼는 저차원적 사이다였다.
'이게 되네.'
앞뒤 가리지 않고 들이받는 미래 없는 짓이 주는 짜릿함에 이세진은 잠시 혹할 뻔했으나, 곧 피식 웃으며 어깨를 으쓱했다.
'시원하긴 한데, 내 타입은 아니라서.'
그래서 마무리는 본인이 원래 잘하는 방법대로 전개했다. 그 후 보름에 걸쳐서 멤버와 단둘이 있을 타이밍마다 작업을 친 것이다.

－형.
－어어…. 나 그냥 잠깐 화장실 좀.
－예예. 사실 형님은 뭐, 그렇게 이상한 분 아니잖아요. 다른 멤버들한테 너무 실망해서 제가 이런 거죠.

그리고 구체적으로 절대 해당 멤버에 해당하지 않는 탈선 예시를 한탄하듯 드는 것이다.

－솔직히 문어발 연애는… 아니, 실수하는 날에는 너무 타격이 크잖아요. 그게 말이 돼요?
－……그래, 그 새끼는 좀 선 넘었지.
－네. 형한테는 실망 안 하고 싶은데. 저희는 잘 좀 해봐요. 인기 유지해야죠.
－……아, 어어.

20살 초반, 연습생도 길지 않고 갓 데뷔해 잘된 놈들 홀라당 태세 전환하게 만드는 건 일도 아니었다.

'무서운 미친놈이지만 또 나랑은 사이가 좀 괜찮아, 난 측근이야.'

모두가 각기 이런 착각을 하도록 만든 것이다.

그 후로는 일사천리였다. 피아식별 안 하는 것처럼 보이는 미친 채찍질과 나만 주는 것 같은 당근, 그 조합물의 결과가 바로 이 판 아닌가. 서로가 서로를 감시하며 이세진에게 환심을 사려고 하는 균형 상황.

"감사합니다. 앞으로도 정진하겠습니다!"

결국, 올해 팬 이탈 러쉬를 맞지 않고 제법 성에 차게 움직여서 상을 챙긴다.

'아~ 제대로 활동했다.'

이세진은 지난 활동을 돌아보며 내심 개운해했다. 그리고 멤버들의 면상을 확인했다.

'진짜… 어디서 이런 놈들이 데뷔를 해가지고.'

자신이 이놈들보다 아이돌로서의 포지셔닝이나 매력이 부족해서 데뷔하지 못했다고 생각했던 적이 있다. 이제 보니 자신도 어려서 그렇게 오인했던 게 아닐까 하는 생각도 들지만….

'나 제치고 데뷔했으면 제대로 좀 해라.'

스스로 과분한 상이라고 생각하며 정진했으면 했다.

'어차피 난 돌아갈 거지만!'

그는 후련히 결론지었다.

물론 거기까지 가는 길에… 이런 걸 백업하게 될 줄은 몰랐지만 말이다.

'하.'

큰세진은 잠시 후 일어날 일을 생각하며 약간 아찔해졌으나, 얼굴은 여전히 싱글벙글 웃으며 소감을 마치고 MC석으로 복귀했다.

"감사합니다!"

"축하드려요, 세진 씨~"

다른 두 진행자가 박수를 보내준다. 이세진은 서글서글 고개를 숙이며 기쁜 기색을 내비쳤다.

"그러고 보니, 다음 시상자분께서는 세진 씨가 잘 아는 분이시네요."

"아."

슬슬 나오는구나. 큰세진은 모르는 척 궁금한 듯 웃었다.

"와, 누구실까요? 지금 만나볼 수 있을까요?"

"그럼요."

"이번 시상, 올해의 신인상입니다."

뒤의 전광판이 열리고, 아는 사람이 걸어 나온다.

"〈해마〉, 〈다이얼링〉의 배우 이세진 씨입니다."

무려 단독 시상을 진행할 배세진이었다.

잘 차려입은 멤버는 누가 봐도 배우처럼 보였다. 하지만 큰세진은 저 사람이 아이돌 스타일링을 하면 또 아이돌처럼 보인다는 것을 알고 있었다.

"안녕하세요. 평소 KPOP을 즐겨 듣는 리스너로서 이 자리에 서게 되어 참 두근거리고 영광스럽습니다."

뻔한 시상식 대본이 쭉 이어진다. 하지만 발성이 좋고 직업 특색상 자연스럽게 들린다.

"어느 순간부터 제게 KPOP은 참 가깝게 느껴지는 취미이자 일상이 된 것 같습니다."

그러더니 힐끔 진행석 쪽을 돌아보며 이런 말을 던지기까지 한다.

"아이돌분 중에도 저와 동명이인이신 분도 계셔서, 더 그런 것 같기도 합니다."

"…!"

큰세진은 웃으며 고개를 까닥거렸다. 관중석에서 웃음과 박수가 터졌다. 역시 대본 있는 연기는 참 잘한다. 그게 아니더라도… 열심히 하는 사람이기도 하고 말이다.

'흠.'

큰세진은 인정했다. 배세진은 일에 열정이 없거나 불성실한 사람은 아니다. 자신과 안 맞아서 문제지만 뭐.

'그거야… 하다 보면 더 나아질 수도 있지 않나.'

드물게, 큰세진은 이미 한번 말아먹은 대인관계에 관대한 평가를 내렸다. 자이롭 효과가 없었다곤 말 못 할 것이다.

"발표하겠습니다."

그리고 배세진이 희미한 미소와 함께 호명한 신인상 수상자는 위시즈였다.

-덕계못 탈출!

-축하드립니다 이세진님ㅋㅋㅋㅋ

연기력으로 아무런 티 하나 나지 않지만, 이쪽도 일이 어떻게 진행될지는 알고 있었다.

'……'

배세진은 수상한 위시즈가 감사 인사를 하는 것을 묘한 기분으로 지켜보았다. 그리고 동명이인이 무슨 생각을 할지 큰세진도 짐작했다. 자신도 그러니까.

'…옛날 생각나네.'

물론 자이롭이 탔을 때가 아니라 테스타가 탔을 때를 말하는 거지만 말이다. 그는 시선을 돌리며 웃었다.

'빨리 돌아가고 싶다.'

저 그룹에 검증된 사람들만 있다 보니, 무대가 워낙 괜찮아서 말이다. 자기 자리가 불명확해지는 것 같은 기분을 다시 느끼고 싶지는 않았다.

―타이머를 돌려 과거에 가볼까

그는 신인상 수상 직후 이어진 위시즈의 무대를 보며 기대인지 불안인지 알 수 없는 묘한 느낌을 참았다.

그리고 시간이 꽤 지난 뒤.
광고와 몇 번의 무대가 지나고 나서야 자신의 옆에 선 아나운서가 대망의 큐카드를 읽는다.

[이번 시상은 바로, 올해의 노래상입니다.]

"후우."
2부의 거의 마지막이다. 나는 가수석에 앉아 테스타부터 VTIC 놈들까지 주변을 확인했다. 다행히 얼굴에 티 나는 녀석은 없군.

[형 저 너무 긴장돼요.]

너는… 일단 얼굴이 보이진 않으니 마음껏 긴장해도 괜찮고.
어쨌든 마침내 대상이 불린다. 가장 이름값 낮은 가수부터 주려고 해서인지 먼저 불리는 올해의 노래상.
'뻔하잖아.'
위시즈다.

[시상을 도와주실 분은….]

그리고 시상자가 문을 열고 입장하는데…. 저거 선아현 아니냐?

[한국음반저작재단의 김난주 이사님, 그리고 발레리노 선아현 씨입니다.]

뭐야.

나는 정장을 입은 놈이 걸어 들어오는 것을 보다가 문득 이미 저놈에게 지나가듯 이야기를 들었다는 것을 깨달았다.

-나, 시상식 섭외가 들어왔다는데… 혹시 볼 수 있을지도, 몰라…!

아니, ToneA일 줄 알았지. 보통 타 예술 분야 네임드 섭외해서 시상식 이름값 좀 띄워보려는 건 T1놈들이 하는 짓이니까. 그래서 자연스럽게 '그때 가서 보게 되면 보자' 하고 넘겼는데 말이다.
'…관계자가 자리에 온 건 오히려 괜찮지.'
무슨 돌발 상황이 일어날지 모르니까.
나는 선아현에게 손을 흔들려던 차유진을 잡아 내리고 시선을 단상에 집중했다.

[안녕하십니까.]

이사라는 나이 지긋한 여사와 함께 입장한 선아현은 웃으며 이사의 말을 경청하다가, 마지막이 다 되어서야 입을 연다. 아무래도 홍보 등 멘트 분량을 다 넘겨주고 받은 것인가 보다.
수상자 발표를.

[레몬 뮤직 어워드, 올해의 노래상. 그 수상자는….]

놈은 눈이 마주치자 밝게 웃었다.

[축하드립니다. 위시즈…!]

와아아아!!

환성과 비명, 축하가 회장에 가득 찬다. 멤버들이 서로 한 번씩 포옹과 어깨 두드림을 주고받는다.
언뜻 본다면 감격의 표현 같으나, 사실 그보단 각오의 표현이다.
"문대 형, 가요."
"그래."
차유진이 내 등을 두드린다. 나는 바로 단상을 향했다.
'늦으면 안 되지.'
스테이지로 올라가자 선아현이 웃으며 꽃다발을 건넨다. 그것을 받고, 트로피는 다른 놈이 받게 둔 채 나는 바로 마이크 앞에 섰다. 그리고 청려를 돌아보았다.
"……"
직후, 놈이 살짝 고개를 끄덕인다. 신호였다.
나는 즉시 스탠딩 마이크 앞에서 빠르게 입을 열었다.
"안녕하세요, 여러분."
등 바로 뒤로 다른 놈들이 대형을 갖춰서 서는 게 느껴진다.
긴장감이 깃든 순간.

"바로 본론에 들어가겠습니다."

나는 심호흡도 하지 않고, 최대한 또렷하게 입을 열었다.

"은퇴합니다."

"…?!"

"번복 없이. 완전히."

나는 말을 계속했다.

"모든 연예계 활동, 인지도나 명성을 얻을 모든 경우의 수를 다 배제하겠습니다."

등 뒤에서는 아무런 반박도 나오지 않는다. 전원의 암묵적 동의.

이걸 위해서 VTIC을 각성시킨 것이다. 아무것도 모르는 상태에서 당사자가 되면 까무러칠 테니까.

어어어어? 어어?

그러나 무대 밑에서는 혼란과 공포로 난리가 난다.

"이건 은퇴 선언입니다."

비명과 혼란으로 가득 찬 관객석. 그 앞에서 바쁘게 뛰어다니거나 황급히 무대와 스탭을 향해 사인을 주는 제작진들. 나는 무표정으로 그것을 내려다보았다.

한 사람이 황급히 무릎걸음으로 스케치북 따위를 찾아서 글을 휘갈긴다.

[이게 무슨]

그러나 그 문장이 다 완성되기도 전.
관객석이.
스테이지가, 시상대가, 조명이, 공기가, 열기가.
모든 게 멈춘다.

[……]

그리고 내 시야를 가득 채우는 것은… 홀로그램.
상태창이다.

[~~Ending~~]
[~~New Chapter 생성~~]
[~~정산 중~~]
[~~취소~~]
[~~Ending~~]
[~~New Chapter 생성~~]
[~~정산 중~~]
[~~취소~~]
~~……~~.

상태창이 다시 폭주한다. 마치 비행기에서처럼!
'그래.'

됐다! 나는 이를 악문 채, 끝없이 재생산되는 무한 반복의 패턴을 보았다. 이 일을 계획했을 때를 떠올리며.

-빨리 나가고 싶다면, 차라리 다른 방식을 노리는 편이 확실할 것 같은데.

청려는 자신의 기능 하나를 보여주었다.

-오류 보고 기능이 있더라고요.

그리고 거기에 전제된 뜻은….

-오류가 발생할 수 있다는 거지.

없는 것을 보고하는 기능을 굳이 만들진 않았을 것 아닌가. 거기서부터 계획을 세웠다.
진행이 아예 불가능할 정도의 오류를 만들 계획.

-너, 정확히 언제 퀘스트가 완료되는지 알 수 있냐.
-그렇죠.
-그러면 나한테 신호를 줘.

게임 클리어 시점에서, 동시에 진행을 위한 필수 요소를 제거해 버리는 것이다.

'활동 무효화.'

클리어 전에 하면 그냥 클리어 실패가 된다. 그리고 클리어 이후에 하면 별 의미 없다. 이미 클리어했으니까. 하지만 동시에 하면….

'모순이 되는 거지.'

충돌하는 것이다.

―그래서 알고리즘에 오류가 생기면….
―튕기는 거지.

바로 오류. 거대한 버그가 발생한다.

[오류 : 정의되지 않음.]
[✲✲✲✲✲✲✲✲✲✲✲✲✲✲✲]
[✲✲✲✲✲✲✲✲✲✲✲✲✲✲✲]
[프로그램 자동 중지까지 남은 시간: @#$!.]

나는 모든 홀로그램에서 바뀌는 글자를 보며 입을 비틀었다.

자동 중지.

'프로그램에서 튕기는군.'

GM인 청려에게도 이런 상황에 대한 복구 권한은 없다. 그렇다면, 이대로 과부하가 걸려 게임 세계가 허물어지고 현실로 돌아갈 확률이… 높다. 나는 준비했다.

그리고 정말로, 정신이 흐려지기 시작한다. 마치 깨어날 것처럼, 아련한 부유감이 뇌를 감싸는 듯한……
그 순간.

[───.]

뭔가가 뇌를 강타한다. 아주 거대하게.

우우우웅-!

"…!!"
나는 격통 같은 충격에 혀를 깨물었다. 부유감 대신 진동이 울린다. 문제는 그게… 의미가 있는 무언가라는 점이다. 의사를 표출하는 언어 없는 힘.
뜻은,

-실수인가?

스테이지가 지워진다.
마치 그래픽처럼, 단상이 지워지며 무대 구조물이 사라진다. 다음은 제작진, 관객, 관객석. 응원봉의 불빛까지. 다 사라져 모호하고 추상적인, 골조만 희미한 세계가 남는다.
그리고 다시 들리는 목소리.

[이런 표현을 자주 쓰지.]

어디서 들어본 것 같은 목소리.
그것은 꿈속에서 웅웅거리는 것 같은 소리로 의사를 표현한다.

[시스템.]
[그런 호칭을 쓰지?]

나는 주먹을 쥐었다.
머리가 차갑게 식는다. 저건 내가 자신을 시스템이라고 부르는 걸 알고 있다. 어디까지 알고 있는 거지. 아니, 그 전에….
'…말을 할 수 있다고?'
이게 소통이 가능한 것이었단 말인가?

[내 존재에 의문을 품고 있구나.]

윤곽만 남은 세계가 소리가 들릴 때마다 일그러진다.
어마어마한 존재감이, 공간을 가득 채우고 미물에게 견딜 수 없는 엄청난 압력을….
'닥쳐.'
뭐라는 거야 X발. 사람 숙주 삼아 갈아타는 기생충 새끼가 퍽이나 어마어마하겠군. 쓸데없이 말려들지 말고 정신이나 차려라.

Chapter 31 | 135

나는 입안을 씹었다. 통증에 정신이 좀 돌아오는 것 같았다. 부드러운 목소리가 허공에서 웅웅댄다.

[여기가 마음에 들지 않아?]
[잘 만들었다고 생각했는데.]

대단히 인간적인 어휘다. 그래서 더 소름이 끼치는데.
"네가 만들었냐."

[그래.]
[이런 행위를… 피드백을 받는다고 표현하지.]

쿵.
공간이 휘몰아친다. 골조가 떠오르고, 이윽고 모호한 형체와 흔적마저 사라지며 탈색된다.
남은 건 색 없는 공간뿐.

[부족한 부분이?]

하지만 나는 여기 있다. 혀를 짓씹으며 입을 열었다.
"부족하고 나발이고, 남의 부모님으로 사기 치는 놈이 말이 많군."
의지가 요동친다. 동요인지 웃음인지 모르겠지만 기분이 더럽기는 매한가지군. 몸을 펴서 정면을 보고 섰다. 다리가 후들거린다. 그러나 힘을 줘서 미동하지 않는다.
"좋을 리가 없지. …그리고, 나와."
나는 담담히 말했다.
"더는 허공을 보고 이야기할 생각 없다."
잠시 침묵.
천천히, 느릿한 의지가 울린다.

[그게 절차구나.]

그리고 나는, '어디서 들어본 것 같다'라는 감상평이 어디서 기인한 것인지 알게 된다.
"…!"
그건 갑자기 나타났다.
하늘에서 떨어진 것도, 땅에서 치솟은 것도 아니다. 그냥 불쑥, 원래 그랬던 것처럼 나타났다.
내 눈앞에.

[안녕.]

아는 생김새다.
큰 키, 극한까지 관리한 전신, 20대 초중반의 남성.
'청려.'
놈이 검은 제복을 입고 있다. VTIC이 그 유명한 6년 전 〈혼(Horn)〉 컴백 첫 스테이지에서 입었던 의상이다. 내가 데이터를 팔던 그 시절에서 튀어나온 것 같은 모습으로, 시스템은 웃으며 고개를 끄덕인다.

VTIC 전성기의 신재현이 거기 서 있었다. 소름 끼치도록 그대로.

'X발.'

[너와 가까운 외관을 골랐어.]

딱 하나 차이점이 있다면, 색소. 색 없는 공간에 소속이라도 된 듯 색소 없이 허옇다.

"……."

나는 등골을 타고 내리는 식은땀을 느끼며, 고개를 다시 들었다.

[이제 대화를 하자.]

소리가 울린다. 더 거대해진 존재감이 보이지 않는 허공까지 틈 하나 남기지 않고 채운다.

[이건 너에게만 주는 제안이야.]

그러나 부드럽다. 마치 정말로 좋은 제안이라도 하는 것처럼. 시스템은 선언했다.

[네 피드백을 이 세상에 수용할게.]

"…!"
뭐라고.

[나이와 시대 상황을 네 선호에 맞춰 조절할까? 소속을 바꿀까? 아니면… 박문대의 몸으로 돌려줄까.]

"…!"

[네가 의견만 낸다면 거의 모든 일이 환경 설정에선 이론상 가능해. 핍진성이 허락하는 하에서.]

나는 입을 다물었다. 목소리는 더 교묘하게 물결친다.

[여기엔 너와 가까운 사람들도 다 있어. 네가 깨웠잖아. 부족한 건 없지.]
[그래도 혹시 부족한 게 있다면 구매할 수 있게 해줄게.]

구매라면.

[명성 수치(Exp)로.]

명성치. 이 게임 시스템에서 경험치 역할을 하는 재화.

[그간 사용처가 한정되어 있었는데, 이제부터는 많이 풀어줄게. 새 챕터니까.]

시스템은 업데이트를 이야기한다.

[부모님도 더 완벽하게 구현해 보자. 프로토 타입이라 이번엔 미흡했지.]

이 미친 새끼가.

[거부하는구나. 그렇다 하더라도… 전과 같은 조건이잖아. 그렇지?]

…나는 원래도 부모님이 안 계셨다, 그거냐?
나는 확실히 인지했다.
이 새끼는 인간이 아니다. 단순히 외관의 문제가 아니라, 감성을 전혀 이해하지 못한다. 하다못해 청려 놈도 이해했던 문제를 전혀 인식하지 못한다.
'말려들지 않는다.'
짧게 심호흡했다.
'진정한다.'
내가 해야 할 것. 정보를 알아내는 것이다.
"왜 이런 제안을 하는 거지."
긍정도 부정도 아닌 질문을 한다.

"내가 나가서 널 또 없애려 들까 봐 비위라도 맞춰주는 거냐? 원하는 게 뭐지."

[---]

세상이 다시 흔들린다. 나는 그 의미를 알았다.
조소다.
까마득하게 고압적인 진동이 저 높은 곳에서부터 바늘처럼 내려오다가 목소리로 바뀐다.

[내가 요청하는 건 단 하나.]

시스템이 손가락을 든다.

[아이돌.]

그 직업의 화신 같은 모습이 입을 움직인다.

[은퇴하지 않고, 그냥 아이돌을 계속해. 네가 질릴 때까지.]
[어렵지도, 힘들지도 않은 선택이구나.]

나는 일부러 피식 웃었다.
"웃기고 있네."

[……]

"권유? 나 같으면 바로 죽였어. 아이돌 하는 놈, 하겠다는 놈이 얼마나 많은데."

이 새끼가 말을 시작했을 때부터 일부러 살살 강도를 올리며 긁었는데, 그래도 날 죽이겠다는 말이 안 나온단 말이지.

이건 어떠냐. 나는 선언했다.

"너 나 못 죽여서 이 짓 하는 거 아니냐."

시스템은 가만히 서 있다.

"내가…."

[죽일 수 없다고?]

평이한 목소리가 울린다. 그리고 갑자기.

세상이 쏟아진다.

우

우

웅—

압력이 더없이 무겁게, 갑작스럽게 머리와 뇌를 짓누르며 전신을 짜내는 것 같은 심해의 압박감이 사람을 누른다.

시스템이 이 세상이다.

놈이 구성한 세계가 묻는다.

[죽일 수 없다고?]

빌어먹을 새끼.
식은땀과 열로 몸이 탈 것 같다. 그러나 나는 이를 물며 대답했다. 오히려 확실히 알았다.
"그래!"
못 죽이니까 과민 반응하는군.
'동요했어.'
여기서 찌른다.
"그리고 너… 지금 모습."
나는 상태창으로 동화되던 큰달을 떠올렸다. 놈은 거의 일방적으로 영향을 받아 시스템으로 흡수당한 것 같았다. 하지만 동시에 시스템에 영향력을 행사했지. 그렇다면….
"고른 게 아니지."
이 새끼는 아주 장시간 청려와 수없이 많은 삶을 반복했다. 상태창 없이 날것으로. 그렇다면!
"그 모습밖에 못 하는 게 아니냐?"
나는 외쳤다.
"너도 사람한테 영향을 받아서 그런 거 아니냐고."
세상이 멈췄다.
그리고.

[맞아.]

목소리의 진동이 사라졌다.
나는 숨을 몰아쉬었다. 거의 인간처럼 들리는 소리로, 시스템이 중얼거린다.

[한 정신에 오래 관여하다 보면 매몰되는 것. 큰 부작용이지….]
[하지만 얻은 것이 더 크기에, 성공적인 방향이었어.]

순간, 시스템의 목소리에서 희열을 읽은 것 같았다.
'X발.'
나는 몸을 편 뒤, 다시 물었다.
"넌 대체 뭐냐."

[나는 오래전부터 이곳에 있었어.]
[지성체들의 정신 속에.]

기생충 맞네, X발.

[한 지성체의 열망을 이뤄주며, 그 과정에서 생산되는 강렬한 감정과 혼돈은 자원이지. 정신 에너지.]
[그 에너지가 내 지성을 유지하고, 성장시키지.]

말은 번지르르하게 한다. 나는 침을 삼켰다.
"그럼 왜 아이돌이냐."
왜 그걸 강조하는 거지. 게다가 청려부터 권희승까지, 셋이 연달아 아이돌이란 직업을 가지고 있는 게 우연 같지는 않다.
"넌 뭘 기준으로 우릴 고른 거지."
시스템이 사진처럼 웃는다.

[이토록 효율 좋은 일이 없었기 때문에.]

…효율?
손을 든 놈이 예절 바른 영업사원처럼 말한다.

[아주 오랫동안 그렇게 에너지를 찾았어…. 그러다가 새로운 개체를 만났지.]

청려. 성공적인 아이돌 그룹을 향한 염원과 집착.

[그토록 직접적이고 방대한, 살아 있는 감정의 격류가 한 지성체에게로 모이다니.]
[압도적인 선망과 짓눌려 죽을 것 같은 부담감. 행복, 고통, 왕과 광대. 교단의 교주가 받을 만한 무량무수의 감정들.]
[참 많은 에너지를 수확했어.]

"……."
취한 것처럼 목소리에 열기가 깃들었다.
그러나 인간적인 방식은 아니다. 시스템은 단정히 말한다.

[우상(Idol)이라는 뜻을 가진 너희의 정체성은 얼마나 많은 숭배와 애정과 증오와 혐오를 동시에 받는지.]
[정말… 훌륭한 개체야.]
[아주 좋았지. 하지만 끝났어.]

청려도 상태이상을 끝내는 데에 결국 성공했기 때문이다.

[그래서 비슷한 지성체를 찾았지.]

나.

[너.]
[너도 아주 훌륭했어.]

"……."
놈이 손을 내밀었다.

[너는 행복했지. 나는 알아.]
[여기서 그렇게 영원히 하는 거야. 네가 질릴 때까지 이 국가, 이 세

상에서 가장 유명한 우상으로 살아라. 그리고 실수하면 다시, 넘어질 것 같으면 다시, 끝이 보이면 다시.]

[영원한 별!]

찰칵. 아무것도 없던 세상에 빛나는 광채가 번뜩인다.

[질리고 지치는 그날 그때까지 너는 성공한 삶을 살 수 있어.]

그리고 다시 속삭인다.

[그러나 마지막에 모든 것을 그만두고 싶어지면, 그만둬도 괜찮아.]

다음 숙주를 찾을 수 있다면.

[그때까지만 이 권리를 누리면 되는 거야. 원하는 만큼.]

세상이 빛난다.
 이걸 승낙하면 모든 게 잘될 것 같은 이상야릇한 벅찬 감동이 몰려온다. 현실의 장점만을 수용한 완벽한 세상이 만들어질 듯이.
 나는 어느새 색채가 돌아온 시스템을 쳐다보고, 물었다.
 "권희승은?"

[……]

"그놈은 어떻게 되지."
세상의 빛이 사라진다. 그리고 부드러운 목소리가 들린다.

[서버는 서버의 역할을 해.]
[그건 너와 상관없는 타인의 일이야. 세상에는 무수한 죽음과 고통이 있어. 너 개인이 신경 쓸 문제가 아니란다.]

그래?

[그래도 원한다면 이곳에서 만들 수 있….]

"내 부모님처럼 말이지."
나는 낮은 목소리를 끊어 말했다.
"진짜는 네가 서버로 써먹고 말이야."

[---.]

긍정.
나는 목소리도 되지 않은 진동을 해석했다. 그리고 다시 묻는다.
"이건 권희승이 꾸는 꿈이냐?"

[그런 건 아니야.]

목소리가 돌아온다.

[하지만 그 매개체의 정신 구조를 기반으로 삼아야 단단해져. 꿈이 아닌 현실로 구현하려면 필요한 게 서버지.]
[그게 전부야.]
[네가 어떤 선택을 해도 바뀔 건 없으니, 네 결정에 영향을 미치지 않을 타인의 사정일 뿐이고.]

시스템이 다시 손을 내민다. 마디가 또렷한 하얀 손이 강력하고 압도적으로 느껴진다. 모든 것을 다 이뤄줄 것처럼.
"……."
나는 입을 열었다.
"거절한다."

진동이 멈췄다.

"나는 믿을 수 없는 것과는 거래하지 않아."
연산이라도 하는 것 같은 백색소음.
고민.
결과.

[그렇다면.]

[역할을 바꿔야겠구나.]

시스템이 조용히 말한다.
"…!!"
나는 내가 녹아내리는 것을 느꼈다.
'X발.'
형체를 가지고 있던 몸이 서서히 사라지며, 촉감이 천천히 사라진다. 시각과 청각만 간신히 남는 괴이한 상황에서 소리가 웅웅거린다.

[널 서버로 삼아야겠다.]
[그리고….]

모든 것이 흐려진 세상에 하나의 윤곽이 선명해진다.
그렇게 또 인영이 나타난다.
"……."
진짜 청려.
시스템보다 훨씬 윤곽이 선명한 놈은 갑작스러운 상황에 동요하지도 않고, 정면을 응시한다. 생김새가 똑같은 두 인영은 마치 거울을 보는 것처럼 같은 자세로 서로를 마주 본다.

[보고 있었지? 바로 제안할게.]
[네가 GM을 하는 대신 직접 플레이하는 게 효율적이겠는데. 류건우는 캐릭터 역할을 하기엔 비협조적이야.]

같은 말투와 목소리의 시스템이 말한다.

[서버를 잘 사용하면 부작용도 더 진행되진 않겠지. 네가 원하는 완벽한 아이돌의 삶을 영원히 살자.]
[너의 가장 핵심적인 욕망이야.]

청려는 고개를 옆으로 숙였다. 그리고 대답했다.
"아니."
그 순간, 놈이 GM의 권한을 발동한다.
내게 상태창이 뜨는 것이다.
'…플랜 B.'

-대안은 있어야죠.

그렇다. 일이 틀어졌을 때를 대비해서 구상해 놓았던 다른 오류 발생 방법.

-내가 시스템이 왜곡한 모든 기억을 다 되찾으면 어떨까.
-아주 최초에… 박문대 몸에 들어오면서 잘린 기억부터.

각성은 이전 생의 잊힌 기억을 돌려준다.

[각성한 동료는 전 시간선을 기억해 성장합니다.]

그리고 두 가지가 형태가 있다.

첫 번째, 동료를 각성시키는 것. 지금까지 내가 다른 놈들에게 기억을 돌려주며 써온 방법이다.

'그리고 두 번째.'

나 자신을 각성시키는 것.

[각성하시겠습니까?]

-Exp 1,000 사용

나는 버튼을 눌렀다. 모든 명성치를 쏟아서.

연타.

-Exp 2,000 사용

-Exp 4,000 사용

-Exp 8,000 사용

-Exp 16,000 사용

-Exp 32,000 사용

-Exp 64,000 사용

…….

쏟아진다.

동료 각성 때마다 일어나는 현상, 바로 통증이다. 머리를 잡고 비틀거리거나 관자놀이의 격통을 느끼며 어지럼증 속에서 쏟아져 나오는 기억을 되찾는 것이다. 내게도 비슷한 일이 일어났다.

스무 번이 넘게 중첩되었다는 게 문제지만.

'빌어먹을.'

나는 마지막으로 본, 거의 바닥난 명성치 항목을 떠올리며 불타오르는 것 같은 머리 통증을 느꼈다. 몸이 녹았는데도 통증이 생기는 걸 보면 역시 그 골조만 남은 괴상한 세상은 다 쇼였다고 생각하면서.

그리고 기억은 둑이 무너진 듯이 일시에… 쏟아졌다.

ㅡ……!

부모님, 사고, 화재, 진학, 카메라, 강아지, 원룸, 학점, 난방, 친척, 수학여행, 데뷔, 데이터, 문제집……. 겹겹이 겹치며 과거가 메아리처럼 머릿속을 두들겨댄다.

'X발.'

토할 것처럼 속이 울렁거렸다. 하지만 수확이 없었던 것은 아니다.

'아.'

역시. 나는 회사원인 아버지와 학원강사인 어머니를 확인하며 쓰게 웃었다. …선명해서 좋았다.

그리고 다음으로 머리를 부수듯 들어오는 건 골드 2에 대한 기억이다. 권희승.

―아… 정말 내 인생!

열심히 살던 긍정적인 놈이었지.
물론 거기서 멈추지 않았다. 각성의 충격은 중첩되고, 중첩되어… 더욱 이전으로 간다.
'욱.'
내장이 뒤틀리는 것 같지만 정신은 말 그대로 각성 상태이기라도 한 듯이 또렷했다. 그리고 박문대가 수면제를 먹고 쓰러졌던 낡은 모텔에서 깨어나는 그림을 어지럽게 몇 번이고 되새겼을 즈음.

찰칵.

드디어 넘친 기억의 흐름은 필름이 끊긴 그 이전까지 되감긴다.
내가 박문대의 몸에 들어오기 직전에 잊어버린 삶. 독서실에서 돌아오다가 웬 모텔 앞에 앉아 있는 박문대를 만났을 때.

―감사합니다…. 형.

그래도 거기까진 큰 변화가 없었다. 마지막 '진실 확인'에서 봤던 장면이 내 기억이 되는 되새김이었을 뿐이다. 문제는 나에게서 통째로 증발한 몇 년.
공무원 시험 이후의 시기다.

―잘 부탁드립니다.

시험 준비를 손절하고 취직한 나는 적당한 중견 기업에서 별 비전 없이 갈렸다. 일은 괜찮게 했던 것 같지만 그것뿐이다. 그만큼 할 게 더럽게 많았고, 비효율적으로 내려오는 일을 밤까지 처리하는 매일. 뭘 해소할 방법도 여유도 금전 상황도 허락하지 않는 삶.

그러다가 두통 분산용으로 빠르고 간단한 버릇이 하나 생긴 것이다. 짧은 시간으로 틈틈이 보고 지나갈 수 있고, 부가 비용이 들지 않으며, 전에 돈벌이 삼아 하던 일과 깊은 관련이 있어서 잘 아는 분야.

'아이돌.'

자기 전에 그냥 동영상 사이트에 잡히는 대로 적당히 보고 지나갔다. 기력을 한 줌도 쓰지 않아도 돼서 유용했으니까. 그 컨텐츠 자체에 감흥을 느낀 건 아니다. 더 이상 데이터팔이도 아니니 분석할 일도 없다. 그냥 다른 걸 한다는 느낌을 받는 게 나쁘지 않았다.

그러다가 이 그룹도 보게 된 것이다. 〈재상장! 아이돌 주식회사〉에서 원래 데뷔했던 그룹.

테스타가 아닌 스티어를.

[스티어(STier) - '발사(Launch)' Official MV]

지리멸렬한 탈퇴 멤버의 마약 재판과 불화설, 쪼개진 개인 팬덤 때문에 내가 취직했을 때쯤에야 겨우 공백기를 깨고 한 번씩 컴백했다.

그래도 반전은 없었다. 이 그룹은 이미 성장이 멈췄고, 고였다.

[스티어(STier) 차유진·김래빈·류청우, 유닛 활동 돌입]

결국 절반 이상의 멤버가 활동을 중단했다.

그래서 남은 셋이 유닛 활동을 하는 중이었지만, 분위기는 썩 좋지 않았다. 앨범은 제법 잘 팔았고 곡은 좋았지만 그뿐이다. 이미 끊이질 않는 논란으로 이미지는 탈 대로 타고, 대중 호감도는 갉아먹을 만큼 갉아먹었다. 그 이상의 화제성과 성장은 없다.

《아주사》로 키운 체급을 잡고 천천히 침몰하는 거대한 유람선일 뿐이다.

-곡 괜찮다
-여전히 잘하네 파이팅

온건한 댓글 몇 개로 끝나는 반응이 증명한다. 데뷔 당시와 비교하면 이미 거품은 꺼졌다. 하지만 나는 목적성 없이 넘기던 넓은 시청 범위를 무의식중에 이놈들 중심으로 줄였다.

대신… 좀 더 깊게.

개개인에 관심이 생겼거나 특별히 팬심을 가졌던 것은 아니다. 그냥 그 그룹에 대해 무심코 찾아보게 되었다.

어쩌면 내 상황과 비슷해 보여서 그랬을지도 모른다. 총체적 상황의 문제. 이제는 뭘 해도 딱히 반등은 불가능한, 뾰족한 해답이나 수가 없는 상황 말이다. 그저 현상 유지를 위해 달리는 삶.

'환경 자체가 별로야.'

투자가 줄어들고, 급조된 신규 기획사다운 기획력과 케어는 형편없다. 그럼에도 불구하고 꾸준히 나와서 이 악물고 무대를 하는 게 이상하게 눈길이 갔다. 그리고 문득 아깝게 느껴지기도 했다.

'내가?'

곧 내 코가 석 자라며 잊었지만. 그럼에도 한 아이돌 그룹을 그렇게 집중적으로, 꽤 오랜 기간 확인했던 건 처음이었다.

물론 계속되진 않았다.

얼마 후.

[스티어 활동 종료... "감사와 사랑을 전하고 싶습니다"]

당연하지만 스티어는 5년의 계약기간이 끝나자 칼같이 해체했다. 시작부터 과정을 지나 끝까지 썩 좋은 꼴을 보지 못해서인지 유독 열심히 하던 몇 놈들도 다른 소식은 없었다.

그게 결론이었다. 아무것도 안 남았다는 것.

"……."

그리고 나자, 아이돌을 보던 내 짧은 취미도 끝났다.

'…볼 게 없네.'

어차피 그때쯤엔 다른 아이돌을 봐도 비슷한 감흥이 생기지 않았기 때문이다. 웃기는 일이었다. 하다못해 직접 찍으러 가보지도 않은, 팬도 아니었던 그룹 덕에 그 해소감마저 사라졌다는 게.

그리고 의문스러울 정도로 모든 것이 지치고 귀찮게 느껴지던 나에 의해 예정대로 그 삶은 끝났다.

짧은 유예는 그렇게 기억에서도 사라졌다. 나는 누가 데뷔하는지도 헷갈리던 과거의 상태로 박문대의 몸에 들어갔으니까.

'하지만, 어쩌면 흔적은 남았을지도 모르지.'

나는 문득 떠올렸다. 내가 박문대의 몸으로 깨어나자마자 했던 생각을.

―한때는 쓸데없이 이 분야에 과몰입하기까지 했다.

'…그랬나.'

구체적인 기억이 없었는데도 무심코 그렇게 느꼈던 건, 이때의 잔재였나.

나는 고개를 들었다.

이 기억을 진실 확인에서도 보여주지 않았던 건 시스템이 임의로 생략한 것이기 때문일 것이다. 아마 대단한 의도도 아니었겠지. 내 트라우마와는 별 관계가 없는 내용이라 생각했을 테니까. '숙주의 지속적 생존에 필요하지 않다'라고 생각해서 자른 것이다. 아마 큰달도 이런 건 예측 못 했겠지.

'그러니까.'

시스템은 트라우마가 아니라도 사람 정신에 영향을 주는 기억이 있다는 건 아직도 모르나 보군.

'그런 걸 보통 추억이라고 부르는데.'

나는 낯간지러운 문장에 헛웃음을 터뜨렸다. 통증도 어느새 잠잠해졌다. 기억이 완전히 정착했다는 증거였다.

머리가 맑다.

원래는 시스템이 내 정신에 쳐놓은 개지랄을 싹 걷어내면 아예 장악력을 벗어나지 않을까 하는 기대가 있었는데, 그 정도까진 아니고.

'당장 정신 못 차리고 서버화는 면했군.'

그거면 됐다. 플랜 B를 위한 준비는 끝났다.

'큰달.'

신호를 주었다.

기다리고 있었다는 듯이 채팅이 시작되었다.

['Error' 님의 골드 채팅방에 Apple 님이 초대되었습니다.]
[Error : 문대야 괜찮아?]

시스템의 영향을 받지 않는 오류, 선아현이 즉시 반응한다.

나는 채팅을 입력했다.

[Apple : 그래. 지금 할 거야.]

혹시 모를 유출 사태를 위해 해당 채팅방에서 했던 회의를 떠올리며.

-Apple : 다들 알겠지만 불필요한 리액션은 금지입니다.

그리고 선아현이 냈던 의견에서 이 발상이 시작되었다.

-Error : 저… 내가 오류라서 이 채팅방에 들어오는 사람에게 바이러스처럼 전염된다는 거지?
-Error : 그럼 모든 사람을 여기 초대하면, 모두에게 원래대로 기억과 행동을 돌려줄 수 있지 않을까?

채팅방에 전 세계 사람들을 다 초대해서 에러를 전파해 버리면 다 같이 시스템의 위력에서 벗어나지 않겠냐는 것이다. 기억도 찾고, '게임 일시 정지' 상태에서 움직일 수도 있고. 결국 세상이 유지되지 못하겠지. 참 의도는 좋았으나 문제는 현실이다. 그걸 다들 알았다.

-RAB : 정말 이타적이며 멋진 발상이십니다만 시간과 공간의 제약상 모든 사람과 접촉하는 것은 힘들지 않을까 걱정됩니다.
-Sejini : 일단 초대에도 골드가 드니까 어려울 것 같지ㅠㅠ

그렇게 선아현의 의견이 무산될 것 같은 순간이었다.

-Tiger : 한 사람 말고 온 세상에 전염 안 돼요? 바이러스처럼!
-…!

이놈의 아무 말 같은 이 표현이 정곡을 찌른 것이다.
'온 세상.'
여기선 시스템 그 자체 아닌가.
그래서 그걸 기초로 플랜 B를 세웠다.

원래는 잠깐 시스템에서 벗어난 내가 이걸 직접 GM한테 넘겨서 게임에 쑤셔 넣을 생각이었는데, 거기까지 갈 필요가 없을 것 같다. 마침 이곳의 온 세상 자체인 놈이 마침 저기 있지 않나.
청려의 모습을 한 인간형 시스템.

[캐릭터 : 류건우 (박문대) 이탈!]

GM이 멈춘 시간선에서 선아현이 그랬듯이, 나도 채팅방에 연결된 효과로 몸을 움직일 수 있게 됐다.
"…!"
그리고 대치 중인 두 인영, 두 청려의 외관을 향해 시선을 고정했다.
'색이 없는 쪽으로.'
남은 건 마지막 행동뿐이다. 에러로 가득한 채팅창에 시스템의 인간형을 초대하는 것이다. 아예 저놈 자체가 에러에 감염될 수 있도록.
'지정 가능해?'
곧 지직거리며 채팅방의 큰달이 응답한다.

[큰달 : 네!]

좋아.
곧, 채팅창에 글씨가 뜬다.

['Error' 님의 골드 채팅방에 ■■■ 님이 초대되었습니다.]

…성공이다.
'그래!'
나는 주먹을 쥐었다. 이대로면….
'아.'
그 순간, 시스템이 나를 향해 눈을 돌렸다.
채팅방에 새 글이 떴다.

[■■■ : 이런 것을 준비했구나]

"…!"
치직. 채팅방에 금이 간다.
창은 마치 거대한 압력을 버티듯 부들부들 떨리더니….

퍽!

그대로 박살 났다.
반투명한 홀로그램 가루가 비산하더니, 글리치와 함께 사라진다.
시스템의 목소리가 울린다.

[이걸 위해 명성치를 또 썼구나.]
[서버가 되기 직전에, 고마워.]

…고맙다고.
 저건 일부러 사람을 도발할 정도로 인간적이진 않다. 그런데 이 상황에서 저 발언은… 설마.
 나는 떨리는 입을 열었다.
 "명성 경험치라는 게… 네가 모으는 에너지냐?"
 시스템이 친절히 웃으며 고개를 끄덕인다.

[맞아.]
[명성치를 사용하는 것으로 나에게 에너지를 지불하고, 너는 게임에서 더 강해지는 거야.]

시스템의 목소리가 커진다.

[그리고 이 세상은 네가 쓴 에너지로 더 견고해지는 거야. 이런 외부에서의 공격은 통하지 않도록.]

채팅방은 사라졌다.
 오류가 해결된 세상에서, 시스템은 미소 지은 채로 청려 대신 나를 응시한다.

[너는 플레이어가 아니라 캐릭터였지. 게임을 벗어날 자율성은 없어.]

"……."

청려의 GM 상태창에서 '■■■'로 표기되던 플레이어의 정체.

[플레이어는 나야.]
[내가 제작자이자 플레이어고. 너는 내 게임의 구성이지.]
[캐릭터가 플레이어를 직접 해칠 수 있는 게임은 없어.]

시스템은 설명을 마치고 고개를 끄덕였다.

[그리고 이제 시스템이 안정적이라는 것이 증명되었으니, 보조 도구는 필요가 없구나.]
[계획대로 하자.]

그때, 처음으로 놈의 눈에 처음으로 인간적인 기색이 드러난다. 청려와 동화되어 당시 놈의 가장 핵심적인 욕망을 학습한 시스템이 가진 것은···. 발전과 완성에 대한 집착.

[자.]

놈이 아무렇지 않게 내 상태창을 가져간다.
그리고 무언가를 뜯어낸다. 부드러운 손길인데도 우악스러워 보일 정도로 강력하게.

찌이익.

아니, 정확히는… 그 자체를 뜯어낸 것이다. 큰달이 띄우는 팝업을 통째로.

[잠깐…]

그리고 손아귀로 삼켰다.
덥석.
"……!"
큰달의 팝업은 구겨진 채 놈의 손가락 근처에서 사라진다.

[회수했어.]

시스템이 부드럽게 웃는다. 그리고 나는….
따라 웃었다.
"야."
나는 참았던 숨을 헐떡였다.
밀고 밀어 이놈의 우월감과 승리감을 자극해 여기까지 상황을 끌고 온 이유.
"그놈도 오류야."
세심하게 신경 쓰지 못하도록 만들기 위해서다. 큰달도 채팅창에 접속해서 선아현의 에러에 감염되었다는 것을 눈치채지 못하도록!
생각해 보자.

'이 새끼는 원래 한 놈에게 기생했어.'
그리고 시스템은 이미 한번 써먹은 놈을 다시 못 쓴다고 큰달이 보장했다. 하지만 이번에는 주변에 들러붙을 적임자가 없으니 우리를 재활용할 수밖에 없던 것이다.
그래서 간접적으로 이용했다. 3명을 동시에 잡아다가 통 속의 뇌로 만들어서 아예 새로운 가상 세계 같은 걸 만들었지. 서버, 관리자, 캐릭터. 나름대로 안정적으로 운영된 모양이지만, 덕분에 저놈 혼자 다 해결할 수 있던 시절도 끝난 것이다. 구조화되었기 때문에 주춧돌 하나가 빠지는 것으로도 무너질 수 있다.
지금처럼.
"너 지금 스스로 오류를 받아들인 거라고."
내부에서 발생한 치명적인 오류 하나로도 말이다.

[……!]

시스템의 모습이 흔들린다. 작은 글리치에서 시작된 이상 현상은 점점 크기를 키워, 인간의 형체를 집어삼키고 주변으로 번진다.
세계가 내부에서부터 붕괴한다.

쿵!

"흠."
가만히 서 있던 진짜 청려가 고개를 돌리더니, 상태창을 하나 띄운다.

"흥미롭네요."

[플레이어 : 박문대 (류건우)]

그 가운데, 시스템의 모습이 변한다.

[…형.]

아는 모습이다.
어느 때인가, 박문대의 몸으로 돌아오며 정신 속에서 대화했던 그놈이었다. 류건우와 박문대가 섞인 오묘한 홀로그램에서 노이즈가 튀었다.
치직.
모습을 갖춘 큰달이 양손을 들어 올리며 외쳤다.

[제… 제가, 진짜 이걸 움직일 수 있는 것 같은데요??]

시스템에 삼켜진 큰달이 역으로 시스템의 자아를 누르고 주도권을 잡았다.

[우와악!]

'됐다.'
나는 턱에 맺힌 식은땀을 닦으며 씩 웃었다.

"잘했어."

[네! 이게 되네요!?]

'오류로 시스템 마비만 시켜도 성공이라고 생각했는데.'
잭팟이었다. 사실 실패하는 순간 끝장이니 이것도 도박이나 다름없는 짓이었으나, 본인이 직접 하겠다고 의견을 냈었다.

―[형, 그… 플랜B요.]
―[만약에 그것까지 써야 하는 때가 오면… 제가 에러를 직접 옮겨보는 게 어떨까요?]

그리고 나도 어느 정도 인정했다. 어차피 이놈은 시스템이 남아 있는 채로 현실에 돌아가면 남은 건 흡수 엔딩이다.
'그대로 상태창이 된다잖아.'
애초에 비행기에서 시스템을 터뜨린다는 미친 발상을 했던 건 이놈이 몸 잃고 상태창이 된다는 미래 예측도 한몫했다. 그걸 부정하진 않겠다.
현실로 돌아가서 저놈이 류건우로 살려면 다른 무언가가 필요했다. 가령 시스템과 완전히 단절되든가.
'그것도 아니면.'

―시스템을 자폭시켜 버리든가.

이번에야말로 없앤다. 나는 침을 삼키고 조용히 물었다.
"어떠냐."

[어어….]

얼떨떨한 듯이 자신의 몸을 보며, 주변 배경이 일그러지듯 꿈틀거리게 만들던 놈이 마치 확인하듯 고개를 들었다.
그리고 그 홀로그램 눈이 갑자기 어둡게 빛났다.

[뭐든지 다 할 수 있을 것 같아요.]

"…!"
놈의 몸이 진해지며, 갑자기 모호한 세계가 뚜렷해지기 시작한다.

[이 안에서라면… 모르는 게 없고 불가능한 것도 없고, 제대로 구성만 할 수 있다면 모든 소원이 자연스레 흐름대로….]

중얼거린다. 배경이 빨려들 듯 놈에게 소용돌이친다.
별이 뜬다.

[……형, 저기, 형도 하고 싶은 걸 다 하실 수 있게요, 제가.]

이거 안 되겠네.

"여기 있으면 테스타 해체인 건 알지? 〈마법소년〉부터 〈Savior〉까지 도로 그대로 해도 처음 봤을 때의 감동은 없을걸."

[…! 당연히 알죠! 아니, 저 방금 무슨…….]

홀로그램이 스파크가 튀더니, 큰달의 얼굴에 표정이 돌아온다.
'내 입으로 처음 본 감동 같은 소리를 뱉을 줄이야.'
이런 걸로 정신 차리도록 했다는 게 웃기긴 하다만 성공했으니 됐다. 저 녀석의 못 붙으면 뒈지는 상태이상 공시 생활에서 테스타 컴백 보는 게 유일한 낙이었던 것 같으니까.
'…비슷한 일을 나도 했던 걸 방금 기억해 냈으니.'
나는 스티어를 보던 내 회사원 시절을 무심코 다시 떠올릴 뻔했으나, 그보다 상황이 급박했다.

[악, 이거 이상해요! 막 주체가 안 되는 것 같아요. 와, 이런 힘이….]

어쨌든 저저 혹시 물들 수도 있으니 빨리 끝내야 했다. 혹시 시스템이 오류 복구하고 치고 올라올 수도 있고.

"그래, 빨리하자. 말했던 건 기억나지?"

[네!]

최종 계획은 간단하다.

'자폭 시퀀스.'

시스템을 이대로 터뜨린다.

물론 저 상태로 하면 큰달이 영향을 받을 수 있으니, 약간의 절차를 사이에 둘 것이다.

[보냈어요, 형!]

띠링.

내 앞에 상태창이 뜬다.

[플레이어 : 박문대 (류건우)]
[게임을 삭제하시겠습니까?]
[확인]

일부러 다른 선택지를 만들지 않은, 확인만 누르면 되는 자폭 발사 버튼이.

'후.'

솔직히 말하자면, 시원하다.

그리고 동시에 뜬 상태창이 하나 더 있다. 나는 내 앞에 뜬 것으로 시선을 돌렸다.

[GM : 신재현]

[Server와의 연결을 해지하시겠습니까?]
[확인]

"너부터다."
"음."
청려는 홀로그램 큰달을 힐끗 보고 말한다.
"마음의 준비가 필요해요?"
"아니."
이미 할 만큼 했으니까 누르기나 해라. 놈이 내 대답을 듣자마자 주저 없이 확인 버튼에 손을 가져다 댄다.
툭.
그러자 세상에 불빛이 깜빡이며 금이 간다.
덜컹.
'무너질 것 같군.'
지지직, 소리 없이 배경에 균열이 생기며, 금방이라도 무너질 듯이 위태롭게 시야가 흔들리고 붕괴할 것 같은 순간.

[새 Server를 지정하시겠습니까?]

"너 그거 건들지 마라."
"의심이 과하네요."
어쨌든 놈은 두 손을 얌전히 내려두었다.
'이제 남은 건….'

하나.

나는 박살 나기 직전 거울 같은 배경 위로 뜬 내 상태창 위로 손을 올렸다. 그때였다.

[멈춰.]

"…?"

팝업이 떴다.

'큰달?'

하지만 놈은 저기…….

[형??]

아, 그렇군. 이건 시스템이다.

보아하니 큰달이 시스템을 장악하며 튕겨서는 두 자아의 처지가 바뀐 것 같다. 시스템 자아가 상태창에 기생하는 형태로.

'어. 잘 가라.'

무시하고 버튼을 누르려는데 끈질기게 버튼 위로 팝업을 띄운다.

[시스템이 죽을 너를 살려줬지. 너도 알잖아. 넌 원래 스스로 남은 삶을 포기했어.]

[지금 네가 가진 모든 건 시스템이 준 기회에서 비롯되었어. 네가 죽지 않은 덕에 지금까지 얻은 기회와 이룬 성취를 생각해.]

이 새끼 봐라. 제거 위기 앞에서는 입 터진 것처럼 아주 그럴싸하게 공감도 호소하고 지랄 났다.

"야."

나는 피식 웃으며 말했다.

"나한테 기회를 준 건 원래 박문대고, 넌 X발 이용만 해먹은 게 어디서 입을 털어."

못 하면 뒈지는 상태이상으로 몇 년간 달달하게 에너지 빨아먹은 놈이 뭘 자선사업한 것처럼 말하고 있냔 말이다. 상태이상 한번 삐끗하면 죽이는 게.

[혀, 형?]

너한테 말한 게 아니니까 가만히 있고.

나는 큰달에게 제스처를 보냈다. 팝업이 갱신된다.

[비합리적인 발상. 어리석어.]

자기 소개하냐?

'이 새끼 전략을 바꿨나.'

열 받아서 대꾸하게 만드는 걸로 시간을 끌 생각인가 싶은데 말이다. 그렇다면야… 나는 마치 그 팝업에 대꾸할 듯이 입을 열었다.

그리고 외쳤다.

"큰달. 지금!"

[네!]

그 순간, 큰달의 홀로그램에 글리치가 더 넘치더니, 곧 형태가 뭉개지며 사라졌다.

[와악!]

오류로 만든 시스템 장악력을 포기하고 빠져나와 내 상태창으로 다시 돌아오는 것이다.

[지금 무■ ■■?]

그 덕에 튕겨 나왔던 시스템의 자아가 다시 시스템으로 복귀할 때.
"잘 가라."
나는 팝업을 뚫고, 버튼을 때렸다.
퍽!
게임 삭제. 팝업이 부들부들 떨린다.

[나는 결■ 사■지■■ ■…]

하지만 그게 전부다.

펑!

글리치로 꽉 찬, 시스템의 인간형이 터진다.
그리고 금 간 세계도 터져 나갔다. 수만 개의 조각이 허공으로 깨지며 비상하는 초월적 광경. 한발 늦게 불어닥치는 어마어마한 후폭풍까지.
"후우욱."
이 세상을 이루는 시스템이 박살 나며 어마어마한 에너지의 격류가 모든 걸 깨부술 듯이 사방으로 넘쳤다. 조각은 산산이 부서지고 남은 건 허공.
나는 청려를 돌아보았다. 놈의 상태창이 지지직거리며 튀겼다.
내 것도 마찬가지.
"성공."
거기까지 말했을 때, 모든 감각이 사라졌다.
하얗게.
훅.

[――――――]

정적. 그리고.

"…대야?"
느리고 둔탁하게, 강렬한 충격에 마비된 청각이 돌아오듯이 소리가 들리고.

"문대!"

"…!"

나는 눈을 떴다. 그리고 맨 처음 본 것은…….

"문대 깼다!"

"형!"

"고, 고생 정말, 많았어 문대야…!"

주변을 둘러싼 놈들이다.

플랜 B를 열심히 떠들며 구체화하던 멤버 놈들이 무슨 구경이라도 난 듯이 내 얼굴을 들여다보고 있었다. 나 참.

"어. 정신 차렸다."

"Yeah!!"

"진짜 중간에 채팅창 터져서 큰일 나는 줄 알았잖아!"

"그래도 너무 다행이다, 정말…."

이대로 있다가는 귀가 터지거나 어깨가 떨어지거나 둘 중 하나는 일어날 지경이다. 나는 피식 웃은 다음, 머리를 흔들며 일어났다.

"걱정은 고마운데."

현실이었다면 비행기, 아직도 시스템의 세상이면 시상식이어야 하는데… 둘 다 아니었다.

"여긴……."

…류건우의 오피스텔. 정확히는 류건우의 몸으로 복권에 당첨시켰던 큰달이 지내는 그 오피스텔이다. 다만 거실 창밖으로는… 환상적인 〈마법소년〉의 석양이 지고 있다.

지난번에도 와봤던 곳.

[제가 만든 심상 세계예요!]

바로 류건우의 몸에서 다시 박문대로 돌아갈 때 거쳐 갔던 심상 세계였다. 싱글벙글 웃으며 튀어나온 큰달의 모습도 그대로다. 좀 글리치가 튀는 것도 똑같긴 하지만.
'그렇다면.'
나도 그… 박문대와 류건우 둘 다로 보이는 모호한 모습이겠군.
아니나 다를까, 큰세진이 평소처럼 호들갑을 떤다.
"이야, 둘이 형제 같네요, 꼭~"
아무래도 미쳐 돌아가는 상황에 침착함을 유지하기 위한 것 같지만 어쨌든 듣는 놈은 좋아하는군.

[헤헤, 감사합니다!]

이유를 모르겠다. 어쨌든 헤실거리며 웃던 놈은 곧 이럴 때가 아니라는 걸 깨달았는지 표정을 바꿨다.

[저, 여기로 일단 여러분을 모신 건 충격을 최소화하려는 목적이에요. 시스템 힘을 제가 좀 가져온 건지… 아무튼 되더라고요!]

"충격?"

[예. 음, 나가실 때 선택하실 수 있어요.]

큰달이 살짝 비켜섰다. 그러자 오피스텔의 현관이 보였다.

-See you later!

명패가 번뜩인다. 아무래도 저기로 나가면 현실로 돌아가는 모양이다.

[이곳의 일을 기억하실지, 아니면 그냥 잊어버리거나 희미하게 꿈처럼 기억하실지요.]

"…!"
그건… 훌륭한 서비스긴 한데 말이다.
'굳이 잊어버릴 놈이 있나?'
나는 잠깐 고민했으나, 내가 몇 년 상태이상을 끼고 살아서 그렇지 이게 압도적으로 이상한 상황인 걸 다시 한번 깨달았다. 말 한번 잘못 했다간 약이라도 했다고 오해받을 수준 아닌가.
'잊는 게 속 편하겠군.'
정정하겠다. 나라면 그냥 다 같이 잊자고 제안할 것 같은데…….
"당연히 기억하고 싶어."
"……."
"맞습니다. 이 색다른 환상 속 경험은 분명 새로운 영감이 될 것 같습니다."

"이제 라임스톤 영화 안 봐도 괜찮아요. 저 직접 했어요."

다 고민도 안 하고 툭툭 뱉냐?

나는 약간 당황했지만, 누구 하나 주저하는 놈이 없다.

"…그, 여기서 했던 일 중에 꼭 기억하고 싶은 게 있어!"

"오~ 신기하네요. 저도요."

마지막 선아현까지.

"새로운 것들을 많이 깨닫고, 성장할 수 있던 것 같아서… 저도…!"

[알겠습니다! 그럼 그렇게 생각하시면서 문을 열고 나가시면 돼요!]

그러자 환호가 쏟아진다.

"아, 드디어!"

"박문대 너… 돌아가면 당장 비행기 돌려서 숙소 돌아와!"

내 비행기는 아니고 솔직히 바깥이 어떻게 됐을지 모르겠다만… 아무튼 알겠다.

류청우가 웃으며 멤버들의 어깨를 두드린다.

"고생했다. 우리 그룹."

"히히!"

"문대문대 빼지 말고 이리 와~"

무슨 대상을 타거나 투어 마지막 무대라도 끝낸 것처럼, 우리는 뭉쳐서 잠깐 포옹했다. 이 자식들 숨 막히네.

'펭귄도 아니고.'

웃긴 꼴이었을 것 같지만 뭐 어떻냐는 생각이 든다.
"자, 그럼 가자!"
"네넵!"
모든 준비가 끝난 것 같은 순간이었다. 그러나 김래빈이 손을 들었다.
"잠시만, 선배님들께 먼저 권유 드려야 하는 것 아닙니까?"
"헉."
잊어버릴 뻔했는지, 시선이 돌아간다.
'그러고 보니 VTIC 놈들은 어디 있냐.'
안 보여서 이상하긴 했다.
그래서 따라 고개를 돌리자, 거실이 아닌 곳에서 놈들이 보인다. VTIC 놈들은… 사람이 떨떠름해질 만큼 흐뭇한 얼굴로 주방 식탁에 앉아서 이쪽을 보고 있던 것이다.
'뭐야.'
"테스타분들은 언제나 사이가 좋아서 참 보기 좋다니까, 그렇지?"
"맞아맞아. 다인원이 그러기 힘든데."
현실에서의 외관을 한 놈들은 기억 없이 위시즈로 데뷔했을 때보다 현실의 자아가 훨씬 강해졌는지 말투까지 약간 바뀐 상태였다. 그래도 아직 일 년간 보던 놈이 사라진 건 아니다. 채율이 주방에서 걸어 나오며 쑥스럽다는 듯이 웃는다.
"음, 이제 돌아가면 건우 형이라고 부르긴 힘들겠지만… 그래도 말은 놓아도 괜찮을까요? 문대 씨가 아니라 문대로!"
"네."
"좋아! 문대도 편하게 말해, 알겠지?"

연차 차이 때문에 그건 힘들겠고.

그래도 침묵을 긍정으로 알아들었는지 놈은 밝게 웃더니, 테스타의 작별 인사를 받으며 자연스럽게 현관 앞으로 향한다. 그리고 마지막엔 아예 힘차게 말했다.

"다들 놀러 오세요! 우린 인원이 적어서 가끔 심심하더라고요. 위시즈 때 못 잊을 것 같네."

"약간 프로젝트 그룹 같은 걸 우리도 해본 기분이야."

"와, 그거다. 딱!"

두 놈은 큰달에게 여기로 들어가면 되는 거냐고 한번 묻고는, 손을 흔들고 자연스럽게 차례로 현관을 통해 사라졌다.

"……"

돌아가면 같은 그룹이 아니니 사실 자연스럽게 자주 볼 일은 없겠다만… 뭐, 쓸 만한 놈들이라는 것을 알았으니 연락 정도는 괜찮겠지. 나는 나머지 VTIC 놈들도 들어가길 기다리며 벽에 몸을 기댔….

"……?"

근데 저놈 왜 안 들어가냐.

나는 현관 앞에 선 주단을 보았다. 놈은 고개를 돌리더니, 차유진이 거실 창을 열어보려는 것을 말리려 달려간 테스타와 큰달을 확인했다.

"유진아, 일단 좀 물어보고…."

"이 바보야!"

이미 VTIC과 인사를 해서인지 집중은 확 분산된 상태. 그걸 본 주단이 진지한 어투로 중얼거렸다.

"이 타이밍이 마침 오는군요. 두 분에게 드릴 말씀이 있습니다."

"음?"

놈은 표정 없이 말했다.

"두 분 다 과거로 회귀해 보신 게 맞죠. 순서는 재현 형, 그다음이 후배님인 것 같군요."

"…!!"

저 새끼 뭐야?

"그렇게 생각하시는 이유가?"

그러나 주단 놈은 오히려 자기가 황당하다는 듯이 어깨를 으쓱거렸다.

"채팅창부터 일상 회화까지, 그렇게 대놓고 발언을 하시니 배경지식이 있는 사람이라면 능히 짐작할 만합니다만."

"……."

"……."

아니, 너만 자체적으로 알았다.

"문대 씨의 반사적인 반응을 보니 맞군요. 그렇다면 구조상… 흠, 안타고니스트와 같은 축이 되는 걸 한 끗 차이로 피했다니……. 맙소사."

혼자 뭐라고 씨불이던 놈은 가벼운 한숨과 함께 무슨 말을 더하려고 들었다.

"그……."

하지만 곧 자신을 표정 없이 응시하는 청려와 눈이 마주쳤다. 그리고 즉시 깨갱 한다.

"입 다물고 입대나 하겠습니다."

"그래."

"그럼 이만."

주단이 도망치듯 거침없이 현관을 넘어간다. 나는 팔짱을 끼고 벽에 기댄 채로 그것을 보던 청려에게 물었다.

"어때."

"좀 귀찮을 수도 있겠는데. 그래도 곧 입대해서 좀 낫네요."

"……."

나는 한숨을 참았다.

"어디 가서 떠들 놈 같지는 않은데. 귀찮은 게 아니라 편해질 수도 있지."

"뭐…. 그래요."

놈은 시큰둥하게 대답했으나, 어쨌든 실실대면서 퓨즈 나간 것처럼 괴상한 대답을 하진 않았다.

'그걸로 됐다.'

나는 턱짓했다.

"그럼 너도… 개 보러 가라."

"그래야죠."

놈은 아무렇지 않게 대답하는 것 같았으나, 곧 턱을 매만지며 작게 말을 덧붙였다.

"…10개월 만인가."

그리고 희미하게 웃는 얼굴이 스치는 것 같더니, 곧 현관을 나갔다.

"곧 다시 봐요."

이 말을 남기고.

"……."

"다들 가셨어?"

"예."

고개를 돌리자, 차유진을 연행해 온 류청우와 놈들이 보인다. 류청우가 웃으며 옆에 선다.

"말 놓기로 했잖아."

"아."

그랬지.

"그래."

나는 즉시 말을 고쳤다. 류청우에게 잠깐 놀란 듯한 기색이 지나갔으나, 곧 씩 웃었다.

"그래 문대야. 이제 우리도 가자."

현관문이 다시 열린다.

"다 돌아가자마자 무슨 상황이든 연락하고, 숙소 복귀하는 거 잊지 마!"

"명심하겠습니다!"

발을 옮긴다.

문밖은 아무것도 보이지 않고, 빛만이 쏟아져 눈을 찔렀다. 하지만 누구도 주저하지 않고 문을 박차고 나갔다.

그리고······.

휘이이잉-

"······!"

나는 귀를 멍하게 울리는 엔진소리에 눈을 떴다.

청려의 전용기.

'아.'

눈을 돌렸다. 가죽 시트, 상아색 벽면. 광택 나는 카트. 모든 것은 떠나기 전과 같은 모습으로 남아 있다. 자리에 앉아서 잠들어 있는 골드 2, 권희승까지도 숨을 쉬고 있다.

"……."

나는 당장 스마트폰을 열었다. 그리고 날짜를 확인했다.

[7월 9일 토요일]

그대로였다. 변한 건 없다.

"후."

나는 한숨을 쉬며 자리에 몸을 기댔다. 그러자 이미 눈을 떠서 자신의 자리에 앉아 있던 놈이, 잔을 건넨다.

무알콜 샴페인.

"잘 도착했어요."

"……그래."

나는 청려가 내미는 잔을 낚아챘다.

그렇게 나는 현실로 돌아왔다.

권희승은 상당히 소름 끼치는 꿈을 꾸었다.

웬 외계인 같은 게 자신을 가상현실로 만들어서 AI 가사도우미처럼 노동하게 만드는 묘한 구성이었다. 게다가 온갖 아이돌 선배들이 등장하는 괴상망측한 전개까지!

결국 마지막에 스펙타클하게 세계가 무너지는 곳에서 비명을 지르며 깨어나게 된 것이다.

"우와아악!!"

다만 이렇게까지 소리가 클 줄은 몰랐다. 권희승은 비행기 시트가 흠뻑 젖도록 식은땀을 흘리며 눈을 떴다.

"허억, 헉……."

"괜찮냐?"

이온음료를 든 손이 눈앞에 나타났다. 권희승은 뭘 생각할 겨를도 없이 그것을 붙잡아 입에 가져다 댔다. 꿀꺽, 꿀꺽. 시원하고 부드러운, 달콤한 음료수가 목구멍을 타고 넘어가자 머리끝까지 짜릿함이 치솟았다.

꼭 몇백일 만에 수분이 충만해지는 기분이었다.

'와.'

그는 음료수 1리터를 다 비우고 나서야 고개를 저으며 겨우 정신을 차렸다. 이온음료를 건넨 것은 맞은편에 앉은 테스타의 박문대였다. 권희승은 혀를 내둘렀다.

"와, 진짜… 아, 저 이상한 꿈을 꿔서 그런가 너무 오랜만에 마시는 기분인데요?"

"……그래?"

"네! 가위에 눌렸나 봐요, 아무래도 저희가 지금부터 할 게 있……."

잠깐만. 그러고 보니 왜 내가 이 비행기에 타고 있더라?

그는 전세기 주인인 VTIC 리더와 눈이 마주치는 순간, 주마등을 보는 것처럼 잠들기 직전 일을 다 기억해 냈다. 상태창 폭주. 피 토하던 문대 형. 그리고······.

"······저, 저기요."

권희승은 땀을 삐질삐질 흘리며 물었다.

"혹시··· 꿈 아니었어요?"

"······."

박문대는 드물게도 그의 시선을 피해 오묘한 표정을 지었으나, 곧 무표정으로 대답했다.

"꿈이라고 생각하는 게 나을 것 같다."

"그게 현실이라는 뜻이잖아요···!?"

권희승은 얼굴을 잡고 절규했으나, 박문대는 그저 묵묵히 입을 다물고 있었다. 대충 상황을 파악했기 때문이었다.

'구체적인 건 기억 안 하는 쪽을 스스로 선택했군.'

큰달이 줬던 선택지 말이다.

-이곳의 일을 기억하실지, 아니면 그냥 잊어버리거나 희미하게 꿈처럼 기억하실지요.

거기서 꿈으로 처리하겠다고 권희승이 고른 것일 터다. 박문대는 확실히 추측하며 내심 눈을 찌푸렸다.

'···어지간히 힘들긴 했나 보지.'

그렇다면 보상책이 필요하리라. 골드 2, 그러니까 권희승을 비행기로 부른 것은 자신이니까. 박문대가 입을 열려던 순간, 생각을 마친 권희승이 기겁하며 먼저 소리를 지른다.

"…! 잠깐, 그게 다 현실이면… 저희 지금 막 한국이 멸망해서 비행기로 탈출한 그런 상황이에요?!"

"…그런 건 없고, 여긴 목적지였던 LA 공항인데."

"휴."

꿈 비슷한 건 맞았나 보지!

권희승은 길게 안도의 한숨을 쉬었다. 그리고 박문대는 다른 의미로 한숨을 참으며 말을 이었다.

"어쨌든 이 일에 말려서 고생한 건 너니까… 보상이라도 좀 받아라."

"예?"

"소원 한 번."

"…!"

박문대는 동요 없이 말을 이었다.

"내가 할 수 있는 선에서 네 요청이 뭐든지 한 번 들어줄 건데. 어떠냐."

오오오.

권희승은 순간 반사적으로 박문대의 지금까지 활약상을 되감아 생각했다. 《아주사》 닭발좌부터 회사 씹어먹는 뒷배, 레이블 메이커까지. 그리고 결론 내렸다.

"잘 쓰겠습니다."

"그래."

아싸. '지니도 세 번 들어주는데 세 번으로 바꿔주면 안 되냐'는 말이 목구멍까지 올라왔으나 참았다. 그는 낄 때 끼고 빠질 때 빠질 줄 아는 사람이었다.

그렇게 만능 소원권 하나를 타낸 권희승은 드디어 바깥을 보고 LA 공항을 확인하며 긴장을 쭉 풀었다.

'와.'

날이 맑았다. 노을 지는 하늘은 타국이었지만 친숙하고, 눈물 날 정도로 아름다웠다.

"……"

"고생했다."

"에이, 꿈꾼 건데요 뭘."

박문대는 대꾸하진 않았지만, 약간 쓰게 보이는 웃음을 지으며 자신처럼 노을 진 하늘을 보았다. 고요했다.

권희승은 그 조용한 휴식에 젖어 있다가 무심코 물었다.

"저 형님들. 그럼 시스템은…?"

"없앴지."

"그렇군요."

어쩐지 시원했다. 꿈인데도 불구하고 개고생을 하긴 한 모양이다.

'아, 꿀맛이네.'

그는 카트에 있는 치즈와 소금 비스킷, 초콜릿을 입에 넣으며 다시 자리에 앉았다.

"어어? 이거 언제 드셨어요?"

"너 잘 때."

"와, 이거 비싼 거죠?"

"모르겠는데."

권희승은 새 샴페인도 하나 따서 마시며 여유를 즐겼다. 책을 읽고 있던 전세기 주인은 자신에게 굳이 코멘트하거나 쳐다보지도 않았다.

'그럼 뭐 먹어도 되는 거지.'

낙천적인 생각을 할 때쯤 전세기에 소리가 돌아오기 시작했다. 문이 열리고, 사람들이 움직이는 소리.

"준비가 끝났네요."

청려가 처음으로 입을 열었다. 권희승이 고개를 돌리자, 정말로 자신의 자리로 복귀하는 근무자들의 모습이 보였다.

'어?'

권희승은 조심스럽게 입을 열었다.

"형님들, 저희 이제 내리면 됩니까?"

"아니."

"…?"

"공항에서 연료도 다 보급했고."

박문대는 웃었다.

"이제 돌아가야지."

"…!!"

아니, LA까지 와서 이대로 그냥 돌아가 버린다고? 좀 놀다가 돌아가도 될 텐데! 권희승은 순간 반박할 말이 오만가지는 생각났으나, 자기도 모르게 입을 다물었다. 왠지… 자신도 못 견디게 돌아가고 싶다는 것을 깨달았기 때문이다.

일상으로, 집으로.

"출발한다."
세 아이돌은 안전벨트를 맸다.
비행기가 출발지를 향해 회항을 시작했다.

인천국제공항에 도착했을 때는 이미 새벽이었다.
다시 서울로 돌아가는 데에도 시간이 꽤 소요되었지만 그다지 초조하진 않았다. 그 전부터 끊임없이 스마트폰이 울렸으니까.
[김래빈 : 제가 도착하자마자 갑작스레 숙소로 돌아간다고 하자 할머님께서 크게 걱정하셔서 대화를 나누는 데에 시간이 꽤 소요되었습니다. 죄송합니다!]
[선아현 : 아니야 조심해서 와 래빈아 나도 부모님께 말씀드리고 출발해서 지금 숙소에 돌아왔어]
[차유진 : 나는 처음부터 숙소 있어요 내가 1등이에요(선글라스 이모티콘)]
휴가를 받아 흩어진 놈들이 내려가다 말고 돌아오자 온갖 에피소드가 발생하는 모양이다. 사실 이 정도면 그냥 몇 박 집에 있다 와도 괜찮았을 것 같아서 그 이야기도 한번 꺼내는 봤지만…….
[이미 집에 간 사람들은 좀 쉬다 와도 괜찮지 않을까요]
[선아현 : 아ㄴ;야 꼭 갈게!!]
살벌한 속도로 혼자 즉답이 왔다.
그리고 잠시 단톡방에 침묵이 흐른 후.

[선아현 : 멤버들이 집에서 더 머물다 오지 말라는 뜻은 아니었어요 저는 집도 가깝고 자주 가는 편이니까, 바로 숙소로 돌아가겠다는 뜻이었어요 절대 강요는 아니에요!]

메시지가 장문인 건 여전하군.

[류청우 : 알아 아현아 편하게 와 (활짝 웃는 이모티콘)]

[김래빈 : 완전히 이해했습니다! 하지만 저도 괜찮습니다. 보름 내로 재방문할 기회가 있지 않습니까.]

아무튼 그래서 속속들이 멤버들이 숙소에 도착하는 소식이 끊임없이 카톡으로 왔다.

[큰세진 : 사랑하는 멤버들 그거 아세요?ㅋㅋ 제가 혼자 장까지 봐 왔다는 거... 이런 날은 건배해야 하니까 (와인 잔 드는 곰 이모티콘)]

[류청우 : ㅎㅎ멋지다 아 다른 세진이도 지금 도착했어]

[배세진 : (손을 흔드는 햄스터 이모티콘)]

그리고 결국 모두가 도착했는지, 아까 전에는 이런 내용이 왔다.

[차유진 : 치킨 먹고 싶어요 문대 형 왜 없어요 (눈망울 이모티콘)]

[큰세진 : 박문대만 남았다~~~]

[배세진 : 바로 오고 있는 거 맞겠지 늦네]

[제 출발지가 태평양이었는데 늦는 게 당연한 일 아닌가요]

태평양 상공에서 LA까지 갔다 왔는데 이놈들 정말 사정을 안 봐준다.

나는 택시에 타서 시간을 보았다. 30분이 남은 상태였는데, 스마트폰 화면을 넘기자 단체 메시지방이 아닌 일반 카톡도 보인다. 골드 2가 자는 동안 즉시 확인했던 메시지 내역이다.

[큰달 : 형 저는 무사히 도착했어요! 형 괜찮으시죠?]

큰달은 무사히 류건우의 몸으로 정신을 차렸다고 한다. 어디 아픈 곳도 없이, 건강하고 불편한 구석도 없다고.
'성공인가.'
다만 조금 특이한 점이 남았다.

[형 상태창으로 메시지도 여전히 되는데요…? 헐?]

딱히 시스템에 삼켜지는 느낌이 드는 건 아니지만, 이 부가 기능은 계속 작동하는 모양이다. 나한테도 상태창은 여전히 보이고.
'영구적 상태창 보상 때문인가?'
나는 내가 상태이상을 클리어한 뒤 받은 보상 때문이 아닌가 추측했다. 그 시스템이라는 게 이상할 정도로 계약이나 약속에 얽매이는 것 같아서 말이지.
'의지도 정신 에너지다 이건가.'
아무튼 이미 없어진 놈이니 아무래도 좋다. 나는 홀가분하게 스마트폰을 내렸다.
그리고 잠시 후.
"도착~ 했습니다. 아파트 정문!"
"감사합니다."
나는 택시비를 빠르게 지불하고 내렸다. 거의 낯설어질 뻔한 화단을 지나, 조성된 놀이터를 지나, 1층 현관을 지나, 엘리베이터를 지나… 익숙한 현관문이 보였다.
버튼을 누르고, 문을 연다.

달칵.
"헐!"
"와 박문대 지금 왔어!"
"새벽 4시에 하는 치킨집 없겠지?"
시원한 에어컨 공기가 훅 끼친다. 익숙한 디자인의 현관 너머에서 익숙한 사람들의 말소리와 달려오는 발소리가 들린다.
'다 안 자고 뭐 하는 건지.'
나는 웃으며 현관 안으로 들어갔다. 새벽임을 의식해 적당히 숨죽인 칭찬과 손이 쏟아졌다.
변한 게 없는 멤버, 변한 게 없는 그 숙소였다.

다만 놀랍게도 숙소에 있던 건 사람만이 아니었다.
"문대야, 이거 봐!"
"왕!"
하얀 털 뭉치 같은 게 숙소에 있다. 아는 털 뭉치긴 했다. 배세진은 혼자 숙소로 돌아온 게 아니던 것이다.
"뭉게도 데려왔어. 큼, 우리 여행 갈 때 같이 가도 좋을 것 같아서. 오랜만이라… 나도 반갑더라."
24시 치킨집을 기어코 찾아서 시키던 차유진 너머, 배세진이 자기 손에 들린 작은 개를 내게 내밀었다.
"……."
꼬리를 치는 녀석을 받아 들었다. 부드럽고, 따뜻했다.
"우리 그럼 일단 푹 자고… 내일 일어나서 바로 준비해서 놀러 가자."

"대찬성."
"일단 치킨 먹어요."
"나는 우리 유진이가 어떻게 살이 안 찌는지 궁금해 진짜."
나는 개를 만지다가 조용히 입을 열었다.
"그 전에 하고 싶은 게 있는데요."
"…!"
"뭔데?"
"오래 걸리는 건 아니고요. 주무시고 있을 동안 다녀올게요."
이 시간부터 문을 여는 곳으로, 나는 전화를 걸었다.

"문대 씨 급하게 무슨 일이야~ 반가워!"
"저도요. 잘 부탁드립니다."
나는 의자에 앉았다. 헤어 디자이너가 웃으며 내 머리를 잡았다.
그렇다. 나는 새벽 첫 타임에 샵에 왔다.
"멤버들은 안 하고?"
"예."
그리고 나만 온 건 아니다. 내가 머리를 하는 동안, 이놈들은 굳이 따라와서 대기석에 앉아 여행지를 호들갑 떨며 고르고 있었다.
"여기예요. 우리 여기 가요!"
"연출 사진만 보고 섣불리 결정하지 마, 차유진!"
'자라니까.'
말은 안 듣네. 애견 출입이 가능한 샵이라 아주 숙소 지키는 놈도 없이 다 끌고 나왔군.

"테스타는 항상 사이가 좋아~ 너희 혹시 뭐 셀프캠 이런 거 찍니?"
"그런 건 아니에요."
나는 원장의 말에 대꾸하며, 거울을 보았다. 거울 너머에서 뭉게의 앞발을 살짝 잡고 흔드는 큰세진이 보였다.
'나 참.'
"그럼 이 색으로 할게요~?"
"네."
머리카락이 약품으로 뒤덮인다.

그리고 몇 시간 후.
"아까 사진이랑 똑같지? 잘 나왔네."
"예. 감사합니다."
나는 샵 의자에 앉아서 약간 어색한 기분으로 직접 사진을 찍었다. 몇 년쯤 짬이 생겨서 이제 셀프 구도도 못 찍는 건 아니지만, 이 얼굴로 사진을 찍는 건 오랜만이라 몇 번 시행착오를 거쳤다.
"……."
그리고 아주 오랜만에, 테스타의 공식 SNS에 접속해서⋯ 업로드 버튼을 눌렀다.

안녕하세요 러뷰어
저는 문대 (강아지 이모티콘)
제 머리 색을 되찾았어요 사실 좀 그리웠어요

(사진)

첨부된 사진 속 나는 금갈색 머리를 하고 있다. 아주사 때 했던 첫 염색처럼.

그리고 기다렸다는 듯 알림이 울린다.

-허어억 아주사 금문댕
-사랑해 일단 사랑한다고
-박문대 공계 출석률 실화냐 진짜 이게 바로 시대의 효자다
-혹시 다음 앨범 스포야?? 문대야? 문대야?
-♡♡♡♡♡♡♡♡♡♡♡♡
-문댕댕 영원히 승리해 티벳여우 이제 포기해 (주먹 이모티콘)

익숙한 반응과 프로필 사진들이 화면을 가득 채운다. '그때 느낌 아니다', '무슨 꿍꿍이냐.' 따위의 여느 때와 같은 폭언까지.

테스타 박문대였다.

"……."

"어? 문대문대 글 올렸네? 흑흑, 세상에 우리 멤버들은 대기석에 방치해 두고 혼자만…."

"얼굴 대라."

"오?"

나는 샵 대기실에 앉아 맹렬히 노트북과 스마트폰을 두드리던 놈들

의 단체 샷을 찍었다.

노란 문대 구경 왔습니다 (눈 돌리는 이모티콘)

그날 아침부터 팬들은 몇 번이나 테스타 공식 SNS 계정으로부터 알림을 받았다.

그로부터 몇 시간 전 새벽, 서울의 한 아파트.

넓고 깨끗한 집안에서 적막이 흘렀다. 커다란 현관 앞, 부드러운 베이지색 담요 위에 누워 있던 커다란 강아지는 반쯤 잠이 들어 있었다. 기다린 지 오래됐기 때문이다.

하지만 행복한 소리를 잊지 않았다.

띠릭! 문이 열리는 소리.

발소리. 사랑하는 가족을 보는 신호.

"…!"

순식간에 머리를 든 강아지는 꼬리를 치며 거대한 회색 문을 쳐다보았다. 곧 문이 열리며… 언제나처럼 커다란 가족이 두 발로 성큼 걸어 들어온다.

"콩아."

"와왕!"

강아지는 뛰어올라서 격하게 자신의 가족을 반겼다.

가족이 간혹 길면 며칠 자리를 비울 때마다 의젓하게 기다리는 법을 학습했지만, 그래도 기다림이 끝나는 순간은 참을 수 없다. 콩이는 뒷발을 구르고 앞발과 주둥이를 내밀어, 따스하고 열렬히 가족을 환영했다.

"아……."

그래서 콩이의 가족, 신재현은 자신에게 안기는 노란 개를 껴안고 들어올렸다. 그리고 움직이지 않은 채, 낯선 울림을 가만히 경청한다. 다음 시작으로 넘어간 순간마다 항상 버리고 끊어내 어느새 사라졌던 것을.

남은 것을 향한 애정을.

"콩아, 나 다녀왔어."

청려가 된 후 처음으로 해보는 귀환의 말이었다.

그는 현관에서 개를 안고 가만히 그 낯선 여운을 누렸다. 잠시… 아니, 제법 긴 시간 동안.

그리고 얼마 후.

"끄으응."

"하나만이야."

자신의 개에게 생전 주지 않던 운동 전 새벽 간식을 하나 준 청려의 뒷주머니에서 스마트폰이 울렸다.

'음?'

제정신이 아니고서야 긴급 아닌 목적으로 이 새벽에 자신에게 연락하는 관계자는 없었다.

그래서 바로 스마트폰을 확인하자…. 예상치 못한 것이 보인다.

[박문대 : (사진)]

그가 말도 없이 보낸 것은 하얀 개 사진이었다. 누굴 따라 하기라도 하는 것처럼.

"하하!"

청려는 무릎에 올라오는 개를 용인하며, 꽤 길게 웃었다.

첫 귀환을 음미하며.

데뷔 못 하면
죽는 병 걸림

가평에 위치한 모 온천 옆 글램핑장은 주말 끝을 맞이하며 점차 한산해지는 중이었다.

점심시간이 되기 전에 금요일부터 2박 3일 숙박한 사람들이 쭉 나가고, 새로 온 사람들은 별로 없었다. 초여름이라 더운 데다 본격적인 휴가철은 아닌 애매한 시기이기 때문이다. 게다가 시간도 벌써 저녁.

"즐거운 시간 보내시길 바랍니다~"

외곽에서 카운터를 보고 있던 알바생은 드문드문 오는 손님을 느긋이 상대하고 있었다. 다음 손님이 들어오기 전까지는.

'어?'

띠링.

문을 열고 갑자기 우르르 사람이 들어온다. 덥지도 않은지 후드에 색색 마스크를 낀 키 큰 남자 일곱은 여름 캠핑장에서 보기에는 어색한 차림이었다. 전위적인 캐릭터 야구모자나 선글라스를 낀 녀석까지 등장하자 더 그렇다.

'…SNS 어그로용?'

화룡점정은 체격 좋은 맨 뒷사람이 안고 있는 조그만 흰 강아지다.

'체대생 MT…?'

그렇다기엔 과반수가 마른 편이긴 했다. 게다가 여긴 대학생보다는 가족 단위 손님이 월등히 많은 곳이지 않은가.

'으으음?'

궁금증이 올라오려던 찰나, 그중 마스크를 한 회색 후드 차림의 체격 좋은 사람이 카운터로 와서 싹싹하게 묻는다.

"안녕하세요~ 저희 예약했는데요."

"네, 성함 말씀해 주세요!"

직원은 재빨리 프로그램을 확인하면서도 생각했다. 목소리도 좋고 키도 크고, 언뜻 보이는 눈도 잘생긴 것 같았다.

'…연영과인가?'

하지만 그런 걸 물어보는 쓸데없는 짓은 하지 않았다. 알바생은 돈 받는 만큼 일하는 신조답게 적당하고 빠르게 체크인 수속을 마쳤다.

"로얄 카라반 하나, 선셋 온돌 하나 맞으신가요?"

"네넵!"

그때 뒤에서 선글라스를 쓴 검은 후드가 자신의 일행에게 귀띔한다.

"애견 동반 체크 되어 있는지 확인해."

"아 맞다."

"네, 애견 동반 옵션이시고요."

자신에게 질문이 돌아오기 전에 재빨리 센스 있게 대답한 알바생은 동시에 묘한 위화감을 느꼈다. 웃긴 차림인 것치곤 의외로 목소리가 좋… 다? 어디서 들어본 목소리 같은데?

"여기…."

"아, 감사합니다~ 저희 저쪽으로 가면 되죠?"

"네! 그, 여기서 왼쪽으로 주차장 끼고 보시면 바로 확인 가능하세요."

"알겠습니다~ 설명 친절하게 해주셔서 감사해요."

쾌활하게 대답하는 이 목소리, 말투도 어디서 들어본 것 같고…. 그러나 이미 둘은 몸을 돌려서 일행에게 돌아가는 중이다.

'으음.'

입맛을 다시는 알바생의 귀에, 일행 쪽에서부터 작은 목소리가 들린다.

"뭉… 아니, 강아지 좀 받아줄래?"

"네…!"

야구 모자를 쓴 흰옷이 흰 강아지를 받아 들어 어깨에 조심스럽게 걸치는 게….

"…!"

알바생은 벼락처럼 깨달았다. 저거 예능에서 봤던 개다! 구도가 똑같았다. 그리고 그 예능은!

'〈저 집 손자〉!'

거기서 나온 출연진은….

'세상에.'

직원은 입을 막았다. 테스타다! 7명, 저 체격에 구성원까지 고려하니 왜 몰랐나 싶을 정도로 정확히 일치한다.

'아니, 패션 아이템이….'

아무리 그래도 눈에 안 띄는 동시에 얼굴을 가릴 생각을 할 텐데, 저건 역으로 그 심리를 노린 것처럼 눈에 띄는 웃긴 차림….

'잠깐, 저거 차유진 맞잖아!'

선글라스를 낀 괴상한 사람이 하나 더 있다 했더니 목 꺾는 폼이 그냥 차유진이다. 위튜브 쇼츠에서 저것만 모아놓은 동영상도 본 적 있었다.

'허어어….'
개개인 인지도가 높은 그룹답게 순식간에 스캔이 끝났다. 캐리어 지키고 서 있는 게 배세진, 팸플릿을 정독 중인 게 김래빈이다. 그리고 선글라스를 낀 목소리 익숙한 남자가 박문대, 강아지를 안고 있던 게 류청우, 건네받은 남자가 선아현…. 자신과 말한 게 이세진!
알바생은 주먹을 불끈 쥐었다.
'어쩐지 잘생긴 것 같더라!'
그냥 잘생긴 분위기였다고!!
그리고 드디어 생산적인 생각이 떠올랐다.
'사, 사인.'
하지만 여기서 부르는 건 경우 없는 짓이라는 사회인의 마인드가 알바생을 잡았다. 게다가 기회가 더 있었다.
'체크아웃할 거 아냐.'
그때는 절대 놓치지 않는다….
'아 진짜!'
누구한테라도 말하고 싶었다! 언니한테라도!
'와, 들으면 진짜 엄청 놀라겠….'
그래서 직원이 흥분한 손으로 자신의 카톡을 켰을 때.
"저기."
"……?!"
고개를 들자, 마스크 위로 쑥스러운 듯이 웃는 눈이 보인다.
'류청우! 류청우!'
알바생의 뇌는 비명을 지르는데 류청우는 부드럽게만 말한다.

"저희가 정말 쉬러 온 거라서요. 여기 있는 며칠만이라도 비밀로 가능할까요?"

"네? 당연히… 네네."

가능하죠, 당근!

"감사합니다. 아, 이거라도."

끄윽.

선물이란 명목의 뇌물로 바쳐진 고가의 입욕제 세트를 떨리는 손으로 받아 들며, 알바생은 얼빠진 표정으로 멀어지는 테스타(추정)를 보았다.

"뭉게야 가자!"

"끼야, 앙!"

"애 부추기지 말라니까…."

…쉬러 온 거라고?

'진짜 친한가 봐.'

알바생은 스마트폰을 내렸다. 한 치의 망설임 없이 손절한 언니를 떠올리며, 활동 중간에 카메라도 없이 가족용 힐링 글램핑을 온 아이돌 그룹의 돈독함에 고개를 끄덕였다.

'맨날 보면서 지겹지도 않나??'

그들이 근 10개월간 얼마나 미쳐 돌아가는 우여곡절을 겪으며 간만에 결합한 것인지는 당연히 상상도 못 한 채였다.

나는 인정했다.

'사실 휴가를 10개월 만에 온 거나 다름없지.'

그전에 못 쉬었던 것을 합치면 1년도 넘는다. 덕분에 반드시 좋은 곳을 가겠다고 눈알 번뜩이는 놈들에 의해 여행 목적지는 영원히 안 끝날 것 같은 긴 검색과 토론에 시달렸다.

그리고 겨우 결론이 나왔다.

"역시 아현이네가 갔던 곳이 최고야."

"그렇지?"

"……."

이럴 거면 뭐 하러 샵 대기석에서 잠 안 자고 노트북이나 두들기고 있었냐고 물어보고 싶군.

배세진 말에서 답을 찾긴 했다.

"그, 처음부터 제일 좋아 보이긴 했지. 그런데 한번 가봤던 곳이니까 재한테는 좀 지루할 수도 있잖아."

"아, 아뇨…! 절대 그렇지 않아요. 좋은 곳이 확실하니까, 멤버들과 같이 가고 싶어요…!"

"형……."

분위기가 급속히 훈훈해졌다. 이 결론을 위해 몇 시간을 의미 없이 꼬라박았다는 건 어느새 잊혔다.

류청우가 서글서글하게 웃었다.

"좋아. 그럼 아현이가 좋았던 액티비티들을 많이 소개해 줄래?"

"네…!"

"오케이~ 그럼 저희 목적지는 가평 힐링 글램핑으로!"

그리고 바로 당일에 정가 박치기로 텐트를 잡아 왔다는 것이다.
'이걸 텐트라고 부를 수 있을지는 모르겠다만.'
"오오~ 좋다!"
나는 울창한 나무로 둘러싸인 캠핑장의 제일 외곽에 있는 우리 예약 자리를 둘러보았다. 감성적으로 둘러놓은 천막이 명목상 텐트 이미지를 챙겨줄 뿐, 안은 온수 펑펑 나오는 온돌 마루와 소나무 목재다. 게다가 야외 탕까지.
캠핑 기분만 내는 편안함. 과연 힐링이 될 만도 하다.
"…! 이거 온천물이래."
"뭉게 들어가 볼래? 어구 우리 뭉게 가보고 싶어요? …어어어 잠깐."
"개 괴롭히지 말아라."
애견 동반이라고는 해도 이건 누가 봐도 대형견용 풀인데 이 주먹만 한 걸 넣으려면 구명조끼라도 입혀야지. 다행히 안을 둘러보며 신난 놈들에게 마법 같은 결론이 나왔다.
"음, 일단 저녁 먹고 할까? 날도 저물고 있고."
"헉, 그러게요~"
역시 배고픈 게 제일 우선이군.
"맞아요! 우리 오래 굶주렸어요."
휴게소에서 알감자 먹은 놈이 할 발언은 아니었다만, 어쨌든 그때부터는 바비큐와 캠프파이어의 시간이었다.
카라반 앞에서 장작으로 불을 피웠다.
"오오."
스탭이 없는 상황에서 이러는 건 드문 일이었지만, 특별히 문제없이 고기는 잘 구워졌다.
'맛있네.'
나는 불을 더 지폈다. 그 사이에 김래빈이 경건한 얼굴로 불판에 놓인 고기를 잽싸게 뒤집는다.
"저, 문대야. 나도, 구워볼까…?"
"하하하, 아현아 여기 버섯 좀 씻어줄래?"
"아, 네…!"
그리고 평화롭게 시간이 흘러간다. 카운터에 먹인 뇌물이 통했는지 찾아오는 사람이나 시선은 없다. 간혹 저 멀리 다른 카라반 앞에서 뛰어다니던 애가 기웃거리는 정도.
"아이구, 우리 애기도 고기 좀 먹을래요~?"
"야, 애 알러지 있을 수도 있어."
"앗. 미안해."
시답잖은 헛소리로 시간을 보내다가, 목욕을 하고 대충 숙소를 나눠서 푹 잤다.
"알람 맞추지 말고, 자고 싶은 만큼 자보자."
"너무 좋은 발상인데요? 역시 리더셔."
나는 첫날 온돌 마루에서 취침했다. 모기향이 피어오르고, 풀벌레 소리가 들렸다.
분량도 다음 목표도 생각할 필요 없는 건 오랜만이었다.

그다음 날은 점심이 넘어서야 일어나서는 근처에서 승마를 시도했다.
"Yippee-ki-yay~!!"

승마는 차유진이 다 해 먹었다. 그 뒤를 웃으면서 쫓아가는 류청우까지 직원들을 놀라게 만든 것 같고. 역시 원래 운동하던 놈들을 초급자로 부르지 말았어야 했나.

'저 두 놈은 상급자 코스로 격리해도 괜찮았겠군.'

"문대문대 유진이가 대체 무슨 말을 하는 걸까?"

"모르겠는데."

"…혹시 문제 단어 아닌지 검색해 봐야 하는, …으악!"

"아이고, 형님."

그때, 말 위에서 균형을 잃을 뻔한 배세진이 직원의 지시에 따라 균형을 되찾자, 그쪽으로 살짝 귓속말하는 놈이 보였다.

"형, 저건 카우보이 소리예요…."

멀리서 차유진이 외치는 '이히야' 같은 소리가 들렸다.

"크흠, 문제 되는 거 아니면 됐어."

배세진은 그 후로는 제법 능숙하게 말을 탔으나 어쩐지 연기 같았다는 점만 말해두겠다. 그리고 귓속말을 한 선아현은….

"너도 승마했었냐."

"으응! 많이는 아니고, 가끔."

세 번째 '원래 운동하던 놈'을 맡았다고만 말해두겠다.

'이놈도 승마를 잘하는 모양인데.'

아무래도 코스 짜면서 맞춰준 모양이다.

"오 그랬어? 나도 몰랐네~ 오케이 세진이 접수."

그래서 다음 날은 저놈이 안 가봤다는 양털 목장에 갔다.

"양털, 조금 사 갈 수 있는 것 같아…! 스, 스웨터를 만들어볼까 해."
"오오오~"
"아현이 이번 크리스마스 때는 그거 입고 공식 계정에 사진 남기면 되겠다."

그런 식으로 효율 신경 안 쓰고 시간을 쓴다. 촬영도 없고, 인증 샷도 없고, 방송용 에피소드나 빌드업용으로 써먹을 것도 없다. 그냥 쉬고 놀기만 하는 시간.
"스모어 맛있어요. 형, 우리 스모어 먹어요! marshmallow 사요!"
"그래."
차유진이 정색한다.
"…! 형 진지해요? 아파요?"
"이렇게 건강할 수가 없다."
사자고 해도 난리군. 어쨌든, 그날은 초콜릿과 비스킷까지 사 와선 마시멜로우를 직화로 구워 스모어란 걸로 만들었다. 그리고 별을 보면서 먹었다.
"문대문대 우리 내일 조깅 두 배 해야 해."
"알아."
그렇게 아무 생각 없이 놀기만 하려고 이 일곱이 모여서 시간을 보내는 건 거의 처음이었다. 바닷가 펜션은 김래빈의 할머님이 쓰러지시면서 파투 났으니까.
'……괜찮네.'
온천도 톡톡히 썼다. 매일 저녁 노천 온천탕을 이용하는 게 썩 자기 전 좋은 마무리였거든.

"우리 이거 사요. 숙소에 둬요! 저 돈 낼게요."

"둘 데 없다."

뜨거운 물이 긴장감을 낮췄다. 그러면 그 괴상한 시스템 세상에서 경험했던 것이 툭툭 입 밖으로 나오는 것이다.

"그거 알아요? 김래빈 딸기 만들면서 고기 많이 구웠어요. 저 거기서 김래빈한테 들었어요."

"헐, 그래?"

"어쩐지 잘 굽더라. 다 학습된 능력이구나."

"미성년자인 제가 딸기를 섬세하게 수확하지 못하니 새참 준비를 도운 것입니다. 하지만 칭찬은 정말 감사합니다. 앞으로도 정진하겠습니다!"

"오오."

야외 온천에 하나씩 들어앉은 놈들이 대화 맥락을 신경 쓰지 않고 대충 말을 던진다.

"VTIC 선배님께는 연락해 봤어?"

"어. 잘 지내시는 것 같더라고."

"좋네~"

"우리가 이런 식으로 그 선배님과 친분 생길 줄은 몰랐는데."

나는 어제쯤 주단에게 받았던 여러 작품 추천 목록을 떠올리며 눈썹을 꿈틀거렸다.

다른 두 놈도 제법 자주 연락이 왔는데, 반년이 넘게 한 그룹으로 활동한 기억이 있는 셈이니 당연한 일일지도 모르겠군. 나와 비슷하게 '위시즈' 활동을 회상했는지 류청우가 부드럽게 말한다.

"그러고 보니 우리 거기서는 제대로 된 투어를 못 해봤잖아. 굉장히 오랜만에 하게 되는 느낌이야."

"맞아요. 저 기대해요."

차유진뿐만 아니라 여기저기서 고개 끄덕이는 놈들이 속출한다. 류청우는 같이 고개를 끄덕이다가 장난스럽게 덧붙인다.

"아, 세진이만 해봤지?"

"형~"

큰세진이 빙긋 웃었다.

"그걸 제대로 된 투어라고 부르면 안 돼요."

"……"

"아니, 진짜… 네."

저거 정색할 뻔했네.

"아무튼 우리 그룹 너무 그리웠어요~ 이제 투어도 가니까 진짜 신나게 열심히 공연하는 겁니다?"

알았다 새끼야.

"어어? 문대만 반응 안 하는 것 같은데?"

"당연한 걸 물어보니까 그렇지."

"…!"

쉬는 것도 좋지만, 역시 자극적인 일을 해야 머리가 돌아간다.

"투어 제대로 하자."

큰세진을 포함해 다른 놈들의 얼굴에도 웃음이 번진다. 그렇게 그날의 결론이 나왔다.

여행의 마지막, 나흘째 날 밤이었다.

그리고 체크아웃하는 아침.

"덕분에 정말 잘 지내다 갑니다. 감사해요!"

"아니에요. 저야말로…!"

우리는 침묵해 준 카운터 직원과 주인에게 사인과 인증 샷을 증정하고 서울로 돌아가는 차에 탑승했다. 목베개를 하나씩 낀 놈들이 웃어 재낀다.

"재밌었다."

"확실히 휴식도 유익한 시간임을 깨닫는 캠핑이었습니다."

"우리 다음 시간에는 바다 가요!"

"좋지, 좋지."

떠드는 놈들 사이로, 나는 스마트폰을 들어서 그룹 공식 계정에 접속했다가… 문득 떠올렸다. 그러고 보니 만일에 대비해서 그걸 챙겨왔지.

"지금 다 몰골 괜찮나."

"음?"

다행히 카운터에서 인증 샷을 찍을 미래를 대비해서 청결하고 관리된 몰골이다.

"괜찮아, 괜찮아."

그렇다면.

우리는 몇 가지 상의 후, 가방에서 공기계를 꺼냈다. 바로 W앱용 스마트폰이었다. 조수석 앞에 부착해서 각도를 조정한 다음, 방송을 켜면….

띠딕.

"안녕하세요, 러뷰어!"

-???
-1빠
-뭐야 무슨 일이야?

오전부터 무슨 일이냐고 묻는 말들과 인사말로 댓글이 휙휙 넘어가더니 자연스럽게 상식적인 질문이 들어온다.

-촬영이에요?

"촬영이냐고요? 아뇨~ 저희끼리 놀고 올라오는 중이에요!"
그리고 멤버들끼리 신나게 떠든다.
"아, 한 거는… 저희 온천도 하고 승마도 하고… 아기 양도 만졌는데. 그, 제가 뭉게도 데려왔어요."
"아, 그때 문대문대 진짜 웃겼어. 그 유진이가 마시멜로우로 용암을 만들었거든요? 그때 문대 표정이~"
"음, 세진이가 용암 이야기하니까 생각나네요. 어제 아현이가 바비큐 성공했어요! 저희 다 깜짝 놀랐죠. 맛있었습니다."
"사진이요? 어, 딱히 찍은 건 없는데…."
"으음, 그 동영상 같은… 아 뭉게 동영상은, 있어요!"

선아현이 웃으며 자신의 스마트폰에서 튜브를 탄 뭉게가 풀 위에 떠다니는 것을 보여준다.

[므앙!]

그게 모든 자료의 시작과 끝이었다.
"어… 방송 같은 건 아니고, 정말 저희끼리 놀러 갔다 오는 길이에요!"
더는 없다.

-?
-아니 테스타 얼굴을 좀
-너희가 한걸 우리에게 보여줘라
-엔딩만 보여주는 잔악무도한 행위

소리 없는 비명이 채팅창을 점령했고, 나는 깨달았다.
'……너무 놀기만 했나?'
이거 그냥 근황 전달 목적이었는데, 잘 들어보니 떠든 게 누가 봐도 자체 컨텐츠용 각이 나오는 휴식이었다는 것을. 그래서 관심 있는 사람들의 흥미를 대단히 자극했다는 것을.
하지만 내용물은 없는 공갈 떡밥이 라이브를 타고 넘치고 있었다.

-돌아가 얘들아 빨리 다시 캠핑해

덕분에 댓글에 광기가 흐른다.

……이게 바로 그 후로 일어날 모든 대환장의 발단이었다.

테스타 팬들은 악성 개인 팬들의 물밑 개싸움부터 루머 유포, 소속사의 어그로까지 다양한 개판에 이미 익숙했다.
물론 익숙한 것 중에 부정적인 일들만 있는 건 아니다. 입 벌어지는 무대 퀄리티, 정성스러운 팬서비스, 깨알 같은 귀여운 이야기와 훈훈한 그룹 에피소드에도 흐뭇하게 익숙해졌다.
다만 이걸 무작정 좋아해야 하나 애매한 것도 있었다. 바로 테스타의 예능 속성이다.

-테스타 예능 = 불지옥 파티
-이게 다 제작진 때문이다
-힐링하라고 보내놨더니 조난당하는 거 보고 포기함ㅋㅋㅋㅋ

재미는 있다. 확실히 재밌다 못해 사정 봐주는 것 없는 전개로 화제성이 터지는 덕에 테스타의 예능은 대중성 타율이 높았다. 그 와중에도 전문 예능인의 느낌보다는 '예능에 휘말린 아이돌' 느낌이 더 강했기 때문에 이미지의 변질이 없는 것까지.
팬들은 즐겁게 컨텐츠와 흐름을 즐겼다. 하지만 동시에 다른 생각도 이야기하곤 했다.

-그냥 아무 생각 없이 애들 하고 싶은 대로 하는 것도 한번은 보고 싶은데
-애들 너무 힘들 것 같다는 생각은 가끔해요ㅠㅠㅋㅋ 본업도 죽을 둥 살 둥 하는 애들이잖아요

 데뷔부터 원체 우여곡절이 많은 그룹이었기 때문에 아무 장애물 없이 편안하게 노는 모습에 대한 수요가 은은히 존재하던 것이다. 게다가 원래 예능이 본업이 아닌 연예인들이 특집 예능을 한다면, 그런 일상을 벗어나 잔잔한 힐링을 즐기는 구성이 보편적이지 않은가.
 '관찰형 힐링 여행!'
 그런데 지금… 느닷없이 멤버들이 그걸 하고 왔다는 것이다.
 팬들은 일단은 다들 좋아했다.

-애들 캠핑해서 스모어 해먹고 온천하고 승마하고 양하고 놀다 왔대 뭉게도 데려갔다고 미친ㅠㅠㅠ
-엥
-야 왜 없어

 사진 한 장 없다는 걸 알기 전까진.
 러뷰어는 당황했다. 좋은 일은 맞았다. 잘 쉬고 왔으니 콘서트 더 열심히 하겠다며 싱글벙글 웃는 애들은 잘 먹고 잘 잤는지 때깔도 좋고 열정이 가득해 보였다.
 그런데 말이다.

-아니 우리는
-왜 러뷰어 왕따시켜요
-어떡게 아무것도 업을 수 잇어

자체 컨텐츠용, 하다못해 영상이라도 있는 줄 알았던 것이다. 게다가 W앱에서 드러나는 징조가 있었다.

[야 물 여기. 근데 일어나서 먹어.]
[히히!]
[와 우리 이러다 차 터져 나가는 거 아니야? 다 드러눕네.]

원래도 같은 팀으로서 보기 좋게 돈독하긴 했다. 하지만 이번에는 그 이상으로 무언가가 한 꺼풀 벗겨진 느낌이었다.

-헐 애들 은근히 말 놓는데요
-(유교 토끼는 제외임)

W라이브 내내 서로 다 오픈한 듯 편안한 분위기가 흐르면서도 서로의 말을 경청하는 게 약간 애틋할 정도였다. 마치 해체했다가 다시 만나기라도 한 것 같은 단합력이 넘치는 광경.
의미심장했다.

-다 그룹 뽕이 맥스로 차오른 것 같은데

-뭐했냐

-알려줘! 알려줘!ㅜㅜㅜㅜㅜ

다녀온 캠프에서 뭔진 몰라도 서사적 전환점 같은 일이 일어났을 것을 짐작하자 W라이브 시청자들은 더 울부짖었다. 그리고 사진 한 장 안 가져온 것에 대해서 별다른 문제성을 느끼지 못했는지 당황하는 멤버들을 보며, 이 상황의 원인을 알았다.

…수요가 있으리라고 짐작도 하지 못한 것이다.

-우리 애들 맨날 예능에서 개짓거리 하니까 힐링은 개노잼 공식이 머리에 박혔잖아 어쩔거임ㅋㅋㅠㅠ

-박문대 눈치 보는 거봐 사진 존잘이면서 한 장도 안 찍은 네 잘못이지만 귀여우니 화가 풀린다

-님들 오히려 카메라가 없어서 편하게 있으니까 애들이 더 잘 논 게 아닐까요… 물론 그래놓고 다 알려줘서 미치겠음

└ㅋㅋㅋㅋㅋㅋㅋㅋㅋㅋㅋ

-다들 넘 미안해하니까 뇌절도 못 하겠잖아ㅠㅠㅠㅠㅠㅋㅋㅋ

테스타는 댓글에서 울부짖으며 아우성대는 팬들을 보고 최선을 다해서 무슨 일을 했는지 설명했다.

[음… 아, 양떼 목장에서 유진이가 그 목양견처럼 양몰이를 해봤는데 진짜 되더라고요. 되게 웃겼어요!]

[맞아, 주인분이 엄청 웃으셨죠.]

역효과였다.

-흐아아악
-그래 얘들아 너희만의 멋진 캠프를 존중해ㅎㅎ (사실 울고 있음 제발 돈 받고 팔아줬으면 좋겠음)
-너무 재밌고 행복하게 들린다 이게 바로 질투심이구나

그리고 이 욕망의 파도는 테스타의 드라이브 방송과 함께 순식간에 팬 커뮤니티와 SNS 계정을 점령하기 시작했다.

글램핑에서 복귀한 뒤 며칠 후.

-안녕하세요 테스타분들~ 아휴 잘 지내시죠?
"…예, 그럼요. 잘 지내고 있습니다."
나는 한창 투어 준비 중에 걸려온 전화를 하나 받았다. 정확히는 류청우가 고개를 흔들고 넘겨준 것이지만.
"PD님도 잘 지내시나요."
바로 외국에서 호떡 팔아먹는 예능부터 당근 코인까지 각종 주옥같은 예능을 만든 예능 사단의 대표 PD였다. 그리고 이 사람이 무슨 소리를 할지도 이미 짐작했다.

―아, 저희야 잘 지내죠! 그리고 테스타도 그러신 것 같더라고요. 저희도 들었거든요.

"네?"

―글램핑~ 아, 테스타의 힐링 캠프!

"……."

그래. 이걸 줄 알았지. 나는 지난 며칠간 인터넷 상황을 떠올리며 잠시 침묵했다.

'…그렇게까지 사람들이 자극을 받을 줄은 몰랐는데.'

아무래도 영상 증거가 하나도 없다는 점이 도리어 팬들의 궁금증과 기대를 극대화한 것 같다.

-테스타 자기들끼리 요리 캠핑 온천 승마 동물까지 예능 다 잡은 미친 휴가를 즐기고 왔어...

팬들의 말만 들어서는 고작 4박 5일 갔던 테스타 글램핑이 감동, 코믹, 힐링을 다 섞은 희대의 캠핑 예능으로 변질 중이었다. 게다가 그 분위기에 하나씩 공갈이 아닌 떡밥이 나온 것이다.

[이런 거 올려도 되나? 테스타 본 후기]
글램핑장에서 알바 중인데 갑자기 개웃기고 수상한 차림으로 등장해서 잘생기게 체크인 했음 007작전인줄

이건 인증 샷 (사진)
체크아웃할때 흔쾌히 해주더라 다들 존잘에 진짜 착했어 그리고 뭉게는 귀엽더라
질문받을게 댓글로 달아줘ㅋㅋ

―――――――――――――――――――――――――――

오래 참은 알바생의 후기를 시작으로 캠핑장 사장의 홍보 글, 양떼 목장과 승마장에서도 직원들의 목격담이 올라왔다. 사진과 짧은 동영상은 간접 증거물 겸 훌륭한 떡밥이 된 것 같다.

-차유진 말 타는 거 미쳤다 카우보이 영화 23413241324개 지나감
-와 양 쓰다듬는 거 역광 들어오는데 화보인줄 선아현 갓기밤비엘크왕자님…
-청우 사장님이랑 체격차이 무슨 일이야 아니 사랑한다고

스마트폰으로 찍어 흔들리는 저화질의 짧은 동영상과 몇 컷 안 되는 인증 샷들은 팬들을 더 목마르게 만들었다.
'분명 거기 있었다는 흔적은 있는데, 알맹이가 없으니까 말이지…'
심지어는 테스타가 썼던 카라반과 텐트를 빌려서 흔적을 찾으려는 사람들이 SNS에서 중계하다가 욕을 먹고 내리는 일까지 벌어졌다.

-개뷰어들 자제를 모르네 지금 너무 과열돼서 그냥 사생활 침해임
　└섬별 지들이 입털어서 떠든 거잖아 사생활 침해 이지랄ㅋㅋㅋㅋㅋㅋ
　└니 같은 마인드가 사생되는 거임

-아 요새 돌아가는 꼴 웃기네 니들 이럴까 봐 셤별이 지들끼리 조용히 갔다 온 거잖아 멍청이들ㅋㅋ

개판이 되기 일보 직전에 투어 홍보가 대대적으로 들어가면서 좀 진정국면에 접어들긴 했으나 아슬아슬했다. 극도로 빌드업된 흥분이 과열로 넘어가지 않게 간신히 잡은 정도.
그래도 시위하듯 힐링을 부르짖는 분위기는 여전하다. 나는 내심 혀를 찼다.
'10개월이나 다른 시간대에서 그룹 했더니 감을 덜 잡았나.'
이제 아무 생각 없이 그냥 해보고 싶다는 멍청한 발상으로 라이브 켜는 짓은 금지다. 아무튼, 그럼 이 상황에서 우리랑 원래도 일했던 예능 제작진이 할 말은 뻔하지 않은가.
-텀이 좀 짧긴 하지만 시기가 너무 좋죠? 원래 저희 약속했던 힐링 예능! 마침 투어 시즌이시니까 딱~ 가시죠. 테스타분들.
바로 공급 창출이다. 약속된 테스타 힐링 예능을 지금 한번 찍어보자는 것.
"예능?"
"아~ 우리 PD님이셔? 오랜만입니다, 정 PD님!"
차 안에서 졸던 놈들이 슬금슬금 반응하기 시작하는군. 그리고 열심히 인사를 돌려준 PD는 입에 침도 안 바르고 영업을 시작한다.
-저희가 시간이 촉박해도 테스타 모시는 데 제대로 준비를 또 했거든요.
구독자가 300만이 넘은 본인들의 채널에서 위튜브 전용 컨텐츠 시

리즈를 기획 중이라고 한다. 거기서 첫 타자로 테스타를 선보이고 싶다는 거다.

-투어 중에 쉬시는 구간에 딱 찍으면 최고이지 않겠어요?

음. 나는 주변을 둘러보았다.

'거수로 분위기 잡을까.'

하지만 류청우가 먼저 웃으며 입을 연다.

"문대 하고 싶은 대로 할까?"

음?

"좋아요…!"

"맞아~ 이건 솔직히 문대문대가 결정해도 돼."

"문대 형께서 지난 〈저 집 손자〉 예능에서 가장 큰 배신감을 느끼셨기 때문에 합당한 말씀입니다."

오냐. 지난 예능에서 이 제작진 자식들한테 제일… 거하게 엿을 처먹은 게 나다 보니 나한테 진행권이 돌아온 것 같군. 나는 잠시 스마트폰을 쳐다보다가 고개를 끄덕였다.

"좋습니다."

-오오오!

여기서 한번 팬덤 분위기 해소해 주는 게 맞겠지. 어차피 투어 시즌이랑 병행이면 그렇게 화제성에 목매지 않아도 괜찮을 테니 쉬어가는 회차라고 생각하자.

"힐링 예능, 이번을 마지막으로 제작진을 믿겠습니다."

-지금 이 자리에서 맹세할게요. 제 모든 예능 커리어를 걸고!

"설마 맹세하신 예능 커리어가 여기선 배신하는 게 맞다고 외쳤다는 뜻은 아니시죠."

잠시 침묵이 흘렀다.

-……문대 씨 저희가 죄송해요. 아니, 아이돌한테 이런 불신 처음인데요.

PD가 떨리는 목소리로 뒷말을 이었다. 물론 웃겨서 떨리는 거다.

-정말 마음에 큰 상처를 입으셨나 봐요. 제가 눈물이 다 나네요.

"아닙니다."

아니라고 새끼야.

"크흡!"

통화 너머에서 작가들이 끕끕거리며 웃음을 참는 소리가 들렸다. 마침 주변에서도 비슷한 일이 벌어지고 있다. 나는 처웃는 큰세진의 등짝을 후려쳤다.

"악!"

"어쨌든 그렇게 됐네요. 잘 부탁드립니다."

류청우의 수습과 함께 모든 것이 정리되었다.

-저희야말로 잘 부탁드려요~

그렇게 테스타의 힐링 예능 위튜브 판이 확정되었다는 것이다.

촬영은 급박한 미팅과 연습 후. 투어를 위해 비행기를 타고 출국한 순간부터 시작되었다.

"여러분의 시간을 절약해 드리고자 저희가 찾아왔어요."

"엄마야!"

제작진은 이런 개그라도 포기할 순 없다면서 중간 경유지에서 깜짝 등장하는 퍼포먼스를 했다. 공항 라운지가 용케 허락해 줬나 싶은 요란한 꼴을 하고서.

'진짜 사기 칠 생각이 없나 본데.'

저런 거라도 챙겨 먹으려고 하는 걸 보니 이번에는 정말 진심으로 힐링시켜 줄 모양이다. 나는 천사 날개를 단 PD를 보고선 분위기를 파악하고 고개를 끄덕였다.

"자자, 투어를 가시는 여러분이 무대 외에는 신경 쓸 게 있으면 안 되니까, 전폭적으로 여러분의 의사를 존중하는 선택을 했습니다!"

"오오."

"바로바로… 셀프 기획입니다!"

곧 그윽한 표정의 PD에게 이미 다 논의된 이야기가 나온다.

'간단하지.'

1. 테스타는 2명씩 짝지어서 팀마다 원하는 힐링 코스를 하나씩 만든다.

"그리고 차례대로 모두 즐기는 거예요! 예외나 조작 없습니다."

"오오오~"

2. 미니 게임에서 단독 우승한 1명은 단독으로 원하는 힐링 코스를 만들 수 있다.

"축하합니다, 래빈 님!"

"축하해!"

 그게 여기선 바로 김래빈이다. 녀석은 고작 땅따먹기 보드게임으로 얻어낸 이 보상이 과분하단 표정으로 열심히 고개를 끄덕였다.

"모두가 즐길 수 있으며 부담을 느끼시지도 않을 효율적인 코스를 짜보겠습니다…!"

"아니, 괜찮아 래빈아, 너 하고 싶은 거 해!"

 훈훈하다. 정말 제대로 된 힐링, 평화롭고 스트레스 없는 장면이 연출될 것 같은 분위기다.

'흠.'

 게다가 조건도 그랬다.

"서로 막 코스 확인하면서 견제하고 이런 거 안 되고, 진짜 본인들이 하고 싶은 걸 하는 거예요~"

"넵!"

 그저 원하는 걸 하라는 것이다. 있는 건 여행비와 시간제한 정도인데 이건 없으면 위화감이나 조성할 테니까 있는 게 맞고.

 그럼 마지막으로 테스타 내부에서 결성된 2인조 팀을 보자.

"이거 할까?"

"…! 저는, 괜찮은데요."

 1팀, 류청우와 선아현. 팀명은 〈해피 트립〉이다.

"오~ 여기 좋아 보이는데."

"…예산에 좀 과하지 않아? 아니, 이걸 하고 다른 걸 좀 덜해도 난 괜찮긴 한데."

"아니, 그냥 좋아 보인다는 거예요 형~ 다른 것도 같이 봐요!"

2팀의 이름은 〈세진이즈〉. 당연하지만 이세진과 배세진이 결성한 팀이다.

나는 고개를 끄덕였다.

'벌써 각 나오는군.'

어느 쪽이든 문제없이 괜찮은 힐링 코스가 나올 것이다. 앞 팀은 원래 성향이 부드러운 놈들이고, 동명이인 두 놈은 취향이 반대라 예능 카메라 앞에서 타협하면 결국 대중적인 코스가 나오겠지.

'그렇다면 말이지.'

결국 약간이라도 자극을 담당하는 팀도 나오기 마련이지 않냐는 뜻이다. 나는 내 팀원을 돌아보았다.

"형! 제가 리더 해도 돼요?"

"어. 그럼."

차유진이 눈을 빛내며 인터넷에 접속하고 있었다.

그렇다. 3팀 차유진과 박문대.

-팀명 : 〈하고 싶은 걸 하겠다〉

캠프를 가서도 목양견 흉내를 내며 양을 쫓아다닌 미국 놈과 닭발 뜯는 걸로 첫인사를 한 한국 놈이라. 이래서 이미지가 중요했다.

'힐링이라는 게 원래 주관적인 표현이지.'

나는 든든한 팀원을 돌아보며 흡족히 킬링… 아니, 힐링 계획을 세우기 시작했다.

예능이 어떻게 돌아가든, 그보다 먼저 신경 써야 할 게 있긴 했다. 바로 공연.

"Thank you!"

나는 고개를 들었다. 옆 마이크에서 올리는 목소리와 함께 데뷔곡 〈Hi-five〉의 안무가 끝났다. 마지막 앵콜 곡이었다.

와아아아아아- 와아아아악!

열기와 환호, 그리고 불빛. 진동에 몸이 울린다.

'…오랜만이다.'

관자놀이로 땀이 흘렀다. 나는 눈을 느리게 감았다 뜨며 거대한 광장을 가득 채운 빛무리를 보았다.

사실 투어라는 건 언론에 노출되는 일은 아니다 보니 인지도나 명성을 키우는 것에는 썩 도움이 안 되는 일이다. 이미 벌어놓은 인지도를 관객으로 수확하는 셈이니 소속사들이 캐시카우 삼는 거지.

그러나 막상 공연하는 입장이 되면 그렇게 치부하기 힘들다.

"후욱."

'그냥… 소름이 돋는데.'

사실 우선순위가 바뀐 건 아닌가 싶을 정도로 말이다. 인지도 올리는 게 이걸 보고 들어줄 관객을 모으려고 하는 거 아닌가.

"감사합니다!"

치솟은 아드레날린이 멍청한 생각을 하게 만든다. 나는 거칠게 이마를 닦아냈다.

"우리 또 봐요!!"

"See ya!"

그렇게 오랜만에 하는 투어는 이놈 저놈 할 것 없이 그룹 분위기 자체를 달궈놓았다. 백스테이지로 내려오자마자 이렇게 외치는 놈이 있을 정도로.

"오늘 공연은 실수 없이 대단히 완성도가 높았다는 생각이 듭니다!"

"으응, 나도 그렇게 생각해…!"

양일의 싱가포르 공연은 완벽주의자 두 놈의 자체 평가에서 대호평을 받았다. 때맞춰 들어온 카메라를 확인하며, 나는 고개를 끄덕였다.

"내일부터 힐링 코스를 부끄럽지 않게 즐길 수 있겠네요."

"그러게!"

히히덕거리며 숨을 고르는 놈들 사이로 예능 제작진의 카메라가 신이 난 것처럼 움직인다.

"아~ 근데 아무리 생각해도 너무 꿈의 일정 아니에요? 팬분들 만나고 신나게 공연하다가 힐링이 딱! 그리고 다시 공연~"

정말 예능 예고편에 나올 것 같은 소개 멘트다. 본인도 알고 친 거겠지만.

"지금 형한테만 살짝 말해줘, 우리 유진이랑 문대문대 어디 골랐어?"

"비밀이에요. 저는 멤버들 소리 지르는 얼굴 보고 싶어요!"

"오~ 럭셔리한가 본데?"
"어, 예산 많이 썼다."
"역시 그럴 줄 알았지!"
큰세진이 웃으며 나와 차유진의 등을 친다. 그러나 네가 생각하는 예산 사용처는 아닐 거란 진실은 훌륭한 리액션 질을 위해 묻어두도록 해야겠다.
"다들 고생 많았어!"

그리고 그날 자정, 오랜만에 모여서 야식을 먹은 놈들이 수마에 지지 않고 눈을 부릅뜨고 있을 때 드디어 PD가 들이닥쳤다.
띵동.
"세상에 여러분 저희 기다리려고 모여 계셨어요?"
"아, 저희가 원래 투어하면 주에 한 번씩 단합하려고 방을 같이 쓰거든요."
"Party tonight~"
"아니, 그런 것도 지금 러뷰어들한테 첫 공개 하는 거죠? 이러니까 ~~ 팬분들께서 서운해하시지!"
맞는 말인데 얄밉게 들리게 하는 것도 능력이다.
"시정하겠습니다."
"일단 말을 할 거면 인증 샷부터 준비하겠습니다."
이쪽도 마치 사과 영상이라도 찍는 것처럼 일부러 더 공손히 나오자 카메라 감독까지 웃음을 참았다.
'예능답군.'

그 유쾌한 분위기 속에서 진행은 계속되었다.

"자, 첫 투어 국가에서 성공적으로 공연을 마친 스스로에게 박수 한 번 보낼까요?"

"와아아!"

웃으며 손바닥을 치는 놈들의 얼굴에 미소가 만연했다. 저건 진심이군.

"문대 씨 이렇게 진심으로 활짝 웃는 거 이번 촬영 시작하고 처음이에요."

"저는 언제나 진심을 다해 잘 웃습니다."

"에이~ 지난번에는 진심으로 못 웃으시… 죄송합니다. 문대 씨, 농담이에요. 내가 미안해."

그만해라.

PD는 작가들의 웃음소리를 배경으로 드디어 본론에 들어갔다.

"자, 그럼 우리 〈세진이즈〉가 첫 순서였죠?"

"예엡~"

웃는 큰세진과 진지하게 고개를 끄덕이는 배세진이 미리 제출한 계획서 파일을 PD가 카메라 앞에 보여줬다.

"여기에! 여러분이 선택한 힐링 코스가 담겨 있습니다."

"오오!"

투어로 다양한 국가들을 가기 때문에 원활한 여행지 선정을 위해서 순서는 고정해 놨다.

'저놈들이 인도네시아였지.'

힐링이라면 요트, 스노클링, 해변. 뭐 그런 키워드가 떠오르는데. 나는 두 손을 내려놓고 얌전히 기다렸다. PD가 활기차게 외쳤다.

"자, 드럼롤 해주세요~ 〈세진이즈〉 힐링 코스, 그 타이틀은 바로~"
"두구두구두구!"
PD가 과장스러운 동작으로 파일을 개봉한다. 그러나 내용물을 읽는 순간 PD의 면상에서 마법처럼 활기가 사라진다.
"PD님?"
고개를 파일에 박은 PD의 면상 위로 물음표가 뜨는 것 같더니, 어리벙벙한 목소리가 들린다.
"…〈화산 등반〉?"
"……"
"……"
잠깐.
"아, 등반 좋죠."
그건 류청우 너만의 생각이고.
고개를 돌리자 배세진은 시뻘게진 얼굴로 진지하게 입을 연다.
"…테스타가 가는 다음 투어 목적지가 인도네시아인데, 유명한 화산들이 많던데요."
"다들 럭셔리한 거 많이 할 것 같아서~ 저희는 돈 절약하고 체력 쌓는 걸로 했어요!"
"투어는 체력이 가장 중요하니까."
"……"
나는 깨달았다. 이 새끼들 안 싸우려다 급커브 틀었구나. 둘이 취미가 안 맞으니 유일하게 가치관이 맞는 쪽으로 괴상한 쾌속 전진을 한 것 같다.

바로 일.

"그렇군요, 정말 뜻깊은 발상이십니다!"

하필 김래빈이 먼저 저 대사를 쳐버린 이상 여기서 투덜거리는 놈은 프로 마인드 없는 꿀빨러행이다.

'힐링 다 죽었냐.'

결국 어쨌든 프로 아이돌다운 선택이라며 고개를 끄덕이는 놈들을 보자 이거 뭔가 잘못된 게 아닌가 하는 생각이 든다. 이러면 우리 팀의 선택이… 잠깐.

그러나 나는 곧 다음 팀의 면면을 보고 고쳤다.

'류청우 선아현 조합인데 뭘.'

괜찮은 코스를… 잠깐, 류청우가 또 등산 들고나왔을까 봐 좀 의심스럽긴 한데. 그래서 대놓고 PD에게 물었다.

"혹시 저희 겹치는 거 있나요."

"…아니, 문대 씨 정말 저도 처음 확인하는 거예요. 몰래 안 봤어요!"

방송 말아먹을 일 있냐. 거짓말하지 말고.

"…아 물론 우리 이 작가님이 미리 확인해서 겹치는 게 없는지 정도는 체크했죠!"

저기서 얼굴을 가린 작가가 손가락으로 오케이 사인을 보낸다. 얼굴을 가려서 표정은 보이지 않지만… 어쨌든 거짓말은 아니겠지. 나는 경로를 수정하기로 했다.

'…굴곡 있는 느낌도 나쁘진 않지.'

안 그래도 시청률 걱정했는데 차라리 잘됐다.

즉석에서 숙소 예약 앱 PPL까지 받아먹은 우리는 푹 취침한 뒤, 다음 날 바로 인도네시아로 떠났다.

그리고 진짜로 바투르산에서 등산을 시작했다.

"날씨 좋다!"

"……와."

잘됐다는 말은 정정하겠다. 스탯 먹인 박문대 몸뚱어리는 4년간 아이돌을 해 먹고도 류건우보다 체력이 떨어진다. 그런 의미에서 이걸 체력 단련이라고 생각한다면 가성비가 나쁘지 않다만…… 나는 옆을 보았다.

"풍경이, 참 예쁘다. 그렇지…?"

"Cooool~"

"……."

기분 좋게 발걸음을 옮기는 전직 운동선수 놈들 뒤, 배세진은 나만의 고행길을 걷는 표정으로 묵묵히 발걸음을 옮기고 있었다. 저놈은 저럴 거면서 왜 본인이 등산을 골랐단 말인가. 그리고 왜 저놈의 선택을 연대책임을 지게 되었단 말인가.

'이게… 힐링?'

어쨌든 이 악물고 올라가서 본 풍경이 기가 막히긴 했다. 그래서 대충 그걸로 힐링 컷을 때우면 되겠구나 싶은 순간.

"내일은 야간 산행이에요, 여러분. 신나죠?"

"와."

"화산에서 파랗게 빛나는 야광을 볼 수 있는데, 그게 꼭 지옥불 같다고."

"……."
"귀중한 컷을 얻네요. 감사합니다, 세진 씨들~ 어? 저기 바로 앞에 온천도 있는데 예약을… 안 하셨네요? 아이고~ 예산을 생각하셔서!"
큰세진마저 얼굴 근육을 움직일 뻔했다.
어차피 의견도 계속 갈리겠다. 위튜브 컨텐츠라 30분으로 압축될 것을 예상해 볼거리와 굵직한 메인 목표점을 전부 잡으려고 한 거겠지. 그 판단력은 비상했지만 인간적으로 PD놈의 미친 깝죽거림을 참기는 어려웠나 보다.
'저 새끼 너스레도 못 떨었어.'
작가들이 즐거운 얼굴로 예능형 인간의 침몰을 지켜보는 게 보인다. 편집이 어떻게 들어갈지 벌써 눈에 선했다.
"세진 씨?"
"…아~ 좋죠!"
늦었다.
"좋죠? 여러분의 선택인데!"
"행복합니다!"
"좋습니다!"
여기가 군대냐?

우리는 다음 날 야간 산행과 마지막 날 암벽 등반까지 끝내고 하루 내내 호텔에 처박혀서 잤다. 원래 몸 쓰는 직업이라 근육통이 없다는 게 다행일 뿐이다. 그것도 계산한 거겠지만.
그래도 다시 리허설 후 공연을 하고 모인 놈들의 얼굴에는….

'제발 힐링!'

그렇게 써 있는 것 같았다. 그래. 등산 마니아가 아닌 이상 3일 등산은 힐링은 아니다.

"자자, 여러분. 기운 내세요. 힐링 코스 가셔야죠!"

"네넵!"

나는 고개를 끄덕이며 PD 놈이 받아 드는 파일을 쳐다보았다.

'다음 목적지는… 영국이지.'

대관 일정으로 비행기 동선이 꼬이긴 했지만 오히려 좋았다. 설마 영국 가서 산 타지는 않을 것 아닌가.

'빅벤을 기어오르자는 미친 소리는 안 하겠지.'

"자~ 〈해피 트립〉, 우리 청우 씨와 아현 씨의 조죠?"

"네…!"

"바로 열어보겠습니다~ 바로바로!"

〈호러 체험〉

"……"

"……"

진심… 아니, 진짜로?

"영국에, 유명한 공포 체험 파크가 몇 곳 있어서 골랐어요."

"여름이니까 피서라면 이거라고 생각해서 정했는데… 다들 쉴 줄 알고, 재밌는 걸 해보자고 생각했거든."

류청우가 그런데 설마 첫 코스로 등산을 하게 될 줄은 몰랐다며 쑥스러운 미소를 지었다.

"몸은 편할 거야 얘들아, 걱정하지 마."

몸만 편한 거잖아.

"으응, 그리고 이거…!"

나는 얼결에 선아현이 파일에서 꺼내 내미는 티켓 여러 장을 받았다. 직접 만들었는지 크레파스로 그은 흔적이 있다.

'뭐야.'

나는 티켓을 뒤집었다.

[체험 면제권]

꽃무늬까지 그려냈다.

"……"

"많이 무서운 사람은, 안 해도 괜찮아. 억지로 할 필요, 없어…!"

"맞아, 자율적인 참가로 할 거야."

근데 왜 나만 줘.

"저, 그러니까, 문대는 하다가 싫으면…."

"할 거야."

"으응?"

"할 거라고."

이걸… 이걸 이 상황에 쓰는 새끼가 있겠냐. 나는 초인적인 인내심으로 티켓을 반납했다.

'예습해 간다.'

박수 치는 차유진과 폭소하는 큰세진 두 놈을 나란히 귀신 알바생 앞에서 밀어버릴 계획을 세우면서.

그리고… 공연 외에는 좋은 게 없는 영국 체류 일정을 보냈다고 설명하겠다.

이 시점에서 플랜은 포기했다.

"Hey 문대 형! 우리만 진실로 '힐링' 코스를 짠 것에 대해서 어떻게 생각해요?"

공연이 끝난 백스테이지에서 차유진이 이렇게 말했을 때도 나는 동요하지 않았다.

"…안타깝지."

"맞아요!"

그건 너한테만 힐링이라는 것을 굳이 말해주지 않기로 했다. 어차피 30분 내로 밝혀질 테니까.

"일단 여러분의 영국 공연 너~무 잘 봤습니다. 저희 스탭들이 눈이 다 하트가 돼 가지고 왔던데요?"

"히히!"

"감사합니다! 감사합니다!"

이번엔 공연까지 본 제작진들이 싱글벙글 웃으면서 또 합류했다. 주에 한 번씩 해외 출장 같은 게 비용처리가 된다니, 조회수를 야심 차게 뽑아먹을 생각인지 궁금하다.

어쨌든 PD는 드디어 대망의 팀을 부른다.

"자. 이번 순서는… 오, 유진 씨와 문대 씨의 팀."

"Yeah~"

나는 한 손을 들어달라는 차유진의 요청을 거절하지 않았다. 웃기라도 하면 좋겠다.

"팀명이 굉장히 전위적이에요. 무려… 〈하고 싶은 걸 하겠다〉."

효과음을 넣으라는 듯이 PD가 편집점을 잡고 제스처 후 말을 이었다. 나는 PD의 제스처를 따라 했다. 배세진이 믿을 수 없다는 눈으로 나를 쳐다보았다.

"오~ 그리고 이 작가님 말로는 앞선 팀들보다 훨씬 예산을 많이 쓰셨대요!"

"오오!"

"럭셔리!"

환호가 울렸다.

"자, 그럼 '멕시코'에서 펼쳐질 환상적인 힐링 코스는…."

PD가 파일을 뒤집었다.

그러자 거대한 타이틀이 드러난다.

-〈백상아리 철장 체험〉

"…철장 속에 들어가서, 해저로 내려간 뒤에… 백상아리를 만나는 겁니다."

"……."

잠시 지옥 같은 침묵이 흘렀다.

"그, 스릴러 영화에 나온 그거?"

나는 잠시 가만히 있다가, 결국 인정했다.

"예."

"야!"

배세진이 고함을 지른다.

"박문대 너도 똑같네!"

"너너 백상아리 코앞에서 보자면서 뭘 등산 가지고 그렇게 구박을!"

비명을 지르는 동명이인에게 차유진이 대꾸한다. 이놈은 진심이다.

"우리 체력 안 써요. 우리 즐겁게 노는 거 골랐어요! 다들 이상한 거 골랐어요!"

"철장에 갇혀서 상어 만나는 게 무슨 즐거운 놀이야 상어한테 즐겁겠지…!"

"들어보세요."

나는 입을 열었다.

"원래 힐링이라는 게 회복, 감동, 웃음의 조합이잖아요."

"…그런데?"

"우리 팀은 거기서 웃음을 맡은 거예요."

"……."

배세진이 무표정으로 입을 열었다.

"개소리인 거 알지…?"

응.

류청우가 빙그레 웃으며 입을 열었다.

"결국 아무도… 푹 쉬는 힐링 코스를 고르지 않았구나."

"……."

"……."
힐링 없는 힐링 여행의 종말이었다.
"아니, 망했다니! 이렇게 예능적으로 훌륭한 선택을 하셨는데!"
PD놈 입을 때리고 싶다.
"그리고 우리 마지막도 있잖아요~ 래빈 씨!"
이 그룹에서 가장 워커홀릭 기질이 있는 놈의 이름이 불린다.
"예!"
"이렇게 된 거, 래빈 씨 코스도 미리 한번 보죠!"
신났군. 나는 무슨 엔딩이 날지 이미 짐작한 심정으로, 관자놀이를 문질렀으나….

-〈별 헤는 밤 마사지 체험〉

계획.
승마를 통해 호수 옆 아름다운 고원으로 이동한 뒤, 그곳에서 아로마 캠프파이어와 준비된 셰프 요리 일체를 즐긴다. 그 후 풀 바람 부는 따스한 야외에서 은하수를 보며 전문가의 마사지를 받는 것이다.
그리고 온천욕 후 취침.
"……."
"죄송합니다. 다들 각 나라의 특색과 팀의 개성을 살리면서도 아이돌적 본분에 기여하는 코스를 고르셨는데, 저 혼자 과하게 지난 휴가를 재현해 보려는 시도를…."
"사랑한다 래빈아."

"김래빈 최고야."

"…??"

그렇게 테스타는 약속된 마지막 힐링 코스를 다짐하며 상어를 보러 가게 됐다는 것이다….

참고로 1화 공개가 바로 다음 날이었다. 힐링 없는 힐링 여행. …이 미쳐 돌아간 예능이 무슨 피드백을 받을지 처음으로 팬 반응이 두렵 기 시작했다.

테스타 힐링 예능의 타이틀은 이랬다.

-〈힐링 장인 테스타〉

줄여서 힐링테스타. 누가 봐도 출연진을 푹 쉬게 해주겠다는 야심이 보이는 이름이었다. 당연하지만 기획이 발표되고 제작진의 전작에서 해당 후속작이 언급되자마자 테스타 팬들은 열광했다.

-드디어
-수요 있는 공급! 수요 있는 공급!
-아 우리도 테스타 캠핑 보게 해달라고ㅠㅠㅠ아1!!!

하지만 이 예능 제작진들의 화려한 전적을 다들 알고 있기도 했다.

그야말로 배신의 역사! 그래서 열광이 지나간 자리에는 이미 제작진의 큰 그림에 대한 냉정한 추측들이 쏟아졌다.

-힐링 탈 쓰고 또 애들 뒤통수 때릴 듯
-저기요 보통 힐링 프로그램은 갬성적인 간접 타이틀 써요 저건 누가 봐도 반어법인데욬ㅋㅋㅠㅠ
-아안돼 애들 편하게 놀게 해줘ㅠ

팬들은 제작진들에게 제발 배신을 포기해 달라며 울부짖었고, 제작진들은 선공개로 화답했다.

[테스타와 정 PD가 힐링에 도전... 배신(X) 진심(O) 테스타 하고 싶은 거 다 하는 기획 | <힐링 장인 테스타> 선공개 영상]

선공개는 제작진들이 테스타의 캠핑에 대한 소식을 전해 듣고 대화를 나누는 것으로 시작되었다.

[인터넷을 뜨겁게 달구는 테스타의 실체 없는 힐링 캠핑...]
[(사진), (인증)]
[테스타의 지난날 힐링 없는 불지옥맛 예능에 대한 규탄의 목소리로까지 번진다!]

제작진의 악랄한 수에 허망한 표정을 짓거나 비명을 지르는 테스타의 방송 자료 화면이 주마등처럼 스쳤다. 그리고 이 말이 나오는 것이다.

[이 작가 : 솔직히 PD님이 너무했어요.]
[PD : 이야 다 같이 해놓고 나만 악마로 만드네 이 사람들이.]
[ㅋㅋㅋㅋㅋㅋㅋㅋㅋㅋㅋ]

그렇게 서로에게 귀책 사유를 떠넘기던 제작진들은 하나하나 테스타와 했던 예능을 돌이켜 보더니, 결국 인정했다.

[PD : 조금(?) 과하긴 했어.]
[자기 객관화 시작]

그리고 반성 후 테스타에게 통화를 시도했다.
그렇다. 천하의 박문대도 당시에는 깨닫지 못했지만, 제작진들은 여기부터 촬영용 그림으로 설계해 놨다.

[PD : 안녕하세요 테스타분들~ 아휴 잘 지내시죠? (가식)]

PD는 한껏 간드러지는 목소리로 테스타를 살살 꼬드긴다. 그리고 이미 왕창 속아본 테스타—특히 박문대가 의심과 경계 속에서 겨우 오케이하는 그림.

[박문대 : 좋습니다.]

[!]
[낚였다…! 아 이번엔 이게 아니지]
[☆후회 없는 선택이십니다…☆]

-저기요 제작진 갱생한 거 맞지?ㅋㅋㅋㅋㅋㅋㅋ
-박문대 자막 뒤로 환멸뭉게 합성 미쳤나봐 웃다 토할뻔
-리더는 류청우지만 일단 피해자 우대 정책 펼치는 테스타래 ㅅㅂㅋㅋㅋㅋㅋㅋㅋㅋㅋㅋㅋ
-제작진 놈들아 스마트폰에 하트랑 뽀뽀 효과 그만 날리라고 약빨았냐고

[제작진의 업보]
[이번에 제대로 갚아야만 한다.]

통화가 끊긴 스마트폰이 역동적으로 사라지며 벅찬 BGM이 깔렸다.

[제작비 역대 최고 투자!]
[정말 테스타 하고 싶은 거 다 한다!]

힐링을 즐기는 테스타의 환호가 백그라운드로 섞였다.

[와]
[대박!]
[〈인도네시아, 영국, 멕시코, 그리고 칠레까지〉]

화면에서 근사한 각 국가의 수도와 절경 컷들이 지나가고, 신나서 공항에서 달려 나오는 테스타의 모습이 지나갔다.

[모든 것이 테스타의 선택!]
[과연 예능 장인 테스타는 힐링도 성공적으로 빚을까?]
[힐링 장인 테스타, 8월 23일 화요일에 만나요~]

손을 흔들며 웃는 테스타와 뭉게로 끝. 여기서 배신하면 아무리 예능이라도 제작진들이 정색하고 욕먹을 것 같은 분위기를 잔뜩 조성했다. 그래서 팬들은 믿어버렸다.

-끝내준다
-와 진짜 힐링인가봐
-대박 투어 중에도 예능 떡밥 오는데 애들이 힐링까지 해 최고다ㅠㅠㅠ

완전히 안심해 버린 것이다.

-애들이 직접 기획한다는데 진짜 기대됨 애들 취향도 알 수 있고ㅠ
-4개국이면 2인 1조 팀에 누가 단독으로 짜는 건가 아니면 하나는 단체로 고르기?

그리고 두 번째 선공개로 테스타의 투어 중 호텔 파티 나잇이 공개되며 더 분위기가 달궈졌다.

-힐링!

바로 이 상황에서 1화가 공개된 것이다. 훈훈한 팀 나누기 미니 게임과 신난 테스타의 즐거운 비행기 컷, 멋진 공연 컷까지 지나… 나타난 것은.

[활화산 등반]

"……."
"……."

이, 이게 뭐야.

대학원생 친구와 함께 룸 카페까지 빌려서 최초 공개를 시청 중이던 홈마는 동공을 떨었다. 대학원생은 마시던 에이드를 뿜었다. 하지만 암벽 타는 염소마냥 등반하는 테스타의 모습은 변하지 않는다.

[선아현 : 공기가, 참 좋다…!]
[박문대 : (대답도 못 함)]

왜 우리 애들이 힐링 대신 단련을 하고 있어……?

묵묵히 발걸음을 옮기는 두 세진의 컷이 잡힌다 싶은 순간, 둘의 대화 컷으로 회상 신에 돌입한다.

[이세진 : 오~ 폭포 있는 자연 수영장 어떨까요? 그리고 워터파크도 좋아 보이는데요? 사파리도 있고요!]
[배세진 : 놀기는 좋지만… 거긴 꼭 인도네시아가 아니어도 갈 수 있잖아. 나는… 사원이나 역사박물관이 좀 더 특색이 있지 않나 해서.]
[이세진 : 오~ 넵.]

둘은 제법 신나게 힐링 플랜을 세우기 시작했다.
"근데 왜 등반해?!"
"잠깐."
왜냐하면 곧 난관에 봉착하기 때문이다.

[배세진 : …그래, 계단식 논 같은 곳도 한번 볼 가치가 있을 것 같아. 박물관 다음으로 가면 역사적 설명도 할 수 있고!]
[이세진 : …어, 형 그런데 저희 명색이 힐링 예능인데 그거는~ 약간 너무 교양이지 않을까요?]
[배세진 : 예능도 교양적인 의미를 담을 수도 있지!]
[이세진 : 그렇죠. 그래도 일단 웃기고 재밌는데, 추가로 의미가 있는 게 보기 좋죠!]
[배세진 : 재미도 있을 거야.]
[이세진 : 에이~ 저기 스탭분들께 저희 한번 물어봐요, 다들 워터파크 고를걸요?]

둘의 지향점이 너무 달랐다.

[이세진 : …….]
[배세진 : …….]

서로 대치하는 흉폭한 레서판다의 영상이 반투명하게 두 동명이인의 얼굴 뒤로 깔린다.

[숨 막히는 대치]

인터뷰까지 뜬다.

[이세진 : 그거 아세요?]
[이세진 : 저희가… MBTI도 반대입니다.]

쿠쿵!
벼락 효과가 깔린다. 이세진이 갑분싸로 카메라에 잡힐 순 없다는 각오로 임한 필사적인 캐릭터 어필 인터뷰는 훌륭한 재료가 되었다.

[같은 건 이름뿐인 두 사람]
[이 사람들… 맞는 게 없다!]

기내식까지 정반대 메뉴를 싹 고른 둘의 모습이 편집되어 지나가는가 싶더니…. 캐리어 드는 방식, 멤버들과 노는 방식, 심지어 이불 덮는 방식까지 다른 컷들이 지나간다.

[여기서 놀라운 점]
[※일할 때는 잘 맞는다고 함]

-ㅅㅂㅋㅋㅋㅋㅋㅋㅋㅋㅋㅋㅋㅋㅋ

그것이 모든 비극의 발단이었다.
서로를 이해할 수 없다는 듯 과장된 자막과 효과까지 곁들여 웃기게 서로를 쳐다보던 둘은 극적 타협을 하게 된다.

[이세진 : 형, 우리 그럼 그냥…… 아예 활동에 도움이 되는 걸 할까요? 자기개발?]
[배세진 : ……! 그건… 괜찮네.]
[(폭) 그래서 일을 하기로 결정 (죽)]

웅장한 BGM과 함께 강렬한 필기체로 코스가 소개된다.

[공연의 베이스는 체력이다!]
[테스타의 체력 단련을 위한 3일의 등반 코스]

지옥 불이 타오른다.

-야

-으아아악

-상상도 못함

-얘들아 이렇게까지 일에 진심일 필요는 없었는데 아니

-미치겠네진짝ㅋㅋㅋㅋㅋㅋㅋㅋㅋㅋㅋㅋ

사람들은 첫 코스가 아예 망했다는 것에 경악하면서도 폭소했다. 그리고 제작진은 이 떡밥을 놓치지 않았다. 너무 다른 둘이 투닥거리면서도 사이는 꽤 격 없이 좋아 보이게 잘 연출한 것이다.

[류청우 : 아침에 늦게 나오는 사람은… 벌금형 어때?]
[배세진 : (동의)]
[이세진 : (동의)]

지각하면 벌금 정책 따위의 일은 아주 둘 다 찰떡같이 고개를 끄덕인다. 그러다가도 일상에선 서로를 도저히 이해할 수 없다는 듯이 살짝 쳐다보는 모습이 틈틈이 잡혀서 리액션으로 나왔다.

[이세진 : 문대문대 얼음물 마실래? 아, 근데 공짜는 아니고~ 카메라에 애교 3종 해야 되는데.]
[배세진 : (얼른 주기나 하지 왜 저러냐는 얼굴입니다)]
[진짜 서로 이해 못 함]
[ENTJ ⟨-⟩ ISFP]

그렇게 웃길 수 없었다.

"푸하하핫!!"
'맙소사.'
대학원생은 에이드를 흘리며 폭소했고, 홈마는 웃으면서도 감탄했다.
'잘 풀렸다!'
사실 두 세진이 썩 친하지 않다… 는 것은 물밑에서 스테디하게 어그로가 끌리는 떡밥이었기 때문이다. 누가 누구를 무시한다든가, 카메라 꺼지면 말도 안 한다는 게 중론이었는데 편집이 기가 막히게 들어가서 그런지 꽤 막역해 보였다.
'테스타한테는 힐링이 아니지만! 그래도 팬들한테는 의외로 힐링이네, 이거.'
홈마는 사이다를 한 캔 들이마신 시원함을 느꼈다.
'이제 문대가 이세진 부추겨서 배세진 따돌린다는 식의 개소리도 안 볼 수 있겠지!'
그리고 별개로, 등반 자체가 제법 시청자로서 보는 즐거움이 있었다. 아름답고 신기한 활화산의 경치와 현지인들과 소통하며 열심히 산을 오르는 테스타의 모습이 속도감 있게 지나갔다.
게다가 미친 듯이 어그로를 끄는 PD의 얄밉고 웃긴 모습과 마지막 화룡점정까지 나왔다. 바로 작가의 말이다.

[코스 마지막 날]

[〈세진이즈〉에게 살짝 말해보았다.]
[박 작가 : 그런데 그냥 하루는 논에 가고 하루는 워터파크 가면 됐던 거 아니에요?]
[이세진 : !!!!]
[배세진 : !!!!]

완벽한 힐링형 해결책이었다.
충격 어린 침묵이 흐른 뒤, 두 세진이들 뒤로 짧게 멤버들의 잔소리와 귀여운 원망, 등반 중 했던 개고생이 리와인드되더니….

[이세진 : 멋지고 유능한 우리 박 작가님 제발 비밀로 해주세요.]
[배세진 : (격렬한 끄덕임)]

그 간절함에 박 작가는 박수를 치며 폭소하다가 넘어졌다. 그리고 워터파크와 계단식 논의 멋진 광고 컷과 함께 대형 자막이 뜬다.

[~비밀 지켜드렸습니다~]
[오늘부터는 테스타 멤버들이 위튜브 접속만 못 하게 하면 됩니다. 〈세진이즈〉 파이팅! *^^*]

말도 안 되는 소리였다.
"으하하하!"
"아, 미쳤나 봐!!"

두 친구도 폭소했다. 둘은 어느새 힐링이 아니란 당혹스러움도 잊고 시원하게 '힐링 장인 테스타'를 시청하는 중이었다.
'이거 재밌네!'
과연 믿고 보는 조합이었다.

[첫 힐링(?) 코스 종료]

그리고 1, 2화는 동시 공개되어 첫 코스인 〈세진이즈〉의 트립을 끝까지 한 번에 볼 수 있도록 구성해 줬다. 마지막에는 호텔에서 편안하게 푹 자는 것으로 끝났기에 너무 가학적이지도 않게 잘 마무리되기도 했다.

[뭉게 : 멋진 산들을 보아따 형들이 번갈아가며 뭉게를 안아주어따]
[뭉게 : 참 따뜻하구 조아따! 산 멋있고 조아!]

멤버 사이에서 곤히 자는 뭉게의 그림일기 형식으로 끝나는 것까지 아주 귀여웠다. 룸 카페를 빌린 둘은 괜히 엔딩 크레딧을 본 듯이 박수까지 기분 좋게 보냈다. 좀 의외긴 했지만, 정말 재밌고 좋았으니까!
"아~ 재밌었다!"
"다음은 누구지? 아, 류청우랑 선아현."
말을 하던 홈마도 짐작했고, 대학원생까지도 알았다.
'이건 진짜 힐링이겠네!'
1, 2화를 예능답게 구성해서 약간 더 시청층을 끌어모으려는 노림수도 있었겠지. 홈마 등 아이돌 쪽에 잔뼈가 굵은 사람들은 그렇게 짐

작했고 SNS에서도 그렇게 말하는 사람이 많았다. 다음부터 진짜 힐링이 나올 것이라는 게 모든 테스타 팬의 공통된 반응이었으나….
　다음 주.

[류청우 : 그래도 우리는 정말 여름에 다들 여가로 많이 즐기시는 거라서.]
[선아현 : 혹시 하기 싫은 사람이 있을까 봐 그것도 대책을 마련했어요.]
[이 사람들… 제대로 힐링을 즐길 준비가 됐다.]

　온화하게 토의를 진행한 〈해피 트립〉 팀의 두 사람이 내민 것은… 공포 체험이었다.
　"…??"
　참고로 시청자의 마음은 화면 속 박문대가 대변해 줬다.

[박문대 : (현실을 부정)]
[박문대 : (다시 읽음)]
[박문대 : (현실임)]
[박문대 : ……]
[박문대 : ……!!!!]

-ㅋㅋㅋㅋㅋㅋㅋㅋㅋㅋㅋㅋㅋㅋㅋ
-ㅅㅂ문대 표정
-(선아현 너마저)

-나 문대가 아현이 저렇게 처다보는 거 처음이야
-리더 형아에 대한 배신감 참고로 나도 느끼고 있음

수난은 거기서 끝나지 않았다.

[선아현 : 많이 무서운 사람은 안 해도 괜찮아. 억지로 할 필요 없어…! (자비)]
[류청우 : 맞아, 자율적인 참가로 할 거야. (상냥)]

두 사람이 내민 티켓, '체험 면제권'.
제작진은 이런 설명을 붙여줬다.

[✿겁쟁이 인증권✿]
[↑쓰면 겁쟁이 울보 인증됨]

고풍스러운 글씨체의 자막은 기가 막히는 솜씨로 수제 티켓 위에 달라붙어서 움직였다.
그리고 이를 꽉 악문 박문대의 얼굴까지.

-ㅋㅋㅋㅋㅋㅋㅋㅋㅋㅋㅋㅋ
-박문대 절대 참여함
-ㅋㅋㅋㅋㅋㅋㅋ야 이 사악한ㅋㅋㅋㅋㅋㅋㅋ
-못 참지 쟤가 저거 참았으면 데뷔 못했다고요 알ㅋㅋㅋㅋㅋㅋㅋ

시청자들은 폭소했고, 예상대로 박문대가 콜을 외쳐서 더 폭소했다. 그 다음 컷은 더 웃겼다.

[이세진 : ㅋㅋㅋㅋㅋㅋㅋㅋ]
[차유진 : ㅋㅋㅋㅋㅋㅋㅋㅋ]
[아직 상황 파악 못 한 두 사람]

직후 그들의 운명을 미리 보여주기 때문이다.

[?? : 그아아아악!!]
[?? : 아아아악!!]
[?? : 저 맛 없어요!(?)]

처절한 비명을 지르는 누군가들. 거기가 3화의 엔딩이었다.
그리고 엔딩 크레딧은 영국의 유명 호러 스팟 컷들이었다. 당연하지만 완전히 킬링으로 노선 전환한 이 모습에 시청자들이 뒤집어졌으며 이 소식은 발 빠르게 이곳저곳으로 퍼졌다.

[힐링테스타 꿀노잼 자컨일 줄 알았는데 진짜 예능된 사연.jpg]
[힐링테스타 등반 다음은 공포 체험이래ㅋㅋㅋㅋㅋㅋㅋ]
[킬링 테스타 난리남]

이 스스로 불러온 재앙은 인터넷 둥지에서 일반 대중에게 어마어마한 어그로를 끌기 시작한 것이다.

"……"
"…우리 앨범 준비할까?"
졸지에 온 홍보 기회에 테스타 멤버들은 투어 중 이 난장판을 모니터링하게 된다.
그러나 어그로는 아직 끝나지 않았다. 해당 위튜브 채널은 단독 컨텐츠를 편성할 만큼 전문적으로 운영 중이었기 때문에, 공개 시 다양한 언어 자막을 제공했다. 그래서 테스타가 '힐링 코스'를 짠 해당 국가의 팬들도 엄청난 기대감을 가지고 시청 중이었는데…….

-내 말은... 지금 내가 뭘 본 거지
-우리가 기대한 것 : 이 나라에 재방문하길 다짐하는 테스타
현실 : 이 나라에서 가장 힘든 관광을 다오 *비명* (대문자)
-웃음과 절규를 멈출 수 없다

경악하는 해당 국가의 팬들 반응을 타고 테스타의 킬링 여행기는 졸지에 바이럴로 그 국가의 인기 동영상 탭에 오르기 시작했다.
…그리고 그 상황에서, 영국의 그 유명한 호러 체험이 제대로 방영되었다.

"Ohhh 시작해요! 빨리!"

"앗차차 잠깐만!"

기어코 호텔 전자레인지에서 팝콘을 제조한 큰세진이 희희낙락하며 소파에 앉았다.

'망할.'

하필 오늘이 그놈의 투어 합숙이냐. 나는 도살장 끌려가는 가축 심정으로 대충 근방에 앉았다. 이유 없이 안절부절못하던 선아현이 입을 열었다.

"저기… 꼭, 본방송을 보지 않아도, 영화를 봐도 즐거울 것 같은데…!"

"모니터링이 먼저지."

"으응…."

선아현은 침몰했고, 류청우가 웃으며 리모컨을 들었다. 낯짝이 두꺼운 놈답군.

"음, 그럼 틀게."

"Yeah~"

그리고 스마트TV가 위튜브의 실시간 동영상을 재생한다.

[4, 3, 2, 1, 0]

[띠리링~]

"오오오!"

〈힐링 장인 테스타〉의 4화 최초 공개가 시작되고 있었다.

…대망의, 호러 체험 말이다.

[〈해피 트립〉의 선정]
[영국의 호러 어트랙션 코스]

글자부터 시뻘겋네. 여름 납량 특집인지 4화 오프닝부터 아주 별 효과를 다 넣고 난리를 다 부려놨다.
'다 같이 공포 체험 좀 해보자 이거냐.'
아니었다.

[공포 대리 서비스]
[※테스타가 놀라고 시청자는 힐링합니다.]

"……."
어쩐지 좀 억울… 아니다. 시청자 풀이 넓으면 좋지.
"으하하학!"
조금 있으면 화면에서 절규할 놈이 웃든 말든 내버려 두고 시청이나 해보자. 화면에서는 영국의 유명한 호러 명소가 쭉 지나간 뒤, 〈해피 트립〉 팀이 선정한 첫 어트랙션이 나온다.

[악령 호텔]
[유서 깊은 유럽의 전통 호러 어트랙션 프랜차이즈. 오감을 자극하는 극도로 현실화된 섬뜩한 공포가 다가온다….]

상당히 분위기 잡는군.

"…저거 꽤 무서웠지."

"맞아, 다들 어떻게 반응하는지도 모르고 나왔잖아요~ 이제 보겠네!"

나는 팔짱을 꼈다.

화면 속 쫄아서 자기들끼리 속사포로 떠들던 테스타 놈들은 우여곡절 끝에 각자 팀을 짜서 차례대로 해당 어트랙션에 입장한다. 빛이 깜박이는 음산한 20세기 풍 건축물의 낡은 복도에 검붉게 변한 핏자국이 난무했다…….

그리고 그 속에 들어가는 순간.

[끼이이익]

"악!"

"벌써 무서워!"

정문이 닫히면서 어트랙션이 시작하는 것이다. 그들이 한 발짝씩 질척한 복도를 걸어가며 양옆의 호텔룸 문앞을 지날 때마다 괴이 현상이 발생한다.

쿵.

[이세진 : 으아아악! 세상에!]
[아직 직원분은 등장도 안 함]

호들갑 떠는 화면 속 본인을 보면서 큰세진이 팝콘을 씹는다.

"오오… 궁금하다~"

지금 화면에 나오는 놈이 뭔가.

"아니, 누가 제일 리액션이 좋았을지 말이야~ 아, 세진이가 지면 안 되는데!"

"……."

저거 저 새끼 날 보면서 히죽거리는 게 무슨 말을 하고 싶은 건지 알 겠군. 마침 비명이 난무하는 화면 속에 노란 대가리가 적외선 카메라 에 잡힌다.

나다.

[박문대 : (바짝 굳음)]
[참고로 이 사람의 전적으로 말할 것 같으면…….]

그리고 알뜰하게 끌어모은 과거 테스타의 리얼리티 프로그램에서의 내 공포 관련 리액션이 화면에 지나간다.

[과연 오늘의 문대는?]

그 의미심장한 자막 뒤, 다시 움직이기 시작한 화면 속 나는….

[끄아아악!]

[아 살려주세요! 아!]

갑자기 왼쪽에서 404호 방문이 벌컥 열리고, 그 뒤 낡은 침대에 묶여 고개를 끼긱 돌리고 기어 나오는 여성에게….

[박문대 : (꾸벅)]
[????]
[예절이 바른 편]

목 인사를 한 뒤 같이 들어와 질주하는 멤버들을 따라 복도로 달려 나갔다.
"…?!"
"박문대 너…?"
뭘 놀라고 그러시나. 나는 웃으며 팔짱을 꼈다.
예습했다니까.

테스타가 다 같이 본방송을 시청하고 있을 무렵.
팬들도 4화의 도입을 보면서 킬킬 웃으며 멤버들의 리액션을 기대하고 있었다. 특히 귀신 리액션이 가장 평상시와 갭이 큰 것으로 유명한 멤버를!

-나 박문대 너무 기대됨

-ㅋㅋㅋㅋㅋㅋㅋㅋ안 무서운 척하는 문댕댕.. 벌써 흐뭇

게다가 어트랙션 소개가 어찌나 본격적이고 으스스한지 웬만큼 겁 좀 먹는다 하는 멤버들은 다 필사적이 되었다.

[인원을 늘리기 위한 눈물겨운 협상]
[이세진 : …우리 PD님이랑 작가님들도 다 같이 들어가시는 게 더 재밌을 것 같죠??]
[배세진 : 그러게.]
[차유진 : 맞아요! 다들 해봐요!]

씨알도 안 먹혔다.

[김래빈 : 그, 그렇다면! 최소한 여러 명이 함께 들어가는 코스로 기획하셨을 것이라 믿습니다!]

-나 김래빈 저렇게 강요하는 것처럼 말하는 거 처음 봄
-우리 애 중세 토끼가 아니라 그냥 토끼됐네

[PD : 어어? 기획서에 특별히 그런 말은 없는데… 에이, 그래도 테스타가 원하면 당연히! 팀으로 들어가죠~]
[김래빈 : 감사합니다.]

[이세진 : 사랑합니다.]
[PD : 근데 〈해피 트립〉 팀 너무 괘씸하지 않아요? 어? 너무 취향 타는 코스를 골랐잖아!]

 PD의 말에 멤버들의 고개가 돌아가서 원흉인 두 사람을 향했다. 류청우는 약간 미안한 듯이 웃고 있었으며 선아현은 얼굴이 벌게져 있다. 하지만 무를 수는 없는 노릇.
 그리고 악마의 속삭임 같은 말이 왔다.

[PD : 저 팀은 각자 혼자 들어가게 할까요?]
[테스타 : 자, 잠깐만요!]
[이건… ✿❀아름다운 우정?❀✿]

 그러나 통하지 않았다. 물론 우정 때문은 아니다.

[차유진 : 저 형들 어차피 안 놀라요!]
[배세진 : 맞아, 그러니까… 괜히 인원만 분산시키면 우리 손해야.]
[이세진 : 그렇죠, 그렇죠. 이건 무조건 하나씩 끼고 가는 거예요!]

 리액션 없는 강심장 둘. 그 안정감 토템을 버릴 수 없다는 본능적 반응이었다.

-ㅋㅋㅋㅋㅋㅋㅋㅋㅋㅋㅋㅋㅋㅋ

-그렇지 제일 안 무서워하는 애들을 팀에서 내보내면 안 되지
-투 세진 갑자기 잘 맞는 거 무슨 일임ㅋㅋㅋㅋㅋ

그래서 첫 어트랙션 팀은 토의 끝에 반반으로 나뉘었다.

[류청우 팀 : 이세진, 차유진, 박문대]
[선아현 팀 : 배세진, 김래빈]

-쫄보즈 다시 왔다!!
-아 진짜ㅋㅋㅋ 첫 팀 명단만 봐도 개시끄러워!
-벌써 재밌다 얘들아

하필 제일 겁 많은 녀석들이 다인팀이랍시고 몰려 들어가자 사람들이 신나서 상상의 나래를 펼쳤다. 그러나….

[박문대 : (꾸벅)]

-???

쫄보 코어 멤버인 박문대가… 멀쩡하다?

-머머머야

박문대는 침착하고 덤덤하게 온갖 괴이 현상과 직원들의 출몰을 '산은 산이요 물은 물이로다' 하는 표정으로 흘려보냈다. 그리고 복도를 뚜벅뚜벅 걷는다.

-이럴 애가 아닌데
-무슨 청심환 복용했냐
-설마 겁 많은 것도 캐릭터였음?? 오늘 컨셉질 그만두기로 한거?

시청자들이 경악하는 가운데 동영상은 인터뷰 화면으로 전환된다. 그리고 정답이 나온다.

[박문대 : 예습했습니다.]

덤덤한 녀석이 어딘지 의기양양하게 말했다.
시청자는 더 당황했다.

-아니 뭘 어떻게 하셨길래
-공포 특강이라도 있었냐

온갖 개드립이 난무하는 댓글을 두고, 화면은 돌아가서 하루 전 박문대의 호텔방을 비추었다.

[……음.]

박문대는 침대에 누워서 열심히 태블릿 PC를 보고 있었다. 바로 각종 호러 홈페이지다. 가끔 눈썹을 꿈틀거리면서도 열심히 확인하는 것 같더니… 곧 상상 이상의 인터뷰 발언이 나왔다.

[박문대 : 영국에서 유명한 공포 명소들 홈페이지와 위튜브를 다 찾아서 확인했습니다.]

-아니
-그렇게까지
-얼마나 대왕 쫄보가 싫은 거냐고 아니 문대야
-얘 왜 이렇게 진심이냐

하지만 말은 거기서 끝나지 않았다.

[박문대 : 그런데 그러다 보니 직원분 브이로그가 추천에 떠서요.]

-??
-잠깐
-브이로그요?

그렇다. 마치 놀이공원 직원들의 브이로그처럼 공포 어트랙션 직원들의 개인 브이로그도 존재했던 것이다.

[박문대 : 그런데 그 브이로그에서는 또 그분 SNS 계정이 올라와서….]

…그렇게 거미줄 같은 인터넷 세상을 돌아다니다 보니, 결국 직원의 10살 난 딸 생일 파티와 멋진 휴가 계획까지 보게 되었다는 뜻이다. 화면에서는 허락받은 직원의 따스한 SNS 화면이 밝게 지나갔다.

[박문대 : 그래서 침대 귀신 역을 맡은 직원분이 스페인 해변가에서 멋진 휴가를 보낼 예정이란 것을 알게 됐어요.]
[박문대 : (엄지 척)]

그리고 화면은 다시 공포 어트랙션으로 돌아온다.

[으아악!]

그러나 이번엔 침대 귀신에게 인하트 필터가 씌워지더니, 훈훈한 BGM이 흘렀다. 박문대가 보는 시야의 예상안이었다.

-예????
-ㅋㅋㅋㅋㅋㅋㅋㅋㅋㅋㅋㅋㅋㅋㅋ
-아 미치겠네 진짜ㅋㅋㅋㅋㅋㅋ
-제작진 돌았냐고

박문대는… 예습을 너무 한 나머지 귀신이 열심히 현실을 살아가는 현대 사회의 일원으로 보이는 경지에 이르렀던 것이다.

[침대 귀신 직원분의 휴가를 응원합니다. by 제작진 일동]

그 자막과 함께 박문대는 다시 씩씩하게 첫 어트랙션을 진행했다.

[예습 성공!]

그리고 팀의 맨 뒤에서 개선장군처럼 문을 닫고 나오며 어트랙션을 마칠 수 있었다. 화면 속 멤버 중 누구도 이 사태를 알아차리지 못했고, 단지 박문대를 챙기기만 한다….
완전 범죄였다.

-미쳤다
-그래 우리 문댕댕 용감하고 씩씩해 귀신 하나도 안 무서워하지 너무 멋져

오히려 귀여움을 받는 작은 역효과가 났으나, 그래도 박문대는 직업적 덕목을 떠올리며 여기서 만족했을 것이다. …만일 여기서 끝났다면 말이다.
그러나 다른 멤버들을 고루고루 조명한 화면은 기어코 다시 한번 박문대를 비추었다.

[박문대의 야심 찬 기획은 2일 차에도 성공했습니다.]
[다만]

자막이 발랄히 바뀐다.

[사실 안 해도 됐다!]

둘째 날. 으스스한 구울이 일어난, 안개 가득한 적막의 공동묘지에서 생존하는 어트랙션.
결국 이 발언이 나왔다.

[이세진 : 아, 저 면제권 씁니다~!]
[차유진 : 저도 써요!]

싱글벙글 웃으며, 박문대 다음으로 호러 체험 리액션이 인상적인 둘이 호쾌하게 '체험 면제권'을 쓴 것이다.

[박문대 : …!!]
[↑안 쓰겠다고 호언장담한 사람]

박문대는 얼른 팀장을 잡았다.

[박문대 : 차유진, 너 이런 거 안 피한다고 하지 않았냐.]

[차유진 : 저 안 피해요! 하지만 저거 하고 싶어요!]

그렇다. 이 공포 체험 면제권자의 컨텐츠는 무려 좀비 사냥이었다.

[차유진 : 형도 면제권 써요! 저랑 같이 가요!]
[박문대 : (힘겨운 거절의 신음)]
[차유진 : 오우….]

차유진은 대단히 아쉬워했지만, 어쨌든 신나게 이세진과 함께 좀비를 잡으러 사라졌다….

-ㅋㅋㅋㅋㅋㅋㅋㅋㅋㅋㅋㅋㅋㅋㅋㅋㅋㅋㅋㅋㅋ
-너무나 차유진다운 선택
-아니 근데 저거 너무 재밌어 보이잖아ㅋㅋㅋ!!
-이거 잘하면 박문대 혼자 하겠는데?

물론 그렇게 컨텐츠가 파탄 나진 않았다.

[김래빈 : 저는… 쓰지 않겠습니다! 인원이 줄어들수록 홀로 두려움을 감당해야 하며, 시청자분들께 색다른 즐거움을 드리기에 물리적 한계가 생기기 때문입니다.]
[↑성인군자형]

-박문대가 김래빈 야식해줬다에 천원 검
-이래서 래빈이를 예뻐하는구나
-이해 완료

그렇게 남은 테스타는 자발적 공포 컨텐츠 체험을 위해 공동묘지형 어트랙션으로 빨려들어 사라졌다….
그래도 어쨌든 박문대는 여기서도 선방했다. 비명을 제일 크게 지르는 멤버 둘이 사라지자 도리어 진지한 추격전 느낌이 나서 또 다른 박진감이 있는 것도 재밌었다.

-아 그래도 문대 애썼다
-애들 여기선 나름 침착함ㅋㅋㅋ
-와 류청우 뭐야 왜 여기서 내가 멋짐을 느껴야해;;;

그렇게 알찬 2일 차가 끝난 뒤 마지막 날.
어쨌든 이번에도 박문대는 의기양양하게 촬영진 앞에 나왔으나, 예기치 못한 소식을 듣게 된다.

[류청우 : 아, 영국에서는 일정상 더 힘들다고 하셔서.]
[박문대 : ????]
[류청우 : 마지막 어트랙션은 다음 나라로 잡았어.]
[박문대 : ……!!!!]

그 말의 뜻은. 그의 예습이 다 무용지물이 된다는 뜻이다…!

-ㅋㅋㅋㅋㅋㅋㅋㅋㅋㅋㅋㅋ
-시험 범위 예측 실패
-피디님 약속이 다르잖아여
-스불재 2차 패배

그래서 그는 멕시코의 무시무시한 인형의 섬에서 손에 든 이온음료가 터질 때까지 멋진 시간을 보내게 되었다는 결말이었다….

[선아현 : 문대야…, 미안해. 나랑 같이 면제권 쓰자…!]
[박문대 : (여기서 쓰면 어떻게 될지 잠시 상상함)]
[박문대 : 괜찮다.]
[~괜찮지 않았습니다~]

-아 아현잌ㅋㅋㅋㅠㅠㅠ
-문대야 아현이 봐줘라 저렇게 미안해하는뎈ㅋㅋㅋ

4화는 그렇게 진짜배기 공포 체험과 함께 끝났고, 여름 특수에 맞물려 대단한 조회수를 뽑아냈다는 행복한 엔딩이었다.

한 사람을 제외하고.

"으하하핰!!"

"크흡, 억!"

테스타의 그날 합숙은 박문대가 멤버들의 모든 팝콘을 압수하는 것으로 끝났다.

그래도 박문대는 다음 주부터는 설욕전에 성공한다. 그의 팀, 〈하고 싶은 걸 하겠다〉가 만든 힐링 코스가 드디어 방영되었으니까!

박문대는 공포 체험을 한끝 빗나가게 예습해 버린 4화 방영 후 한 주간 열렬한 관심을 받았다. 예측한 대로였기에, 그는 그룹 내 웃음 버튼의 운명을 대범히 받아들였다.

'나 참.'

심지어 콘서트장에서 자신에게 귀신 인형을 던진 팬도 있었다.

-선 씨게 넘네 (동영상)

SNS상에서 제법 논란이 된 후 그런 행동이야 사라졌지만, 예능 인상이 확실했단 뜻이었다. 놀리고 싶게 겁 많은 놈.

-인형섬에서 귀가하는 길 박문대 머리 쓰다듬는 맏형즈 (GIF)
-개무서운 인형 밟아서 신발 신은 강아지처럼 굳은 문댁ㅋㅋㅋㅋㅋㅋ (사진)

물론 그것도 한 주로 끝이었다.

'당연하지.'

그가 귀신은 꺼림칙해해도 그 외 모든 스릴 상황은 꺼려하지 않아서 말이다.
다음 화.

[백상아리 철장 체험]

해저로 가라앉은 철장 안. 스노쿨링 장비를 갖춰 입은 테스타 멤버들이 비명 지르며 마임처럼 동작을 하는 가운데 박문대가 가만히 서 있다. 누가 보면 평지인 줄 알 것이다.

-헐
-맞다 문대 이런 애였지

부동심. 그리고 턱을 괸 손으로 흥미를 표현한다. 해저에서 철장에 갇혀 백상아리 보는 주제에 무덤덤히 즐거워하는 중이란 뜻이다.

[↑이래 봬도 지극히 관심 많은 상태임]

-와 티벳

그렇게 박문대는 한 방에 위엄을 회복했다!
재밌는 점은 박문대만 흥미로워하진 않았다는 점이다. 몇 분의 단체 호들갑 지난 후….

[(갸아아악!)]

[김래빈 : (의외로 섬세하게 생긴 생물입니다!)]
[배세진 : (뭐라는 건지 하나도 이해 못 함)]
[김래빈 : (동의하지 않으시는구나! 그럴 수도 있지!)]
[배세진 : (여전히 모름)]

 놀랍게도 백상아리 철장 체험은 무시무시한 이름과 달리 대부분의 멤버들에게서 호평을 받았다. 상품화될 정도로 안정성이 괜찮은 데다가 이미 공포 체험으로 공포 역치가 높아질 대로 높아졌기 때문에 그럭저럭 재미로 받아들인 것이다. 게다가 확실히 신기하고 독특한 경험이긴 했으니까.
 〈하고 싶은 걸 하겠다〉 팀의 코스는 힐링 성공이나 다름없었다.

 -역시 방송이고 나발이고 하고 싶은 대로 한 게 최고였잖아ㅋㅋㅋㅋ

 비록 이 팀의 팀원은 극한으로 방송을 의식해서 뽑은 아이템이었으나, 팀장에겐 그 댓글이 옳았다.

[차유진 : 저랑 문대 형이 맞았어요!]

 인터뷰 컷에서 차유진은 씩 웃었다.

…비록 그의 뒤로 '둘'이라는 이름 아래 일단 차유진이 던진 걸 다 받아주는 박문대의 모습이 스쳐 지나갔지만, 어쨌든 둘은 팀이긴 했다.

[차유진 : 팀워크 최고!]

이후 박문대는 선아현과 상어의 투 샷을 사진을 찍으며 어느 정도 배신감도 푼다.

[선아현 : (이렇게?)]
[박문대 : (굿)]

그다음에 탄 정글 스피드보트에서도 류청우와 어마어마한 호흡을 보여주며 (혼자만의) 앙금을 풀었다.
마지막으로 절벽 위 집라인까지.

[차유진 : 워-후!!!]

극도로 익사이팅했지만, 다들 안 빼고 재밌어했기 때문에 의외로 고통의 선을 넘진 않았다. 그리고 연달아 이어진 김래빈의 풀코스는 힐링을 기대한 팬들의 모든 아쉬움을 달래주었다.

-막내가 최고다
-우리 토끼 으아앙 어쩜 이렇게 효도를 잘해 진짜ㅠㅠㅠㅠ

시청자들은 기나긴 킬링 끝에 달콤한 힐링을 더 재밌게 받아들였다. 김래빈은 그렇게 뭉게를 제치고 힐링의 마스코트가 되었다.

[뭉게 : (보고 시퍼! 형들 얼른 한국 도라와!)]

인도네시아에서 한국으로 돌아간 뭉게와 영상 통화를 하며 손을 흔드는 멋진 별밤의 야외 컷을 마지막으로, 힐링 예능은 정말 힐링답게 마무리되었다.
총 8화. 짧고 강렬한 자체 컨텐츠였다.

-진짜 좋았다!
-마지막에 딱 행복하게 우리 보고 싶었던 것까지 챙겨줘서 완벽ㅠㅠ

그리고 칠레의 팬들은 뜻밖의 1승을 챙겼다.

-테스타가 아름다운 칠레의 풍경과 전통 음식을 즐기고 갔어! "진정한 만족감"
-오로지 칠레만이 승리 (웃는 이모티콘)

약간 아쉬워하기도 했지만 말이다.

-*힐링* (3박 4일짜리 험난한 토레스 델파이네 트레킹 코스를 수줍게 흔듦

그리고 이 모든 일은 테스타가 제대로 예능을 소화했을 때 으레 일어나는 일이기도 했다. 행복한 시청자들, 팬들의 소감들.

박문대는 침대에 누워서 스마트폰을 내렸다.
방송에 보여주기 위해서 만든, 어설프게 갓 지은 것 같은 호러 예습용 계정은 이미 지운 후였다. 대신 정기적으로 갈아치우는 모니터링용 계정명이 상단에서 반짝 빛났다.

-아 이번 예능 너무 좋았어 투어 공백기 잘 채워주고... 솔직히 매번 컨텐츠마다 초심 안 잃어서 너무 신기하고 고마움
-진짜 평생 좋아하고 싶다 테스타 이대로 쭉 가자♡ㅠㅠ

"……."
모든 것들이 일상으로 잘 돌아가고 있다는 신호처럼 쏟아지는 이야기들을 보면서, 박문대는 그제야 다시 한번 제대로 느꼈다. 돌아왔다는 확신과 실감을.
"……후."
그는 스마트폰을 내렸다.
투어의 막바지. 그는 오랜만에 다시 그 모호한 골격뿐인 시스템의 공간에서 눈을 뜨는 악몽을 꾸지 않고 깊은 수면을 취할 수 있었다.
테스타라는 궤도로의 완전한 복귀였다.

그리고 박문대는 다음 날, 모종의 결심을 하나 했다. '앨범을 준비하자'는 회사와 멤버들의 이야기에도 동감했지만, 그보다 앞서서 먼저 하고 싶은 게 생겼기 때문이다.

"큰달."

[어어 형! 지금 연락 가능하신 거예요? 무슨 일이세요?]

"…가줬으면 하는 곳이 있는데."

[예?]

박문대 속 류건우는 눈을 감고 말했다.
"…부모님 좀 뵈려고."

테스타 입국은 제법 요란하게 이루어졌다. 투어 중에 예능까지 찍다 보니 국내 스케줄을 잡기 힘들어 간만의 입국이었기 때문이다. 하지만 입국 후의 행보는 조용히 진행되었다. 몇 가지 비공개 스케줄을 하며 며칠을 보낸 뒤….

오늘, 나는 옷을 챙겨 입고 방을 나섰다.
"오늘 가?"
"응."

"잘 갔다 와."

툭. 나는 등을 가볍게 치는 큰세진에게 굳이 반발하지 않았다. 대신 주먹 쥔 손등을 한번 부딪치고 계속 걸었다.

이 일엔 회사 사람을 동원할 수도 없고, 대중교통은 더더욱 안 된다. 그렇다고 면허도 없는 박문대 몸이 운전을 할 수도 없으니까, 한 사람을 더 섭외했다.

"그 오피스텔부터 가는 거지?"

"그래."

바로 면허와 자동차가 있는 류청우다. 투어 직전 구입한 녀석의 SUV는 캠핑 때도 유용하게 써먹었다.

"고맙다."

"이런 걸 가지고 뭘."

스케줄 없는 날을 흔쾌히 상납해 준 류청우가 운전대를 잡았다.

"출발할게."

그리고 오피스텔에서 큰달을 태운 후. 도로에서 꽤 오랜 시간을 보내고 나서야 목적지에 도착했다.

"…안녕하세요."

아주 오랜만의 성묘였다.

나는 한 벽을 가득 채운 유리장으로 다가가, 그중 단 한 칸 너머의 흰 도자기를 보았다. 유골함이다. 이름이 적혀 있는 단출한 구성에 주변은 사진 몇 점이 끝이다.

"……"

매장을 하기엔 돈도 돈이고 내가 미성년자라 뭘 제대로 할 수 있는 게 없었다. 그래서 정신 차리니 화장 후 납골당 안치로 끝났다는 것이다. 자리도 내가 고른 건 아니라 시야가 너무 높았는데… 이젠 괜찮군. 나는 유리창을 살짝 닦았다.

"안녕하세요."

큰달, 이제 류건우가 된 놈이 입을 열더니 납골당을 향해 고개를 푹 숙였다. …고마운 일이었다. 나는 손을 들어서 유리를 열고 그 안에 사 온 꽃다발을 넣었다.

공간이 좁았다, 꽃다발이 구겨질 만큼.

"괜찮으면 좀 더 넓은 위치로 옮기고 싶은데."

"……네, 네?"

그래, 너한테 한 말 맞다. 나는 작게 웃었다.

"유골함 자리. 내가 못 하니까, 사인 좀 부탁한다. 비용은 당연히 내가 댈 거고."

"…! 당연히 할… 아니, 비용 안 주셔도 되는데."

"아니, 줘야지."

안 주면 삥 뜯는 거 아니냐. 그리고 돈이라도 안 대면 진짜 내가 한 것 같지도 않을 거고.

나는 모자를 눌러썼다. 평일, 명절도 아니라 사람은 거의 없다. 그래도 들키면 소란스러워질 것이다.

'셋도 많아.'

친구 부모님 납골당에 왔다는 걸로 소문이 날 거라는 점은 좀… 이상하게 느껴지긴 한다만.

'상관없지.'

나는 고개를 들고 꽃다발을 꺼내 들어서 분해했다. 어차피 무슨 방부 처리를 해서 거의 망가지지 않았다. 몇 송이만 꺼내서 유리장에 넣고, 닫는다.

탁.

모양새가 나쁘지 않았다. 조금 더 있겠다고 말하려 류청우에게 고개를 돌린 순간이었다.

"…!"

너… 우냐?

"형."

"아… 미안, 왠지 좀."

"……."

그렇지. 이놈에게도 친척이긴 하군. 우리 부모님이 말이다.

나는 무심코 흰 유골함을 보고 생각했다.

'…그렇게 됐어요.'

딱히 부모님이 여기 계실 거라 생각하진 않는다. 그래도 눈에 보이니까.

'잘살고 있으니, 걱정은 마시고요. …주신 몸이 바뀐 건 죄송합니다. 그래도 그쪽도 잘살고 있고.'

알맹이든 겉이든, 멀쩡한 류건우를 데려온 걸로 정상 참작이 됐으면 좋겠다. 나는 희미하게 웃었다. 류청우도 얼굴의 물기를 닦아낸 뒤에는 다시 침착히 서 있던 것 같다.

햇빛 드는 실내, 고요한 오전.

그렇게 꽤 오래 납골당 앞에 서 있었다.

유골함 위치를 좀 더 좋은 곳으로 바꾼 뒤, 돌아가는 길은 조용했지만 거북한 분위기는 아니었다. 다만 이 이야기를 안 물어볼 수는 없고 말이다.
"너희 부모님은."
큰달은 약간 어깨를 떨었다.
"아, 그… 바다에 계세요. 전부터 그러고 싶다고 하셨다고……."
"…그래."
이 녀석의 환경을 생각하면, 납골당에 안치할 비용도 없었기 때문에 관계자에 의해 그렇게 된 건 아닐까 하는 의심이 스쳤으나 멈췄다. 굳이 그런 쓸데없는 생각이나 할 시간에….
"시간 되면 같이 가는 게 어때."
"아…."
"멀어?"
"아, 음. 강화도긴 한데요…."
그럴 줄 알았다.
"그러면 넌 주말에 쉬니까,"
"헉! 괜찮아요. 형 이제 또 바빠지실 텐데…."
"그럼 오늘 갈래?"
"…!"

위의 말은 내가 한 게 아니다.
"오늘 시간 되잖아. 가자. 태워줄게."
운전석의 류청우가 꺼낸 말이지. 그리고 몇 번의 설득을 거쳐서 결국 목적지가 정해졌다.
"고맙다."
"아니. 나도 오랜만에 바다 보겠네."
예능 찍으면서 바로 한 달 전에 본 녀석이 말은 잘하는군.
그래서 그 길로 강화도에도 잠깐 들렀다.

휘이이익-
여름이 거의 끝나가는 시즌. 바닷가는 사람이 아예 없는 건 아니었으나 그래도 한산했다. 덕분에 큰달은 원하는 만큼 해변 벤치에 앉아서 바다를 보고 있을 수 있었다.
"……"
나는 말없이 그 옆 벤치에 떨어져 앉아 있었다. 굳이 말 걸 필요가 없다는 걸 알아서였다. 그리고 류청우는 점잖게 목소리를 낮춰 말했다.
"잠시만. 가서 뭐라도 사 올게."
운전도 한 놈이 무슨. 그러나 놈은 대답을 듣지 않고 뒤돌아서 해변을 등지고 상가로 가기 시작했다.
'나 참.'
여러 의미로 한결같은 놈이었다.
그때였다. 바닷바람이 놈 뒤로 부는데…. 어쩐지, 지금 내 시야의 이 컷 자체가 아는 장면 같다는 생각이 들었다.

그리고 바로 깨달았다.

'아.'

저놈이… 스티어 때 찍은 예능에서 강화도에 왔었지. 공중파에서 막 시작했던 신생 버라이어티 예능, 별로 잘되진 않았다.

―오~ 역시 국가 대표!

'이게 이렇게 선명히 떠오르는군.'

시스템 박살 내며 되찾은 기억은 원래 있던 것처럼 잘 머리에 가라앉았다. 그래서 평소에 불쑥불쑥 튀어나오는 괴상한 모양새는 아니다만, 한 번씩 이렇게 자연스럽게 연상은 된다.

'생각해 보니 더 특이한 상황인데.'

전에 알아보던 아이돌과 한 팀인데 친척이기까지 한 상황 말이다. 워낙 테스타로 산 기간이 길어서 당장 의식하지 못했는데, 이거… 좀 이상한 기분이군. 일방적으로 알던 대상과 서로 참견하는 사이가 되고, 꽤 오랜 시간 같이 지냈다는 게 말이다.

류청우도, 다른 놈들도 그렇고.

"……."

나는 벤치에 머리를 댔다. 그리고….

"박문대…?"

"…!"

"헉 진짜 박문대다."

드디어 이 타이밍이 왔군. 걸렸다.

놀러 온 건지, 바닷가를 달려온 고등학생 둘이 흥분한 얼굴로 스마트폰을 꺼낸다.

"저 사진 좀!"

"저랑도요!"

"네. 잠시만요."

뭐 이 정도야. 나는 마스크를 내리고 두 사람의 스마트폰 렌즈를 번갈아 쳐다보았다. 그러자 화면으로 박문대의 얼굴이 비친다. 부모님과… 음, 닮았을 리는 없지.

"……."

"감사합니다!"

"아뇨. 저야말로."

됐다. 몇 년 만이랍시고 쓸데없이 감상에 빠지지 말자.

'그놈의 시스템 새끼는 도움이 안 되는군.'

그 새끼가 남의 부모님을 무슨 남극 연구원으로 흉내 내는 바람에 내 대가리에 바람이 찬 게 틀림없었다. 이 정도 번 거 아시면 얼굴이 닮든 말든 유골함에서도 엄지 들고 계시겠는데 무슨.

나는 내심 고개를 끄덕이며 착실히 카메라를 보고 웃었다.

"으아아아, 잘 들어가세요!!"

"네."

나는 돌아가는 고등학생들에게 고개를 꾸벅인 후에 내심 혀를 차며 고개를 돌렸다.

…그때, 떴다.

[돌발!]

상태이상 : '■■가 아니면 ■■을' 발생!

"…!!"

홀로그램. 지금 이게 무슨…, 잠깐.

"아."

그러나 다시 고개를 돌리자, 잔상 같던 홀로그램 창은 사라졌다.

나는 숨을 들이쉬었다. 이게 뭐지?

'……상태창.'

아예 상태창을 불러와서 다 뜯어봐도 마찬가지였다. 긴급팝업 같은 건 없다.

"……."

"형?"

"아니."

고등학생들이 떠나자마자 옆 벤치에서 큰달이 말을 건다. 나는 황급히 물었다.

"너 혹시 봤냐."

"…?? 아까 그분들이요? 사진 찍어주신?"

얼굴을 살폈다. 어리둥절하면서도 살짝 긴장한 게, 숨기는 기색은 없다. 진실. 나는 천천히 다시 입을 열었다.

"…그래. 사진 찍어줬지."

"네…. 그렇죠?"

나는 어깨를 풀었다. 상태창 이상을 제일 잘 감지할 놈이 모르는데 갑자기 나한테 그딴 게 뜰 리가 있나.

'나도 좀 맛이 갔군.'

하도 시달려서 그런가 환각까지 보고 있네. 나는 혀를 차며 자세를 고쳤다.

"아이스크림 사 왔는데, 하나씩 먹을래?"

"아, 감사합니다!"

얼마 지나지 않아 류청우가 돌아왔고, 나는 아이스크림이나 먹으며 머리를 식히기로 했다. 혹시 더위를 처먹었나 싶어졌거든.

그러나 기가 막힌 소식은 아직도 끝난 게 아니었다.

"그리고, 방금 회사에서 연락이 왔는데."

"회사?"

"응. 좀 긴히 할 이야기가 있다고 하시네."

그리고 류청우가 이해할 수 없다는 듯이 말을 이었다.

"…앨범을 좀 미루자는데?"

뭐?

물 들어올 때 노를 젓는다.

어느 분야든 돈 버는 곳에서 이 공식이 안 통하는 곳은 없다만 특히 연예계는 더 그렇다. 같은 걸 가져와도 시류 따라서 뜨냐 안 뜨냐가 훅훅 갈리지 않는가.

그런데 지금 예능으로 밀물이 쏟아지는데 굳이 회사가 산하 레이블에서 알아서 기획 다 해서 내겠다는 앨범을 미루자고 한다고?

"시류? 중요하죠. 하지만 테스타는 이제 순간 화제성이 간절할 레벨은 지났습니다. 명실상부 탑 아이돌이에요."

"……."

"음, 그리고 보니 전임 디렉터가 테스타에게 데뷔 앨범을 한 달 만에 무작정 자체 제작해야 한다고 억지를 부려서 큰 곤욕을 치렀다고 들었는데요."

"예."

그리고 그게 대박이 났다 새끼야.

나는 뺀질뺀질한 얼굴로 말을 하는 사내 이사를 쳐다보았다. 레이블 독립하면서 한번 조져놓은 본부장 대신 다른 놈이 갑자기 사람 불러다가 입을 털고 있으니 상당히 흥미롭다.

"그때야 빨리 데뷔해서 브로드캐스팅의 임팩트를 제때 가져가는 것이 중요했지만, 이제 테스타는 그 자체로 브랜드잖아요."

어.

"그러니까 앨범 퀄리티 하나하나를 더 신경 써서 디테일을 끌어올리는 것이 더 테스타 급에 맞는 행보이지 않을까, 그런 생각을 했다는 거죠."

이사는 이지적으로 권고했고, 김래빈이 단번에 손을 들었다.

"하지만 지금 계획도 그간에 비해 그리 시간이 과하게 촉박하진 않습니다만."

일주일 만에 영화 OST 시안도 제작해 본 워커홀릭의 발언에 이사는 어깨를 으쓱했다. 이미 짐작했나 보군.

"하지만 시간이 충분하면 보완점, 추가점을 새롭게 발견하고 또 디

벨롭할 수 있겠죠?"

"음… 그렇긴 합니다!"

합리적인 발언에 김래빈이 바로 납득한다. 차유진이 드물게 동태 눈깔을 하고 김래빈을 쳐다볼 뻔했다.

어쨌든 하나의 난관을 넘긴 이사는 한결 평온하고 예의 바른 투로 말을 잇는다.

"물론 우리 테스타분들께서 반드시 지금 앨범을 내신다고 하시면 회사는 전력을 다해서 서포트할 겁니다."

그러냐?

"단지 이쪽이 더 맞지 않는가, 하는 의견일 뿐이란 거죠."

"그게 이사님의 판단이신가요."

"음, 그보단 사실 회사 중임 회의에서 토의 끝에 나온 이야기입니다. 대표 이사님께서 직접 동의하시기도 했고요."

오, 남 탓.

본부장이 테스타가 레이블 독립하면서 처맞은 경험이 있다 보니 이놈도 우리한테 혓바닥을 아랫사람한테 하는 식으로 굴리질 않는다. 딱 공식적이고 예의 바른 사업적 파트너처럼 나온다. 투자자 설득할 때처럼 말이다.

"아무래도 테스타분들께서 이 회사의 가장 상징적이고 매출액이 큰 아티스트시니까요. 저희도 많이 고민하고 드리는 말씀입니다."

"음."

"감사합니다."

"감사는요. 당연히 에이전시가 할 일이죠."

너스레까지 한번 떨고, 이렇게 진지하게 새 플랜을 내미는 것이다.

"물론 예능 화제성을 버리자는 말은 아닙니다. 테스타의 공연 투어 실황을 공중파에서 송출하자는 제안이 들어왔는데, 이걸 진행해 볼 생각이거든요."

이사는 그래도 본래가 엔터 쪽 사람이었는지 꽤 그럴싸하게 플랜을 설명했다. 멤버들은 진지하게 그것을 경청했다.

분위기는 나쁘지 않았다.

"우선 좋은 말씀은 정말 감사합니다. 멤버들끼리 좀 더 이야기해 봐도 괜찮을까요?"

"물론이죠."

류청우의 말에 이사는 순순히 우리를 보내주었다. 편하게 결정하라는 듯이.

그래서 숙소에 복귀한 뒤엔 이런 분위기가 됐다.

"…이렇게 급하게 불러서 할 이야기는 아니었던 것 같은데."

"새롭게 발매되는 앨범의 완성도를 진지하게 고민해 주시는 것은 감사한 일입니다만, 최근에는 충분한 지원을 받으며 작업했다고 생각합니다!"

의심스럽게 중얼거리는 놈과 좋은 뜻으로 받아들인 놈이다. 그리고 둘 다 굳이 높으신 분이 호출한 것을 의아해하고 있고.

그러나 사태 파악한 놈은 옆에서 쓴웃음을 짓고 있다.

"아~ 이제 슬슬 덜 내주고 싶다 이건가."

"뭐?"

"앨범이요. 그거 내는 것도 다~ 투자잖아요."

그래, 이게 바로 소속사 이야기의 핵심이다.

-앨범 안 내주겠다.

무덤덤한 큰세진의 말에 배세진이 눈썹을 치켜세운다.
"…이 회사 돈 많잖아."
"음 뭐, 꼭 돈이 아니더라도… 좋은 인력이나 프로모션 아이디어 같은 건 한정되어 있잖아요? 그런 거죠~"
배세진의 얼굴의 물음표가 느낌표로 바뀌려는 순간, 나는 결론을 내려줬다.
"우리는 그냥 투어나 돌리고, 계약 기간 많이 남은 그룹들 체급 키우는 데에 투자하는 게 회사한테는 더 이득입니다."
"……!!"
눈 튀어나오겠군. 아니, 다시 보니 배세진뿐만 아니라 김래빈이랑 선아현도 비슷한 표정이잖아.
"그럼 이대로 가면…."
"예."
이게 계약 기간이 얼마 안 남은 1군 아이돌의 현실이다.
"저희는 이제부터 새 앨범보다는 모아놓은 팬들 소비력을 최대한 뽑는 쪽으로 가기 시작할 겁니다."
"…!"
"앨범은… 내년 초에 재계약 뉘앙스 보고 하나 주려나."
일본 쪽에 앨범 계약이 없는 게 차라리 다행이다. 아니면 그쪽에서만 굴렸을 텐데.

배세진의 얼굴이 식는다.

"…이해가 안 되는데. 우린 레이블도 세웠고…… 재계약하면 계속 남아 있을 건데 왜 그러는 거지? 아니, 만약에 우리가 당장 재계약한다고 하면?"

그건 안 되지. 계약 조건에 하자가 생긴다. 원래 먼저 숙이고 들어오는 쪽이 손해 보는 법이니까. 게다가 조건이 좋으면 좋은 대로 문제였다. 큰세진이 고개를 절레절레 저으며 입을 연다.

"에이, 재계약하면 보통 아티스트한테 정산 더 많이 되게 비율 조정하잖아요~ 회사 입장에서는 그러니까… 투자 대비 수익률이 낮아지는 거죠!"

"…!!"

그렇지. 가수 정산이 좋아질수록 회사는 손해니까.

게다가 더 현실적인 문제도 있고.

"그걸 제외해도 여전히 앨범 투자에서 밀릴 것 같은데."

"왜??"

나는 인정했다. 뼈 아픈 현실을.

"저희도 군대 가잖아요."

"……."

거 브이틱이 그렇게 미래의 일도 아니라니까. 우리가 걔들보다 나이 차서 데뷔해서 말이다. 그래도 몇 년은 더 비벼볼 수 있지만.

나는 가장 먼저 가야 할 당사자가 충격을 소화하길 기다려 준 다음에 말을 계속했다.

"그리고 원래 회사 키우는 입장에선 이미 띄운 그룹보단 라이징 투자가 더 매력적으로 보이죠."

"…그래?"

"예. 전망 좋은 새 사업이 있어야 주주들이 좋아하거든요. 윗분들도 스스로의 유능함을 느껴서 좋아하고요."

특히 사업병 걸린 지금 본부장이 바람 잔뜩 넣어놓은 이사진은 더 그럴 것이다. 심지어 테스타와는 돈 벌어줄 테니 회사에 참견질 그만하라고 계약서까지 썼으니 후배가 더 뜨는 순간 테스타는 캐시카우행이지.

결론은.

–사업적으로 봤을 때, 이젠 테스타에서 뽑은 돈으로 새 그룹 키우고 싶어!

"후우우…."
"아이고 형 심호흡하시고."
배세진의 얼굴이 붉으락푸르락하다가 간신히 진정되었다.
좋은 소식도 전해줘야겠군.
"그래도 형, 드디어 본격적으로 연기 쪽 일을 하실 수 있겠는데요."
앨범 대신 개인 활동으로 살살 분산시킬 테니까. 나는 양 주먹을 들어 올려 응원했다.
"화이팅."
"이미 실컷 했어……!"
사이코패스 4연속을 웅얼거리며 배세진이 음울히 소파에 파묻힌다. 아무래도 시스템의 가짜 세계에서 했던 연기 경험이 어디 가진 않은 모양이다.

류청우가 약간 난감하다는 듯이 웃더니 제안한다.

"그래도 우리가 앨범을 내는 걸 말리진 않겠다고 했으니 준비해 볼까?"

"말리진 않고, 마치 내줄 것 같지만 회사의 갑작스러운 사정에 의해서 계속 일정이 밀리고 연기될 겁니다."

"……."

산하 레이블이 기획은 독립적으로 마음대로 해도 결국 발매 스케줄은 회사가 잡거든.

'변명은 많지.'

회사의 다른 아티스트랑 겹친다든가, 시기가 안 좋다든가…. 그러다가 운이 좋으면 재계약 전에 하나 간신히 내고, 그마저도 프로모션은 좀 빈약한… 뭐 그런 전형적인 루트 있지 않은가.

"뭐, 사실 여기까진 예상했는데요."

시즌이 시즌이니 이 새끼들이 앨범을 미루자고 했다는 말을 들었을 때부터 이 전개를 예상했단 말이지.

근데 하나가 더 있다.

"끝까지 말을 안 한다 이거지."

나는 피식 웃었다. 세상을 부정하는 것처럼 입을 벌리고 멍한 표정이던 김래빈이 믿을 수 없다는 듯이 묻는다.

"또… 있습니까?"

"어."

나는 내 방에서 노트북을 가지고 나왔다. 몇 명이 졸졸 쫓아온다. 굳이 그럴 필요 없는데 왜 이러는 건지는 모르겠다만, 어쨌든 화면에 파일을 불러와서 열어 보여주었다.

"이게 우리 회사, T1 Stars의 금년 4분기 계획입니다."
"아니, 문대문대 이런 걸 어디서 구하는 거야?"
"주주 총회에서 공표하던데."
어디긴, 회사 문서함 접근 권한 있는 직원 연락처만 있으면 된다. 아무튼.
"거기 월별 플랜 보시면… 예. 10월이요."
원래 우리가 이번에 앨범을 내려던 바로 그 구간에 말이다.
"…!!"
"이거."
나는 고개를 끄덕였다.
"스페이서입니다."

[10월 중순 - 스페이서(Spacer) 정규 1집 발매 / 국외 매출 규모 증가 목표]

그렇다. 기존 스페이서 앨범 발매 플랜을 테스타가 잡아먹지 못하게 막은 것이다.
이게 끝이 아니다.
"그러면 이게 그림이 어떻게 연결이 되는 거냐면…."
나는 마우스에서 손을 털며 말했다.
"아까 저희, 앨범으로 컴백 대신 공중파로 공연 송출 잡은 거 기억나시죠."
"으응."

"그거 분명 실체화되면 다른 소리 할 겁니다."
 뭐 콘서트 전체를 다 송출하는 건 저작권이나 VOD 판매율을 생각하면 곤란하니까 일부 무대만 하자. …그리고 어차피 비는 시간은 그 대신 다른 그룹으로 채우자.
 가령, 이 기획사의 신인 남자 그룹. 스페이서.
 "우리 공연 중계를 기획사 특집 2탄으로 확장해서 애들 끼워 넣고, 그 화제성으로 컴백할 겁니다."
 "…!!"
 한마디로 끼워팔기, 우리 공백기에 팬들이 스페이서로 갈아타는 것을 기대하는 세대 교체 시동이다.
 그 순간 정신을 차린 배세진이 버럭 소리쳤다.
 "자, 잠깐. 박문대 네가 지난번에 아직 세대 교체 같은 건 회사가 안 할 거라며…! 우리 재계약할 거니까!"
 "예. 그럴 줄 알았는데, 하네요."
 "……."
 …우호 관계를 잘 구축해 놨으니, 황금알 낳는 거위가 아까워서라도 이런 시도는 안 할 줄 알았는데 말이다. 관여 못 하게 레이블로 독립해 놔서 슬슬 약발 떨어지고 불만이 쌓이는 모양이다.
 '이 새끼들 감히 환승 수작을 부리고 있다 이 말이지.'
 그것도 이렇게 노골적으로.
 "우우우!"
 "…이거 신의성실의 원칙에 어긋나는 거 아니야? 따질 수 있을 것 같은데, 어떻게 압박하거나……."

"음, 힘들 것 같은데요."

배세진도 배우 기획사 사장을 석고대죄시켜 보더니 선택지가 좀 많이 넓어진 모양이다. 하지만 이런 걸로 회사랑 분쟁 일으키긴 힘들지.

"애초에 이건 소속사랑 싸우는 게 아니라서요."

"…그럼?"

"그냥 앨범을 늦게 내줄 뿐이죠. 우선순위에 밀려서."

사실 어딜 가도 신인 키우는 기획사라면 자연스러운 흐름이라는 뜻이다. 특별히 이 소속사가 악덕한 건 아니라는 거지.

"……."

배세진이 가라앉은 얼굴로 다시 소파에 앉았다. 주변에서도 쓴웃음을 지으며 한 마디씩 얹는다.

"어렵네."

"그러게요."

"…그런, 초자연적인 경험까지 하고 와서는 이런 고민을 할 줄 몰랐는데."

"원래 세상을 구하는 히어로들도 자기 Issue 있어요. 우리 또 이기면 돼요!"

차유진이 어깨를 으쓱한다. 개고생해서 성공했더니 이용해 먹으려는 새끼들만 드글드글하다는 게 환멸이 날 수도 있지만, 원래 자본주의가 그런 것 아닌가. 과연 자본주의의 총본산인 나라에서 온 놈다운 깔끔한 발언에 분위기가 좀 괜찮아졌다.

"그래, 또… 수가 나오겠지."

"맞아, 우린 문대가 있잖아."

"…?"

누가 보면 내가 도깨비방망이라도 되는 줄 알겠군.

물론 이대로 손 놓고 내년에야 새 앨범 내는 건 사양하고 싶긴 했다. 앨범 퀄리티 올리는 거야 나쁘지 않지만… 이 새끼들 목적이 그게 아니지 않은가. 슬슬 수확하듯이 있는 팬들 소모해서 단물만 빨아먹겠다는 거지.

'이 새끼들 돈만 댔으면서 자기들이 띄웠다고 착각하나.'

내심 혀를 찰 때였다.

"저기."

"음?"

선아현이 손을 들었다. 그리고 꽤 단호히 말한다.

"우리가, 그, 스페이서분들보다 더 잘하면 되지 않을까?"

"…!"

"오오."

"저… 공연 실황에서 우리가 더 잘하고, 멋진 무대를 보여 드리면. 그, 회사분들도 마음을 바꿀지도 몰라. 통하지 않으니까…!"

선아현이 한 것 치고는 꽤 과격한 발언이지만 정석이긴 했다. 그간 우리가 애용해 온 방법이기도 했고 말이다. 정면승부로 그냥 계급장 떼고 붙어서 박살 내기.

하지만 이번에는 케이스가 좀 다르지.

"그래도 스페이서가 수혜를 받을걸."

이유는 간단하다.

'애초에 같은 체급이 아니니까.'

걔네랑 붙어? 우리가 더 잘하는 건 당연한 일이다. 이건 압도적으로 잘해야 본전인 상황일 뿐. 역으로 같은 소속사다 보니 '저렇게 잘하는 그룹의 직속 후배'라는 후광 효과 받아서 다른 수요를 챙겨갈 수도 있다.

"으음…."

"그, 그렇구나. 죄송해요…."

"헐, 아냐~ 그래도 멋지고 속 시원한 방법이었어."

"맞아요! 멋졌어요!"

"그래."

선아현이 격려를 받는 가운데, 류청우가 단도직입적으로 멤버들에게 묻는다.

"그럼 아예 공연 실황 방송을 거절하고 싶어?"

"음."

열 받으니 그런 과격한 선택지도 고려하게 되는지 의외로 고뇌하는 놈들이 꽤 있으나, 모두가 그런 건 아니다.

"잠시만! 저희 지금 너무 한 쪽으로 생각이 쏠리는데, 조금 더 각자 생각해 보고 이야기할까요? 앨범이야 계속 준비하고 있으면 되고~"

"아, 그렇지."

필요할 때 잘 끊었군. 큰세진은 눈이 마주치자 답이 없다는 듯 고개를 슬쩍 절레절레 저었지만, 어쨌든 놈의 말은 잘 통했다. 회의가 거기서 일단락됐으니까.

"좀 쉬고 오자."

"넵."

멤버들은 각자 깊은 생각에 잠긴 표정으로 자리를 떴고….

"흠."

나는 그 자리에 그대로 앉아서 턱을 괬다가, 전화를 걸었다.

여기서 다른 갈등 없이 최고로 깔끔한 방법이 사실 있긴 하다. 바로 회사가 테스타에게 투자할 수밖에 없도록, 선택지를 지우는 방법.

'대체재를 없애는 거지.'

스페이서를 보내 버리는 것 말이다.

―…….

"……."

―…저, 형님. 저 지금 소원권 쓸까요? 써야 하나요!?

"아니. 아껴라."

스피커 너머로 스페이서 권희승의 긴 안도의 한숨 소리가 들린다. 이 놈이 혹시 콘서트 실황 출연 사실을 아는지 물어보려고 전화한 건데 눈치도 빠르군.

'…이놈한테 빚진 것도 있고.'

생각해 보니 좀 더 장기적으로 보는 게 맞겠다. 앞으로도 Tnet에서 서바이벌을 통해 나온 그룹은 이 기획사가 다 낚아올 테니 스페이서 아니어도 투자 옵션은 많지.

'다른 방향으로 접근해야겠어.'

나는 그렇게 결론을 내렸다.

그리고 그사이, 소속사는 점점 더 예상대로의 스케줄을 보여주기 시작했다.

"투어 일정 추가할 것 같다는데?"

이게 첫 단계였다. 김래빈이 긴장한 얼굴로 입을 열었다.

"정리하자면, 저희의 공연 실황이 방송될 시 홍보 효과로 수요 증대가 기대되어 회사에선 그것에 맞춰 일종의 앵콜 투어, 추가 콘서트를 기획하고 계시다는 게 맞습니까?"

"그래."

"하지만 이 모든 것은 계획된 길이며, 어떻게든 저희가 투어를 더 진행하는 것을 반발 없이 납득하도록 만들기 위한… 음모입니까?"

"비슷해."

음모까진 아니라 그냥 비위 맞춰주는 거지만.

그러자 김래빈은 자기 회사가 세계 마약 밀수 조직이라는 걸 깨닫기라도 한 듯이 허망한 표정이 되었다. 아무튼 이해했다니 됐다.

"팬들도 의심하지 않을까? 이렇게 계속 우리 앨범 안 내주면."

"팬들이 의심해도 대중들은 잘 모르니까 여론 형성이 안 될걸."

사실 컨텐츠 가볍게 즐기는 팬들도 거기까진 생각 안 갈 확률이 높다고 생각한다. 딱 테스타만 놓고 보면 굳이 앨범을 안 내는 건 시장경제적으로는 말이 안 되기 때문이다. 그냥 앨범을 자작곡으로 채우느라 늦는 건가 싶은 거지.

"우리가 연차가 많이 찬 것도 아니고, 지난 앨범 성적이 안 좋았던 것도 아니니까."

"…그렇구나. 우리도 따지자면 겨우 4년 채웠지."

사실 객관적으로 테스타는 이제 막 대상을 받고, 명실상부 1군 아이돌로 올라선 전성기 초입이다.

큰세진이 쓴웃음을 지었다.

"그런데도 7년이 아니라 5년 계약이라 어쩔 수 없나~"
그래. 문제는 저 기형적인 5년 계약. 그리고….
'서바이벌 프로그램으로 끝없이 꽤 이름값 있는 신인 그룹 찍어낼 수 있는 방송국과 연계한 소속사란 점이지.'
기획 인력을 못 뺏어가게 하려고 레이블 만들어놨더니 활동 스케줄을 안 잡아주는 상황에 이놈 저놈 할 것 없이 한숨을 쉰다.
"그래도 이렇게 무작정 투어는 좀 그런데."
"저 공연 좋아요! 하지만 지는 건 안 돼요. 우리는 이제 투어 boycott 해요."
"하는 입장에서 불매운동은 좀 이상하지 않나? 그래도 우리 회산데."
"저, 그냥, 원하지 않으니 안 하겠다고 하면… 안 될까요…?"
투어를 안 하겠다고 시위한다라.
나는 턱을 만지며 그게 현실화된 미래를 예상했다.

[유명 남자아이돌 그룹… "콘서트 안한다" 회의실 난동]

-누구임?
-초성 좀
-정황상 ㅌㅅㅌ라던데 이 찌라시 믿을 만함?
-루머지만 진짜면 ㄹㅈㄷ 아닌가;

"비협조적이라 재계약 의사가 낮다고 생각해서, 몸값도 낮출 겸 언론으로 후려치기할 것 같은데."
"……."

배세진이 안 좋은 기억이 스쳤는지 표정이 괴상해졌다.

"잘 아네."

그래. 데뷔 초에 네 X 같은 전 소속사 사례를 보고 정보를 좀 긁어 봤다. 그 새끼들이 좀 유별나서 그렇지 아예 안 하는 데는 드물더라고. 어쨌든 그래서 우리는 공중파 콘서트 실황을 거절하진 않고 때를 기다리기로 했다.

"앨범 준비는 계속하고 있는 거야."

"오케이."

그리고 예상대로, 방송은 어느 순간 우리의 통 콘서트가 아니라 세트 리스트 중 일부를 게스트에게 분배하는 것으로 변경되었다.

"이 자식들이 진짜…."

"역시 문대가 족집게네~"

게다가 '보조무대 소속사 후배 출연'이라는 언어를 사용해, 지난번처럼 아예 기획사 콘서트라 부르지 않는 교묘한 스타일로 배정되었다. 타이틀은 테스타 공연이 맞았다는 거다.

'테스타 화제성은 통째로 써먹고 싶은가 보군.'

짜증 안 나면 인간이 아니다만 거부하기도 애매하다. 방송국, 소속사, 그리고 투자사처럼 콘서트에 지분 있는 놈들이 다 끼어 있기 때문에 저작권 문제로 끌고 가면 괜히 우리가 득 없이 화낸 이미지만 적립된다.

'한 방을 노려야 해.'

그전에는 좀 몸을 낮추고, 일이 어떻게 돌아가는지 전체 그림은 확실히 모르겠다는 식으로 나가야지.

"연습은 하자."
"당연하지. 자, 다들 발 각도부터 다시 맞춥시다~"
그리고 일단 방송 송출용 콘서트 무대를 다듬고 있을 때…. 회사 관계자를 타고 딱히 기대한 적 없던 전화가 걸려왔다.
후배로부터 말이다. 하지만 스페이서는 아니었다.

-안녕하십니까 선배님!
미리내 박민하. 그 〈아주사〉 2위 출신인 그 아이돌이다. 목적은 '보조 무대 관련 문의 사항'이었지만 막상 전화를 받으니 얘도 딴소리하던데.
-저…….
"예."
-선배님, 어, 긴히 드릴 말씀이 있습, 아니, 먼저 시간을 뺏어서 죄송합니다. 시간을 뺏어도 될까요? ……?! 잠, 아니,
"네."
그런데 왜 또 이렇게 당황했냐.
"시간 뺏는 건 아닌 것 같고, 편하게 본론 말씀하세요."
-…! 예, 다름이 아니라….
미리내는 바로 본론을 때렸다.
-혹시… 회사의 다른 그룹도 선배님 레이블로 옮길 수 있는 방법은 없을까요?
"…!"
'다른 그룹'이라고 불렀지만, 사실 이 후배가 물어볼 그룹이야 하나뿐이지. 본인들 말이다.

"혹시 미리내 말인가요."

―…그, 네. 저희도 포함해서요. 기본적으로 같은 회사니까, 비율이나 이런 건 그대로 가더라도 소속을 바꿀 방법이 혹시 있을까 해서….

역시 그렇군.

'그런데 이건 레이블 대표한테 물어봐야지 왜 나한테 물어보냐.'

역시 시상식에서 레이블로 나온다고 터뜨린 게 너무 셌나 싶어서 좀 떨떠름해졌지만, 일단 상식적인 이야기를 해줬다.

"재계약 때 조건 넣으면 될 텐데요. 그런데 미리내 재계약은 아직 일 이 년 이상 남은 상태 아닌가요."

―아. 음.

목소리가 약간 낮아지고, 머뭇거린다.

'음.'

이거 혹시? 나는 일부러 한번 대놓고 물었다.

"지금 다른 문제가 있는 건가요."

―그게 사실….

심호흡하고.

―앨범이… 많이 밀릴 것 같아서요.

"……."

―저희 담당 스탭분들이 최근에 인사 개편으로 많이 나가셨어요.

그렇지.

"퇴사한 게 아니라, 다른 팀으로 간 건가요."

―……예.

대충 알겠군. 하지만 여긴 우리랑 케이스가 약간 다르다.

―이번에 새로 이 소속사에서 데뷔할 그룹 있잖아요. 〈비마이걸스〉 프로그램에서 데뷔하신 분들.

"아."

이 후배가 말한 건 이번에 종영한 Tnet의 새 서바이벌 프로그램이다. 그 방송국은 아이돌 서바이벌 맛을 포기를 못 하더라. 〈아주사〉만큼의 파급력과 화제성은 없었지만 그럭저럭 해외에서 선방했고, 덕분에 기본 팬층을 확보했다.

그리고 인터넷에서 보기로는….

[최종 데뷔조가 역대급 희망편이라는 서바이벌 프로그램]

데뷔조 명단 뜨자마자 관심 가지는 숫자가 대폭 늘었다는 글을 봤다. 〈아주사〉 같은 막장 이미지도 없고, 깨끗하고 팬층 확보된 신인 그룹? 아마 신나서 인력 붙이고 있을 것이다. 그리고 그 인력을 어디서 가져왔겠는가. 같은 계열 일하던 사람들을 뜯어왔지.

―그쪽으로 저희 같이 일하시던 분들이 가시고… 지금 앨범 제작이 진행되다가 멈췄어요.

그러니까 이쪽은 아예 재계약 기간의 문제가 아니다. 매력적인 새 사업 아이템이 등장하니 기존 기획 인력까지 다 뜯어다 거기 붙이는 상황이란 말이다. 레이블 분리도 안 되어 있으니 쭉 가져가도 딱히 가수 입장에서는 방어하기도 힘들다. 원래부터 회사 인력이니.

'그럼 이쪽도 투어 추가 이야기했을 것 같은데.'

우리 콘서트에 넣는 게스트 중에 분명 미리내도 있었단 말이지. 여기도 뭐 홍보 효과 이야기하면서 일단 투어 잡아주고 기획 인력 새로 뽑을 때까지 시간과 돈을 벌 거다. 해외 팬층이 괜찮은 그룹이니까.

미리 잡았어도 미리 안 알려준다. 1년 내내 투어만 할 거란 사실을 쌍수 들고 반기는 아이돌이 그렇게 많지는 않겠지.

어쨌든, 미리내 2위는 제법 침착하게 말을 계속했다.

-독립 레이블이면 직원분들이 따로 계시니까 저희랑은 좀 사정이 다르지 않을까 해서… 혹시 어떨지 여쭤보려고 했어요.

대충 웃어넘기는 것 없이 솔직한 대답이었다. 아무래도 상황을 꽤 심각하게 받아들인 모양이다. 그리고 우리가 비슷한 처지인 것도 짐작한 것 같은데… 아무리 처지 비슷하다고는 하나 다른 그룹 선배에게 이런 이야기 하기는 꺼려질 텐데 말이다.

'배짱은 인정한다.'

그래도 지금 너희가 소속 옮길 방법은 없다. 알아도 말 안 할 거고.

"독립이라고 해도 결국 산하라서 별다른 건 없습니다. 그리고 지금 옮기시는 건… 사실 저도 그런 권한이 있는 직원은 아니다 보니 잘 모르겠네요."

-…아, 네! 죄송합니다. 제가 너무 갑작스럽게 이야기 드렸죠!

하지만 그 전에, 꽤 괜찮은 발상이 떠올랐다. 이 사례까지 듣고 나니 하나 확실해진 게 있어서 말이다.

'결국, 회사는 전도유망해 보이는 새로운 기획에 눈이 돌아간다는 말이지.'

"……."

흠, 생각해 볼 만하다. 일단 밑밥을 좀 칠까.

―제가 좀 더 생각을 정리해서 연락드렸어야 했는데, 첫인사를 실수하면서 좋지 못한 모습 보여드렸습니다. 앞으론 더 조심하겠습니다!

"괜찮습니다."

누가 보면 내가 애 상사인 줄 알겠다. 나는 한숨을 참으며 밑밥을 깔기 시작했다.

"그리고 앨범 말인데요."

―…네.

"생각해 보니, 레이블로 이적 안 하셔도 내실 방법이 없지는 않을 것 같은데."

―……!

"협조하실 생각 있으신가요. 아예 안 위험하다고는 말 못 하겠지만요."

통화기 너머에서 짧게 침묵이 흐르더니, 질문이 나온다.

―어떤 종류의 위험인가요?

사실상 어지간하면 하겠다는 말이지.

나는 피식 웃고 입을 열었다.

"소속사가 없어질 위험."

"…?!"

"그럼 테스타 쪽은 정리된 거죠?"

"넵. 이대로 다른 특이사항 없이 진행하겠습니다."

T1 Stars의 가장 큰 회의실, 실무진들은 월요일 아침 전체 회의에

참석해 바쁘게 이야기를 나눴다. 정확히는 이사들이 한마디씩 할 때마다 고개를 끄덕이며 그럴싸한 답변을 하고 시간이 빨리 흐르길 기대하는 시간.

"최대한 우리가 러닝타임보다도 시간대 확보하는 쪽으로 가야지. 안 그래?"

"네네, 그렇죠…."

이번 주의 주제는 공중파로 송출되는 이번 테스타 콘서트의 탈을 쓴 기획사 콘서트 버전 2의 기획에 관한 이야기다. 그리고 채용에 대한 이야기도 잠깐 나왔다 사라졌지만… 아무튼.

다년의 경험으로 눈깔은 초롱초롱히 하면서도 지루함에 미칠 것 같은 한 홍보실 직원은 문득 생각했다.

'그러고 보니 왜 이걸 Tnet이 아니라 공중파랑 하지?'

이런 중계권은 말만 나오면 아득바득 그쪽에서 뜯어 갔었는데 말이다. 직원은 딱히 적당한 대답이 떠오르지 않아 더 의아해졌지만, 곧 지웠다. 알게 뭐람. 자신이야 월급만 받으면 그만이었다.

"수고하셨습니다~"

"다들 이번 주는 좀 더 신경 써서 합시다, 부탁해요."

매번 듣는 소리 들으며 회의실에서 눈에 띄지 않게 조용히 나오면, 그제야 비슷한 직급 사람들과 복도를 걸으며 숙덕거리는 것이다.

"그럼 이제 스페이서 쪽이 라인 타는 거죠?"

"아무래도 그렇지 않을까요?"

승진과 부서 간, 팀 간 알력에 대한 가십.

"레이블 뭐 T1이 밀어준다 어쩐다 이야기 많더니 솔직히 어떻게 될지 모르겠다는 생각도 들고…."

"아, 그래도 오르빗 쪽 사람들 얼굴 괜찮던데."

"맞아! 직장이 거기서 거기 아니냐고 하는 것부터 솔직히 티 나지 않아요? 보통 무조건 죽겠다고 해야 정상인데~"

속칭 테스타의 레이블, '오르빗' 쪽 사람들을 만날 때마다 낯빛이 괜찮고 여유가 있어 뵈는 걸 떠올리며 직원들의 입이 바빠졌다. '기획이 재밌다', '자율성이 높다', '아티스트 성격이 괜찮다더라' 등 전형적인 좋은 직장 이야기도 있지만, 이대로 외딴 섬이 돼서 커리어가 침몰하지 않겠냐는 악의 섞인 걱정도 있다. 아무래도 지금 회사 돌아가는 꼴이 복잡하니까.

'누가 어떻게 뜨고 뭐가 망할지 모른다는 거지.'

지금 가장 잘나가기 시작한 테스타 대신 새 그룹을 미는 것도 마찬가지지 않은가? 아, 엔터 사업이여!

자리에 앉아서도 메신저로 이어서 그런 이야기를 주고받는다.

-저 시키도 얼굴 좋은데용——

-악 개시러ㅋㅋ

매니지먼트실 실장이 지나가자 한 말이다. 테스타 전담팀 관련 건수로 쭉 입지 잡은 저놈은 여전히 뺀질뺀질 얼굴이 좋다.

직원은 무심코 생각했다. 아마 테스타도 그렇지 않을까?

'그래 뭐, 돈도 많이 벌었고… 투어 정산금 장난 아니라잖아.'

좀 뜸하게 컴백하면 오히려 좋을지도 몰랐다. 투어하면 공연 안 하는 평일에는 놀러도 다닐 수 있다고 하니까. 뭐가 됐든 자신보다 팔자가 좋은 건 확실했다. 그러니까 자신은 돈 받는 만큼 일이나 하도록 하자. 돈 받는 만큼만!

직원은 스페이서의 언론 배포용 자료를 다시 한번 체크해 다듬었다. 그맘때쯤 한 이사가 갑자기 급한 구두 보고를 받고, 곧 흥분 상태로 긴급회의를 모집한다는 것은 꿈에도 모른 채로.

그리고 그 모든 불확실 요소가 어떻게 흘러가든, '테스타 콘서트' 기획은 성공적으로 실현되어 그 방송일이 착실히 다가오기 시작했다.

"나 여기 돌 때 랜딩 괜찮아?"
"응응. 근데 팔 조심하자."
〈아주사〉 출신 테스타의 바로 다음 시즌 후배, 미리내는 한창 열심히 방송 무대를 준비 중이었다. 비록 그게 선배인 테스타의 콘서트 실황의 보조무대더라도 말이다.

물론 찝찝하긴 했다.
'우리가 이런 데에 낄 타이밍은 지나지 않았나?'
건방을 떨려는 것이 아니라, 상식적으로 그렇지 않냐는 말이다. 미리내가 전혀 자리 잡지 못한 신인 아이돌도 아니고, 성별 다른 선배 공연에 버스 타는 모양새는 아무리 생각해도 역효과였다.
'그래도 스페이서는 이득 보려나.'

바보도 아니고, 소속사가 무슨 그림을 그리는지 아이돌들도 알았다. 약간 착잡하게 생각하며 미리내의 멤버는 독무를 소화했다.

"후!"

인기부터 비주얼 이미지까지 사실상 센터인 율기만큼은 아니더라도, 메인댄서로서 분량 받은 만큼은 해야 하지 않겠는가.

그리고 본인처럼 분량이 꽤 많은 멤버가 바로 옆에서 진지한 얼굴로 패드를 들여다보고 있었다. 바로 〈아주사〉에서 2위로 데뷔한 박민하다. 딱히 리더가 없는 그룹에서 거의 리더 역할을 해주고 있어 고맙고 좀 안쓰럽기도 한 멤버였다.

하지만 최근 들어 움직임이 좀 이상했다.

'…민하야 혹시 연애하니?'

스마트폰을 들고 자주 안절부절못하거나 결심한 얼굴로 몰래 빠져나가는 것을 본 것이 며칠 전이었다. 결정적으로 박민하가 숙소 화장실에서 몰래 매니저의 스마트폰으로 통화하던 것도 본의 아니게 들었다.

-저기, 선배님.

그리고 좁은 타일 벽에 울리는 것은 분명… 듣기 좋게 차분한 미성의 남자 목소리였다.

-괜찮아요.

누군지도 알았다.

'박문대…….'

테스타 메인보컬. AKA 문댕댕.

"오케이!"

멤버는 발을 멈추고 이마를 훔쳤다.

솔직히, 또래 이성으로서 연애 감정이 생긴다고 해도 이해는 됐다. 잘생겼으니까. 애초에 테스타가 전체적으로 말도 안 되게 평균값이 좋았다.

'사기야.'

두근거림보단 같은 서바이벌 출신으로서의 위기의식이 더 경종을 울렸다. 망했…… 망하는 것까진 아니지만 우리가 더 잘나갔으면 좋겠다.

미리내 멤버는 음울히 생각하며 연습을 마쳤다.

"우리 민하 물 줄까? 물 마실래?"

"아, 괜찮아. 언니."

그리고 정율기와 박민하의 대화를 들으며, 이어폰을 꽂고 거울 벽에 기대앉았을 때였다.

"저기, 하린아."

"응?"

옆에 앉은 박민하가 말을 걸었다. 그런데 표정이 좀 이상하다.

뭔가… 결심한 느낌인데?

"혹시 조금 위험해도…… 아니다."

"…??"

"아니, 별 거 아니야. 내가 착각했나 봐!"

조금 위험해도… 뭐?

'너 설마 위험을 무릅쓸 만큼 좋은 사람이 있어서 소개시켜 주겠다

는 소리는 아니었겠지?'

슬금슬금 불안감이 올라왔지만 무시했다. 자신이 지금까지 봐온 박민하는 누굴 소개해 주느니 같은 소리를 하는 쪽이 아니라 그런 멤버가 혹시 나오지 않나 걱정하는 쪽이었다.

'그래도 한번 떠보자.'

멤버는 눈을 굴리며 입을 열었다.

"민하야, 나 그냥 물어보는 건데…. 너 혹시 그… 선배님이랑 좀 분위기 타고 그런 거야?"

"어어? 누구?"

멤버는 속삭였다.

'박문대.'

명실상부 1군 남자 아이돌! 그리고 박민하는….

"아니."

정색했다.

"어디서 절대 그런 이야기 하지 마. 절대 아니야. 있을 수 없어."

랩 하는 줄 알았다.

"어, 알았어…."

정말 아닌가 보다. 지옥에서 기어 올라온 귀신이랑 사귄다는 말이라도 들은 것처럼 구는 박민하를 보며 멤버는 떨떠름히 납득했다.

'그러면 그 통화는 대체 뭐였던 거지?'

되게 텐션 있게 분위기 좋지 않았나 싶은데 말이다. 멤버, 성하린은 어깨를 으쓱하며 연습을 계속했다.

'…신곡 연습은 안 하나.'

기약 없이 미뤄져 요즘은 말도 나오지 않는, 새 앨범의 타이틀 안무를 생각하면서.

그리고 며칠 뒤, 간만에 연습이나 행사가 아닌 스케줄이 잡혔다.
"이거 뭐예요?"
"아, 화보 겸 광고 그런 거."
아무래도 패션 매거진 쪽 일인 것 같았다.
'그런 것치곤 묘하게 태가 별로인 것 같은데?'
미리내 멤버는 날카롭게 자신의 옷감과 선을 확인했지만 어쨌든 간에 일은 일이다. 내가 화보는 또 한 컷 찍지. 그렇게 생각하면서 촬영장에 들어섰을 때였다.
"어, 테스타 선배님이다."
"…!"
슬슬 촬영을 마치고 떠날 채비를 하던 테스타를 만났다. 아마 바로 앞 타임에 여기서 촬영이 잡혀 있었나 보다.
"안녕하십니까."
"안녕하세요!"
'오.'
이쪽도 옷은 애매한데 옷걸이와 얼굴이 좋으니 태가 좋았다.
'와 진짜 어떻게 관리하는지 궁금하다.'
멤버는 직각 인사를 하고 스쳐 지나가는 김래빈을 보며 무심코 생각하다가, 그가 자신과 유사한 의상을 입었다는 것을 깨달았다. 그리고 탄식했다.

'설마 또 광고 같이하는 거야?'

데뷔 초에 했던 모 스마트 기기 광고와 온갖 조롱을 떠올리자 멘탈이 흔들릴 뻔했지만, 다년간의 경험으로 참았다. 나만 잘하면 된다!

"잠깐 대기하고요."

"네~"

미리내는 군소리 없이 한편에 마련된 대기 장소로 이동했다.

"의상 핏 좀 한 번만 더 잡을게요~"

"네네!"

그런데 첫 순서인 정율기가 일어나서 신나게 준비하러 떠난 순간… 박민하가 조심스럽게 뒷문으로 나갔다. 마치 몰래몰래 누굴 만나기라도 하는 듯이.

"……?"

잠깐, 이 촬영장에 몰래 만날 만한 사람이면… 아니, 그룹이면 사실 하나만 딱 떠오르지 않는가.

'이거… 너무 시그널 아니야?'

설마, 설마! 성하린은 자신도 모르게 슬쩍 박민하를 쫓아 나갔다. 혹시 모를 대참사를 막기 위해서. …그리고 정말로 목격해 버렸다.

복도에 서 있는 박민하와 박문대 두 사람을!

"…!"

야 이것들이… 그러고 보니 동성동본이지 않나? 아, 아냐. 진정하자. 멤버는 놀란 눈을 돌리며 침착히 상황을 파악했다. 좀 가깝게 서긴 했지만 일단 신체 접촉은 없다. 그래도 묘한 그 긴장감이 있는데?

대화에 귀를 기울여 보면….

"선배님 설마 지금 이게 지난번에 말씀하신…."
"예. 그런데 이런 방식일 줄은 저도 몰라서요."
"…알겠습니다!"
…이야기만 들어서는 썸은커녕 무슨 작당 모의하는 비밀 요원 같은데? 성하린은 동공을 떨었으나, 곧 한숨을 쉬며 복도에서 떨어졌다.
'에라, 모르겠다.'
아무튼 허튼짓할 애는 아니니까 자신도 이쯤 하는 게 좋을 것 같았다. 지금도 조금 선 넘은 것 같았고 말이다.
'민하한테 꼬치꼬치 캐묻는 것도 좀 그렇지.'
나는 그냥 아이돌 생활이나 열심히 해야겠다. 그녀는 그렇게 생각하면서 대기실로 복귀해 무사히 촬영이나 진행했다. 틈틈이 모니터링을 해보니 다행히 사진은 예쁘게 잘 나올 것 같았다.
'이런 날은 이거지!'
그녀는 자연스럽게 SNS에 접속했다.

오늘의 하린이 받아랏 (불타는 이모티콘)

화보에서 사용한 옷은 상반신 살짝 나오는 정도로 올리면 문제없다고 이미 허락도 받았…….
옷?
'잠깐, 잠깐!'

불길한 예감에 그녀는 잠시 업로드를 멈췄다. 그리고 어떤 계정을 검색해서 최신순으로 확인하니⋯ 역시나!

덥지만 참는 중 (눈 돌리는 이모티콘) (불타는 이모티콘)
(사진)

'으아윽!'
바로 테스타의 SNS였다. 개구지게 웃는 이세진과 차유진, 그리고 이해할 수 없다는 눈으로 쳐다보는 박문대의 순간 포착이 적당히 유머러스하고 색감 좋게 떡 올라왔다.
'먼저 촬영해서 먼저 올렸구나!'
하필 구도도 비슷했다. 비슷한 의상, 액세서리, 배경에 똑같은 이모티콘? 이건 논란 예약 감이었다. 아무리 스케줄이 겹친 거라서 나중에 해명될 거라지만 한순간이라도 연애설이나 관종으로 몰릴 순 없었다.
'아, 진짜 짜증 나네!'
위튜브의 지긋지긋한 루머 양성 렉카들을 떠올리며 미리내 멤버는 이를 갈면서 자신이 올리려던 SNS를 지웠다.
'뜨고 말 테다⋯!'
테스타보다 음원이 잘 나오는 아이돌이 되어서 혹시 연애설 루머가 나도 내가 아깝단 소리를 듣고 말 테다. 자신이 느끼기에도 실현 가능성이 까마득해 보였지만 야망은 원래 불태워서 의미가 있는 것 아니겠는가!

그러다가 문득, 자신도 후배가 있다는 생각이 들었지만.

'…걔네도 이거 찍으려나?'

같이 일하던 언니, 오빠들을 쭉 빼간 그 새로운 여자 그룹이 말이다. 성하린은 잠시 머뭇거리다가, 굳이 더 생각하지 않기로 했다.

'연습이나 하자.'

그런 건 마음대로 할 수 없는 일이니까. 차라리 할 수 있는 일에서라도 최선을 다하는 게 나았다.

그리고 성하린의 다소 우울한 추측은 며칠 후, 기사를 통해 사실이었다는 것이 밝혀진다.

[<T1-Stars>X<터슬에이> 공동 라인 런칭]
[서바이벌 명가 Tnet의 아이돌, 브랜드 의류로 다시 태어나다... '터슬에이'의 혁신적 시도]

화려한 미사여구가 넘치는 언론의 보도와 함께.
이야기를 요약하자면 이거였다.

-T1 Stars가 의류 브랜드와 콜라보 라인 런칭! 자사 아이돌들이 전속 모델. 직접 디자인에도 참여하는 걸 고려 중.

'아, 역시.'

이 소속사가 자체적으로 해서 구렸구나.

성하린은 고개를 끄덕였다. 그리고 거기서 생각을 끝내, 신인 그룹의 화보 컷을 굳이 클릭하거나 댓글을 탐색해 감정 낭비를 하지 않기로 했다. 그래서 몰랐다.

[이거 봤어? 티원 아이돌 옷 (12)]
[돈에 미친 새끼들인 줄은 알았지만 진짜 별짓을 다하는… (7)]
[김래빈 디자인 시켜줘 (8)]
[근데 난 좋은 듯 굿즈 좋아해서ㅋㅋㅋ (3)]

이렇게 이어지던, 떨떠름하면서도 적당 적당한 반응들이… 어떤 글을 기점으로 상당히 바뀌었다는 것을 말이다.

[이거 기사 내용 좀 이상한데 (534)]

그래서 얼마 후 테스타 콘서트 방송 당일.

[아이돌만 입을 수 있는 옷, 이토록 노골적인 패션의 계급화]

이런 기사들이 쏟아지기 시작했을 때.

["플래티넘 등급은 너희가 입을 수 있는 게 아니야"… Tnet의 서바이벌이 우리에게 미친 영향]
[T1 Stars 팬들의 보이콧 시작… <터슬에이>의 실수?]

생방송을 위한 대기 중 백스테이지에서 미리내 멤버는 소란스러움에 약간 당황했다.
'와, 난리네.'
매니저까지 전화 받고 뛰어갔다. 소속사에 불매운동이 들어가는 거야 으레 있는 일이라는 걸 그녀도 알았지만 왠지 분위기가 심상치 않았다.
'뭐지?'
사실 이 기사들은 갑자기 올라오기 시작한 것은 아니었다. SNS 등지에서부터 한바탕 난리가 나고 위튜브에서까지 떡밥을 물어 용암처럼 끓고 있던 것이 드디어 튀어나온 것을, 며칠 인터넷을 끊은 그녀는 몰랐다.
"아…. 음."
"자자, 무대 집중!"
그리고 대충 분위기 봐서는 소속사가 욕먹지 우리가 욕먹는 건 아닌 것 같으니 얼른 분위기 바꾸는 멤버들 사이.
그녀는 보았다. 박민하가 식은땀을 흘리며 삐걱거리는 것을.
"…?"
리더의 중압감…?
"민하야, 너 놀랐어? 왜 그래."
"…아니. 어, 좀 놀라서!"
박민하는 소스라치게 놀라더니, 곧 굳센 표정을 지었다. 힘찬 병아리 같은 모습은 그리 치명적인 위험 상황 같진 않아 보였다.
'괜찮은 것 같은데?'
"여기 메이크업 살짝 수정만."

"네네."
박민하의 식은땀이 지나간 자리를 손보기 위해 스타일리스트가 들어왔다. 그리고 그때.
"여기 조명 좀 부탁드립니다."
"예, 예."
테스타 박문대. 그가 스탭과 대화를 나누며 복도를 지나가는 게 열린 대기실 문 사이로 살짝 보였다. …그리고 성하린은 보았다.
체크하듯 잠깐 박민하를 보고 가는 시선을.
"…!"
스치듯 가벼운 시선이었으나, 성하린은 충격으로 살짝 굳었다.
'저 사람, 우… 웃지 않았나 방금?'
오해가 다시 깊어졌다.

"소란하네."
"그러게요."
미리 녹화된 콘서트 무대 뒤, 방송용 특별 무대를 위해 대기하는 도중에 드디어 폭탄이 터졌다.
물론 스탭들이야 여전히 일사불란하고 별문제 없다만, 회사 관계자들 동태에 분명 드러난다. 스마트폰 없이 무대 바로 뒤에서 대기 중인 우리야 뭐 확인할 방법은 없지만.
"음~ 무슨 기사가 좀 뜨나 봐요."

큰세진의 말에 김래빈이 손을 들었다.

"혹시 무대를 수정해야 하는 종류의 문제일 가능성을 염두에 두어야 합니까?"

당장 필요한 질문이었다. 그리고···.

"아니."

류청우가 산뜻할 정도로 단정 지었다.

"원래 하려던 대로 잘하고 오면 돼."

놈들 사이로 미소가 번진다.

"좋네."

"알겠습니다!"

스탠바이 사인이 들어왔을 때.

"형, 잘해요!"

차유진이 선아현의 등을 쳤다. 맞은 녀석은 좀 놀란 얼굴이었으나, 곧 단단하게 대답했다.

"알았어."

그놈의 망할 시스템 가상현실이 사람 피곤하게 만들긴 했지만, 현실로 돌아왔을 때 좋은 점이 아예 없었던 건 아니다.

'가령.'

저놈이 습득한 수년간의 전문 발레리노 경험.

"시청자분들 진짜 놀라시겠네."

그리고 소속사가 뒤집어지든 말든, 12분 뒤 온에어.

선아현이 인트로 독무를 시작했다.

김래빈의 팬은 여느 때처럼 테스타의 동향을 체크 중이었다. 겨우 직캠이나 좀 나오는 투어를 떡밥이라고 부르는 걸 개소리로 취급하는 그녀였지만 이번에는 제법 기대했다.
'방송으로 나오면 떡밥 인정이지.'
문제는 막상 뚜껑 열어 보니 '테스타의 콘서트'만 내용물이 아니라는 거였지만!

[스페이서 - To the World]

'끼워팔기 오지네 진짜.'
그녀는 쌍욕을 참으며 오랜만에 TV로 공중파를 보고 있었다.

[Make some noise!]

오프닝과 초반 몇 무대는 진짜 콘서트 실황이었으나, 중간에 VCR과 콘서트 이벤트성 무대가 들어갈 자리에 타 그룹이 튀어나오는 건 사람을 빡치게 만들었다.
특히 이따위로 말하고 다니는 팬을 가진 새끼들이라면!

-퇴스타.. 착착 붙네

-티홀릭처럼 예능돌 하실 듯ㅎㅎ 어리고 잘생긴 갓기 우주둥이들이 아이돌 할 동안 만담하세용
-대중성이라고 부르고 이미지 소모라고 읽는다 주어 없음

'미친 새끼들!'
그쪽도 하도 욕을 먹다 보니 궁지에 몰린 쥐가 고양이를 물 듯 공격적인 의견이 송곳처럼 튀어나오는 것이었으나, 어쨌든 보이는 건 송곳이다. 물론 자신은 이를 갈며 최대한 쿨하게 반박했지만.

-오 망돌을 아득바득 라이징이라고 우기면서 갓기 1군을 퇴물이라고 부르는 진귀한 현장

애초에 서바이벌 그룹이라 진성 서바이벌 성애자를 제외하면 '같은 소속사니 후배도 내리사랑' 같은 건 없는 것이다. 테스타는 레이블도 세우고 나왔으니 서로 남 보듯 하면 좋을 텐데, 소속사가 최근 몇 달간 환승 유도가 특히 심했다.
그리고 지금 그 소정의 결과물이 있다.

-오
-꽤 하네
-무대 재밌는데 왜 지랄이지ㅋㅋ

"X발…!"

스페이서의 게스트 무대에 달린 일반 대중들의 관심과 호의적 반응! 팬들도 노골적으로 비난하지 못한다. 공중파 밤 11시 무대라 팬 아닌 사람도 드글거리고 있었으니까.

'소속사가 푼 알바도 있을 거야.'

그렇게 생각하지 않으면 열 받아서 견딜 수가 없었다. …문제가 그것만이 아니기도 했고.

-티원 아이돌도 불매해야하는 거 아닌가?
-공론화하고선 이렇게 소비하면 스스로 부끄럽지도 않나?ㅋㅋ

페이지에 하나꼴로 보이는 수준의 저 어그로들. '피해자 탓 오지네' 따위의 대댓글을 맹렬히 달면서도, 김래빈의 팬은 중얼거렸다.

'잘해라.'

언제나 중요한 시기마다 잘하는 놈들이었지만, 이번에는 정말 잘해야 했다. 특히 지금 같은 상황에서는.

[---]

화면이 바뀌고, 드디어 다시 이 공연 타이틀의 주인이 등장했다. 열기에 가득 찬 콘서트장이 아닌 고요한 무대 위로 조명이 바뀐다.

탁.

하얗고 창백한 조명. 달빛 같은 색이 무대를 비추며 마치 수면처럼 은은히 빛낸다.

그리고 등장하는 것은 댄서.

발레리노.

고요한 침묵을 가르고, 고전적인 검은 포엣 셔츠 위 하얀 가면으로 얼굴을 가린 늘씬한 무용수가 독무를 시작했다. 한동안 들어본 적 없지만 팬들에겐 친숙한 멜로디에 맞춰서.

(고요해 이제는
노래도 꿈도
다 잊어)

테스타의 정규 1집 타이틀이었던 〈자정, 그리고 다음〉의 우아한 첼로 멜로디가 피아노와 현악기들을 타고 스피커를 채웠다.

(여긴 자정,
너의 Midnight)

가사는 없지만 가사가 들리는 것 같다. 예술 공연에 가까운, 소름 끼치는 퀄리티의 움직임과 표현력은 기존 안무와 고전 발레 사이에서 절묘한 밸런스를 잡았다.

그래, 다 좋은데 말이다.

'…근데 테스타는?'

아니, 이젠 설마 발레리노까지 끼워 파냐? Tnet에서 발레 서바이벌까지 하냐고. 순간 홀린 듯이 입을 벌리고 보던 김래빈의 팬이 결국 울분을 터뜨릴 때쯤, 우아하게 무대 외각에 선 발레리노가 천천히 몸 선을 가다듬으며 음악이 끝난다.

그리고 검은 소매 위 하얀 손이 가면을 벗….

[Midnight Intro - 선아현(TeSTAR)]

-????
-어헐
-선아현?
-찐 발레리노인줄
-아현인데

"…??"
이, 이게 뭐야. 김래빈의 팬은 눈알이 튀어나오는 줄 알았다.
하지만 실제 상황이었다. 합성이 아니라면 방금 화면에서 나왔던 발레리노가 선아현이라는 건데?
"……."
다시 확인해도 맞다. 심지어 이게 생… 생방송이라고?
그녀는 아까 가면 쓴 발레리노의 몸을 떠올리며 다시 웅장한 오케스트라가 흐르는 화면 속, 앞머리를 넘긴 선아현을 보았다.
'…다시 보니 확실히 선아현 몸이 맞긴 한데.'

자신이야 선아현을 썩 좋아하지 않아서 몰랐다고 쳐도, 선아현의 팬들도 혹시 하면서도 굳이 떠들지 않은 이유가 있었을 것이다. 상식적으로 불가능한 수준이었으니까! 문외한이 봐도 전문 발레 공연이 따로 없었단 말이다.
'이걸 언제 연습한 거지?'
아니, 이게 짧게 연습한다고 할 수 있는 건가? 선아현이 아무리 현대무용 전공이라도 발레는 어릴 때 잠깐 배웠다며!
"아!"
그 순간, 번개처럼 스치는 카더라가 있었다. 투어가 시작되자 선아현뿐만 아니라 테스타 전체를 대상으로 돌던 말!

-애들 분위기 좀 달라진 것 같았음 좋은 쪽으로.. 무대에 밀도가 더 생긴 것 같다고 해야하나 아무튼 이번 투어 꼭 직접 보는 걸 추천
-직캠으로 전달 안 되는 미묘한 변화가 확실히 있습니다
-진짜 애들 캠핑 가서 폭포 수련이라도 한 건가 뭐지?ㅋㅋㅋㅋ

자기들은 표 있다고 뽕 차서 자기들끼리 맞장구치면서 상대적 박탈감이나 조장하는 줄 알았는데, 아무래도 애들이 진짜 무슨 각성 상태에 들어간 모양이다.
'그 뭐야, 운동선수들도 그런 사람 있다며.'

-와 미친 장고 X끼 폼 지렸고~
-야 닥쳐!

김래빈의 팬은 자신의 남동생과 했던 소통… 은 아닌 말싸움을 떠올리며 내심 고개를 끄덕였다. 아주 기껍다.
'이 그룹 누구든 일단 잘해야지. 못 하면 죽는다 진짜.'
아무도 의도하지 않았으나, 외부의 적이 만든 테스타 내부 개인 팬덤들의 단결 효과였다.

물론 이 상황은 그녀가 생각하는 것 같은 케이스는 아니었으나, 일부 비슷한 부분도 있긴 했다.
각성 상태 같다는 느낌이.
'후우.'
무대 위. 선아현은 고개를 들고 발걸음을 옮겼다. 그 실루엣을 불이 들어온 카메라가 따라온다.
그는 냉철히 평가했다. 방금 퍼포먼스는 양호했다. 물론 몸이 달라졌기 때문에 어려운 기술과 디테일은 잡을 수 없다. 한계는 있으나 그래도,
'이것도… 재밌어.'
새롭게 얻은 지식과 경험이 무대의 고양감을 부추겼다.
그리고 무대 위로 효과와 함께 등장하는, 자신과 비슷한 차림의 멤버들.

[Welcome]

선아현은 희미한 웃음과 함께 그 대형에 합류했다.

이어지는 것은 테스타의 또 다른 예전 히트 타이틀 〈부름(Nightmare)〉.
오케스트라로 편곡되어 좀 더 깊어진 단조의 끈적한 곡이 울렸다.

[Call-it
지금 불러봐 그 이름
꿀처럼 달라붙어 떨어지지 않을]

이번 투어에서는 메들리에만 살짝 등장했던 이 퇴폐적인 곡이 특별 무대로 편성된 것이다.
그리고 언제나 그렇듯이, 자극적인 섹시 컨셉은 강렬했다. 이 무대를 위해서 헤어를 일시적으로 바꾼 멤버도 많았기에 반응은 더 뜨거웠다. 김래빈의 팬도 열심히 글을 올릴 정도로.

-김래빈 시크릿투톤임??? 미친 이딴 걸 소화하는 남돌이 존재한다는 게 믿기지 않는다

게다가 방송을 위해 특별히 준비한 마무리 멘트까지.

[긴 시간 콘서트를 함께 즐겨주셔서 감사합니다. 드디어 마지막 무대만을 남겨놓고 있는데요.]

-어?
-선아현 말 왜이렇게 잘함

-뭐야 개멋있어

선아현이 전에 없이 부드럽고 또렷한 발음으로 진행 카드를 잡으며 한 번 더 반응이 폭발했다.

[그러면 지금, 〈약속〉 들려드리겠습니다.]

그렇게 테스타의 콘서트 중계는 성공적으로 끝났다. 단순히 무대를 무척 잘한 것 이상의 의외성과 특이점 덕에 이목을 끈 덕이었다.
하지만 도리어 그 이유 때문에, 소속사에 일어난 '논란'은 더 커졌다.

콘서트 실황 스케줄이 끝난 후 귀가한 뒤.

[테스타 콘서트에 나온 이 의상, 당신은 살 수 없다. (정진일보 톡톡 공감)]

"음, 기사가 점점 세지는 것 같은데?"
"아이고, 우리 콘서트 이야기로 잘 연결하셨네요."
"흐음."
"…그렇단 말이지."
왜 날 그런 표정으로 보는지는 모르겠다만, 내가 한 건 아니다.
'그냥 바람만 넣은 거지.'

매니지먼트실 실장에게 이른 명절 선물을 보내는 척하며 소속사의 윗분들 생각을 얻어듣는 것으로 시작했을 뿐이다.

"뻔한 결과인데요."

나는 어깨를 으쓱하고 물기를 닦았다. 씻고 나온 몸이 개운했다.

씻으면 개운한 게 당연한 것처럼, 사실 이건 누가 손 안 대면 필연적으로 망할 수밖에 없었다. 소속사가 키우라는 아이돌은 안 키우고 딴 짓이나 했으니까.

-근본 없는 소속사인 T1 Stars의 의류 사업 콜라보.

그래도 사실 〈127 Section〉 같은 게임과 콜라보했던 것을 떠올리면 이 정도는 양호했다. 아이돌들은 워낙 의류 광고를 많이 찍기도 하니까. 문제는… 회사가 아예 '매출의 다각화'를 꿈꾸며 무모한 짓을 했다는 점이다.

이 콜라보를 많이 키웠거든.

-와, '브론즈부터 플래티넘까지. 부담 없는 저가부터 특별한 프리미엄까지 다양한 선택지?'

-등급에 따라 디자인과 옷감의 질 차이가 심한 것 같습니다….

일단 디자인을 어떻게든 쪼개서 여러 라인을 만들었는데, 〈아주사〉의 등급에서 라인 명칭을 직접 따온 모양이다. 프로그램 쪽에 로열티까지 주면서 이 짓을 했다고 한다.

'장삿속이지 뭐.'

그래도 이것만 발표되었으면 감각 없고 올드하다, 순 날강도 새끼들이라며 욕먹고 말았겠지.

문제는 다음부터다.

-'아이돌이 직접 만든 티셔츠', 특정 상품은 멤버쉽 가입자만 구매 가능.

일단 행간에서 한 번 더 수금하고 싶은 마음을 드러내서 팬들 심기를 지극히 불편하게 했다. 그래도 이것도 어떻게든 수습이 됐을 것이다. …다음 언플만 아니었다면.

-테스타, 미리내가 입은 '플래티넘' 옷?
-'플래티넘' 등급은 가장 아름다운 이미지를 선사하기 위해 착용한 아이돌의 한 사이즈로만 제작되며….

이 미친놈들이 플래티넘 등급의 옷은 '아이돌이 실착용할 수 있는 사이즈'만 판다고 언론에 올리지만 않았어도 말이다.

뭘 노린 건지는 알겠다. 아마 '실착용'이라는 느낌을 강하게 넣어서 팬들의 소장욕을 부추기고 싶었나 본데, X된 거다. 굿즈와 의류의 차이점을 인식하지 못한 결과는 이렇게 다가왔다.

-미친 거 아닌가
-지금 아이돌들 평면 화면으로 송출되느라 다 극한으로 관리한 상태임 근

데 '가장 아름다운 사이즈만' 이지랄ㅋㅋㅋㅋㅋㅋ
-그 돈 주고 사서 옷에 맞게 몸을 맞추라는 거냐 아님 뭐 모셔놓고 살라고?

그 와중에 '실착용 인증 샷 이벤트를 기획하고 있다'라는 관계자 인터뷰까지 발굴되며 완전히… 여론은 나락으로 처박혔다.

-예예 아이돌 몸 가진 사람만 입으라는 사인 잘 알아들었습니다
-매장 가면 아래위 스캔 당하고 못 사게 할 듯 트라우마 ON
-이러고 런칭하면 왠지 얼굴도 볼 것 같지 않냐 입구 컷 당하는 내 모습..

반감만 더럽게 산 것이다.
'바본가.'
사실 어떻게 생각하면 '아이돌 같은 사람만 입을 수 있다'는 걸 차별화 전략으로 삼아서 비윤리적으로 돈 쓸어모을 각도 보이는데 말이다. 그 사람 심리를 정확히 못 찔러서 역으로 치명상이나 입은 것이다.
'급 나누는 걸로 이득 보고 싶으면 더 교묘하게 했어야지.'
Tnet표 서바이벌이 왜 욕을 먹으면서도 계속 사람들을 보게 만드는가. 자극적이고, 세련되고, 스스로 희화화하면서 컨텐츠적인 매력을 만들었기 때문이다.
'그런데 이 새끼들은?'
이 회사에는 그런 걸 할 놈이 별로 없다. 우리가 레이블 만들면서 싹 쓸어갔기 때문이다. 그리고 있는 사람들도 다 실무진에 있는데, 이 사업은 누가 했다? 포트폴리오와 수익 나눠 먹으려고 윗분들이 적극적

으로 계약 체결하셨다. 그러므로….
'약속된 결과가 왔지.'
박살 난 것이다.
"그래?"
그렇다.
"그것뿐이야?"
나는 결백하다. 문맥 잡아서 익명 글 하나 올린 것뿐이다.

-플래티넘급, <아주사>에서 나와서 다 아는 최고급이란 뜻의 라인을 아이돌 원 사이즈만…
-세상에는 다양한 매력을 가진 다양한 체구의 사람이 있는데.

"그거 선동이잖아!"
"아니요. 기사 내용 그대로 적었습니다."
"…확실해?"
"네."
혹시 몰라서 VPN까지 쓰면서 적었다. 걸릴 일은 없다.
뭐, 원래 비전을 가지고 소속사 출범한 새끼들이 아니라 뜯어먹으려는 놈들만 윗선에 있다 보니, 사실 예정된 재앙을 좀 끌어당긴 것뿐이다.
"…그리고, 우리가 콘서트 실황에서 입은 의상도 원래 여기서 '플래티넘' 등급으로 팔려고 한 거죠."
"이야, 우리 소속사도 대단하다 진짜."
"그래서 이런 기사가 많이 뜬 거였군요…."

덕분에 콘서트 실황 방송이 잘된 만큼 더 장작이 되어 어그로가 끌린 모양이다. 그럼 소속사에 엮인 우리도 타격을 입냐고?
'순간적으론 좀 입긴 했을지도 모르지.'
아무래도 이 소속사 간판이니까.

-테스타도 결국 이걸 동의해서 나오는 거 아닌가
ㄴㅂㅅ 걔들이 알기나 했겠냐?

하지만 영향을 발휘할 만큼 오래 가진 않을 것이다. 이렇게까지 문제가 커지면 본사가 나서기 때문이다.
"음, 주가에 영향을 주면 안 되니까?"
"아마도 그렇겠지."
게다가 본사인 T1 엔터테인먼트 입장에서야 자기 밑의 소속사는 소속사 역할만 하면 된다. 다른 사업은 다른 계열사로 하면 그만이니까. 부가 사업이 그렇게 아쉬운 건 윗대가리들뿐이었다는 거지. 그렇다면 이 소속사 윗대가리들과 달리 이쪽 사업에 빠삭한 T1 엔터테인먼트 전문가들이 어떻게 하겠는가?
원래 있던 브랜드 상품의 가치라도 보존하려고 든다. 바로 잘 팔리는 자사 아이돌.
"벌써 수습 기사 뜨네요."
나는 뉴스 페이지를 갱신하다가 본사의 움직임을 발견했다. 아마도 준비하면서 간 보고 있다가, 콘서트 끝나자마자 반응 확인하고 푼 것 같다.

[T1 Stars의 독단적 행보, 아티스트들의 당혹스러움]
[터슬에이, "계약 사실 무근... 논의 단계였다."]

모든 건 소속사의 노답 경영진이 설친 것으로 정리되는 것이다. 잘못을 저지른 놈들이 대가를 전부 치르는 아름다운 광경이지. 그렇게 이 소속사 이사진은 본사로부터 손절된다.
'한둘은 자리보전 못 하겠군.'
그리고 이 악재를 빠르게 덮기 위해서, 마찬가지로 주력 종목으로 이벤트를 벌이지 않겠는가.
류청우가 씩 웃었다.
"그 말뜻은?"
"예."
나도 웃었다.
"앨범 내주는 거죠."
"오오오오!"
약속된 전개였다.
"성적 잘 나오는 팀 우선으로 내줄 겁니다. 좋은 소식으로 덮어야 하니까."
"그러면야…."
배세진이 뒷말을 하지 않았지만, 모두가 깨닫고 싱글벙글 웃는다. 당연히 테스타지.
"그리고 그건! 아현이가 오늘 방송에서 잘해준 덕에 쉬웠죠~"
"맞아, 잘했어요!"

"고마워…!"

이 야밤에 공치사가 거실을 날아다닌다.

'헛짓거리하던 놈들은 망하고… 우리는 앨범 내고. 분위기 괜찮군.'

그때, 내 전화기가 울린다.

지이이잉.

"혹시, 벌써 전화가 왔어…?"

"설마 티원이야?"

새벽 2시에? 그렇게까지 T1이 발 빠르게 행동할까 싶다만, 나도 약간의 기대가 있다. 그렇게 빠르게 스마트폰으로 시선을 내리다가… 문득 이런 생각이 들었다.

'근데 앨범 이야기면 내가 아니라 류청우한테 전화하는 게 맞지 않나.'

그러게.

아니나 다를까, 앨범 전화가 아니었다.

대신 상상도 한 적 없던 놈이 전화를 걸었다.

"……."

"문대야?"

일단 받았다.

―안녕하세요.

VTIC의 목소리였다. …근데, 한 번도 전화한 적 없던 놈이다.

―잘 지내십니까, 문대 씨.

바로 주단이다. 군대 가는 놈이 웬 새벽에 전화를….

―긴히 제안 드리고 싶은 것이 있습니다만. 이건 누구도 손해 보지 않는 게임이라고 생각합니다.

벌써 끊고 싶어졌다.
'아니.'
사실 현실로 돌아온 뒤 VTIC 놈들과 연락이 아예 끊겼던 것은 아니다.

[VTIC 채율 선배님 : 문대 씨~~]
[VTIC 채율 선배님 : 소원 기억하시죠?ㅎㅎ 소원!]

애초에 이러면서 바로 다음 날 연락이 왔거든. 누가 봐도 '네가 혹시 기억이 없을까 봐 떠보고 있는 건데 우리 사이에 무슨 일이 있었어!'라는 투로 말이다.
'이건 내가 기억을 못 했어도 역으로 추궁했겠는데.'
아무튼, 아예 '위시즈 단톡방'을 만들려는 VTIC 놈들을 간신히 만류한 게 바로 힐링 예능도 찍기 전에 일어난 일이었다.

[VTIC 채율 선배님 : 아 그렇네 위시즈 아니었던 분도 계시니까 소외감 느끼실 수도 있구나ㅠㅠ]
[VTIC 신오 선배님 : 그럼 예전 단톡방에 다 초대하면 되나]
[잠시만요]

하마터면 매일 선배 그룹의 안부 인사에 전 멤버가 답장할 뻔했다. 그 후로는 잠잠해서 별일 없는 줄 알았다. 입대 날짜 잡혔다는 기사 타이틀도 지나가면서 봤으니 이대로 한동안 볼일 없겠구나 싶었고 말이다.

한 놈이 다짜고짜 전화하지만 않았어도 계속 그렇게 생각했겠지. 그것도 이 시간에.

'…뭔 게임?'

새벽 2시에 아이디어 떠올랐다고 후배한테 전화하는 미친 짓은 누구한테 배웠냐.

돌려 묻자 주단에게선 이런 대답이 돌아왔다.

-생방송 촬영이 직전이었으니 당연히 아직 잠자리에 들지 않은 상태셨겠죠. 저도 경우라는 게 있습니다.

"……예."

그런 건 경우가 아니라 추측이라고 부른다. 아무튼, 놈은 할 말을 잇기 시작했다.

-계획이 있습니다. 입대 전에 예고 없이 팬송을 하나 발매해서, 비록 무활동이라도 의미 있는 기념물로 다뤄보자는 제안이었죠.

그러냐? 안 겹치게 내야 하니 스케줄이나 좀 캐내야겠군.

"축하드립니다. 언제 발표하시나요."

-논의 중입니다.

"…?"

그러기엔 시간이 얼마 안 남았을 텐데, 아직도 논의 중이라면….

야, 이거 설마.

"청려 선배가 허락 안 한 건가요."

-…….

"말 안 했죠."

긴 침묵이 흘렀다.

―저희는 어디까지나 같은 그룹의 멤버니, 허락이라는 표현은 조금 부적절한데요.

허락 못 받았구나. 알겠다.

―그리고⋯ 잠깐, 혹시 이 통화가 유출되고 있진 않겠죠?

나는 고개를 돌렸다.

"주단 선배님이셔?"

"네."

"아, 그렇구나. 안부 전해줘."

다들 별로 관심은 없다. 기다리던 앨범 소식이 아니라는 걸 알아버렸기 때문이다. 이미 개인적인 통화 취급을 받고 있다는 것을 알려주자, 주단이 목소리를 낮춰 말한다.

―이미 그 형이 알던 시간선은 끝났습니다. 오랜 세월이 아집이 되어 도리어 판단력이 흐려지는 타이밍도 오지 않겠습니까?

진심이냐? 그 새끼가?

"그럼 직접 이야기해 보시는 건⋯."

―물론 그게 꼭 지금이라는 뜻은 아닙니다.

숨은 쉬고 대답해라. 아무튼, 리더는 어떻게든 본인들이 알아서 설득할 예정이니 테스타에게 부탁하고 싶은 게 있단다.

여기서부터는 스피커폰으로 같이 들었다.

―그래서 부탁하고 싶은 건⋯.

"네네넵."

―바로 자선 콘서트입니다.

"⋯??"

갑자기 앨범에서 불우이웃 돕기로 대화 주제가 뛰었는데.

"참 뜻깊은 생각이십니다!"

아니, 벌써 그러지 말고.

-예. 팬송은 감사와 사랑이 주제인 게 보편적이잖습니까. 그래서 제법 테마의 주파수가 맞는 것 같아서 기획 중인 거죠.

놈의 설명을 요약하자면, 활동 대신 VTIC 주최로 자선 콘서트를 할 생각이라고 한다.

-그리고 이곳에 테스타분들께서 게스트로 나와주셨으면 합니다.

그리고 이건 묘한 데자뷔가 있지.

아니나 다를까, 류청우가 조심스럽게 끼어든다.

"저, 혹시 저번에 문대가 선배님들을 초대했던 자선 콘서트의 연장선입니까?"

-그렇게 서사를 구성하면 더 좋을 것 같아서 드리는 말씀이기도 하죠.

그렇다. 바로 우리가 했던 자선 콘서트에 게스트로 나와줬던 답례. 우리가 VTIC의 회사와 연계해서 첫 자선 콘서트를 했었으니, 게스트로 한 자리 나와줬으면 한다는 것이다.

"오."

"그거 좋은 일이에요! 전 좋아요."

심지어 우리만 부르는 것도 아니고 여러 팀을 부른다고 한다.

'그럼 그냥 큰 행사 느낌이군.'

사실 전에 냉큼 게스트로 불러놓고 우리는 안 된다고 말하기도 뭐한 상황. 자연스럽게 분위기가 일단 승낙으로 잠정 합의가 되려던 순간이었다.

"그러게~ 너무 뜻깊고 멋진 일일 것 같습니다 선배님! 그래도 저희 회사 이야기도 들어봐야 하니까 조금 시간 주실 수 있을까요?"
-당연하죠. 내일 아침 열 시경에 다시 연락드리겠습니다.
사람이 잠을 잔다는 것을 고려하지 않는 답변이긴 했지만, 어쨌든 그렇게 합의는 불발되었다.
"에이, 저희가 직접 드려야죠~ 선배님께서 또 전화 주시게 할 순 없죠!"
싹싹하게 통화를 마무리한 놈을, 다른 녀석들은 굳이 끼어들지 않고 묵인했다. 끼어든 놈이 이유 없이 그럴 녀석이 아니기 때문이지.
"음."
그리고 전화가 끊기자. 장본인, 큰세진이 쓴웃음을 지으며 거실에 앉았다.
"너… 다른 생각이라도 났어?"
"…좀 그렇죠? 혹시 회사가 이번 논란 때문에 찔려서 우릴 자선 콘서트에 내보내는 것처럼 보일 수도 있지 않나 싶어서. 자원봉사처럼요."
"…!"
"혹시 그러면, 안 되는 거야…?"
안 된다. 나는 입을 열었다.
"회사 잘못을 우리가 같이 책임져 주는 방향으로 가면, 우리도 잘못이 있어서 그러는 것처럼 보이지."
"정답~"
"아아…."
이미지가 묶이는 것이다.
지금 소속사의 X신 짓을 '아티스트도 피해자다'라는 명제로 간신히 우리로부터 떼어냈는데, 자선 콘서트를 한다? 도리어 '아티스트도 자숙한다'라는 이미지로 연결될 수 있어서 문제였다.

-애쓴다 티원 애쓴다 테스타ㅋㅋ
-거봐 지들도 알고 참여한 거네 찔리니까 선배 자선 콘서트에 숟가락 얻고 언플 때리기ㅉㅉ

이런 거지.
'자이롭에서 고생 좀 하더니 더 민첩해졌군.'
나는 기껍게 큰세진을 쳐다보다가 고개를 끄덕였다.
"잘 접근해야 할 것 같습니다. 뭐, 이걸 빌미로 앨범 일정을 좀 조정해 볼 수 있는 건 좋은데요."
한없이 앨범을 미룰 때와 비교하면야 행복한 고민이다만, 본사에서 너무 급하게 일단 내고 보려고 들 수도 있다는 거다.
'그럼 프로모션이 서툴러지지.'
자선 콘서트를 빌미로 몇 주쯤 홍보 인력 실무진을 위한 시간을 확보하는 건 꽤 매력적인 미끼다.
"일정 조정은 필요하지 않은 상황 같습니다. 앨범 준비는 보름 내로 충분히 완료할 수 있습니다!"
"너는 하겠지만, 회사 프로모션 담당자분들은 힘들지 않을까."
"아이고~ 우리 래빈이, 세상 사람들이 다 래빈이처럼 천재가 아니라서 답답하지?"
"…?! 과분한 칭찬이십, 아니, 그런 생각은 한 적 없……."

"아하하!"
야, 애 고장 나겠다.
아무튼, 그래서 말이다.
"좋은 의견 있는 사람."
솔직히 이 자선 콘서트를 꼭 해야 하는 건 아니라 상도덕 문제일 뿐이니 편하게 발언해 보라고.
그러자 정말 편하게 손을 흔드는 놈이 있다.
"Yeap."
눈이 마주친 차유진이 씩 웃었다.

그리고 다음 날.
"저희 친해서 하는 거예요. 그거 먼저 꼭 팬들한테 알려줘요!"
차유진은 당당하게 주단에게 외쳤다.
그렇다.

-친구로서 charity 해도 괜찮아요. 우리 이제 그 선배님들 친구 맞으니까 거짓말 아니에요.

'차라리 그룹 친분 때문에 하는 것처럼 가자.'
그냥 여러 게스트 중 하나니 그렇게 우리 팬들의 반감 사지도 않을 것이다. 겸사겸사 자선 행사에 도움이 될 정도로 이름값이 있다는 이미지도 챙기고.
-뭐, 그거야 몇 가지 사전 준비만 있으면 어렵지 않죠.

"그건 저 아니고 문대 형이 해요."

-그럴 것 같았습니다.

같은 그룹이던 기억이 있던 놈들은 별로 어색하지 않게 소통한다.

"그래. 그건 그렇고."

나는 희미하게 웃었다. 이득을 약간만 더 보도록 할까.

"선배님. 제가 추천하고 싶은 게스트가 하나 더 있습니다."

-음?

사실 몇 분 전, 나는 미리 전화를 한 통 했다. 하지만 주단에게 건 것은 아니었다.

-예. 안녕하십니까, 선배님!

바로 미리내 2위. 이쪽은 어쩐지 갈수록 목소리에 더 군기가 드는 것 같은데, 이유를 모르겠다.

아무튼 본론을 말하려는데… 저쪽이 먼저 말을 했지.

-우선 정말 감사하다는 말씀드리고 싶습니다!

-예?

-…앗.

하지만 제대로 반응하기도 전에 외마디 탄식과 함께 말이 빨라졌다.

―그냥… 예. 특정 상황에 대한 감사는 아니고, 그냥 언제나 후배들을 잘 챙겨주셔서 드리는 말씀입니다!
―아, 네.
―그게 전부였어요!

아니, 앨범 이야기 정도는 해도 괜찮은데 말이지. 누가 보면 내가 이제부터는 입 다물라고 협박한 줄 알 것이다.
'넌 협조 잘해놓고 왜 이러는 거냐.'
나는 지난 몇 주간 이 후배의 행적을 떠올렸다.
아무래도 레이블이 갈려서 내가 알아낼 수 있는 정보가 편중되어서 말이다. 지금까지 회사에서 일어나는 일과 스케줄 변동을 소속 아티스트 입장에서 미주알고주알 다 가져다 바친 미리내 박민하는 정보원으로서 밥값은 했다.
그러니 이 제안도 내가 해볼 생각을 했지.

―좋은 제안이 들어왔거든요. 후배분들께도 말씀드리면 좋을 것 같아서 연락드렸습니다.
―어, 어떤…?
―자선 콘서트요.

우리는 먼저 VTIC과의 개인 친분으로 나오는 쪽을 확실히 더 부각할 생각이다. 그런데 여기에 그다음 순서로 미리내가 낀다면?
'테스타가 부른 게 되지.'

그렇게 판이 커지면 약간 새로운 의미가 들어간다. 소속사의 논란이 떠오르긴 할 텐데, 이미 개인 친분이 우선이라는 베이스가 깔려서 왜곡되는 것이다.

-이거.. 소속사 손절이네
-선 긋길ㅋㅋㅋㅋㅋㅋㅋㅋㅋㅋ
-경영진이 얼마나 ㅂㅅ 같았으면 애들이 이런 시그널을

그럼 T1 본사에 이어서 아티스트들도 소속사 경영진의 행위와 선 긋는 사인을 보내는 게 된단 말이다. '진짜 우리가 했으면 이런 선한 영향력을 고릅니다'로.
'그리고 어차피 지금 나가리된 경영진은 우리 스케줄에 손 못 댈 거고.'
나쁘지 않았다.
그리고 설명을 들은 미리내의 반응도 긍정적이었다.

-그건… 저희 멤버들은 다들 좋아할 것 같아요.

그래서 최종 결정되었다는 것이다.
주단은 게스트 추천에 고개를 끄덕였다.
-괜찮네요. 시청자층을 넓히기 위해 안 그래도 가수 성별과 연령층을 넓게 캐스팅해 볼 생각이었습니다.
"예."
딱딱 들어맞는군. 이제 남은 건 마지막 점검 하나인가.

"그런데 어떻게 청려 선배를 설득하신 건가요."

네놈들 리더의 허가 문제를 어떻게 처리했냐고. 놀랍게도 굉장히 자신감 있게 오케이를 받았다고 방금 이놈이 말했거든.

—…다양한 논리와 근거를 들었기 때문에 어떤 게 통한 건지 섣불리 특정하진 않겠습니다.

그러나 본인도 이유는 잘 모르나 보군.

'아무튼, 그놈도 어디서든 이득 볼 구석을 찾은 것 같은데.'

조금 주의해서 진행 상황을 살펴봐야겠다. 나는 주단과의 통화를 기꺼이 다른 놈들에게 넘기고, 정리된 상황을 머릿속으로 복기했다.

'음.'

앨범 프로모션 제대로 만들 시간도 벌고, 경영진 손절도 하고. 일석이조군. 딱히 중간에 엎어질 것 같진 않았다.

그래서 상태창을 불렀다.

[형?]

'너 혹시 이날 시간 괜찮냐.'

한국에서 하는 거고, 아는 사람도 많이 나오니까 이 정도는 입장권을 보내줘도 괜찮겠지.

'사전 녹화 보러 오라고.'

[허어어어억??]

그리고 며칠 후, VTIC의 SNS 공식 계정에 하나의 캡처가 올라오는 것으로 모든 일이 시작되었다.

첫 번째 섭외에 성공했닷! (사진)

첨부된 것은 채율과 내가 일부러 짜고 친 카톡 내역이다. 대충 야식과 강아지 사진에 넘어간 것처럼 구성된 대화 내역은, 아무것도 공지하지 않은 상태에서 다짜고짜 공개되어 사람들의 호기심을 샀다.

-뭔 섭왼데
-팔아넘긴 강아지 재현이네 콩이니 설마?ㅋㅋㅋㅋㅋㅋ
-형 강아지를 팔아넘기는 깜찌기 괴도 진채율은 입대하기엔 너무 아기입니다 살려주세요

'괜찮은 시작이군.'

…그리고 나는 그날 문자를 받았다.

-약속한 것
-곧 봐요.

첨부된 것은 자선 콘서트용 굿즈로 보이는 베이지색 담요를 망토처럼 두른 노란 개였다.

VTIC의 자선 콘서트는 빠르게 윤곽을 갖춰갔다.
라인업도 화려하다.

-헐 맥시마이트도 나오네
-브이틱 지들끼리만 노는 거 아니었냐ㅇㅋ 다 꼬심
-잠깐 섭외한 사람이 또 섭외하네 다단계 아니냐고 행운의 편지식 게스트 섭외ㅋㅋㅋㅋㅋ

유명 아이돌부터 솔로 발라더와 래퍼, 트로트 가수까지. 심지어 말랑달콤도 오랜만에 재결합해 출연한다는 소식까지 들렸다. 거의 일반 예능에서 주최하는 수준으로 대중성이 치솟더라고.

[그럼 저 테스타분들 보러 가서 그분들까지 다 보는 거예요?]

그건 아니다.
'게스트는 오로지 방송용으로 기획된 거더라.'
VTIC만 나오는 파트 1, 게스트와 함께하는 파트 2로 나눠서 편성한다고 한다. 그리고 파트 1만 오프라인으로 팬들과 즐기고, 게스트가 사전 녹화한 파트 2와 잘 섞어서 인터넷과 SBC 편성 채널에 함께 중계되는 거지.

'머리 잘 썼군.'

아무래도 팬들이 공백기를 앞둔 VTIC 완전체 보려고 예매한 공연에 게스트 분량이 절반이면 빡치지 않겠는가. 그걸 피하는 동시에 게스트 하나하나 이름값이 좋아서 행사 이름값도 올라가니 호스트인 VTIC 위치가 대중적으로 더 견고해지는 효과도 좋고.

'이 설계는 청려 솜씨겠어.'

덕분에 해당 방송사에서도 신나서 벌써부터 광고 때리고 난리였다. 그리고 이렇게 돌아가는 판을 보니 출연을 결심한 건 후회 없다.

'이거 거절했으면 좀 난감해졌겠는데.'

형식이 비슷하니 우리가 했던 애매한 끼워팔기식 공중파 콘서트 실황과 비교하려 드는 위튜브 렉카 새끼가 분명 나왔을 것이다.

-이게 바로 기획력의 차이? 클라스의 품격 레티의 브이틱 VS 나락 간 티원스타즈의 테스타

이런 식으로.

역시 VTIC 놈들과 엮이면 함정부터 살피는 게 맞다. 나는 피해 간 지뢰에 고개를 끄덕였다.

어쨌든, 그래서 시간이 흘러 10월 둘째 주 일요일 오후. 테스타는 방송국의 대기실에서 의상을 갈아입는 중이다.

"그러고 보니 우리가 테스타로 다 같이 이러는 것도 오랜만인 것 같아."

"그렇죠 형님~ 아무래도 저희가 음악 방송 출연한 지가 꽤 됐다 보니까요."

오늘 우리는 이 자선 콘서트, 〈VTIC의 Save the World〉의 사전 녹화를 위해 무대에 오를 예정이거든. 즉 관객석에는 방송용으로 섭외된 테스타 팬뿐이다.

'정말 음악 방송이랑 똑같겠는데.'

나는 갑자기 떠오르는 데뷔 초 첫 사전 녹화 당시의 기억에 피식 웃었다. 도시락 받은 것 좀 인증해 보겠답시고 새벽에 SNS 알림을 울려서 기겁했던가.

"말랑달콤 선배님이 우리 직전이었고… 그래, VTIC 선배님들도 우리 다음으로 사녹하신다고 하더라."

"아~ 오늘이에요?"

"그렇다면 무대가 끝난 후 인사를 드리러 찾아뵙겠다고 연락드려야겠습니다!"

잡담하면서 준비를 마친 우리는 무대로 향했다.

눈앞에는 카메라가 쭉 깔린 스테이지가 있다.

'드론도 있네.'

음악 방송도 없는 방송국인데도 나름 독특하게 신경을 꽤 쓴 모양이다. 스탭이 좀 부족해 보이지만 뭐, 생방송이 아니니 사후 편집으로 커버될 것 같고. 우선은 이거지.

"안녕하세요, 여러분!"

"다들 배 안 고파요? 아, 괜찮아요? 오케이!"

눈앞에서 불빛과 함성이 빛난다. 천 명쯤을 수용하는, 제법 넓은 관객석은 꽉 차 있었다. 아마 저기 어딘가에 큰달도 있을 텐데 눈치껏 팝업 메시지를 띄우진 않는 게 놈답군.

나는 피식 웃으며 손을 흔들었다. 의상에 달린 하네스 벨트 끝이 같이 흔들린다.

'우리는 16분 배정이던가.'

딱 네 곡에 특수 퍼포먼스까지 살짝 하기 좋은 시간대였다.

―그럼 〈Savior〉, 〈약속〉, 〈Black hole〉, 〈Wheel〉로 갈까?

그리고 〈Wheel〉 마지막 편곡에서 〈Drill〉을 덧붙이며, 〈Daybreak〉로 승화하는 화려한 구성이다. 최신곡과 대중성 사이에서 최대한 밸런스를 맞췄다고 생각했다.

'녹화 시간은 두 시간쯤 잡으면 되겠고.'

"그럼 저희 시작할게요."

여느 사전 녹화 때와 같이 팬석을 향해 가벼운 잡담과 팬서비스를 끝내고, 대형을 갖춰 섰다. 내 자리인 오른쪽 외곽에서 몸을 굽히며 생각했다.

'댄서들 뒤에 있다가 튀어나오면서 카메라에 드러나는 위치다. 그러니 각도를 잘 신경….'

그때.

쿵.

갑자기. 숨이 막혔다.

"허억."

머리가 어지럽다. 조명과 반주가 일그러지고 귀가 먹먹히 울리며 시야에 색이 번진다. 이상하다.

"…문대야?"

가위에 눌렸을 때 같은, 어딘가 정상이 아닌 것 같은 몸 상태가….

'중독?'

몸 내부에서 이상한 화학 작용이 일어나는 것 같다. 심장이 뛰고, 머리카락이 곤두서고,

내가 뭘 했지?

"박문대!"

나는 휘청거리다가, 팔을 짚었다. 팔꿈치가 차갑다. 먼지 묻은 무대 바닥의 질감이 볼을 눌렀다. 아니, 내 얼굴이 바닥에 처박힌 건가.

"…!"

순간, 귀가 트였다.

"여기!"

"일단 옮겨, 옮겨야 돼."

후욱.

머리와 사지 끝까지 긴장감이 차오른 것이 느껴진다. 정신을 차리니, 나는 백스테이지에서 모포 따위를 덮고 있던 것 같았다.

눈앞에 손이 어깨를 잡는다.

"박문대! 박문대, 나 봐봐. 너 지금 어디야."

이세진. 나는 숨을 몰아쉬었다.

"…방송국."

"너 뭘 하고 있었어."

"무대, 큽!"

또 숨이 안 쉬어진다 X발. 사레가 들린 것처럼 기침이 나온다. 통증 때문은 아니었다. 충격 때문이다.

'갑자기.'

무슨 야밤에 살인마한테 쫓기기라도 하는 것처럼, 아니면 옥상 난간에 아슬아슬하게 한 발로 서 있기라도 한 것처럼 어마어마한 압박감이 밀려온다. 눈앞이 아찔했다.

"Call 911! 응급차 불러요, 빨리!"

"일단 상황을 좀 더 보고…."

"박문대 숨을 못 쉬는데 무슨 상황을 봐요 지금!"

나는 손을 들었다. 그리고 내 얼굴을 갈겼다.

짝.

주먹이 안 쥐어져서 소리가 좀 초라하지만, 어쨌든 통증 덕에 대가리가 돌아왔다.

"…잠깐."

"…!"

"이, 일어나면…!"

나는 부축하려는 선아현을 거절하지 않고, 침을 삼키며 말했다.

"좀 쉬면, 될 것 같은데요."

이건 정신 문제다. 몸은 멀쩡하다. 문제는 내가 원인을….

"……모르겠는데."

이 바닥에 공황장애 있는 놈이 한둘도 아니고, 아마 다들 그쪽으로 생각할 것 같지만… 뭐 그것도 계기가 있어야 발발했을 때 말이 되는 거 아닌가.

'없다고.'

X발 그냥 아무 생각 없이 관객석 보고 대형 갖췄을 뿐인데, 아니 잠깐, 그렇다면….

'…지금 무대에서 쓰러진 거지.'

망할.

"분위기 어때요. 위에."

"지금 너 그런 걸 걱정할 때야?!"

"형, 잠깐만요."

이세진이 침착하게 말했다.

"잘 모르셨을 거야. 너 잘 안 보이는 위치였잖아."

"……."

"알았지? 그냥 너 어디 헛디뎠나 생각하실 거라고."

알았다. 알았는데….

"형 혹시 추우십니까? 체온이 내려간 느낌이 듭니까?"

"자, 잠깐."

아무래도 내가 손을 떨고 있던 것 같다. 모포를 가지러 주변 몇 명이 뛰어가는 소리, 그리고 류청우가 스탭에게 말하는 소리가 들렸다.

"주세요. 제가 앰뷸런스 호출하겠습니다."

"아니, 좀."

뇌가 안 돌아간다. 호출하지 말라고.

"주세요."

류청우가 스탭에게 스마트폰을 강탈하듯 받아 든 뒤 순식간에 다가오더니 주변에 들리지 않게 낮은 목소리로 묻는다.

"…형, 혹시 위에서 거북한 걸 봤어? 치우라고 할 테니까 말해봐. 돌려서 잘 전달할 테니까."

"아니, 아니야."

그게 아니다. 아니, 대가리가 터질 것 같다. 아니, 뇌보단 척수나 심장 쪽이….

'뭐야 이게.'

생각이 개판이다. 내 인생에 X발 이딴 논리고 추리고 없는 상황이라니. 심장 뛰는 소리가 두개골을 울린다. 머리끝이 쭈뼛 선다. 그 와중에 옆에서 옥신각신하는 소리가 들린다. 매니저가 다른 놈들과 싸우는 것 같은데….

"지금 얘가 무슨 전화를 받아요, 좀…!"

전화?

"예. 일단은 제 선에서 끊어볼…."

"누군데요."

"…!"

소리가 멈췄다. 이제야 좀 조용하군. 매니저는 당황한 얼굴이었으나, 곧 나를 보고 반사적으로 입을 열어 대답한다.

'그게….'

나는 그 입 모양을 읽었다. 망할.

"…줘 보세요."

"야!"

나는 떨리는 손으로 매니저에게서 스마트폰을 낚아채 귀에 가져다 댔다.

-후배님.

청려.

아무래도 내가 맛 갔다는 게 막 출근한 저쪽 대기실까지 이야기가 흘러갔나 본데, 생각하자. 이건 생각해야 한다.

'이 새끼가 굳이 전화까지 걸었다는 건……'

당연히 걱정 때문은 아니다.

-증상이 어때요.

…뭔가를 짐작했을 때다.

-혹시 필요 이상의 예민한 경각심.

-맥락이 없는 압박감. 처음이라면… 과호흡, 공포, 위기감. 모든 게 정위치에 없는 느낌.

-이런 쪽인가.

그래. 어떻게 아냐.

-…….

스마트폰 너머에서 짧은 침묵이 흘렀으나, 곧 목소리가 흘러나온다. 핏기가 가신 것처럼 낮은 목소리가.

-그건 미션 실패 증상인데.

"……"

뭐?

-후배님은 '상태이상'이라고 불렀죠.

무슨 소리야. 없앤 지가 언젠데, 아니, 나한테서 넘어가서 골드 2로 간 것도 한참 전이다. 그런데 그게 무슨…….

잠깐.

'…상태이상.'

나는 문득, 떠올렸다. 성묘 후 바닷가에서 봤던 묘한 잔상을.

[돌발!]

~~상태이상 : '■■가 아니면 ■■을' 발생!~~

X 같지만, 정말 말도 안 되는 일이지만…….

그게 환각이 아니었다면, 말이다.

"……."

"박문대, 너 무슨 이야기 듣고 있어."

스마트폰 너머의 목소리가 다시 울린다.

-후배님, 최근에 무언가를 반드시 해야겠다는 생각이 든 적 없나요.

그걸 깨닫는 순간.

보인다. 지지직거리는 노이즈를 뚫고, 마침내 올라오는… 표기.

[!상태이상 : '성과가 아니면 죽음을']

정해진 기간 내로 앨범 100만 장을 판매하지 못할 시, 사망.

끝이 아니다. 밑에 추가 문구가 붙어 있다.

[※■■■의 페널티]

: 기간 감소 (1/4)

그리고 자연스럽게 떠오르는 것이다. 내가, 비행기에서 정신을 차린 순간 스마트폰으로 확인했던 날짜.

-7월 9일 토요일

그리고 오늘 날짜를 떠올린다.
10월 둘째 주 일요일.

-10월 9일 일요일

정확히 3개월. 1분기.
'…1년의 사분지 일.'
다 지나갔다.
그렇다면, 이 추가 문구에서 고개를 더 내리면 보이는 것은….

[남은 기간 : D-1]

X발. 등골을 타고 소름이 올라올 틈도 없이 되묻는다.
'하루가 남았다고.'
그래서 이렇게 초조했다고? 생존 본능이 일해서, 당장 뭐라도 해보라고 비명을 지른 거란 말이냐?
머리가 대답한다.

'아니.'

냉정하게 계산해 보자. 날짜는 다 지난 게 맞았다.

그렇다면. 하루가 남은 게 아니라… 남은 시간이 하루보다 적어서, 하루로 표기되는 것이다. 그리고 이건,

-후배님.

재촉이 아니라, 망했다는 경고음이다.

[남은 기간 : D-1]
[남은 기간 : D-0]

-당장 일어나요.
-지금부터 말도 안 되는 일이 일어날 테니까.

삐이이이익!

[!실패]
상태이상 : 성과가 아니면 죽음을
마감

심장이 쿵쾅거린다.
-당장.
나는 일어났다.
"문대야?"

그리고 복도를 달렸다. 머리가 울린다.
"문대야 그쪽은…!"
소리가 들린다.

으드드드득. 쿵.

그리고 내 머리 위로 무대 장치가 떨어진다.
나는 몸을 구르며 무대 끝을 향해 달리기 시작했다.

CHAPTER 22

이미지가 점멸한다.

비명. 둔탁한 굉음, 그리고 쏟아지는 잔상과 흔들리는 불빛. 뒤에서부터 덮쳐오는 거대한 충격.

그리고 나는….

"허억."

눈을 떴다.

–후배님.

먼지와 철 냄새가 났다.

그리고 시야 외곽에서 희미하게 번지는 불빛. 목소리.

–후배님.

"…어,"

쿨럭! 기침 때문에 말이 끊겼다. 숨을 못 쉴 지경이다. 그러나 보인다. 반짝. 충격으로 튕겨 나간 스마트폰이, 금 간 바닥에 뒤집혀 깜박거린다.

막힌 듯 낮은 소리가 들렸다.
-살아 있구나.
그래 살았다 새끼야. 살라고 알려준 거 아니었냐.
그러나 그런 말을 하기엔 여전히 내 상태가 쓰레기였다.
'뒈질 맛이군.'
눈앞이 흔들리고, 심장이 입 밖으로 튀어나올 것처럼 불안정하게 뛴다. 거의 격통처럼 느껴진다.
'언제 정신을 잃었지?'
내 사지가 어디에 달렸는지도 모를 지경이지만….
'…어쨌든, 살았다.'
나는 입을 훔쳤다. 손등이 입술 아래 이빨을 치며 피 맛이 난다. 안 죽었다고.
-무대 장치가 무너졌나요.
"그래."
기침을 참고 힘겹게 입을 벌렸다.
"무대로 올라왔거든."
내 상태이상 실패는 죽음이다. 그래서 시스템이 날 당장 죽이려고 든다면, 그게 '말도 안 되는 일'이 일어나는 방식이면 뻔하지 않은가.
'사고사다.'
터무니없는 사고.
그래서 최대한 일어날 법한 일을 추측할 수 있게 방향을 유도한 것이다. 무대 위에 아무도 없으니 어차피 뭐가 일어나도 결국 시설 붕괴 수준일 거라 반사적으로 생각했지. 다행히 그게 맞은 것 같고.

'…복도였으면 다 뒈지는 거였어.'

주변 사람을 최대한 안 끌어들일 만한 방향이면서 내가 예측 가능한 사고로 유도한 것이다.

'그리고 어떻게든 첫 타에 안 죽고 피했다.'

하지만.

"이게 끝은 아니겠지."

—…….

"그래."

나는 덤덤히 이야기했다.

"이걸로 끝난 거였으면 너도 굳이 미션을 끝까지 할 필요가 없었지."

피할 수 없으니까 이 새끼도 그렇게 많이 재시작하지 않았겠는가. 나는 숨을 죽이고 기다렸다. 곧 스마트폰에서 낮은 목소리가 흘러나온다.

—네.

나는 이를 악물었다.

"…언제쯤?"

—곧.

X발.

나는 고개를 들었다. 주변은 아슬아슬하게 쌓인 철골과 조명 파편으로 난장판인 것이 언뜻 비쳐 보인다. 누가 봐도 저 균형이 삐끗하는 순간 나한테 쏟아지며 끝장날 것 같군.

그전에 구출되면… 아니, 그게 더 최악이다. 내가 구출되는 과정에서 무슨 일이 발생할지 나도 모르겠다. 변수가 많아지면 점점 어려워진다.

'이게 맞다.'

나는 숨을 고르며, 머리를 정리했다. 그리고 할 말부터 했다.
"신고하지 마."
-…….
"내가 무사하고 너랑 연락이 되고, 뭐 그런 거 말하지 말라고."
말 안 해도 알겠지만 혹시 해서 말해두는….
-그런 건 신경 쓰지 마.
"……."
상황이 X 같긴 한가 보다. 이 새끼가 이런 말투도 쓰고.
목소리는 빠르게 이어졌다.
-그리고 다음 일이 일어날 때까지,
'…까지, 뭐.'
그러나 다음 말은 들리지 않았다.
-…….
정적.
"신재현?"
나는 스마트폰을 향해 고개를 돌리다가 깨달았다. 희미하게 빛나던 불빛은 사라졌다.
"…!"
X발. 나는 당장 손을 뻗어서 스마트폰을 봤던 바닥을 더듬었다. 곧 각지고 단단한 조각이….
"흡."
날카로운 통증이 손 마디를 찔렀다. 화끈거린다.
'젠장.'

나는 어떻게든 의상으로 손을 감싸서 스마트폰을 뒤집었다.

"……."

스마트폰은 박살이 나 있었다. 아마 철골이 떨어질 때의 충격인 것 같았다. 그래서 통화도 끊긴 것이다. 아니, 저 산산조각 난 몰골로 지금까지 연결이 됐다는 것이 신기할 지경이다. …그러니까.

'빨리 인정해.'

이게 X발 무슨 상황인진 몰라도, 나는 상태이상 클리어에 실패했다. …그리고 외부와의 소통은, 완전히 끊겼다.

나는 혀를 물었다. 다른 방법, 다른 방법.

일단 청각.

'……어떻게 된 거지?'

나는 최대한 귀를 기울여 바깥의 소리를 들으려 시도했다. 그러나 웅웅거리는 소리뿐이다. 아무래도 이 정도로 차단될 정도면 무대 장치뿐만 아니라 제대로 천장까지 쏟아진 것 같다.

그렇다면… 다음.

'빨리 움직인다.'

또 지랄 나기 전에 빨리. 나는 상체부터 당장 몸을 일으켰다.

"큽."

옆구리가 아팠다. 지난번에 부러진 갈비뼈가 다시 금이 가든 부러지든 한 것 같다.

'아니면 기분 탓일 수도 있고.'

후자이길 바라자. 어쨌든, 일단 내 몸으로 일어설 수는 있으나……무언가 머리에 닿는다. 내 대가리 위로 아슬아슬하게 스쳐 지나가는 차가운 금속이 느껴졌다. 아마도 무대 장치의 잔해 같다.

"후."

눈을 감고 잠시 기다렸다. 빌어먹게도 초조했으나 시야가 적응하는 게 우선이다.

눈을 뜨자 어둠에 적응한 시야가 전체적인 윤곽을 드러낸다.

"…!"

무대 위는 난장판이었다.

철골이 다 무너져 내려서 사실 무대라고 할 것도 안 남아 있는 수준에, 사방을 에워싼 그 철골과 천장 자재들로 밖은 아무것도 보이지 않는다. 그리고 내가 있는 곳은 반대편 백스테이지 바로 앞. 여기까지 거의 슬라이딩으로 넘어지다시피 밀려와서 저걸 피한 것이다.

"후우."

파악은 끝났다. 이 정신머리로 더 관찰해 봤자 뭐 쓸 만한 걸 얻을 순 없겠지.

'일단 이동한다.'

여기 있으면 그대로 철골이 떨어져서 압사할 것 같거든. 그래도 다행인 것은 팔다리는 크게 다치지 않은 것 같다는 점이다. 대신 등이 좀 이상한데… 움직이는 덴 크게 지장이 없으니 괜찮다.

나는 비틀거리지 않도록 최선을 다하며 반대편 백스테이지로 향했다. 찾아야 할 것은…….

'위험이 확실한 곳.'

딱 봐도 안전한 곳은 안 된다. 가스 터진다든가 하는 말도 안 되는 개짓거리를 할지도 모르니까. 내가 대략이라도 예측 가능한 사고가 일어날 만한 공간. 그리고….
'혼자 있어야 해.'
최대한 다른 놈들과 떨어지는 방향으로 이동해야 했다. 말려들면 그때부턴 겨우 가지고 있는 실낱같은 통제력도 다 상실한다.
"……."
그러니까 여기서 기다리는 건 절대 안 된다. 충격이 가시고 상황 파악이 되는 순간, 사람들이 이 반대편을 통해 붕괴한 무대로 접근할 방법을 떠올리는 건 쉽다. 빨리 움직이자.
나는 백스테이지 외곽을 돌아서 비상계단 방향으로 빠져나오기로 했다. 다행히 불은 다 나갔어도 비상구 푸른빛이 보인다.
"후욱."
나는 땀에 전 손으로 비상구 문을 열었다.
그리고 순간의 고민 끝에 위로 달렸다. 아래로 갔는데 위가 무너져서 파묻혀 죽을 정도면 무슨 짓을 해도 감당 못 한다. 최대한 빠르게 계단을 통해 위로….
끼익. 등 뒤로 불길한 소리가 계속 난다.
'설마.'
하지만 그 삐걱거림 위로 인위적인 소리가 치고 들어온다.

[DING- DING-]

벨소리. 어딘가의 스피커에서 안내 방송이 나와 메아리친다.

[관객 여러분께 안내 말씀드립니다. 현재 지반의 불안정으로 인한 안전사고가 발생했습니다. 직원의 안내에 따라 비상계단을 통해….]

나는 즉시 올라가던 걸음을 멈추고 발을 돌렸다.
'위층 복도.'
이 비상계단으로 사람이 쏟아질 수 있으니 차라리 복도로 빠지자. 그리고 한 층만 올라 비상계단을 벗어나 문을 열고 복도로 발을 디딘 순간이었다.
…머리가 쭈뼛 섰다.
쿵. 이상할 정도로 내 발소리가 울렸다. 다음으로… 등골이 얼어붙는 위기감과 상식 없는 공포가 다시.
온다.
'X발…!'
나는 한발 앞서 이를 악물고 뛰었다.
끼익콰콰콰끼이이이익과콰쾅!
귀가 찢어질 것 같은 굉음과 함께, 직전에 딛고 있던 발밑이 징조도 없이 무너진다.
이유를 안다.
'여기가 무대 위야.'
위치상 제일 불안할 곳이며, 방송국에서 자재 보관용 라인으로 쓰는 곳이라 상주하는 사람도 없다. 없어야 한다.
'일부러 골랐으니까…!'
괜찮다. 할 수 있다, 할 수 있다!

나는 머릿속으로 구조를 그렸다. 일부러 큰 기둥이나 무게 가중을 더 잘 견디게 설계했다는 화장실과 시설물 쪽은 가지 않는다. 그게 무너질 정도로 큰 붕괴가 오면 사이좋게 이 안 사람들이 다 뒈지는 거니까.
'지옥이다.'
여기 있는 사람이 관객석만 해도 천 명이다.
"흐읍!"
먼지와 공기, 크고 작은 파편이 튀긴다. 내가 달려서 갈 곳은….

[비품실 303]

여기다.
'무대 바로 위가 아닌 곳!'
나는 문을 잡아당기는 바보짓 대신 온몸을 문에 부딪혔다. 그리고.
콰콰콰콰광-!
방이 흔들린다.
'X발.'
빌어먹을 시스템 개자식아.
나는 쏟아져 내리는 비품을 몸으로 맞으며 그 속에서 제일 무겁고 육중해 보이는 무언가에 매달려 머리에 가져다 댔다. 굉음이 이어지고 몸이 계속 흔들린다. 손과 팔을 작고 큰 물건들이 친다.
얼마나 시간이 흘렀을까.
"허억."
굉음과 진동이 멈췄다.

나는 눈을 반복적으로 감았다 뜨며 시야를 확보했다.

숨이 찼다. 허옇게 질린 손에 잡힌 물건부터 확인하면⋯ 철제다. 단단한 면과 파이프의 조합, 아무래도 선반 같은데. 반쯤 벽에서 뜯겨 나왔다. 아니, 벽 채로 뜯어져 나와 그 너머의 어두운 허공이 보인다.

고개를 돌렸다. 내가 들어온 문은 공간이 뒤흔들릴 때 닫혀서 아슬아슬하게 맞물려 끼인 모양새다.

"⋯⋯."

열리지 않는다.

"허."

나는 내가 이 작은 비품실에 갇혔다는 것을 알았다. 그리고.

뒹구르르르⋯.

비품인 듯한 팬이, 한쪽 구석으로 굴러서 모여 있다.

'기울었어.'

방 자체가 기울어서 뒤틀려 있다. 아무래도 무대 쪽으로 기울어 아슬아슬하게 매달려 있는 것 같다.

"⋯⋯후욱."

나는 아까 무대 위보다 작고, 불안정한 공간에 갇혔다.

움직일 수가 없다.

나는 철제 선반에 매달린 그대로 현실을 받아들이고자 노력했다. 한 시간, 아니, 고작 몇십 분 전만 해도 무대 하나 잘 끝내는 것이 전부였는데 이제 이 꼴이 됐군. 두 번은 어찌어찌 살아남았지만, 어떻게든 기필코 날 죽이겠다는 미친 초자연적 동력원이 날 쫓는 상황이 말이다.

"⋯⋯흡."

전신에서 통증이 올라오기 시작한다. 하지만 그 통증보다 강한 것은… 무력감이다.

'모르겠다.'

얼마나 더 버틸 수 있을까. 하다못해 정보도 없고.

"……"

사실, 다른 사람과 연락을 시도해 볼 방법이 없진 않다.

알고 있었다.

'큰달.'

스마트폰이 없어도 상태창으로 불러볼 수 있는 녀석. 심지어 이놈은 뭐라도 단서를 알고 있을지도 모른다. 상태창에 접속할 수 있으니까….

하지만 문제는 내가 지금 상태창을 열어도 되냐는 거다. 혹시라도 그게 무슨 폭탄 스위치가 돼서 다음 '말도 안 되는 일'을 더 빨리 불러올 수도 있고, 더 확실한 사망 선고가 내려올 수도 있겠지.

그러니까 부르지 않는다. 절대로.

"……"

그렇게 생각했지만… 말이다.

나는 손에서 힘을 풀었다. 그리고 고개를 숙였다. 차가운 철제가 이마를 식혔다.

'포기하는 게 낫지 않나.'

상식적으로, 이러다가 여기 있는 사람 다 죽고 나도 죽으면 대체 이 지랄이 다 무슨 의미가 있나. 이 규모가 점점 커지면 인명 피해가 어떻게 될지도 모르겠다고.

'멍청아.'

지금 내가 뒈지게 생겼는데 남 목숨 챙겨줄 정신이 있냐 싶어서 웃기긴 한데, 사람이 최소한 양심이 있으면 이걸 신경을 안 쓸 수가 없다. 남도 아니고, 몇 년이나 같이 지낸 놈들 아닌가.

그리고,

'…다 팬들이지.'

관객석 천 명이 다 팬으로 차 있다. 이건, X발. 일부러 이랬나 싶을 정도로 내가 포기하기 쉬운 환경 아닌가.

나는 길게 한숨을 쉬었다. 깨진 스마트폰에 베인 손바닥 상처에서 나온 피로 선반이 번들거렸다.

'…무겁다.'

눈을 감았다.

입을 다물고, 그대로 몸을 숙였다. 공허처럼 조용했다.

그렇게 얼마나 시간이 흘렀을까.

"…저기요?"

"…!!"

'사람 목소리.'

나는 고개를 들었다.

처음 보인 것은 야광빛이었다. 철제 선반이 무너지며 반쯤 뜯긴 벽 너머에서 노란 불빛이 은은히 넘어오고 있다. 그리고 한발 늦게 그게 무슨 빛인지 깨달았다.

……응원봉이었다.

"무, 문대?!"

벽 너머로 날 발견한 것은… 아까 관객석에 앉아 있던 팬이었다.

내가 팬과 직접 대화를 나누는 경우는 사실 드물다. 대부분은 무대 위에서 흔들리는 응원봉으로, 혹은 인터넷에 올라온 글로 간접 소통한다. 팬사인회도 줄을 서서 여럿이 함께 있는 공간에서 짧게 대화를 나누는 정도.

그러니까, 이렇게 일대일로 대화를 나누는 순간은 극히 드물다.

"……."

비록 내가 붕괴된 무대 위 기울어진 채 매달린 방에 있는 상황이지만. 그리고 당장에라도 죽을 수 있는 상태지만.

"왜 여깄어? 왜 너 여깄어?!"

벽 너머에서 외침이 들렸다. 당황한 소리. 공포나 패닉은 적다. 그냥 무대가 붕괴한 이 상황에 대한 정도.

'…모르고 있다.'

나는 천천히, 이성을 되찾고 판단했다.

저 팬이 들고 있는 응원봉은 제법 밝긴 하지만 앞으로 빛을 쏘는 게 아니라서 시야 너머를 밝히는 효과는 별로 없다. 차라리 내가 저 팬이 잘 보이게 해줄 뿐이다.

그러니까 저 팬은 내 의상이나 전체적인 윤곽 같은 걸 알아보는 정도로 끝인 것이다. 내 상황이나 상태는 잘 안 보인다.

나는 침을 삼키며 입을 열었다.

"…뭘 가지러 왔다가, 갇혀서. 괜찮아요."

괜찮을까? 어차피 벽이 가로막고 있었다. 이렇게 불안정한 상황이면 굳이 저 사람까지 말려들 정도로 괴상한 미친 짓이 벌어지지는….

'멍청아.'
그냥 보내는 게 맞았다. 왜 굳이 변수를 만들려고 해.
"어떡해, 자, 잠깐만. 내가 사람들 불러올…."
"아뇨. 너무 소란스러워지면, 안 되니까요."
이제 보내도 문제가 되겠군. 다른 사람들을 불러올 테니까.
문제는 그게 안심이 되었다는 점이다.
"아, 음, 그렇지…. 미안, 미안해! 그러면… 내가 반대편으로 가서 문 열어볼까?"
"위험할 수도 있으니까 구조 올 때까지 이대로 기다리는 게 어떨까요."
"으응…."
대화하며 시간을 끌어야 한다는 게 기껍다. 눈이 뜨겁다. 이런 기분을 느끼는 날이 올 줄은 몰랐는데. 웃겨서 실소가 다 나올 지경이다.
'멍청한 새끼.'
나는 뒤로 더 물러나서 마치 벽에 기대는 것처럼 문에 기대어 다시 철제 선반을 잡았다. 거리가 더 확보되자 더 평온해졌다. 말려들지 않을 것이다.
그리고 무심코 입을 열었다.
"다른 사람들은, 괜찮아요?"
"모르겠어, 그, 그런데 아마 멤버들은 다 나갔을 거야. 안내 방송 나오고 관객들이랑 다들 나가서…."
그나마 다행이었다. 나는 쓸데없이 안도감에 나태해지지 않기 위해 혀를 씹으며 물었다.
"…누나는요?"

"나, 나? 나는… 아, 괜찮아! 몸 아픈 것도 아니고, 그 건물 흔들림 같은 것도 거의 멎은 것 같아."

이 사람은 제작진이 스포일러 방지 목적으로 걷어간 휴대폰을 모아 둔 곳을 찾아다녔다고 한다. 그리고 조심스럽게 비상계단을 올라오다가 무너진 벽 너머로 나를 발견했다고.

"내가 나가는 게 좀 늦어서 갇혔어. 앞자리에 앉아 있었거든."

나는 힘없이 웃었다. 말려들게 해서 입이 씁쓸했다.

"네, 봤어요."

"…나 봤어?!"

"네. 왼쪽 앞에 앉아계셨잖아요. 그러니까, 누나 기준에서는 오른쪽."

"허억."

사실 데뷔 초부터 가끔 봤던 것 같은데, 그런 것까지 굳이 떠들지 말자. 그냥… 말이나 계속 걸자.

"어떻게 오셨나요. 주말이라 시간 되신 건가요."

"아, 응. 일하는 건 아니고, 나는… 대학원생이야."

생명 공학을 전공하고, 개를 키우고…. 사실 저 사람도 상당히 불안했는지, 아마 평소라면 굳이 낯선 사람에게 말하지 않았을 개인적인 이야기들을 말한다. 나를 왜 좋아하는지, 내 어떤 무대에, 어떤 방송 장면에 호감을 느끼고 응원했는가에 대해서도. 그 익숙하고 낯선 이야기 속엔 상황과 맞지 않는 온기가 있다.

그래서 더 하게 되는 건가. 상황을 잊기 위해서.

"…그렇구나."

나는 가만히 그것을 들었다. 이런 것도 나쁘지 않았다.

그리고 상대도 슬슬 긴장이 풀리자 자기가 건물에 갇힌 것을 다시 실감한 건지, 이제 질문을 한다.

"저기… 아까 무대도 혹시 느낌 이상해서 중단했던 거야?"

"비슷해요."

아마 내가 쓰러진 건 못 본 모양이다.

게다가 생각해 보니 내가 살았다는 걸 놀라지 않을 걸로 보아 뛰쳐나온 게 나라는 것도 못 본 모양이다. 무대 장치에 깔려 죽은 것 같은 누군가에 대해선 내가 동요할까 봐 이야기하지 않는 걸 테고.

"…고맙습니다. 걱정해 주셔서."

"…!! 무슨 소리야, 당연히… 아. 여기 서울 한복판인데 곧 구출하러 올 거야. 걱정하지 말고… 우리 조금만 기다려 보자!"

일부러 한 톤 높여서 말하는 씩씩한 목소리다. 나는 웃었다.

결심이 섰다.

"예."

동시에,

으드드득. 등 뒤 문에서 소리가 났다.

그리고 예감. 식은땀과 초조함, 모든 게 끝난 것 같은 아슬아슬한 실패의 감각. 다시 돌아왔다.

'……끝이다.'

순간 돌아오는 예리한 판단력.

당장 앞으로 튀어 나가서, 저 팬이 서 있는 뚫린 벽 너머로 어떻게든 넘어가 보면 어떨까. 이 비품실에 뛰어든 것처럼 말이다.

'타이밍만 잘 맞추면…'

"……."

"…문대야? 혹시 어디 다치거나 아픈 데 있어?"

그러면 저 팬이랑 같이 휘말릴 확률이… 극도로 높다.

그래.

"아뇨."

나는 철제 선반을 놓았다.

동시에, 뒤에서 불길한 파쇄음이 울렸다. 문이 박살 나는 소리.

"…!"

"아."

지지지지지직─

콘크리트가 서로 긁히며 끊기고. 작은 비품실이 섬뜩한 소리와 함께 뚝 떨어져, 하강했다.

"…!!"

그와 동시에, 나는 부서진 문 너머로 뛰었다.

쿵.

하지만 복도는 이미 다 부서졌다. 게다가 비품실이 기운 탓에 복도 바닥에 발이 아닌 손이 간신히 닿을 높이.

남은 건 검은 허공.

"흡!"

팁.

나는 간신히 부서진 복도 끝을 잡아 매달렸다.

'…안 돼.'

그러나 빌어먹을 손에 힘이 부족하다. 이미 몇 번이나 써먹은 사지는 출력이 현저히 떨어져서 손 하나론 내 몸뚱어리를 버티지 못한다.
'곧 떨어진다.'
굉음 뒤에서 비명과 함께 나를 부르는 소리가 들리는 것 같았다.
"……."
하지만 괜찮다. 반대편이 아니라 이곳이 맞는 선택이다. 어떻게 해도 피할 수 없다면, 최소한 어떻게 뒈질 건지는 내가 선택해야지.
나는 자재가 튀어나온 콘크리트 조각에 매달려, 아마도 마지막이 될 생각을 했다.

―형!

"……."
이렇게 된 이상 해볼 수 있는 마지막 시도가 남아 있었지.
'상태창.'
상태창을 켜서 큰달에게 연락….

[정산 중]

그 순간, 거짓말처럼 피 묻은 손이 미끄러진다.
나는 그대로 허공으로 떨어졌다.
"…!!"
짧은 아찔함.
곧 서늘한 어둠에, 어마어마한 타격감과 통증이 전신을 감싸야

하는 그… 때.

……

[??의 검색 요청! (101)]
[??의 검색 요청! (102)]
[??의 검색 요청! (103)]
[확인]

세상이 멈췄다.
한없이 느려진 것처럼, 마치 주마등을 보는 것처럼 의식이 가속된다. 그리고 눈앞에 뜨는 상태창의 표기는 갑자기 불투명하도록 선명히 보인다. 몇백 개의 팝업이 겹쳐서 빛난다.
그 위로 새롭게 뜨는 팝업까지.

[검색 완료!]
[결괏값 : '칭호' 확인]

이게 뭐지.

[칭호 : 성공한 자 (아이돌)]
-당신은 성공했습니다.
: 상태이상 발생 영구 제거

'아.'

그러고 보니, 기억이 난다.

내가 이전, 마지막 상태이상을 클리어하고… 배세진의 집에서 진실 확인을 끝마친 뒤 받은 특전이다. 큰달이 시스템으로부터 받아 언어로 표기한 법칙. …앞으로는 다신 상태이상에 걸리지 않는다는 상태창의 보증.

그렇다면.

'지금 이 X 같은 상황은… 칭호와 대치되는.'

그때였다.

휙.

통증. 나는 팔목을 붙잡으며 시작된 어마어마한 압박감과 끊어질 것 같은 힘에 허공에서 정지했다.

시간이 다시 흐른다.

목소리가 들렸다.

"문대…!"

나는 고개를 들었다. 콘크리트 위. 새하얗게 질린 얼굴과 내 팔을 붙잡은 손이 보인다.

선아현이었다.

"…!"

왜 여기에 있는 건지 이게 무슨 상황인지 모른다. 그러나 통증이 현실이라고 고함을 질렀다.

"자, 잠깐,"

선아현이 놀라운 힘으로 나를 끌어당겼다.

그리고 상태창 너머, 그 간절한 얼굴 위로 글귀가 떴다.

[Error!]
[오류 확인 : 상태이상 발생]
[복구 시도]

나는 숨을 몰아쉬었다.

[정정 중]
['상태이상 실패' → '미션 실패']
[페널티 복구….]

상태창이 변한다. 더 안정적으로.

[돌발!]
미션 실패 : 건물 붕괴
- 붕괴하는 건물의 재난
: 다음 재난까지 00:59:59

한 시간.
"흐읍."
"괘, 괜찮아, 괜찮아…."
숨이 잦아든다.
머리끝까지 차 있던 긴장감과 비이성적인 압박감이 썰물처럼 빠져나가며, 피로와 고통, 합리적인 불안감을 남기고 잠시 녹는다.

"괜찮아…."

나는 거의 선아현에게 몸을 기대다시피 한 채로 천천히 받아들였다.

"……."

아직 살아 있다는 것을.

"여, 여기 물."

"…고맙다."

선아현이 내미는 생수 페트병을 받아 들었다. 이빨이 부딪혀서 좀 마시기 힘들었지만 최대한 마시고 입을 닦아내자 상표가 눈에 들어왔다. 이건 카메라에 잡힐 걸 고려하고 준비된 게 아니다.

'…자판기에서 뽑아왔다기엔 동전이 없을 텐데.'

기본적으로 우린 모두 무대 의상만 걸친 맨몸 상태였다. 주머니에 뭘 챙기고 무대에 오르는 것도 웃기지 않은가.

이 의문은 잠시 후 밝혀진다.

"…!! 문대 형! 괜찮으십니까??"

선아현의 부축을 받으며 약간 이동하자, 곧 비상 손전등을 야무지게 챙기고 물을 잔뜩 든 김래빈과 마주친 것이다. 알고 보니 이 두 놈은 내가 추워 보인다고 판단하자마자 모포 찾으러 쏜살같이 대기실로 가다가 붕괴 사고로 멤버들과 갈라진 모양이다.

'내 위로 무대 장치가 쏟아진 걸 모르고 있어.'

군이 이야기할 필요는 없겠고.
"…상처가 심하십니다. 아무래도 대기실에 구급 키트가 있으니 우선 소독 후….'
"알았어."
나는 거의 울 것 같은 김래빈을 얼추 달래며 최대한 침착하게 물었다.
"그럼 여기는 대기실 있는 2층이라는 거지."
"정확하십니다…."
이 물의 출처는 대기실이었다. 1층 백스테이지로 내려가는 길은 무대 천장이 쏟아지면서 막혔고. 그렇다면 말이다.
"다른 스탭들은?"
"대피 중에, 헤어져서… 어디로 갔는지 잘 모르겠어."
"……."
나는 눈을 가늘게 뜨고 두 놈을 보았다. 이제 보니 이 녀석들도 제법 몰골이 먼지 구덩이를 구른 꼴이었다. 설마 이 자식들 대피 중에 무슨 이상한 소리 주워듣고 날 찾겠답시고 여기 남은 건 아니겠지.
하지만 그런 건 일단 탈출한 다음에 말해도 늦지 않으니 넘어가자.
'그래.'
탈출. 나는 아까 뜬 상태창 팝업을 다시 확인했다.
사실 집어넣지도 않았다. …사라질까 봐.

[미션 실패 : 건물 붕괴]
- 붕괴하는 죽음의 재해
: 다음 사고까지 00:55:37

'상태이상 실패'에서 '미션 실패'로 바뀌며 범위가 좁아지고 약간 친절해졌다. 내가 '미션 체질'을 가지고 있어서 그것과 연결한 것처럼 보이는 게, 어떻게든 말을 끼워 맞춘 모양새다.

만약 이 지랄이 나기 전에 상태창에서 저 문구를 봤다면 돌아버리고 싶어졌겠지. 하지만 이렇게 되니 도리어 안심이 된다. 한 시간이 어디냐.

'일단 시도라도 해볼 수 있다.'

좋아하던 아이돌이 눈앞에서 대화하다가 뒈지면 그건 정말 트라우마 감이다. 최소한 그 이후로도 좀 살았다는 흔적은 남기고 싶군. 나는 대기실로 가서 일단 김래빈이 강권하는 응급 처치를 받았다.

"등이…."

"나가서 제대로 치료 받으면 돼."

등을 치료하는 손이 떨렸다.

"이, 이렇게 될 동안, 대체 위층에서 어떤 일을 하고 계셨던 겁니까…?"

"……."

나는 잠깐 주저하다가, 말을 바꾸었다. 앞으로 해야 할 일로.

"사실 큰달을 찾고 있었는데."

"큰달…?"

"전에 그 골드 채팅에서 봤잖아."

"아!"

방금 내 상태창에서 검색을 수없이 시도한 건 분명 그 녀석일 것이다. 상태창에 접속할 수 있는 건 그놈뿐이니까. 그리고 내 칭호랑 미션 체질까지 엮어서 어떻게든 해석에서 빈틈을 만든 것 같은데, 내가 놈에게 많이 시켰던 짓과 결이 비슷했다.
 …어떻게든, 날 살리려고 한 것이다.
 '그렇다면 이 녀석이 더 아는 게 있는지, 그리고 비슷한 방식으로 이걸 또 처리할 수 있는지를 직접 확인해서 알아봐야겠는데.'
 하지만 지금은 소통이 불가능하다.

['미션 실패' 페널티 : 상태창 부가 기능 이용을 제한 중.]

이제 큰달과 팝업 채팅을 시도할 때마다 이게 뜨는 중이다. 직접 만나는 수밖에 없으니, 주변의 협조를 위해 여기까진 솔직히 말하자.
 "상태창에 이 상황이 예고처럼 떠서 보였거든."
 나는 대강의 상황을 설명한 뒤, 마른 입에 침을 삼키며 말했다.
 "그러니까 어떻게든 큰달을 찾아서 아는 게 있는지 상의를…."
 "아, 안 돼."
 "…!?"
 "지금 문대는 너무 다쳤어. 구조가 올 때까지, 사, 살펴보는 건 내가 할게."
 "나도 그러고 싶은데."
 사실 별로 안 그러고 싶지만 말이라도 그렇게 해주자고.
 아무튼 말이다.
 "가만히 있으면… 49분 31초 후에 이 건물 또 붕괴한다고 하는데."
 "…!!"
 "막을 수 있는 방법을 찾을지도 모르니까, 뭐든 해봐야지."

나는 몸을 일으켰다. 힘이 좀 돌아온 것 같았다.

움직이자. 그 녀석이라면 분명 성향상 이 꼴을 보면서도 건물에 남았을 것이다.

"……."

청려는 스마트폰의 통화를 눌렀다.

-고객님의 전화기가 꺼져 있어 음성사서함으로 연결….

삑.

여전히 같은 소리만 울렸다. 무응답.

하지만 흔적은 거짓말을 하지 않으며, 그것은 그가 비상문을 열고 목격한 광경에서도 동일하게 적용될 것이다. 청려는 시선을 들어 문 너머 붕괴한 3층 복도를 응시했다.

여기로 뛰어왔을 것이다. 그리고….

'살아 있었어.'

적어도, 여기까지는.

그는 밑을 내려다보며 스마트폰 손전등 기능을 켰다. 콘크리트와 철제 조각이 어지럽게 널려 있으나, 혈흔은 없다.

"차라리 안내 방송을 하는 곳을 찾아보는 게…."

"조용히."

"……."

주단은 입을 다물었다.

'괜히 따라왔나.'

대기실을 나간 리더를 보고 사건의 예감에 따라 나왔더니, 졸지에 무너진 건물에 갇혔다.

'이런 게임이 있었는데 말이지….'

주단은 눈을 찌푸리고, 비상계단을 내려가는 청려를 쫓았다.

똑.

물방울 떨어지는 소리가 어두운 복도를 울렸다.

"전기가, 다 나갔나 봐."

"그래도 비상등은 들어와서 다행입니다."

대기실에서 내 등을 치료하고 상의를 갈아입는 동안 깜박거리던 전등까지 다 나갔는지 2층 복도는 을씨년스럽기 짝이 없어졌다. 한쪽 구석 벽면은 무너지기까지 했으니 위험천만했다. 그나마 김래빈이 가져온 손전등 덕에 천천히 걸을 수는 있었다.

"무, 문대야. 부축…."

"괜찮다니까."

여기서 더 속도가 줄어들면 안 됐다. 걸을 만하기도 했고.

그리고 잠시 후, 백스테이지로 연결되는 계단 앞에서 현실을 보았다.

"흠."

무대 위에서 무너진 천장재가 문을 쳐서 다 뜯긴 틈 사이로 콘크리트 덩어리가 보였다.

"그, 두 번째로 무너지는 소리가 날 때, 막혔어."

내가 있던 3층 복도가 무너졌을 때 여기도 박살 났다는 뜻이다. 처음 무대 장치가 무너졌을 땐 위험하니까 오지 말라고 했나 보군. 어쨌든 여기로 가려고 돌 치우다간 한 시간은 어림도 없이 잡아먹을 것 같으니 미련 없이 버려야 했다.

결국 통행 방법은 하나다.

"이쪽으로 내려가야 해."

나는 아까 선아현이 나를 잡아줬던 곳으로 갔다. 벽 한 면이 완전히 무너져서 뚫린, 무대 바로 옆 복도 면을.

"……."

나는 손전등으로 아래를 비추었다.

휘이이이-

공간이 넓어지며 생긴 텁텁하고 서늘한 공기가 닿는다. 붕괴한 무대의 잔해가 보였지만 이미 무너질 건 다 무너져서 제법 안정적으로 보였다.

"여기서 일단 밑으로 가자."

붕괴한 무대 위로.

무대는 관객석이 있는 1층과 무대 장치가 있던 2층을 아우르는 거대한 크기였다. 그리고 2층은 왼쪽과 오른쪽으로 반반씩 나뉘었는데, 대기실이 있는 오른쪽에서는 더 위층으로 갈 수 없게 막아뒀다. 뭐, 결국 가수나 소속사 직원들은 다 외부인이니 관계자들 쓰는 위층을 굳이 연결 안 시킨 건 올바른 설계였지만, 우리는 꼼짝없이 갇힌 셈이지.

'그러니까 결국, 움직이려면 여기밖에는 통로가 없다.'

쓰자. 나는 대기실에서 준비해 온 것을 잡아 들었다. 바로 대기실에서 환복 등의 용도로 걸어둔 두꺼운 커튼을 꼬아서 묶어 만든 임시 밧줄이다. 옷 갈아입으면서 눈에 들어오더라.

"커, 커튼으로 괜찮을까?"

"여러 번 꼬았으니까 괜찮아."

그 와중에도 시간은 계속 줄어들고 있었다.

[00:33:12]

"33분 남았어. 시간이 촉박해. 어떻게든 움직여는 봐야지."

"……."

건물이 여기서 또 붕괴하는 미친 사고를 막아볼 기회라도 잡아보려면 말이다.

김래빈이 결심한 얼굴로 입을 열었다.

"제가 먼저 가겠습니다."

"아니, 일단 내……."

"으응! 내가 잡아줄게…!"

"감사합니다!"

"……."

그래 너희 마음대로 해라. 여차하면 잡을 수 있게 몸이나 굽히고 있어야겠군. 나는 김래빈이 허리를 단단히 묶고, 선아현은 커튼 반대편을 고정하는 것을 보며 물었다.

"문대 형, 혹시 주어진 한 시간이라는 단위는 정확히 어떻게 측정된 건지 아십니까?"
"그건 나도 알고 싶은데."
"확실하지 않은 상황이군요."
김래빈은 고개를 끄덕이며 콘크리트 끝에서 조심스럽게 발을 내렸다.
"정확히 한 시간 뒤에 건물이 무너진다면, 그건 예측이라기보다는 누군가 건물을 무너뜨리겠다고 예고한 것처럼 들려서 여쭤봤습니다."
이놈 봐라.
"…일단 내려가서 이야기하자, 조심해."
"예!"
과연 이론에서 예리한 놈이었다. 아까도 '어떻게 상태창이 그런 것을 아느냐'며 질문을 하고 싶은 걸 애써 참는 눈치가 역력했다.
'시스템이 날 노린다고 말하면… 귀찮아지겠지.'
날 탓해서 문제가 아니라 쓸데없이 과보호하거나 걱정해서 일이 진행이 안 될 수도 있었다.
'입 다물자.'
나는 김래빈의 다음으로 조심스럽게 무대의 잔해 위로 내려갔다. 그리고 마지막 선아현이 안전히 착지하는 것까지 확인한 후, 고개를 돌려 관객석을 보았으나….
"……."
"…누구 계십니까?"
먼지와 어둠이 깔린 관객석에서는 대답이 없었다.
작은 메아리만 울릴 뿐.

[----]

위화감이 들었다.
'…왜 사람이 없지?'
아까 대학원생이라는 팬을 만났을 때 분명 자신 외에 빠져나가지 못한 다른 사람들도 있다는 뉘앙스의 말을 했었다. 애초에 우리는 손전등 불빛까지 비추면서 무너진 무대 위에서 내려오는 중이다. 당연히 관객석에 있는 사람이 반응했을 텐데, 아무 소리도 반응도 없었다는 게 상당히 꺼림칙했다.
"무, 문대야. 일단… 길을, 찾아볼게."
"…그렇지."
나는 커튼으로 만든 밧줄을 챙긴 뒤 무대에서 조심히 내려갔다. 그리고 어두운 관객석 사방으로 흩어져서 살펴본 결과.
'…문이 눌렸어.'
대학원생의 말대로 대피로들은 다 막혔다. 아마 무게 균형이 무너졌기 때문에 뒤틀린 뒤 눌린 모양이다.
'힘으로 열려고 했다가 무너지면 답 없다.'
1층 로비로 나갈 방법은 없어 보였다. 그리고 여기엔 우리 외에 다른 사람도 없다.
"문대 형께서 찾으시는 큰달 님은 관객으로 오셨을 테니 이미 탈출하셨을 가능성이 큰 것 같습니다."
"으응, 그렇지만, 문대가 남아계실 거라고 확신하니까… 그렇다면, 여기 없다는 건 다른 곳으로 이동한 게 아닐까?"

"혹시 문대 형께선 다른 분을 보신 적 있습니까?"

봤었다.

"…팬분이 계셨어. 반대편 비상계단 쪽에."

"…!!"

"무너진 벽 사이로 대화했는데, 내가 있던 방이 무너져서 그 뒤론 어디로 가셨을지 모르겠지만."

둘의 얼굴에서 걱정과 의문이 스쳐 지나갔지만, 현실적인 답을 먼저 내놓는다.

"그럼 위로 올라가셨을 수도 있겠군요."

그래. 그러나 나와 대학원생이 이용했던 반대편 비상계단으로 통하는 비상구 앞도 잔해로 반쯤 막혔다.

"아까… 무, 문대가 떨어질 때, 그때 잔해로 막힌 것 같아."

고립.

[00:26:51]

그 와중에 시간은 30분 이하로 내려갔다.

'…침착하자.'

패닉은 도움이 안 된다. 머리를 써라.

저 비상계단 앞을 20분 내로 치우는 건 너무 아슬아슬할 것 같은데. 차라리 그사이에 억지로 어떻게든 문을 열어서 이놈들이라도 내보내는 게 나은가. 나는 침음을 참은 채 반쯤 드러난 비상계단 너머의 어둠을 보았다.
 너무 좁다. 그냥 지나가는 건 우리 셋 다 키가 커서 불가능하다. 차라리 소리를 질러보는 건… 건물에 악영향을 줄 수도 있나?
 '어떻게든 소통만 할 수 있으면 되는데.'
 방송이라도 할 수 있으면 좋겠… 잠깐.
 "…래빈아."
 "예?"
 나는 시선을 내렸다. 대피로가 다 막혔지만, 아직 이동할 수 있는 곳이 하나 남아 있었다. 촬영을 준비하며 스탭들이 상주하는 곳. 내가 패닉 속에서 뛰쳐나왔던 곳.
 '백스테이지.'
 그리고 촬영하니까 생각나는 건데 말이다.
 '이번엔 촬영에 쓸 새로운 장비도 준비했었지.'
 "너 혹시 드론 쓸 수 있냐."
 "…??"
 드론.
 이 방송국에서 신기술 PPL을 하겠답시고 신제품으로 촬영을 시도했다. 우리 촬영 때도 한두 대 날아다녔는데, 아까 무대 앞에서 잔해를 보았다. 그렇다면 한두 대 정도는 예비분이 있지 않겠는가.
 나는 백스테이지 안쪽, 임시 무대 송출을 관리하는 일종의 간이 편집실로 들어갔다. 여기도 마찬가지로 불 없이 어두컴컴했지만, 이런 무게 있고 비싼 장비 둘 곳은 뻔하다.
 "…그렇지."

그리고 늦지 않게 단번에 찾아냈다. 책상 아래에 이미 뜯긴 박스 속에 담긴 드론을.

나는 그것을 집어 들었다.

"이걸 저 비상계단 사이로 보내자."

"과연, 묘안이십니다! 문대 형께서 드론에 취미가 있으실 줄은 몰랐습니다."

"없어."

"…?"

나는 김래빈의 어깨를 잡았다.

"네가 할 수 있을 거라고 믿는다."

"……."

음악 장비와 각종 전자기기까지 섭렵한 놈 아닌가. 놀라운 창의력과 직관성으로 이런 것도 할 수 있을 거라고 믿는다.

"최, 최선을 다해보겠습니다…."

그래.

"저기, 무, 문대야. 컴퓨터가 전원이 들어오지 않아서……."

"노트북으로 하자."

아쉽게도 인터넷은 잡히지 않았으나, 드론 내부에 자체적으로 셀룰러 시스템이 내장되어 있어서 작동은… 가능하다. 그렇다면.

[우우웅―]

"…! 됩니다!"

김래빈은 빠르게 드론 설명서를 훑고 조이스틱을 집어 들더니, 눈을 빛내며 순식간에 연결을 끝내고 드론을 작동시켰다.

"대단해 래빈아…!"

"맞아, 훌륭한데."

"아닙니다! 시험 운행을 하신 건지 운 좋게 이미 해당 노트북과 연결이 되어 있었습니다. 그럼 바로 비상계단 앞으로 이동하겠습니다!"

"으응!"

'…아이돌만 하긴 아까운가.'

나는 짧게 이놈의 능력치를 생각했으나, 지금 이런 걸 생각할 때가 아니긴 했다.

[00:17:52]

시간은 그사이 또 반토막이 났으니까.

'후우.'

나는 주먹을 쥐었다 피며 비상계단으로 향했다.

끼익.

철문을 열고, 선아현이 한 발로 고정한다. 김래빈이 조이스틱을 들고 앉았다.

"그럼… 보내겠습니다."

"그래."

[위이이잉-]

검은 어둠 사이로 드론이 날아갔다.

"다행히 배터리가 충분해서 부착한 조명이 제 역할을 해주고 있습니다."

"그러게…!"

노트북에 연동되는 카메라에서는 초보자가 운전하는 드론이 기우뚱거리며 어색하게 잡는 화면이 보인다. 빠르게 계단을 타고 올라가, 불빛이 비추는 것은….

"여기는 벽이 뚫려 있군요."

아까 내가 대학원생과 대화를 한 그 뚫린 벽이다.

'…여기 서 있던 거구나.'

이제는 3층에서 무대 허공으로 기울어져 그 벽과 맞닿은 비품실 대신, 드론에서 쏘아진 불빛이 그냥 허공을 가로질렀다.

"……"

그 맞은편에는 내가 무대 장치로부터 빠져나온 반대편 백스테이지와 연결된 길이 있었으나, 어차피 철문이라 드론으론 열 수 없다.

'…어디로 간 거지.'

"계속 가자."

"예."

사람 흔적이라도 찾아보자.

그래서 푸른 비상구 불빛과 붉은 소방전 불빛에 물든 어두운 계단의 위, 난간을 타고 모서리를 돌아 그 위로 시야가 올라가면….

"……"

"…막혔습니다."

쿵.

그 위는 3층 입구에서 나온 잔해로 또 틀어막혀 있다. 아까 내가 들어간 비품실이 있던 층이다. 바닥이 무너진 충격에 막힌 것 같았다.

"……."

탐색은 끝났다. 아무 흔적이나 소득 없이.

"아…."

"어떻게… 하면 좋겠습니까."

[00:15:47]

X발. 나는 침을 삼키고 최대한 뇌를 굴렸다. 위가 막혔다면….

"지하로 가보자."

"아!"

비상계단은 지하 주차장으로까지 이어져 있을 것이다.

사람 심리상 붕괴하는 건물에서 지하로 내려가는 것이 꺼려져서 차라리 위로 올라갔을 수도 있지만, 이성적으로는 그쪽으로도 탈출이 가능하다. 주차장 같은 게 있으면 하중 잘 견디게 설계됐을 테고, 입구도 크니 안 무너졌을 수도 있고.

'큰달이 그걸 떠올렸을 수도 있지.'

"그럼 그쪽으로 가겠습니다."

[00:14:25]

드론이 다시 날아간다. 좁고 어두컴컴한 비상계단에서 밑으로, 밑으로 내려가자….

"…!"

"문이 열려 있습니다!"

놀랍게도, 소화기를 이용해 인위적으로 잡아둔 철문이 보인다.

'무너져서 문이 뒤틀릴 걸 대비했어.'

"사람이, 있나 봐…!"

"예. 들어가 보겠습니다!"

김래빈은 급한 손으로 신중히 조이스틱을 움직였다. 노트북 화면으로 비상등의 불빛이 스친다.

철문 너머는 복도였는데, 아무리 봐도 지하 주차장으로 이어지는 길은 아닌 것 같았고… 시설 관리 직원들이 쓰는 공간 같았다. 어두워서 확신은 못 하겠지만, 휴게실이나 CCTV실 같은 게 있을 것 같은데.

'설마 이쪽으로 다들 대피했나?'

하지만 그러기엔 사람 흔적이 안 보이는… 잠깐.

"저거."

"앗!"

"사람 같아."

복도 끝에 있는 투박한 회색문 옆에 뭔가가 보였다. 김래빈도 보자마자 드론을 더 빠르게 움직여서 다가갔….

"…??"

"…!?"

사람은 맞았다. 근데….

"선배님?"

주단이었다.

보초라도 서는 것처럼 문 앞에 서 있던 놈은 드론을 확인했는지 눈을 마주치고 오묘한 표정을 짓더니, 턱을 괴고 고개를 끄덕인다. 이 새끼 왜 놀라지도 않… 아니, 그것보다.

'넌 왜 여기 있어.'

VTIC은 대기실에 있었으니까 바로 같이 빠져나갈 수 있었을 텐데… 아니, 잠깐. 그러고 보니 이놈들도 대기실에 있었는데 못 빠져나갔잖아. 나는 선아현과 김래빈을 돌아보았으나, 이놈들도 뜬금없이 간접 접촉한 선배에 얼이 빠진 상태였다.

'미치겠네.'

[00:12:46]

나는 팝업창의 남은 시간과 노트북의 주단을 번갈아 보았다.
'생각하자, 생각을 하면….'
머리가 과부하가 걸릴 것 같은 그때 갑자기.
뒤에서 벨소리가 울렸다.

[DING- DING-]

"…!"
아니, 스마트폰 벨 소리 같은 게 아니라… 이건.

"안내, 방송…?"

나는 선아현의 목소리에 순간 노트북 화면에서 시선을 떼고 고개를 들었다. 다 무너진 무대 옆, 사방에 걸린 스피커에서 음질 나쁜 목소리가 관객석으로 퍼진다.

[아직 건물에 남아계신 여러분께 안내 말씀드립니다. 진동은 거의 멎은 것 같습니다. 다만 섣불리 문을 부수는 등의 행위는 위험할 수 있으니.]
[비상계단이나 화장실, 중앙 기둥 주변과 같이 안전한 곳에서 구조대를 기다리시면 됩니다.]

침착하고 발성 좋은 남자 목소리다.
누가 들어도 비상 상황에서 안내 방송으로 나오기에 적임자인 목소리인데, 문제는 내가 아는 목소리라는 점이다. 그리고 내 옆에 있는 놈들도 아는 목소리다.
"…세, 세진 형?"
저거 배세진이잖아. 저 새끼는 또 왜 안 나가고 저기서 방송을 하고 있냐고!
나는 심호흡했다.
…정리하자. 안내 방송에서는 배세진이 마이크를 잡고 있고, 드론 화면에서는 VTIC 주단이 보인다.
'장난하나.'
붕괴까지 남은 시간은 12분인데 지하에 한 놈, 어딘지 모르겠지만 안내 방송하는 곳에 한 놈이 있다고. 매니저나 스탭들이 다 X신 새끼들도 아니고 무슨 소속 연예인만 쏙쏙 제외하고 다들 탈출했냐.

[DING- DING-]

"방송이 끝났습니다…."
그 와중에 배세진 목소리는 사라졌다.
'그렇다면.'
일단 계속 확인되는 쪽부터 빠르게 유인한다. 여기서 어버버하다간 다 뒈지는 수가 있으니까. 나는 이를 악물고 노트북 화면을 쳐다보았다. 거기는 주단이… 왜 없냐.
"이놈 또 어디 갔어."
"…! 그, 그 아마도, 방으로 들어가신 게 아닐…?"
다행히 놈은 다시 화면에 등장했다. 글이 적힌 A4 용지를 들고.
"…?"

[건물 내부에 있는 생존자십니까?]

소통의 시도였다.
"헉!"
"이, 이 드론에 음성을 보내는 기능은 없는데 어떻게 하면 좋…."
"드론 위아래로 조작해."
"아."
김래빈의 조작에 따라 드론 시야가 출렁거린다. 그러자 주단이 A4에

새 글을 써서 보여준다.

[탈출로를 찾고 계십니까?]

김래빈이 고개를 끄덕였다.
"음, 저희는 사람을 찾고 있으니 정확히 따지자면 우선 아니라고 대답하는 것이…"
"잠깐."
안 된다.
"갇힌 사람이 탈출로를 안 찾는 게 더 이상하잖아. 일단 찾는다고 하자."
"과연!"
일단 거기서 시작해서 대화를 빠르게 이끌어가야 했다.
'우리 쪽에 성과가 있는지 물어보거나, 정체를 추측하겠지.'
나는 이놈의 다음 답변 예상안을 꼽으며 대화 내역을 머릿속으로 그렸다. 그러는 동안 드론이 다시 위아래로 움직이는 것을 확인한 놈은 또 A4에 글을 끄적거리더니 완성된 문장을 들어 올렸다.
…기대도 안 했던 문장을.

[이곳, 지하의 직원용 구역에 탈출로가 있습니다.]

"…?!"
"어, 어."

문장은 끝이 아니었다.

[바깥으로 통하는 문이 있는데 비상전력이 들어와서 작동됩니다.]

"그, 그러면…."
"붕괴를 막는 것도 중요하지만, 시간이 얼마 남지 않았으니 탈출로 확보도 중요할 것 같습니다!"
"으응, 맞아!"
맞는 말이다. 여차하면 남은 인원이라도 내보내야 한다. 문제는… 언제부터 작동되고 있는지 물어봐야 한다는 점이다. 보통 이 정도 건물이면 아무리 비상전력이라도 한 시간도 안 갈 텐데, 대체 얼마나 시간이 남은 건지 모르겠다. 게다가 이놈은 문이 있는데 왜 안 나가고 있는 거지?
그리고 하나 더.
'…보통 문은 그냥 여는 거지 전력이 필요하진 않을 텐데.'
요동치는 드론을 보던 놈이 실시간으로 용지에 한 줄을 더 적어 넣는다.

[다만 스탭 출입증이 필요합니다.]

'역시.'
뭐가 있었군.
보안키가 있어야 열리는 스탭용 문을 찾은 것 같다.

[스탭 출입증을 찾아서 지하로 와주시길 바랍니다.]

계단이 막혔다 이 자식아. 대체 어쩌다가 혼자 낙오돼서 지하로 간 건지는 모르겠지만, 결국 미션만 갱신됐다.
'…스탭증을 찾아서 지하로 가기.'
그것도.

[00:10:34]

이 시간 안에.
"……."
"스탭증이, 아까 편집실에는 없었던 것 같은데… 그래도, 내가 한 번 더 찾아보고 올게…!"
"그렇다면 저는 지하로 갈 수 있는 방법을 찾… 문대 형?"
나는 노트북을 바닥에 내려놓았다.
"10분 남았다. 둘 다 무리야."
"……."
"다른 방법을 써야겠어."
"예?"
이렇게 된 이상 어쩔 수 없지. 나는 자리에서 일어나서, 아까 챙겨놓은 커튼 밧줄을 움켜쥐었다.

"어."

주단은 고개를 들었다.

어두운 복도 끝에서부터 한 줄기 밝은 라이트가 자신을 비춘다.

[위이이잉-]

현대 재난 아포칼립스 컨텐츠에서 이제는 익숙하게 등장하는 요소, 드론이었다.

'호오.'

그는 턱을 괴고 고개를 끄덕였다. 슬슬 건물에 고립된 생존자들이 다양한 방식으로 나갈 길을 찾나 보다. 그렇다면 나도 전통적인 방식으로 응대해 줘야겠지. 그는 재빨리 뒤를 돌아서 방에 들어갔다.

"혹시 형이 들고 있는 스마트폰을 좀 빌릴 수…."

"……."

대답도 없다. 과연. 뭘 기대했단 말인가.

그는 재빨리 루트를 바꿔 A4 용지를 챙겨 들었다.

[건물 내부 생존자십니까?]

드론이 열심히 위아래로 움직인다. 오, 제법 대응할 줄 아는 사람이었다. 주단은 흥미를 갖고 자신이 알고 있는 정보를 제법 성의껏 알려주었다.

'내가 찾으러 가는 건… 음, 그건 좀 무리지.'

분수에 맞게 살아야 한다. 주단은 어깨를 으쓱한 뒤, 놀라운 정보에 비틀거리다가 갑자기 바닥으로 떨어진 드론을 보았다.

'놀라서 스탭증을 찾고 있을 확률이 절반 이상.'

이걸로 자신의 인간적 도리를 지키는 역할은 충분했다.

"형. 방금 드론이 와서 짧게 대화를 했습니다. 구조대는 아니고 이 건물에 갇힌 또 다른 생존자입니다."

"그래."

그리고 이런 특이점에도 관심을 보이지 않는 일행이 있었다.

지하의 시설관리실에 선 청려는 무표정으로 기기를 조작하고 있다. 전력이 나가서 CCTV를 볼 수 없을 줄 알았는데, 무슨 무선 충전된 휴대용 보안기기를 이용해서 기어코 직전 시간 CCTV를 작은 화면으로 몇 가지 돌렸다.

보통 아이돌은 해본 적도 없고 하는 방법을 알 리도 없는 것.

'저런 게 다 회귀하면서 쌓은 경험치겠지.'

수많은 삶 중 언젠가 한 번 정도는 압박감에 짓눌려 살인마로 살았을지도 모르니 앞으로도 예의 있게 대해야겠다고 주단은 결론 내렸다.

그가 그러든 말든, 청려는 기계적인 손놀림으로 빠르게 CCTV를 넘긴다. 불이 들어오지 않아 어두컴컴한 화면. 그리고 또 화면.

"……."

그러다가,

"아."

있다. 청려는 응원봉 불빛 덕에 밝혀진 2층 비상계단의 뚫린 벽 너머, 찾던 인영을 확인했다. 박문대.
 직후 박문대가 있던 비품실이 통째로 무너지는 것까지 그는 미동도 없이 확인했다. 그렇게 경험에 기반한 자신의 추리가 놀라울 정도로 정확히 맞아떨어졌다는 것을 알았다.
 "……"
 특별한 기쁨은 없었다. 그냥 이미 알던 것을 확인한 것에 불과하다. 비품실이 쏟아진 것은 붕괴한 무대 위. 본래 방송 장비로 잡히기 때문에 CCTV는 없다. 그러니까 여기서는 확인이 불가능했다. 비록 아까 육안으로 확인했을 때는 혈흔이 없었지만… 그 아래 파묻혔을 수도 있고.
 청려는 손을 내렸다.
 남은 배터리로 주변 관객석을 확인할 수 있다는 걸 알았다. 그러나 거부감이 들었다. 왜냐하면…,
 '조용하니까.'
 박문대가 살았다면, 아직도 계속 불합리한 재난이 쏟아져야 한다. 하지만 조용하다는 것은… 끝났다는 뜻이다.
 "……"
 '내가 이 추측도 맞았다는 걸 왜 확인해야 하지.'
 청려는 표정 없이 가만히 장비를 내려다보았다.
 그리고 그것을 주단도 보고 있었다. 좀 멀뚱히.
 "…?"
 저 형이 과거 회상이라도 하나?
 그때였다.
 끼이이익키키이과콰쾅!

"…!!"

머리 위, 아니, 좀 더 먼… 위층 어딘가에서 어마어마한 진동과 소음이 내리꽂히며 지하까지 강타했다.

3차 붕괴였다.

"윽!"

물건이 떨어지고, 사방이 흔들린다. 주단은 즉시 머리를 보호하기 위해 책상 아래로 들어가며 생각했다.

'복선인가?'

드론 날린 주인공들에게 좋은 정보를 주고 막상 지하로 오니 죽어 있는 역할 말이다. 그건 곤란했다. 그는 만반의 태세를 갖추기로 마음먹으며, 양심상 고개를 들어서 일행을 보았다.

그리고 놀랐다.

"…!"

청려는… 희미하게 웃고 있었다.

흔들리는 장비와 깜박이는 불빛 속에 가만히 서서 웃고 있는 모습은 어딘가 비현실적이기까지 했다.

'…설마 위험에서 살아 있다는 감각을 느끼나?'

억측이었다.

그리고 굉음과 붕괴 속에서, 청려의 중얼거림이 들렸다.

"찾으러 갈까."

붕괴 8분 전.

"무, 문대야?"

"잠깐."

나는 붕괴한 무대로 돌아와, 그 위로 조심스럽게 다시 올라갔다.

'아까 우리가 내려온 곳.'

그리고 무대를 포함한 이곳의 구조를 다시 둘러보았다. 2층 구역은 중앙 뒤편 공간을 크게 차지한 무대 때문에 'ㄷ'자 모양이 되어 오른쪽, 왼쪽 딱 반씩 나뉘어 있다.

'우리가 커튼을 로프 삼아 떨어진 건 오른쪽 대기실 구역.'

오른쪽에선 무너진 벽이 보였다. 반대편인 왼쪽 2층은 방송국 직원들과 관계자들이 쓰는 오피스 구역이다.

위층으로 올라갈 수 있는 곳. 하지만 갈 수 없는 곳.

'후.'

나는 숨을 고르고, 두 녀석에게 고개를 돌렸다.

"부탁이 있는데."

"무, 무슨…?"

"저 위로 다시 올라가야겠는데, 부축해 줄 수 있을까."

"…!"

대기실 복도로 다시 돌아가겠다는 말에 당황한 기색이 역력하다.

"스탭증을 찾아보려는… 거야?"

"비슷해. 그런데 설명할 시간이 없다."

나는 빠르게 말했다.

"내, 내가 가면……."

"어떻게 찾을지 설명해 줄 시간이 없어. 빨리!"

선아현이 입술을 깨물었다. 금방이라도 안 된다고 외칠 것 같았으나, 곧 굳은 얼굴로 고개를 끄덕였다.

"아, 알았어. …믿어서, 하는 거야."

"……그래."

망할.

나는 쓸데없이 죄책감을 흘리지 않기 위해 고개를 돌려 커튼 밧줄을 내 허리에 묶었다. 중간에 걸어두고 올라가면 혹시 발 헛디뎌도 죽진 않고, 다 올라가서 벽에 한쪽을 묶어두면 이놈들도 나중에 잡고 올라올 수 있겠지.

"확, 기대야 해…!"

"편하게 디디셔야 합니다!"

"알았어."

나는 두 놈의 허벅지와 어깨를 디뎌서, 허공으로 손을 뻗으며 뛰었다.

'잡았…!'

됐다.

철근을 잡은 뒤, 팔 힘과 반동으로 2층 바닥에 반대편 손을 올렸다. 배가 콘크리트 부서진 곳에 거칠게 부딪힌다. 콱.

'빌어먹을.'

더럽게 아프네. 하지만 중요한 건….

'도착했다는 거지…!'

"허억."

나는 구르듯 대기실이 모인 2층 바닥 위로 올라간 뒤, 커튼 밧줄을 허리에서 풀었다. 밑에서 외치는 소리가 들렸다.

"괘, 괜찮아?!"

"어! 날카로워서 위험하니까 이제 무대에서 떨어져서 중앙 기둥 쪽에 가 있어, 끝나면 부를 테니까!"

"알겠습니다! 몇 분 남았습니까?"

[00:04:31]

"…8분!"

이러면 체감상 4분 후에도 패닉에 빠지진 않을 것이다.

나는 놈들이 들었다는 것을 확인하고는 발을 옮겼다. 손전등을 켠 채 몇 방을 돌며 직원증을 찾았지만, 역시 보이지 않는다.

그럴 만도 하다. 여긴 외부인이 쓰는 공간이니까.

[00:01:57]

'백스테이지에도 직원증은 없었어.'

역시 구하려면 직원들이 있던 공간이 맞았다. 반대편 2층 구역, 오피스 공간으로 가야 했다.

하지만 길이 없다면?

'…만들어야지.'

나는 무대의 위치를 가늠하며, 빙 돌아 복도 끝으로 발걸음을 옮겼다.

"……후우."

이 작은 대기실 벽 너머가, 반대편인 2층 왼쪽 구역이다. 아마도.

"……."

물론 나한테 벽을 부술 능력은 없다. 차라리 밑의 비상계단 앞을 치우는 게 더 현실성 있는 방법일지도 모르지만… 시간이 없다.

'그렇다면 말이지.'

이런 생각이 들지 않는가.

보자. 얼마 지나지 않아 날 노리고 건물이 붕괴한다는 건 확실한 사실이다. 그런데 건물이 다시 붕괴한다고 이미 무너진 곳에 쌓인 잔해가 없어지지 않는다.

'하지만, 멀쩡한 벽은 무너뜨릴 수도 있다…!'

[00:01:03]

나는 대기실 주변의 무거운 물건을 벽 앞으로 옮기기 시작했다.

'아까도 분명 정확히 나를 노리고 벽이 떨어졌다.'

그렇다면, 큰달(추정)이 모순점을 발견해서 '미션 실패'로 명칭을 바꾼 이 재난은 거기서 더 국소적이고 온건해졌을 확률이 높다. 붕괴라고 친절히 알려주기까지 하지 않냐.

'역으로 이용한다.'

X발 두 번이나 살았으니 이번에는 더 잘하겠지. 심호흡하고, 정신 차리고 준비한다.

카운트다운이 들어갔다.

[00:00:03]
[00:00:02]
[00:00:01]

뚝. 끊기는 소리.
나는 벽에 기대어 있다가,

[00:00:00]

옆으로 몸을 돌렸다.
"…!"
어마어마한 폭음과 함께 방이 흔들린다. 그리고 내가 있던 자리로 앞에 쌓아둔 무거운 가구와 철제 소품이 쏟아졌다.
끼이이익키키이과콰쾅!
묵직한 천장 조명까지.
'X발.'
순간 미친 짓을 저질렀다는 후회가 스쳤… 아니, 닥쳐. 이것뿐이다. 이게 맞다! 움직여!
"흡,"
나는 옆으로 굴려 몸을 미끄러뜨리며 화장대 아래로 들어갔다. 날카로운 잔해가 볼에 튀며 화끈거린다.
찌이이익-
그리고 무너지는 굉음과 흔들림이, 조금 잦아들었을 때, 기대하지 않았던 소리도 크게 울리기 시작한다.

"아아아악!"

"엄마야!"

비명과 외침.

"……."

나는 비틀거리며 화장대 밑에서 나왔다. 온갖 물건들이 박살 나서 바닥을 구르고 있었다. 그리고 반쯤 무너진 벽 너머에서, 빛과 소리들이 새어 나오고 있었다.

천천히 걸어갔다. 잔해를 밟고, 본 벽 너머는….

"힉!"

"어, 여기 사람… 무, 문대??"

엘리베이터 앞에, 열 명이 넘는 사람이 앉아 있었다.

거기서 끝이 아니었다. 깜박이는 비상등으로 어렴풋이 보이는, 이어진 복도 여기저기에서 소리가 나온다.

"누구예요?"

"무슨 일이야 지금?"

"……."

관객석에 없던 사람들이 다 여기 있었다.

'뭐야.'

나는 눈을 깜박였다.

그리고 그 충격으로 한 박자 늦게… 보았다.

[관리실]

마이크 달린 안내 방송 기기가 보이는, 열린 문에 달린 명패가. 그리고 거기서 넘어지듯 달려 나온 놈이.
"…박문대?"
무대 의상을 입은 큰세진이었다. 놈은 믿을 수 없다는 듯이 날 보더니, 달려와서 양손으로 내 머리를 잡았다.
거기서 끝이 아니었다.
"문대??"
"뭐?"
문 너머에서 다른 놈들도 하나씩 나온다.
"문대 형!!"
"너…, 너…!!"
하네스가 뜯어진 차유진, 팔을 걷어붙인 류청우. 그리고 아까 방송을 하던 배세진까지.
'…안 돼.'
최악이었다. 이놈들이 다 여기 남았다는 건 악몽이나 다름없다.
그런데도… 빌어먹게도 반갑다. 나는 힘겹게 입을 열었다.
"…미안하다."
"이 미친, 미친 새끼야…!"
"……."
큰세진 이놈이 이런 욕을 하는 건 처음 들었다. 그것도 팬들 앞에서. 하지만 화가 나진 않았다. 포옹하니까 갈비뼈가 아픈 것도 참을 만했다.
'무겁다 새끼야.'

나는 온갖 의문과 확인할 것들을 잠시 멈추고 재회를 받아들였다. 그러나 팝업은 또다시 갱신되고 있었다.

[돌발!]
미션 실패 : 건물 붕괴
- 붕괴하는 건물의 재난 (완성)
: 마지막 재난까지 00:29:59

몇 시간 전.
박문대가 무대로 뛰쳐나가고 그 위로 거짓말처럼 무대 장치가 쏟아진 뒤.

꺄아아악!
으허억, 헉!

비명과 넘어짐, 혼란으로 가득 찬 백스테이지에서 이세진은 우두커니 선 채 생각했다.
'꿈인가?'
아무래도 이상한 악몽을 꾸고 있는 것 같다. 그렇지 않고서야, 갑자기 멀쩡했던 멤버가 쓰러지더니 무대로 뛰쳐나가고 그 위로 무대 장치가 쏟아져 내릴 리가 있나.

아무리 초자연적인 현상을 경험했더라도 이건 너무 어처구니없는… 그러니까, 말도 안 된다.

'이런 일이 벌어질 리가….'

짝.

통증.

"정신 차려!"

고개를 돌리자, 배세진이 새하얗게 질린 얼굴로 자신의 등을 친 것이 보였다.

"살아 있을 수도 있. 살아 있을 거야, 확인해야지…!"

"…!!"

이세진은 숨을 들이켰다. 소리가 쏟아져 들어왔다.

그는 다시 육중하고 거대한 장치가 엉망진창으로 무너져 내린 무대 위를 보았다. 도무지 틈 사이로 사람 같은 게 보일 밀도가 아니었다. 하지만, 하지만 안에 공간이 있을 가능성은….

"안을, 확인해야 하는데."

그 멍한 말을 들은 건지, 류청우가 드물게 감정적인 목소리로 말하는 소리가 들렸다.

"반대편 백스테이지!"

"…!"

"그쪽으로 가자!"

차유진이 즉시 튕기듯 튀어 나갔다. 나머지 멤버들도 혼란으로 스탭과 직원들이 말리지 못하는 틈을 타 백스테이지 돌아서 반대 방향으로 가기 시작했다.

그러나 도착한 반대편에도… 완전히 붕괴한 철골만이 무시무시한 조형물처럼 쌓여 있을 뿐이었다.

"……흡."

치지지직….

부서진 조명에서 튀는 전기. 그리고 약간의 혈흔이 묻은 철골. 깔리는 순간 어떤 꼴이 됐을지 섬뜩할 정도로 상상이 되었다. 그래선 안 됐다.

'여기서, 살아 있을…….'

그 순간이었다.

쿵.

끼기기긱쿠쿠쿵기익콰과쾅!

생각을 멈추라는 듯, 순식간에 무대 위 천장의 콘크리트 구조물까지 다시 무너져 내린다.

"…!!"

"여기 와요! 빨리!"

벽이 흔들렸다. 멤버들은 차유진이 급하게 달려가서 잡아 뜯듯이 연 비상계단으로 뛰어 올라갔다.

"일단 들어가!"

그리고 사방에 들리는 비명과 고함, 발걸음 소리를 들으며, 그들도 얼결에 스탭의 지시를 따라 탈출했을 것이다.

이걸 보지만 않았더라도.

"…여기, 핏자국!"

배세진이 자신도 모르게 찾아낸 것은 위로 이어지는 박문대의 혈흔이었다.

"…그렇게 된 거야."

"……."

류청우는 짧게 요약된 그간의 설명을 다 털어냈다.

그 후로는 탈출하기 쉽도록 아직 건물에 남은 사람들을 모았는데, 한 번 더 붕괴가 일어난 뒤에는 1층과 3층 문이 모두 막혀서 2층에 고립되어 있던 것이다.

그리고 나는 깨달았다.

아까 드론으로 본… 무너진 비상계단의 벽 맞은편 2층 철문. 그건 내가 무대가 무너질 때 백스테이지에서 빠져나온 문이 아니었다. 그때 정신없이 위로 도망치다가 순간 혼동한 것이다.

높이상 백스테이지 문이 그렇게 높이 달려있을 순 없었다. 그건 우리가 드론을 날린 곳 옆에 있었을 거다. 굳게 닫혀 있던 2층 철문은… 사실 이 오피스 공간으로 연결된 것이다.

류청우가 말을 마무리했다.

"그래서 세진이가 안내방송을 생각해 냈어. 무전기가 충전식이라 다행히 쓸 수 있었고."

"……."

그렇게 혹시 내가 살아서 여기 남아 있을 수도 있다는 가능성을 순간 버리지 못해서 그 차이로 탈출을 못 했다는 거다.

미치겠군. 나는 간신히 말했다.

"감사합니다. 하지만 앞으로는…."

"…앞으로는?"

'그런 무모한 짓은 하지 말라'라고 말하려 했으나 내 코가 석 자인 것을 깨닫고 입을 다물기로 했다. 애초에 내가 자살행위처럼 보이는 짓을 하지만 않았어도 이놈들이 남았을 리가 없지.

"…시간이 있으면 설명하겠습니다. 하지만 이번에는 정말 급해서요."

"……."

류청우는 할 말이 대단히 많다는 표정으로 나를 보았으나, 결국 다 쏟아내진 않았다. 나도 설명을 해뒀기 때문이다.

"…지금도 시간이 부족하다며, 일단 일어나자."

"네."

시스템인지 뭔지는 모르겠지만, 상태창이 붕괴 메시지를 띄웠다고 방금 설명했거든.

[00:26:03]

"그러면 큰달이라는 분을 먼저 찾아야 한다는 거지."

"예. 하지만 다른 사람들은 탈출이 우선입니다."

그리고 관리실 문을 열고 나오자, 마침 옆 방에서도 누군가 튀어나온다.

"여기 있어요!"

차유진이 손아귀에 서너 가지의 사원증을 들고 있었다. 이 몇 분 사이에 이 복도의 사무실이란 사무실은 이 잡듯이 뒤진 건지 벌써 목표를 달성한 것이다.

"팬들 같이 찾았어요. 우리 이제 빨리 나가요!"

역시 인력이 충분해야 한다. 같은 의미로, 관객석에 있는 두 녀석에 대한 것도 인원이 충분하니 동시에 챙길 수 있었단 말이지.

"헉!!"

나는 옆에서 들리는 팬의 외마디 비명에 고개를 돌렸다.

"바, 박문대…!"

"형! 무사하셨군요!"

"…!"

벽 너머에서 배세진이 데려온 두 녀석이 보였다. 아마 나도 저런 느낌이었겠군. 걸어둔 로프를 이용해서 올라온 건지 아까보다 더 먼지가 묻은 상태다.

"……."

그리고 둘 다 거의 눈물을 쏟을 것 같은 표정이었다. 저놈들 입장에서는… 갑자기 건물이 일찍 붕괴하더니 올라간 놈과 대뜸 연락이 끊긴 거니까. 망할.

"그…."

나는 황급히 대가리를 굴렸다.

"내가 시간 계산을 잘못했다."

"아, 안 믿어."

"……."

큰일 났다.

"박문대 너…."

"정말 실수였어요."

나는 배세진의 의심스러운 눈초리를 받으며 포위당한 것처럼 선아현과 김래빈을 대동하고 움직이게 되었다.

그래도 그 와중에 김래빈이 노트북과 드론 조이스틱까지 챙겨왔다는 게 놀라울 뿐이다.

"김래빈! 괜찮아? 그거 뭐야? 우리는 몸 가볍게 만들어야 해, 버려!"
"네 지식만으로 가치 여부를 함부로 판단하면 안……."

김래빈은 드물게 주변을 확인한 뒤 분위기를 파악했다.

"…탈출에 사용할 가능성이 있는 물건이야!"

문제는 이거였다. 지금 우리를 수십 명의 팬이 쳐다보고 있다는 점. 지금도 속삭이는 소리가 들린다.

"애들 다 남았어?"
"아… 어떡해."

이 상황에서 상태창 브리핑하겠답시고 우리끼리만 사라져서 대화했다가는 무슨 사태가 날지 모른다. 사실 갇혀 있는 처지인 건 매한가지지만 공인이다 보니 주목을 끌게 되는 것이다. 애초에 팬들이라 지금도 본인들 상황만큼 우리를 걱정하고 있는 판이고. 아까도 괜히 류청우와만 잠깐 방에 들어가서 대화를 한 게 아니란 뜻이다.

괜한 소리 안 지껄이도록 조심하면서 빠져나가야 하니, 난이도가 좀 높아지긴 했다. 물론 남은 시간도 더 촉박하고.

[00:24:01]

당연하지만, 급변하는 분위기와 상황에 지금도 동요하는 사람이 나온다.
"저기… 혹시 문제 생겼어요?"
"괜찮아요. 제가 초반에 실수로 혼자 떨어져서 다들 놀라서 그래요."
"아…."
나는 최대한 온건하게 미소 지었다. 대충 팬사인회와 비슷한 느낌이었길 바란다.
그 팬은 내 갈아입은 상의를 힐끔거리고 있었다. 나머지 놈들이 다 무대 의상이라 눈에 띌 것이다.
'상처는 눈치 못 챘겠지.'
"맞아~ 그래도 이렇게 만나서 너무 다행이죠? 저 아까 진짜 너무 놀라고 반가워가지고! 이제 우리 안전하게 나가는 것만 신경 쓰면 될 것 같아요!"
큰세진이 너스레를 떨며 내 어깨를 도닥인다. 안 그래도 아까 욕설까지 한 놈이 복도 분위기 다독인답시고 고생 좀 했을 것이다.
"고맙…."
"나가서 이야기해."
"……."
아니, 사정이 있었다니까… 뭐, 됐다.
나는 당장 급한 것부터 시작했다.
"혹시 여기 남자 관객분 없으실까요."
여기저기 사무실에 흩어져 있는 사람들이 있으니 그중에 큰달도 있을 가능성이 제법 높지 않은가. 녀석은 상태창에 접속하느라 이 소란도 몰랐을 수도 있다. 백 번 넘게 검색 시도한 걸 보면 온 정신을 거기 쏟고 있었을 것이다.

"저 힘쓰는 일이면 저희 다 같이 하면 되지 않을까요?"

"아뇨, 아뇨. 그런 건 아니고 누구 하나를 찾는 거라서요."

"아아…."

내가 어지간히 급해 보였는지 굳이 그게 무슨 일인가 묻지 않고 다들 사람을 찾기 시작했으나…… 없다. 팬들이 대부분 여성인 데다가, 한둘 남은 스탭도 다 여성이다.

"음."

더 지체하는 건 멍청한 짓이다.

"어쩌지…."

"괜찮아요. 얼른 대피부터 시작해요."

나는 팬들에게 말하며 류청우에게 눈짓했다. 류청우가 침착하게 사람들을 모아서 지하로 이동하자고 말하기 시작했다.

"저기 래빈이가 든 거 보이시죠? 드론 조작기인데, 저걸로 지하에 문이 있는 걸 확인했다고 합니다. 저희 질서를 지켜서 차례대로…."

사람들이 희망적인 이야기에 얼른 몸을 일으켰다. 그러자 불안한 얼굴로 여기저기 멀리 흩어져 있던 사람들까지도 고개를 든다. 그중에는 구석진 방에 쭈그려 앉아 있다가 고개를 내미는 사람이 있었다.

"무, 문대?"

"…!!"

비슷한 소리를 몇 번이나 들었는데도 이번 것은 조금 달랐다. 나는 그 응원봉과 목소리를 방금도 들었기 때문이다.

'아.'
…아까 비품실에서 봤던 팬이었다. 대학원생.
잘 도망쳤구나.
"어어……."
"안녕하세요. 아까 봤죠, 저희."
눈이 마주치자 눈물을 참는 게 보였다. 아무래도 내가 떨어져서 죽은 것 같다는 것을 아무에게도 말하지 않고 참은 모양이다.
'말해봤자 공포만 조성할 테니까.'
누구나 그렇게 생각하는 건 쉽지만, 그래도 그걸 꾸역꾸역 참는다는 게 보통 일은 아니었다. 나는 최대한 온건한 목소리로 말했다. 시간이 없지만 X발 이건 해야지.
"아현이가 잡아줘서 잘 빠져나왔어요. 걱정해 주셔서 고마워요."
"아니야…."
상황상 최대한 평정심을 유지하려는지 곧 얼굴이 침착해졌다. 대학원생이라 정신력이 좋든 정신적 고통에 역치가 높든 둘 중 하나는 확실한 것 같다. 어쨌든 지금은 여운을 누릴 때가 아니라는 거지. 나도 본받아야겠군.
나는 이 대학원생에게도 물었다. 남자 자체가 잘 안 보이니 이번에는 목격담을 수집할 생각이었다.
"혹시 키가 이 정도 되는, 안경 쓴 남자 못 보셨나요. 20대 후반 정도로 보일 텐데."
"잘생겼대요."
"……."

큰세진이 빡친 상태에서도 거들어주긴 한다. 도움이 되는 건지는 모르겠지만 말이다. 대학원생은 이게 도대체 무슨 소린지 모르겠다는 얼굴로 멍한 표정을 지었다. 그럴 줄 알았….

"나, 나 아는 거 같아!"

"…!!"

"내가 앞자리에서 나가다가, 넘어져서 제때 대피로를 못 쓴 건데… 그때 나 부축해서 일으켜 세워준 분이 있었어!"

뭐?

대학원생이 손짓 발짓을 한다.

"이렇게, 모자 쓰고 안경 쓰고… 키 크고 피부 하얗고, 어, 맞아. 잘생겼던 것 같아!"

완벽히 일치한다. 나는 황급히 물었다.

"그 사람 대피했나요?"

"아, 아니, 이미 대피로 막혀서 그때 멤버들이 불러서 같이 막 올라오려고 했는데……."

대학원생은 난리통에 떨어져서 어딘가에 있을 줄 알았다는 얼굴이었다. 그러나 여긴 그런 놈이 없다.

"어? 어디 가셨지…?"

망할!

"그게 언제쯤인가요."

"그 두 번째로 난리 났을 때였어! 아예 무대 천장 떨어지고 막… 그랬을 때!"

"비상계단으로 올라오셨죠."

"어, 어!"

"……."

나는 심호흡한 뒤, 그 루트를 머리로 그렸다.

이 사람이 앉았던 것은 왼쪽 앞 관객석.

'뒤로 달려가서 나가려고 했을 거야.'

그런데 중간에 넘어져서 큰달이 일으켜 세워줬고, 그사이 대피로가 막히면서 다들 비상계단으로 갔다.

'하지만 비상계단에는 큰달이 없다….'

드론으로 봤을 때도 안 보였고, 3층 위는 무너진 상태. 그렇다면.

"……."

아, 망할. 나는 몸을 돌려서 복도를 뛰어갔다.

"야!"

"누가 남아 있어요! 다른 사람들은 다 비상계단을 통해서 지하로 내려가게 부탁드립니다!"

나는 소리를 지른 다음에 벽을 넘었다. 그러자 순식간에 양옆으로 선아현과 큰세진이 붙었다.

"너 지금….."

"찾은 것 같다고!"

나는 대기실을 지나쳐, 계단 밧줄이 아직 걸려 있는 무너진 무대 위로 향했다.

그리고 보았다. 무대 너머의 관객석을.

"여, 여긴 다시 왜….."

나는 밧줄을 잡으며 숨을 몰아쉬었다.

"여기 있을 거야."

"…!!"

큰달은 아직 관객석에 있다.

'그리고 우리가 아까 여기 한참 있었는데도 못 만난 이유는….'

만날 수 없는 상태라서.

"그런데, 쓰러져 있겠지."

"…!"

왜 갑자기 동선에서 사라졌겠는가. 움직일 수가 없는 것이다.

'몸을 못 쓰는 거 아닌가.'

이 지랄을 막아보겠다고 상태창에 접속하기 위해 집중하는 걸 넘어서 아예 또 상태창화했을 가능성이… 높다. 그러니까 비상계단으로 못 따라갔고, 그럼 아직도….

"분명 관객석에, 있을 거라고."

머리가 맑아진다.

나는 밧줄을 잡아다가 허리에 감았다. 이대로 내려가서 이 잡듯이 뒤질 생각이었지만… 잠깐.

'문제가 있다.'

머리가 맑아지자, 어두컴컴한 관객석의 넓이도 눈에 들어왔다.

"…하."

여긴 천명을 수용하는 관객석이다. 이 넓이에서 시간 내로 찾아서 깨운 다음에 그놈과 뭘 상의할 시간이 있을까.

[00:19:35]

이 시간 안에?

그리고 다시 여길 올라가서 지하로 갈 수 있나.

"……."

X 됐다.

사실 그 감상을 느낄 시간에 빨리 움직여야 하는 걸 알았으나, 본능적으로 힘이 빠져서 순간 밧줄을 놓았을 때.

옆에서 낮은 목소리가 들렸다.

"박문대, 너 지금 다쳤잖아."

"별로,"

"아니, 내가 빠르게 내려 갔다 올 테니까 줘."

큰세진이 굳은 표정으로 손을 내밀었다. 그리고 선아현도 머뭇거림 없이 다가온다.

"아니…! 내, 내가, 밧줄도 써봤고 아래도, 잘 아니까… 갔다 올게."

미치겠다.

허리에 밧줄도 잘 감았겠다, 운이 좋을 수도 있으니 일단 X발 그냥 아래로 몸을 날릴까 고민하는 순간.

투두둑.

"…!"

거대한 무대와 관객석. 그 어둡고 광활한 공간의 끝. 저 구석, 푸른 불빛이 흘러나오는 곳에서 작은 소리가 들렸다.

비상구였다.

"저긴…"

반쯤 막혀서 드론을 넣었던 곳인데.

그러나 거짓말처럼, 그곳에서 구둣발이 나온다.

먼지가 묻었으나 여전히 몰골이 좋은 남성용 정장 구두. 그리고 긴 다리가 비상등 아래로 나오고, 마지막으로 손을 털고 나오는 상체의 얼굴은….

"…!!"

청려.

놈은 관객석을 한번 둘러보지도 않고 정확히 시선을 돌렸다. 붕괴한 무대 위. 손전등을 들고 있는 우리에게로.

비상등 불빛 아래에서 희미하게 웃으며 입을 열었다.

"누구 찾아요?"

놈의 손에는, 시설 직원용의 것으로 보이는 휴대용 감시기기가 들려 있었다.

…CCTV.

"……."

이게 무슨 상황이지?

붕괴한 건물에서 예상도 못 한 얼굴이 등장하는 건 이번이 처음도 아니지만, 이렇게 현실성이 없기는 처음이다.

저놈이라면 벌써 바깥에서 인터뷰라도 하고 있을 줄 알았다.

'순조롭게 탈출했을 줄 알았는데.'

경험도 있는 놈 아닌가.

하지만 아무리 관객석이 어둡다고 해도 비상등 아래 있는 청려는 환각은 아니었다. 아니, 그리고 남았다고 해도 반쯤 막힌 비상문에서 어떻게 나온 거냐.

그러나 의문을 길게 가질 시간 여유도 틈도 없다. 귀신이라도 본 것처럼 얼어붙은 분위기 속에서 놈이 걷기 시작한다. 구둣발 소리가 울리며 다시 목소리가 들린다.

"후배님?"

그 순간 뭘 해야 할지 알았다.

"너 손에 든 거."

나는 침을 삼켰다.

"CCTV냐."

"……"

놈이 무대 앞에서 멈춰서서 고개를 들었다.

"역시 찾는 게 있었구나."

"사람."

나는 다시 밧줄을 들었다.

"이 관객석에 쓰러진 사람이 있어."

"……"

"찾아야 해."

청려가 발을 멈추더니 관객석으로 시선을 돌렸다. 나는 밧줄을 선아현에게 도로 뺏긴 것도 거의 알아차리지 못한 채 식은땀을 손아귀에 쥐며 놈을 쳐다보았다.

그리고 대답이 돌아왔다.

"음, 이미 찾은 것 같은데."

"…!"

놈이 CCTV 기기를 들었다. 정문 대피로 근방은 적외선 카메라가 돌아가고 있었다.

"저기!"

나는 황급히 손전등을 돌렸다. 왼쪽 외각의 뒷좌석 아래, 쓰러져 있는 다리가 보인다. 가까이 뛰어간 큰세진이 자신의 손전등으로 상체를 비춘다.

"잠깐."

녀석이 의자 아래로 엎어진 상체를 돌리자 익숙한 얼굴이 드러난다. 모자가 벗겨진 류건우의 얼굴. 큰달이다.

'후,'

나는 숨을 내쉬었다.

'우연히' 관객석을 보고 있었다는 청려의 CCTV에서는 대피 당시 갑자기 넘어지는 큰달의 모습까지 녹화를 돌려 확인할 수 있었다. 거기에 대해서 할 말이 좀 많긴 하다만.

"일단 일으켜 세울게."

"잠깐."

지금은 이게 급하다.

나는 큰달을 잡은 상태에서 일단 상태창을 확인했다.

[00:15:53]

…변화는 없다.

'접촉 가지곤 안 되는 거야.'

역시 직접 대화를 해야 뭐라도 정황을 맞춰볼 수 있겠군.

"큰달, 박문대, 류건우!"

나는 놈이 썼던 모든 호칭을 다 사용하며 큰달의 어깨를 두드리고 흔들었다. 그러나 큰달은 움찔거림도 없이 외부의 힘이 들어오는 대로 흔들리기만 한다.

'…설마.'

나는 놈의 코 밑에 손을 가져다 댔다. 다행히 숨은 쉬고 있다. 심지어 잠자는 것처럼 꽤 안정적이다. 그렇다면… 지금도 못 깨어나는 상태라는 건.

'아직도 상태창 내부에서 무슨 일이 벌어지고 있을지 모른다.'

나는 쓸데없는 시간 낭비는 더 하지 않기로 했다. 제한 시간이 촉박했으니까. 그래도 나가는 건 문제 없으니 다행이지. 일단 업고 이동을….

"미쳤어?"

"나, 나한테 줘…!"

"……"

…하려고 했지만 다른 놈들과 함께 부축하며 이동하게 되었다.

"일렬로 서서 이동해야 해."

"…그래."

지하로 내려가는 길이 다 같이 뭉쳐서 이동할 만한 폭이 나오지 않을 테니까. 그래도 청려가 나온 비상계단 쪽 통로가 열려서 돌아갈 시간이 굳어서 다행이었다.

나는 선아현, 큰세진과 함께 큰달을 들어 올렸다. 균형만 맞는다면 한 놈 드는 것 정도야 큰 문제는 없을 것 같았다.

"음, 들어줄까요."

"됐다."

굳이 다른 놈 시킬 생각도 없었다. 그러나 청려는 의외로 맨 앞에서 큰달의 목 부근을 받쳐 들었다.

"…!"

'이 새끼 뭐 켕기는 거 있나?'

이 놀라울 정도로 협조적인 것에 대한 감상도 나중에 하자.

"일단 가자."

우선은 탈출이다.

우리는 비상계단을 향해 빠르게 이동하기 시작했다. 어두운 관객석이 빠르게 뒤로 스친다. 앞에선 큰세진의 검은 실루엣에서 목소리가 들렸다.

"선배님, 여기서 뵐 줄은, 몰랐는데 선배님은 어쩌다가 남으셨어요?"

"글쎄요."

큰세진이 이를 악물더다 초인적인 표정 관리로 참는 것이 손전등에 비쳐 보였다. 남 일 같지 않군.

'질문을 말아야지.'

[00:13:06]

남은 건 13분.

그리고 도착한 비상계단 앞은 잔해가 어지럽긴 했으나 발만 잘 디딘다면 충분히 통행이 가능했다. 언제 이걸 다 치운 건진 모르겠다만, 할 수 있다.

"조심히 들어가자!"

"오케이."

우리는 큰달의 목이나 사지가 꺾이지 않게 조심하며 비상구 안으로 들어갔다. 그러자 불쑥 귀 바로 옆에서 목소리가 들렸다.

"오셨군요."

"…??"

때릴 뻔했다.

그 대신 고개를 돌리자 보이는 것은 아까 드론으로 봤던 놈이다. 손전등을 들어 올린 선아현의 당황한 목소리가 들린다.

"서, 선배님…?"

"반갑습니다, 테스타분들. 역시 정황상 여러분이 구출하는 사람이 한 명 정도는 있을 줄 알았습니다."

VTIC 주단이었다.

지하에서 탈출구까지 봐둔 놈이 왜 여기 있… 설마. 나는 놈을 훑어보았다. MC 보느라 정장 차림이었던 청려 놈과 달리 주단은 대기실에 막 도착한 놈답게 사복 차림이었다. 한마디로, 노동하기 더 적합한 차림이란 뜻이다.

'…이놈이 같이 치웠구나.'

어쩐지 청려 혼자 치웠다기엔 말이 안 되더니, 노동력이 하나 더 있던 것이다. 주단이 먼지 묻은 장갑을 털며 어깨를 으쓱했다.

"절묘한 타이밍을 위해 제법 열심히 협조 중이었죠."

무슨 개소린지 모르겠다.

"그리고 과연 정석적인 성공형 해피 엔딩으로 가는군요."

마음대로 생각해라.

"…예, 아무튼 감사합니다."

그 와중에, 어둠에 적응한 눈이 드디어 놈의 뒤로 머리를 가린 채 이동 중인 팬들을 확인했다. 정리를 마치고 대피를 시작한 모양이다.

"주, 주단??"

방금처럼 VTIC을 발견한 사람이 무의식중에 이름을 외치긴 하지만 기본적으로는 다들 입 다물고 정신없이 발을 옮기고 있다. 저 사이에서 정신 잃은 사람 옮기다가는 누가 다치겠다.

"보내고, 이동해야겠어."

"그래."

우리는 잠깐 큰달을 몸에 기대게 한 채 숨을 골랐다.

'후.'

나는 사람들이 넘어지지 않게 간격을 두고 내려가는 모습을 관찰하며 문득 입을 열었다. 스포일러 방지라고 스탭들이 걷어 가버려서 저 관객들 수중에 없지만, 청려는 가지고 있던 것을 떠올렸기 때문이다.

'통화했었지.'

스마트폰.

"너 혹시 신고는 했냐."

"아."

놈은 자신의 정장 재킷 주머니로 시선을 내렸다. 꼴 보아하니 안 한 것 같다. 이제 와서 신고하느니 탈출하는 게 더 빠르니 군소리 말고 계속 이동하는 게 낫겠지.

"음, 이상한데."
"뭐가."
"아뇨."
"……."
따지지 말자. 탈출이 먼저다.
그런데 도리어 저쪽에서 또 입을 연다. 다른 화제로.
"꽤 안정적이네요."
"뭐가."
"후배님의 상태가."
"……."
상태이상 실패로 곧 뒈질 놈치곤 당장 목숨의 위협을 받는 것 같지도 않고, 정신 상태도 제법 괜찮아 보인다는 뜻일 것이다.
"뭘 알고 있어요?"
대답 안 할 수 있지만, 도리어 양옆에서 시선이 느껴진다. 선아현과 큰세진이다.
'젠장.'
이건… 차라리 대충이라도 설명하는 게 낫겠군.
"…내가 다음 붕괴 시간을 볼 수 있는데."
"네."
"…다음 게 최종. 마지막이라고 떠 있었다."
순간 침묵이 내려앉았다. 듣고 있던 놈들도 알아차린 것이다.
"마지막?"
"그래. 끝난다는 것 같아."

"아…!"

사실 여러 가지 의미로 해석할 수 있지. 하지만 그 자리의 사람들이 의미를 생각하기에 앞서 저 위에서 목소리가 들렸다.

"저기 계십니다!"

"아!!"

"…! 문에 저거 치웠구나!"

관객들을 먼저 보낸 놈들이 드디어 2층에서 뛰어 내려오기 시작한 것이다.

"다 온 거예요?!"

"그래!"

테스타의 다른 멤버들은 우리를 발견하자마자 반색하고 뛰어왔다.

"너!! 제발 좀 먼저 상의부터 하고 행동해!"

"예…….."

반가워하는 거라고 치자.

가장 먼저 뛰어온 차유진이 외쳤다.

"형들 여기 있어요! 모두 Oka… Who the hell was that?!"

"내가 찾던 사람. 기억나지?"

"Oh-"

녀석은 긴 감탄사를 끌더니, 곧 축 늘어진 큰달의 얼굴을 확인하고 고개를 끄덕였다.

"저 줘요! 제가 업어요."

"아니, 괜찮은데."

큰달의 몸이 맛집 계산서처럼 여러 사람의 손을 오가며 결국 차유진 등에 장착되었다.

"가요!"

VTIC을 확인한 놈들은 그것에도 놀란 것 같았으나, 일단 내려가는 것이 우선이라는 암묵적 합의하에 걸음을 옮기기 시작했다.

"이제 나가면 되지?"

"예."

할 수 있는 건 다 한 상태다. 압박감과 긴장감이 약간 누그러진 탈출 직전의 분위기에서, 그것을 가르고 청려가 중얼거리는 소리가 들렸다.

"음. 둘 중 하나겠네요. 그걸로 재난이 끝나거나, 아니면…."

아직도 계산하고 있었냐?

"후배님의 기회가 끝나거나."

"……."

후.

"저거 무슨 뜻이야?"

"박문대?"

나는 입을 다물었다. 청려는 문장을 마무리했다.

"건물이 완전히 무너지는 거죠."

그때.

쿵.

쿠쿠쿵-!

"…!"

"진동?"

"형, 설마 이번에도 왜곡된 시간을…."

"아니야."
나는 황급히 팝업을 확인했다.

[00:09:59]

분명 시간이 남아 있다.
"시간 남았어. 확실히."
그러자 배세진이 창백한 얼굴로 중얼거렸다.
"…붕괴가 클수록 전조 증상도 이른 거 아니야?"
"……."
짧게 침묵이 흘렀다.
청려가 또 중얼거렸다.
"음, 역시 후자였나."
지금 그런 소릴 할 때냐?
"알면 뛰어!"
나는 다른 놈들을 데리고 빠르게 뛰기 시작했다.
쾅!
"아아악!"
지하에서 비명이 울렸다. 나는 외쳤다.
"키! 키 어딨어?"
"맨 앞 분께 드렸어! 두 개나!"
류청우가 거짓말을 할 리는 없으니 진실이다. 그럼 사람들이 당장 빠져나가고 있어야 하는데….

'왜 뭉쳐 있지?'

도착한 지하 복도는 수십 명의 사람으로 꽉 차 있었다.

끼익, 쾅!

"으흐흐흑!"

그리고 위에서 굉음이 들릴 때마다 사람들이 응원봉이나 손으로 머리를 막고 있다.

'뭐야.'

왜 못 나가고 있단 말인가.

"잠시만요!"

나는 사람들 사이를 파고들었다. 맨 앞, '시설 보안용'이라고 적힌 철문 앞에 선 사람 하나가 눈이 마주치자마자 다급히 외쳤다.

"여기 문 안 열려요!"

"……"

'뭐?'

나는 인파를 헤치고 나갔다. 그리고 카드키를 든 관객의 손에서 그것을 받아다가, 내가 직접 가져다 댔다.

삐이익—!

[권한 없는 카드입니다.]

거부.

'X발.'

나는 다른 카드를 들어다 댔다.

삐이익-!

다음 것도.

삐이익-!
"……."
안 통한다.
"…!!"
"이, 이거 왜 안 돼??"
"허어어어, 허어."
당황과 공포로 과호흡이 올 것 같은 사람들 사이에서, 나는 머리를 굴렸다. 분명 이유가 있을 것이다.
'안 되는 이유는….'
생각하자, 생각하자.
'권한이 없다고?'
나는 보안키를 대는 키패드와 철문을 바쁘게 살펴보았다. 그리고 다시 보았다. 철문에 적힌 글귀를.

[시설 보안용]

"……."

아, 망할.

"문대야?!"

"잠깐만요!"

나는 거의 고함을 지르며, 뭉친 사람들 틈을 헤치고 나갔다.

"뭐 해?!"

"시설 관리자용 카드!!"

나는 고함을 질렀다.

"우리가 가져온 건 사무직 사람들이고, 보안팀 카드가 있어야 해!"

"…!"

여긴 보안팀용 공간이라서 권한 설정이 그렇게 되어 있어도 전혀 이상하지 않았다. 나는 이를 악물었다.

'한 놈 정도는 두고 갔을 가능성 없나?'

이대로 옆방으로 가서 수색해 보면… 그래, X발. 나도 안다. 먼저 온 주단도 못 발견했지. 그래도 해보긴 해야 하지 않나. 나는 사람들에게 말해서 일사불란하게 흩어서 수색할 준비를 했다.

그때였다.

"후배님."

툭.

눈앞에 황금색의 로고가 새겨진 사각형의 플라스틱 배지가 흔들린다. 청려가 정장 안주머니에서 막 꺼내어, 내민 것.

"여기요."

"……."

[Setom 보안]

"CCTV가 있던 서랍장에 있었는데."
나는 당장 그것을 낚아채서 앞으로 달려갔다. 그리고 가져다 댔다.

띠리릭!

짧고 경쾌한 장조의 소리와 함께.

달칵.

"열렸다!"
문이 개방되었다.
함성과 비명, 그리고 갈급한 발걸음이 균열음과 교차하며, 사람들이 우수수 열린 문을 통해 빠져나간다.
바깥 공기가 얼굴에 훅 닿는다.
"하."
큰일 날 뻔했네.
나는 한 손으로 얼굴을 감쌌다. 어쩐지 저 새끼가 탈출을 안 하고 있더라니, 일단 저걸로 나갈 방법이 있어서 개기고 있던 게 분명했다.
"청려 형이라면 극한 상황에서 제가 배신할 때를 대비해 공유하지 않으신 거겠죠."
"아니. 저걸로 CCTV 보안 해제 때 너도 옆에 있었는데."

"……."

주단 이 새끼 설마 배지 형태라 직원증을 못 알아본… 아니, 아무튼. 열었으니 됐다. 나는 일부러 문을 잡고 옆으로 비켜서서 사람들이 순조롭게 나가도록 통솔하는 척 시간을 끌었다.

[00:06:16]

시간은 괜찮다.
"너희 다들 빨리 나가!"
"그럴게요."
뒤에 나가는 팬들이 한 마디씩 돌아보며 말을 던지는 것처럼, 안 그래도 그럴 것이다.
"다 나가셨지?"
"이제 가자!"
그리고 쓸데없이 책임감 좋은 놈들이 굳이 따라서 마지막까지 기다렸고, 나는 놈들이 먼저 나가라는 듯이 문을 다시 벌렸다. 그러자 몇몇 놈들의 눈이 가늘어진다.
"너 설마…."
"아니라니까."
야 아무리 그래도 내가 무너지는 건물에 자진해서 남겠냐.
투드득, 쿵!
다시 위에서 육중한 균열 소리가 들린다. 나는 황급히 입을 열었다.
"내가 시간을 보니까 마지막으로 나가고 싶어서 그래. 일단 나가! 이럴수록 더 늦어진다."

"……."

그러나 선아현이 심호흡을 하더니, 발을 멈췄다.

"…!"

"도, 동시에 안 나가면, 안 나갈래."

아, 망할.

'혹시 또 연달아 미친 짓이 일어날까 봐 거리 좀 벌리려고 한 건데.'

나는 청려에게 눈짓했으나, 놈은 아무 반응 없이 같이 나를 쳐다보기만 했다. 그리고 선아현뿐만 아니라 다른 놈들도 문을 잡고 빤히 나를 보기 시작한다. 기 싸움하냐?

'돌아버리겠네.'

5분 남았다 미친놈들아.

"……."

나는 문밖과 놈들을 번갈아 보다가, 결국 한숨을 참으며 입을 열었다. 밀치든 뭐든 각은 나오겠지.

"…그래. 같이 나가자고."

"…!! 응!"

나는 선아현의 등을 밀며 밖으로 나왔다. 그 순간….

야외의 공기가 쏟아진다. 초가을의 선선한 공기.

"…!"

컨테이너 벽으로 가려진 뒤뜰 같은 장소는 어두웠으나, 그 벽에서 각도를 꺾자마자 햇빛이 내렸다.

…노을이었다.

"……."

불안과 초조함, 날카롭게 서 있던 생존본능의 경고와 차가운 공포가 순식간에 사라진다. 그 모든 게 빨려들 듯이 쭉 뽑혀 나가고, 평온만이 오롯이 남았다.

"아……."

나는 크게 숨을 들이켰다가 내쉬었다. 머리가 시원했다.

그리고 마치 맞춘 듯이, 팝업이 변한다.

[00:04:47]
[00:04:47]
[목표 상실]
[해제]

안정감이 돌아왔다.

나는 뒤를 돌아서 우리가 나온 건물을 보았다. 굉음은 어느새 사라져 있었다.

무의식중에 입을 열었다.

"…끝났어."

"어?"

"끝난 것 같다. 붕괴."

다른 놈들도 건물을 뒤돌아보더니, 곧 긴 한숨을 쉬거나 그제야 작게 웃음을 터뜨렸다.

그렇게 상쾌할 수 없었다.

Chapter 33 | 461

몸은 무겁지만 분위기는 제법 친근하고 희망적이다.

"휴우."

"다들 고생 많았어."

"모, 모두 무사히 나와서, 다행이에요…."

"그래도 지금은 빨리 움직이는 게 좋겠어요. 혹시라도 무너지면 휩쓸려 갈 수 있으니까."

"그, 그렇긴 하지."

큰세진의 말에 다들 발걸음을 재촉했다. 그러면서도 입을 안 멈춘다.

"여기가 어딜까?"

"다들 잘 모르는 건물 뒤 은밀한 출입구가 아니었을까 합니다."

"아, 그럼 앞은 매스컴으로 꽉 차 있을 것 같은데요."

그건… 확실하지.

'이렇게 좋은 떡밥도 없을걸.'

구조대가 늦는 것도 어쩌면 언론사가 이미 자리를 다 선점해서 지랄이 난 탓일지도 몰랐다. 뭐, 어쨌든 내가 나와서 붕괴도 멈춘 것 같으니… 혹시 3층 위에 고립되어 있던 직원이 있더라도 곧 구출되겠지. 매스컴이 노리던 사람들이 다 나오지 않았는가.

"수습이… 음."

1군 아이돌 주최 자선 공연에서 1군 아이돌들이 건물에 갇혀 있다 나와? 솔직히 지옥이 예상된다.

"문대 넌 수습 같은 생각 말고 병원부터 가자."

"……."

아니, 누가 보면 내가 현대 의학을 안 쓰는 사람인 줄 알겠다.

"…예. 아무튼. 이쪽이 앞인 것 같으니 돌아가면…."

"그래."

어쨌든, 우리는 꽤 초라한 뒷골목로 터벅터벅 걸어서, 잡초가 자란 뒷길을 돌아 건물 앞으로 나왔다.

'슬슬 사람들 비명이….'

그러나.

"왜 사람들 없어요?"

건물 앞에는 아무것도 없었다.

"…??"

차, 행인, 사이렌 소리, 취재진, 구경꾼. 분명 존재할 것이라 생각했던 모든 것들이 흔적도 없다. 흐르는 건 적막뿐.

심지어 도로에도 차 한 대 다니지 않는다.

'뭐야.'

"잠깐. …아까 나온 팬들은?"

"…!!"

배세진이 다급히 외친다.

"매스컴이 없어도 그 사람들은 보여야 할 거 아냐!"

그러나 여전히 노을 지는 건물 앞은 아무도 없었다. 마치 다들 다른 곳으로 나가기라도 한 것처럼.

"아, 이거였나."

나는 고개를 돌렸다. 청려가 묘한 표정으로 자신의 재킷을 내려다보고 있었다. 자신의 스마트폰이 든 자리.

"전화가 한 통도 안 와서 이상했거든요."

"…!"

그렇다. 건물이 무너졌다면, 당연히 갇힌 것으로 짐작되는 사람의 스마트폰에 전화가 쏟아지는 게 마땅했다. 그런데 저놈에게 통화가 한 통도 없었다는 건….

'…외부와 단절되어 있었다.'

혹은, 어느 순간부터 단절된 것이다.

그리고 그때,

"…흐읍!"

"Hup!"

차유진의 등에 업혀 있던 큰달이, 눈을 떴다. 이렇게 외치면서.

"이, 이겼다!"

"…??"

새로운 팝업과 함께.

[미션 실패 시나리오 완료]
승리 : Player 박문대(류건우)
보상 : ■■■의 파편 1 (1/4)

몇 시간 전.

콰과과광!
"으아아악!"
무대 장치가 붕괴하며 비명이 난무하기 시작했을 때.
'빨리, 빠, 빨리…!'
큰달은 상태창에 접속해서 테스타 박문대, 그러니까 류건우와 대화하며 신변에 문제가 없는지 소통을 시도해 보려 했었다.
그러나 불가능했다.
'…어?'
그리고 그 대신 새빨간 경고창을 보게 된 것이다. '상태이상 실패' 팝업을.
"…!!"
맹세컨대, 큰달은 현실로 돌아오고 나서 방심하지 않았다. 애초에 박문대도 따로 언질까지 줬었다.

-혹시 전처럼 시스템과 공명하는 느낌은 안 드냐. 흡수될 것 같았다며.

당연히 그도 시스템이 아직 남아 있을지 모른다는 걱정에 꼼꼼히 점검했었다. 하지만 그런 기색은 없었는데….

-아뇨. 그런 느낌은 이제 전혀 없어요!
-그래. 다행이다.

갑자기 상태이상 실패라니.

그렇다면, 그렇다면… 죽는 것 아닌가, 건우 형이.

'어, 어떻게 하면 좋지.'

아직도 시스템의 강력한 존재는 느껴지지 않았다. 하지만 일은 이미 벌어졌다. 머리가 새하얗게 변하는 가운데에서도 큰달은 열심히 머리를 굴렸고, 기적적으로 퍼뜩 떠올린 것이다.

자신이 박문대에게 줬던 클리어 축하 칭호를.

"…!"

상태이상 영구 중단! 그걸 완전히 무시하고 상태이상 실패가 뜬 이 상황이 모순이다!

'이걸 어떻게 파고들면….'

지난 경험을 통해 시스템에겐 이런 논리적 결함이 통할 수 있다는 걸 알았다. 게다가 애초에 자신이 상태창 그 자체였었기 때문에,

'가능할지도 몰라!'

그는 이를 악물고 초조하게 상태창을 파헤치기 시작했다.

"…그래서, 상태이상 대신 미션 실패로 최대한 재난을 가볍게 바꿔 보려고 했다는 거지. 그리고 그 과정에서 하도 여러 번 시도하다가 상태창에 온 정신을 쏟아서 몸 쪽은 정신을 잃었고."

"네, 네…."

노을이 지는 방송국 건물 앞 벤치.

다른 방해 없이 둘러앉아 그간 이야기를 듣고 있는 것까지는 제법 평화로운 풍경 같다. 주변에 개미 새끼 한 마리 없다는 것만 제외하면 말이다. 나는 벤치에 앉아서 김래빈이 내민 물을 감사히 받아 마시는 큰달을 보았다.

아직도 우리는 아무도 없는 방송국 앞뜰에 있다. 그리고 이놈이 정신을 차리고 내 추측이 맞았다는 걸 확인받는 것은 썩 긍정적인 상황이다만, 그거 외에는 사실 이게 무슨 상황인지 아직도 모르겠고.

'이 보상창은 또 뭐야.'

나는 방금 큰달이 정신을 차리며 동시에 뜬 팝업을 다시 힐끗 보았다.

[미션 실패 시나리오 완료]
승리 : Player 박문대(류건우)
보상 : ■■■의 파편 1 (1/4)

시나리오부터 승리에 파편까지 물어보고 싶은 게 넘치지만, 못 물어보는 이유가 있다.

"...으음."

지금 주변에 눈 멀뚱멀뚱 뜨고 있는 놈들이 여덟 명이나 되거든. 게다가 한 녀석은 살짝 손들고 끼어들기까지 한다.

큰세진이다.

"음, 이렇게 사적인 이야기까지 들어서 죄송하지만, 어쨌든 저희도 이 모든 일을 같이 겪었다 보니까 여쭤보는 말씀인데요."

"네, 네!"

"그러면 지금 박문대는 이게 자기를 노리고 일어난 일이고 당장 죽을지도 모른다는 걸… 알고 있었다는 뜻이죠?"

"……."

순간 분위기가 싸늘하게 식었다. 나는 시선을 피했다.

'말 안 한 덕분에 탈출했잖아 X발.'

이건 좀 억울했는데 다행히 두둔하는 놈도 나왔다.

"문대 형 많이 고생했어요. 저는 형 이해해요. 형은 사람들이 안전하길 원했어요."

차유진이 가장 어른스러운 판단을 내렸다니 놀랍다.

"하지만 이해와 납득은 같은 뜻 가진 단어 아니에요. 형의 행동은 너무 잔인해요!"

"……."

빌드업이었군.

"상황이 고민할 수도 없이 급박하게 돌아갔잖아. 나도 누구한테 물어볼 수 있는 것도 아니라 확신을 못 해서 못 말한 거다."

나는 조용히 상황을 설명했다.

"나도 살고 싶어서 열심히 움직였던 거고, 무슨 남들을 위한 희생 같은 생각으로 한 행동은 아니야."

"……."

분위기가 좀 가라앉았다.

큰세진은 손으로 얼굴을 쓸어내리더니, 결국 승복했다.

"…알았어. 고생… 많았다."

"…!"

좋아. 나는 주변에서 반발이 들어오기 전에 얼른 큰달을 쳐다보았다. 마침 다음 질문자가 나타났기 때문이다.

"저도 질문이 있습니다만."

바로 주단이다. 저놈은 어쩌다 낀 놈이 여기서 제일 흥미진진해하는군.

"그럼 이곳은 지난번처럼 그쪽이 만든 정신적 이면세계 같은 겁니까?"

심지어 궁금해하는 것도 이런 거냐.

큰달은 흔쾌히 대답했다.

"아뇨 그렇진 않아요. 여기도 현실은 맞는데… 형이 성공적으로 탈출하면서 건물 붕괴 페널티가 없던 일이 됐거든요. 그러니까 이 현실은 곧 사라질 거예요!"

"…!"

설명은 이렇다.

원래대로라면 내가 마지막 건물 붕괴까지 처맞았어야 '미션 실패 페널티'가 완료되는 거였다. 그런데 내가 그걸 피한 덕분에 페널티는 삭제되었고, 이 사실이 소급해서 아예 처음부터 미션 실패의 페널티인 '건물 붕괴' 사실 자체가 없어진 것이다.

'대충 사정을 아는 나도 개소리 같은데 다른 놈들은 정말 무슨 개소린지 싶겠군.'

"음, 어쩌면 아마 시스템이 과거로 돌아가는 것도 비슷한 힘인 것 같아요. 현실을 없애 버리고 과거부터 다시 시작하는…."

"…!"

그리고 저 말을 알아들을 수 있는 건 이 자리에 나 말고도 한 놈 더 있었다. …나는 청려를 돌아보았다. 놈은 그냥 별 표정 없이 그 말을 듣고 있었다.

큰달은 설명을 계속했다.

"…아무튼, 그러니까 곧 여러분도 여길 떠나서 건물 붕괴가 일어나지 않은 시점으로 돌아가실 거예요! 다른 사람들처럼요."

"오오."

"그건 다행이네, 정말로."

아마 이놈들이 나와 동시에 같이 건물 밖으로 빠져나왔기 때문에 얼결에 과거로 돌아가지 않고 여기 남은 것 같다고 한다. 어쨌든 그 결론은 마음에 들었는지, 누가 봐도 재난에서 빠져나온 얼룩덜룩한 놈들이 한결 평온한 얼굴로 고개를 끄덕였다.

그리고 질문자 본인은 감탄했다.

"과연, 일종의… 평행세계 중에 하나를 선택하면 나머지가 버려지는 종류군요."

"…! 이해하신 겁니까?"

"원론적인 차원에서는 그렇습니다. 혹시 필요하시면 관련된 자료를 좀 추천해 드릴 수 있습니다만."

나는 김래빈의 옆에서 차유진이 짧게 'Nerd'라고 입 모양으로 중얼거린 것을 못 본 척했다. 류청우가 부드럽게 큰달에게 다시 물었다.

"그럼 언제쯤 돌아갈 수 있죠?"

"어… 지금이요!"

"…!"

그리고 다음 순간.

[---]

벤치에 앉아 있던 인영들이 증발하듯 훅 사라졌다.
다만 나는 사라지지 않았다. 대신 큰달이 심호흡하며 날 보는 것을 보았다.
"아무래도 형한테 따로 드려야 할 것 같은 말씀이 있어서요. 약간 일찍 보내드렸어요!"
제법 기특한 생각이군. 그러나 문제는 모두가 사라진 건 아니라는 점이다.
"음, 카운트다운이 보이네요."
"헉."
"GM 권한이 아직 남아 있나 본데."
청려는 아직도 다른 벤치에 앉아 있었다.
그리고 나도 놈이 말하는 카운트다운을 확인했다.

[시나리오 삭제까지 100초]

여기가 사라지기까지 100초라는 뜻이겠지. 그럼 여유도 없군.
"그냥 신경 쓰지 말고 빨리 말해라. 카운트다운 들어갈 정도면 시간이 부족한 모양인데."
"네, 네."

시스템의 생존 여부부터 시작하는 다른 질문들은 나중에 나가서 하는 걸로 하고, 이놈이 하고 싶은 말부터 들어야겠다.

큰달은 누가 봐도 침착하려고 노력하는 것 같은 투로 입을 열었다.

"형."

그래.

"아마 이대로 돌아가면, 건물 붕괴는 일어나기 전이겠지만… 그 전 일은 일어났을 거예요."

"…?"

'그 전 일?'

나는 한 박자 늦게 깨달았다.

바로 첫 번째 상태이상 실패의 신호탄.

"제가 간섭하기 시작한 건, 첫 번째로 형이 상태이상 실패로 목숨의 위협을 받으신 다음이니까요."

큰달은 침을 삼키고 낮게 말했다.

"나가시면, 무대에서 형 위로 무대 장치가 쏟아지는 시점일 거예요."

"……."

"그거 형 맞았죠? 피하시긴 했지만, 그래도 위험하니까 이건 아셔야 다시 피하실 수 있을 것 같아서… 꼭 말씀드려야 한다고 생각했어요."

나는 거기서 깨달았다.

'그때 내가 다친 걸 모르는군.'

이놈은 내가 그냥 첫 번째는 무사히 피했다고 생각해서 좀 긴장만 하는 거지.

"알았다. 혹시 모르니 더 신경 써서 피할게."

"…네."

나는 입 다물라는 뜻으로 청려를 보았으나, 곧 이놈도 스스로를 걱정해야 할 타이밍이라는 것을 깨달았다.

"…무대 장치 무너진 건 너희도 타격이 있을 텐데. 대응 방법 지금부터 생각해 두는 게 어떠냐?"

VTIC이 주최한 기부 콘서트 아닌가. 사고와 행사가 키워드로 엮이는 순간 난장판이 될 것이다. 그러나 청려는 웃었…… 아니, 안 웃었군. 놈은 무표정으로 입을 열었다.

"스스로나 걱정하는 게 어떨까."

"……"

아니, 신경을 써줘도 지랄… 뭐, 됐다. 내 코가 석 자는 맞군.

"머리를 가장 우선적으로 보호하고,"

"어. 나도 다 안다."

나는 크게 심호흡하며 앞으로 내 행동을 검토했다. 큰달이 이상한 기색을 눈치채기 전에 다행히 시간이 끝나간다.

"카운트다운 거의 끝났지."

"네…"

나는 숫자를 읽었다.

3.
2.
1.

그리고 눈을 깜박였을 때.

"박문대…!"

나는 다시 무대 위를 달리고 있었다.

균열에서 쏟아진 먼지로 퀴퀴한 공기 대신, 무대 위 드라이아이스 냄새와 뜨거운 조명의 온기가 냉방된 공기를 달구는 것이 느껴진다.

'왔다.'

그리고 위로 떨어지는 장치들.

우드드드득!!

하지만 이번에는 더없이 맑은 정신으로, 정확히 어떻게 해야 하는지 안다. 어디까지 떨어지는지 아니까.

'더 빠르게…!'

나는 이번엔 무작정 달리는 대신, 아예 가속을 줘서 미끄러졌다. 허벅지가 따갑도록.

쿠쿠쿠쿠쿵!

굉음 속. 등 뒤로 오싹한 소리와 함께 잔해가 튄다. 비명이 울렸다.

"으아악!"

"악!"

그리고,

"후욱,"

내 슬라이딩이 멈춘 순간, 나는 내가 있는 위치를 파악했다.

무대를 완전히 벗어난 백스테이지였다.

"……"

뒤를 돌아보았다. 그러자 박살 나 무너진 무대 장치들이 보이긴 했지만, 이번에는… 내 키만큼이나 떨어져 있다.
완전한 회피.
'성공이야.'
전처럼 등이나 갈비뼈가 아프지도 않다.
조금 더 기다렸다.
허벅지가 마찰로 뜨겁지만, 그것뿐이다. 그걸로 끝이었다.
"너!"
경악한 얼굴로 백스테이지를 돌아 나타난 멤버들이 급격히 안도하며 뛰어왔다. 그리고 건물은 거기서 더 붕괴하지도, 흔들리지도 않는다.
"후."
나는 원 없이 뒤로 뻗어 누웠다. 아직도 풀리지 않는 의문과 고민해야 할 문제가 많지만 웃음을 참을 수가 없었다.
"웃어?"
'살았다.'
아무도 안 죽고, 안 다치고, 빠져나왔다.

그 후의 일은 묘하게 흘러갔다.
당연하지만, 현장에 있던 관객들이 스마트폰 받고 대피하자마자 SNS로 온갖 글을 올리며 기사가 속출했다.

[SBC 방송국 무대 붕괴 (속보)]

['초유의 무대 붕괴' 사상자 없다... 전원 무사]

타이틀이야 무시무시하게 뽑혔다만 원래 기사가 그렇지. 다행히 다친 사람이 없어서 대중적 파장이 그렇게 길게 가진 않을 것 같았다.
아무리 크게 붕괴했다고 하더라도 스마트폰을 다 걷어 간 탓에 무대 증거 사진도 없다. 그런데 인명 사고도 아니다? 그러면 진짜 유통기한이 짧아지는 거지. 적당히 각보다가 사전 녹화 일정이 다른 곳으로 다시 잡히지 않을까 했는데….

[간발의 차로 무대 사고 피한 테스타 멤버 박문대... "요양할 예정"]

누구냐.

-얘는 뭔 기사 볼 때마다 철골에 위협당하는 중인듯
-박문대 액땜이라도 해야하는 거 아니냐
-무대로 달려 나왔다던데 갑자기 왜 그런 거야 존나 무섭네 사고 날 줄 알고 일부러 당하려는 것처럼;; 누구 보내버리고 싶었나 무대 담당자?
　ㄴ사람 죽을 뻔했는데 이런 댓글 다는 싸패새끼가 있다니
　ㄴ돈 개많이 버는 잘생긴 아이돌 삶 두고 그런 도박을 왜 하냐 하여간 찐따새끼들 망상 알아줘야 돼ㅋ

누가 흘렸는지 모르겠지만 덕분에 활동에 제동이 걸렸다. 참 고맙기도 하군.

게다가 이후론 무대 장치가 무너진 일로 누구에게 화살이 돌아갔고, 그 판에 VTIC이 어떻게 대응했는지도 아직 보지 못했다. 왜냐하면….

내가 지금 이 꼴이기 때문이다.

"회사랑 연락 좀 하려…."

"음~ 그냥 누워 있어. 푹 쉬어."

"…??"

"사, 사과 먹을래, 문대야…?"

그렇다. 나는 병원에 일주일째 입원 중이다.

…참고로 말하자면 허벅지의 경미한 열상 외에는 아무런 상처도 없었다. 그것마저도 이틀 만에 나았는데.

'대체 왜.'

"나 퇴원…."

"아, 의사 선생님이 안 되신대~"

"마, 맞아."

"……"

이 새끼들이 어디서 입 맞추고 와서 뻔한 거짓말을….

'미치겠네.'

그렇게 강제 휴식이 시작되었다.

다친 곳이 없는데 입원을 해?

특성 '바쿠스'나 '넥타르' 덕에 초인적인 회복력을 가져서 사람들을 속여야 했던 시절도 끝났는데 이런 개짓거리를 하게 될 줄은 몰랐다.
'안 돼.'
이러다 뇌가 퇴화할 것 같다. 나는 배세진이 '선물'이라며 가져다준 Ebook 리더기를 내려놓으며 말했다.
이때가 입원한 지 나흘이 지난 시점이었다.
"병상 부족 문제도 있는데 이렇게 막 쓰는 건 좀 아니지 않냐."
"아~ 여기 특실이라 만실인 경우가 더 드물다더라."
"그래도 퇴원하는 게 낫겠는데."
"문대문대, 나한테 말해도 내가 의료진은 아니잖아. 내가 어쩔 수 없는 상황인 걸 이해하지?"
"……."
이 가증스러운… 잠깐. 이 새끼 설마 건물 붕괴 때 내가 한 짓을 따라 하는 건가? 나는 어처구니가 없어서 큰세진을 쳐다보았으나, 놈은 싱글벙글 웃으며 방을 나갔다.
"쉬어~"
"……."
다음 놈을 잡아보자.

김래빈은 놀랍게도 LP판을 재생할 수 있는 턴테이블을 싸 들고 저녁에 병문안을 왔다.
"고전 음악이 심신 안정에 도움이 된다고 합니다!"
최신 음악은 피하겠다 이거지. 누가 봐도 의식적으로 '앨범', '활동' 화제를 뇌에서 차단한 것 같은 녀석에게 논리적으로 접근했다.

"내가 아픈 곳이 없는데 계속 입원하는 상황이 이상한데."
"굉장히 위험한 상황을 겪으신 만큼 며칠 더 경과를 지켜봐야 한다고 합니다."
김래빈은 정말로 그렇게 믿는 것 같았다. 몇 놈이 작당해서 정말 그럴싸한 명분을 만든 모양이다.
"그건 숙소에서도 가능하잖아. 솔직히 돈 낭비지."
"그 점은 염려하지 않으셔도 됩니다. 회사에서 비용 처리된다고 하십니다!"
"그거 비용 처리되면 그만큼 순이익이 줄어서 결국 우리 정산금이 줄어드는 구조인데."
"…??"
잠깐 김래빈의 얼굴에 물음표와 느낌표가 지나갔으나, 곧 알겠다는 듯이 고개를 끄덕인다. 통했나?
"괜찮습니다! 형의 평온한 휴식을 위해 그 정도 소비는 멤버 전원이 개의치 않을 것이라 믿습니다."
"……."
정 신경 쓰이면 본인이 결제하겠다고 말하는 놈의 얼굴에선 저작권자의 후광이 보였다. 나는 긴 침음을 참으며 침대에 도로 누웠다.

다음 타자.
"근육이 다 사라지겠다. 슬슬 루틴을 회복해야겠는데."
"그래?"
아침에 방문한 류청우는 제법 긍정적으로 반응했다. 여기서부터 빌드업을 살살 해볼 생각이었으나….

놈은 병원의 재활실 옆 1인 운동실을 예약해 주었다.

"……."

그러고 보니, 회사가 병실을 비용 처리했다면 리더인 이놈이 설득했을 것이다. 사실상 이 사태의 주동자나 다름없던 놈에게 빌드업을 하려고 했던 것이다. 통할 리가 있나.

"시설이 좋더라. 아, 혹시 더 길게 쓰고 싶으면 얘기해."

됐다. 나는 포기하고 기구로 다가갔다. 하체나 하자….

"자업자독이에요."

"자업자득."

"Whatever."

간병인 자리에 앉은 차유진이 어깨를 으쓱하며 사과를 통째로 씹었다. 나는 이를 악물고 낮게 말했다.

"어쨌든 스마트폰은 달라고."

"저 없어요. 형 스마트TV로 봐요."

"……."

나는 쓸데없이 OTT가 4가지나 깔린 특실에 분통을 터뜨렸다. 어찌나 와이파이가 펑펑 잘 터지는지 딜레이도 없다. 그리고 그 펑펑 잘 터지는 와이파이를 정작 인터넷 용도로는 못 쓰는 상황이고.

'선 넘네.'

이틀 전에 봤던 매니저에게도 스마트폰을 요청했으나 돌아온 변명이 뻔했다.

―정신 건강에 악영향을 줄 수도 있다는 의사 조언이 있어서 조금만 자제하는 쪽으로 부탁드립니다.

'수작질한다.'

과해도 너무 과했다.

"하지만 형 참아야 해요."

"……."

"형도 이미 알죠? 지금 가장 중요한 걸 되찾아야 하는 상황에 처한 거예요. 신뢰."

'그래.'

나는 관자놀이를 눌렀다.

솔직히 말하자면, 이 말도 안 되는 상황에서 꼬투리 잡아서 퇴원하는 건 그렇게 어렵지 않다. 어려운 건 내가 퇴원하겠다는 걸 주변 놈들이 납득하도록 만드는 설득 과정이지.

하지만 이번에는 그걸 무시하기가 껄끄러웠다. 어쨌든 나 때문에 무너지는 건물 속에 갇혀본 놈들이니까. …내가 뒈졌을까 봐 조마조마하기도 했겠고. 다 없던 일이 되어 누구한테 상담받을 처지도 아닌 상황에서 이걸 나름의 복수라고 생각한다면 그러려니 했다.

하지만 말이다.

"그게 어느 정도여야 말이지."

아니, 대체 얼마나 여기 처박아 둘 생각이란 말인가. 앨범은 언제 내고 연말 준비는 언제 하고, 내년 활동 계획은 언제 세우냐고. 분위기 봐서 참아주는 것도 한계가 있다.

그래도 나는 마지막 인내심을 발휘하기로 했다.

"야."

"What."

"최소한 바깥은 어떻게 돌아가는 지라도 좀 말해봐라."

정보 수집만으로 며칠은 참아줄 수 있다. 차유진은 어깨를 으쓱했다.

"별일 없어요. 테러도 없고, 화재도 없고. 음, 일상적인 교통사고만 헤드라인으로 본 것 같은데요? 아, 은행 사기도요."

"…그런 거 말고."

누가 현대 사회 시사교양 물어봤냐.

"지금 우리 그룹이나 VTIC 쪽 인터넷 여론이 어떻게 돌아가고 있냐고."

"저 그런 거 몰라요. 그거 제 관심 아니에요."

나는 주먹을 줄 뻔했으나, 침착하게 차유진이 인터넷 커뮤니티와 SNS를 탐색하는 장면부터 상상했다. 그리고 더럽게 안 어울린다는 것을 인정했다.

'망할.'

다음 타자나 구하자.

나는 그날 오후 내내 LP로 재즈를 들으며 추리 소설로 스트레스를 삭혔다.

그리고 저녁에 방문한 배세진을 만나서…

"안 돼."

"……."

배세진이 시선을 피했다.
"…책은 더 추천해 줄 수 있어."
필요 없다.
나는 배세진이 실수로 말을 흘리길 종용하려다가 참았다. 그리고 놈이 싸 온 녹두삼계탕이나 입에 처넣었다. 감옥에서 면회 온 변호사에게 사식을 받아먹는 기분이었다.
남은 마지막 후보는… 사실상 가망성이 없다고 생각하면서.

선아현은 제법 자주 찾아왔다.
하지만 나는 첫날 이후로 이놈에게 굳이 퇴원하게 해달라는 말을 한 적이 없었다. 놀랍도록 안 통할뿐더러 이런 대화를 하는 게 아주 죽을 맛이라는 표정이 돼서 말이다.
"문대야, 몸은, 괜찮아?"
"너도 알겠지만 이렇게 멀쩡할 수가 없는데."
저거 봐라. 또 눈 피하면서 귤이나 까고 있다.
하지만 이제는 말해볼 때가 됐다.
"계속 입원해 있는 게 더 힘들 것 같다. 연습도 하고 싶고."
"으응."
선아현은 눈을 피했다. 역시 큰세진처럼 '난 몰라요~' 같은 소리를 할 정도의 뻔뻔한 사회성은 없는 놈이다. 그래서 단도직입적으로 찔렀다.
"진심으로 하는 말인데, 이렇게 멀쩡할 수 없으니까 이제 병원에서 좀 나가자."
"…하지만."

선아현이 입을 뗐었다.
"거짓말, 했잖아. 더… 큰 것도."
"……."
녀석은 귤을 까서 내 앞에 내려놓았다. 손이 작게 떨리고 있었다.
나는 한숨을 참았다.
'충격이 크긴 했나 보군.'
내가 남은 시간을 속이고 2층 위로 튀었을 때 말이다. 그 후에 건물이 무너지는 소리와 함께 연락이 끊기기까지 했으니, 이건 어쩔 수 없었다.
그냥… 다 내려놓고 설명을 하자면 말이다.
"나도 무서워서 그랬던 거지."
"…!"
"갑자기 죽는다는데 안 무서울 리가 있냐. 게다가 나 죽는데 다른 사람이 휘말려 들 수도 있고."
"……."
"그런데 내가 할 수 있는 일이 없는 것 같고. 누가 도와줄 수 있는 상황도 아니었으니까."
뭘 해도 뒈질 것 같은 그런 경험은 나도 처음이라서 말이다.
"그래서 제대로 설명을 못 했던 거야. …하지만 속았다는 생각이 들었다면, 다시 말하지만 미안하다."
이건 진심이었다.
선아현은 입을 빼금거렸으나, 곧 힘겹게 말을 조합했다.
"아, 아냐. 내가, 미안해…. 함부로, 아, 안 믿는다고 해서…."
"네가 사과할 일은 아니지."

솔직히 그 정도는 뒤통수 맞은 것치곤 제법 온건한 반응이었다.

나는 말을 골랐다.

"나도 그냥 쉬는 건 좋지만, 신경 쓰이는 게 많은 지금은 별로 쉬는 것 같지가 않아."

"……!"

"병원에는 그만 있고 싶다."

녀석은 눈물을 참는 것 같더니, 곧 꽤 꿋꿋한 표정이 되어서 고개를 끄덕였다.

"내가, 잘 이야기해 볼게…!"

"…고맙다."

해결의 조짐이 보였다.

그리고 그날 저녁.

"짐 다 챙겼어?"

"네."

나는 드디어 퇴원 수속을 밟을 수 있었다. 입원한 지 일주일이 훌쩍 넘은 후였다.

'됐다.'

홀가분했지만 할 게 많았다. 우선 여론을 한번 쭉 살피고, 활동 플랜부터 차근히 세우면서 회사에 좀 나가봐야겠군. 숙소에 돌아가 다른 놈들과 충분히 대화해 볼 시간도 낼 예정이었다.

"가자."

"예."

류청우가 기꺼이 운전에 자원해서 퇴원 수속을 도왔다.

그러나 녀석이 운전하는 차는 숙소로 향하지 않았다. 대신 반대 방향으로 신나게 질주한다.

"…?"

잠깐만.

"지금 어디 가는 건가요."

"아, 병원에 가는 건 아니야."

"그럼 어딘데요."

"하하."

대답하라고.

고속도로를 탄 차는 이윽고 경기도 외곽으로 향하더니, 하얀 돌담이 멋진 외딴 전원주택에 도착했다. 류청우가 산뜻이 말했다.

"도착했어. 내리면 돼."

"……"

이 새끼들은… 나를 펜션에 처박은 것이다.

'선아현!'

이게 입원이랑 다른 게 뭐냐. 퇴원만 하면 된다는 뜻이 아니라고!

그러나 퇴로는 이미 차단된 상태였다.

"마침 숙소는 잠깐 리모델링을 하기로 해서, 다 여기서 지낼 예정이었거든."

"……"

"외출은 자제하기로 했어. 목격담이 올라오면 좀 곤란할 것 같아서."

이 새끼들 언제 이렇게 용의주도해진 거지?

그리고 안에 들어가자, '퇴원 축하'라고 적힌 케이크를 들고 있는 김 래빈과 다른 멤버들이 웃으며 파티용 폭죽을 터뜨렸다.

팡!

"퇴원 축하해!"

"……."

어쩐지 마중을 류청우만 나오더니, 여기까지 다 계획된 거였군. 인정하겠다.

'…내 패배다.'

나는 머리에 붙은 꽃 가루를 묵묵히 떼어냈다.

그래도 다행인 것은, 수확이 아예 없던 것은 아니었다는 게 잠시 후 밝혀졌다는 점이다.

"여기!"

열 받는 축하 식사 후. 자기 방으로 나를 불러낸 차유진은 허연 개 대가리가 그려진 스마트폰 하나를 내게 내밀었다.

바로 내 스마트폰이었다.

"…!! 고맙다."

입원 내내 이놈에게 끈질기게 외부 정보를 요구한 보람이 여기서 나온 것이다.

"형 저한테 맛있는 음식 줘야 해요. 저 지금 배신자예요."

설득하느라 애썼다며, 심지어 배세진에게는 아직 사실대로 말하지 못했다고 차유진이 어깨를 으쓱거렸다.

"네가 나한테 충실한 거라고 표현을 바꾸자."

나는 기꺼이 영어로 대답해 줬다.
"괜찮네요. 사실 다들 좀 과해요. 전 누군가에게 쉬라고 강요한다고 그 사람이 정말 '회복'을 얻을 수 있는 건 아니라고 생각하거든요."
놈은 한 손으로 'recovery'에 강세까지 두며 설명했다.
"그래도 형이 너무 많이 쓰면 제가 틀린 거겠죠. 그런 일이 발생하지 않는다고 저와 약속해요."
"그래."
나는 기꺼이 놈과 약속하고, 내 방으로 할당된 곳에 돌아와 방전된 스마트폰에 충전기를 꽂았다.
그리고 전원을 넣으며 말을 걸었다.
'들리냐.'
큰달에게.
바로 벼락처럼 팝업이 떴다.

[형, 이제 퇴원하셨어요?]

'…그래.'
나는 음울히 대꾸했다. 팝업이 움찔거렸다. 무려 이놈도 입원 중 나한테 바깥 소식은 입 꾹 다물고 한마디도 발설하지 않은 것이다.
'대체 어떤 놈이 입단속시킨 거냐고.'
물론 그 대신 꽤 쓸 만한 말을 나누긴 했다.
나는 입원 당일에 이놈과 했던 대화를 떠올렸다. 바로 이번 상태이상 실패와 마지막에 뜬 보상 팝업에 대해서.

[미션 실패 시나리오 완료]
승리 : Player 박문대(류건우)
보상 : ■■■의 파편 1 (1/4)

-이 '파편'이라는 보상이 대체 뭐냐.

미션 실패를 시나리오 취급하는 문구에 대해서는 대충 깨달은 시점이었다. 아마 건물 붕괴가 없던 일이 되면서 현실이 아니라 시나리오 취급을 받는 것 같았거든.
그런데 보상의 '■■■의 파편'은… 솔직히 상당히 비관적인 예측이 들어서 말이다.

-[그건 저도 잘 모르겠어요. 미션 실패로 만들려고 하다 보니까… 자연스럽게 상태창이 알아서 그런 형태를 만들었어요!]

그러냐.

-[네!]

그래서 나는 이렇게 대답했다.

-그러면 사실 시스템이 쪼개진 채로 남아 있고 내가 그 파편을 이겨

서 그놈 자체를 전리품으로 받았다는 해석은 어떠냐.

-[ ]

팝업이 굳은 것처럼 멈췄었다.
그리고 떨리는 글씨체로 개발새발 채팅이 떴었지.

-[사실 저도… 시스템이. 파편만 남았고 그래서 제가 알아차리지 못한 게 아닐까, 하는 생각이….]

역시.

-[죄죄송합니다ㅜㅜ]

-네가 죄송할 게 뭐가 있어. 내가 없앴다고 착각한 건데.

나는 입맛을 쓰게 다셨다.
'아예 없앤 줄 알았는데.'
무슨 구슬이나 피자도 아니고 쪼개진 상태로 남아 있을 줄이야. 심지어 설명으로 (1/4)가 붙었다는 게 상당히 신경 쓰인다. 4분의 1이라.
"퇴원한 김에 물어보는 건데."

[네!]

"설마 이런 일이 앞으로 세 번 더 있는 건 아니겠지."
짧고 아찔한 침묵이 흘렀다.

[아, 아닐 거예요. 이번에 시스템이 조각 난지 몰라서 놓친 거니까, 이번 파장을 따로 파악해서 형 상태창을 쭉 훑었어요!]
[지금 형은 깨끗해요!]

그래. 그것참 긍정적인 피드백이군.
하지만 나는 그 말을 완전히 믿지는 않기로 했다. 그렇게 생각했다가 뒤통수 맞은 적이 한두 번도 아니기 때문이다. 그런 의미에서 혹시 두 번째 상태이상 실패가 벌어지지 않기 위해 지금부터 고민해 두자.
'어디 보자.'
가장 하고 싶은 목표가 강하게 생기는 게 상태이상 증상이라고 했던가. 직전에 내가 앨범에 집착한 것처럼 말이다.
그래, 다 끝나고 보니 내가 좀 유별나게 앨범 내고 싶어 하긴 했던 것 같은데 아무래도 영향을 받은 거겠지.
'그렇다면 내가 지금 제일 하고 싶은 일은….'
뭐긴 뭐겠냐. 당장은 상황 파악이 급해서 그것만 생각난다.
그래서 나는 스마트폰 검색에 앞서 당장 들을 수 있는 요약 정보를 들어보기로 했다. 일단 내가 퇴원했다는 것을 증명하기 위해 스마트폰으로 큰달에게 문자 하나를 넣은 뒤, 이렇게 물어본 것이다.
'혹시 VTIC 기부 콘서트 어떻게 됐냐.'

취소인가, 위축인가. 그 난리가 났으니 둘 중 하나겠지. 여기서부터 시작해서 SNS를 검색할 스탠스를 잡을 생각이었는데….

[어 성황리에 홍보 중인데요…?]

"……."
대체 무슨 마법을 부렸냐.
VTIC의 기부 콘서트 사전 녹화 중에 무대가 붕괴했다. 그리고 잘나가는 후배 아이돌이 그걸 처맞을 뻔했다. 이 사실만 나열해 놓고 봤을 때 VTIC이 욕할 명분을 찾아 신난 사람들의 포화를 피할 방법은 없어 보인다.
'그런데 피했다는 거지.'
아니, 피한 게 아니라 바이럴로 승화했다고.

[어… 넵.]

나는 즉시 스마트폰으로 탐색을 시작했다. 기간은 사고 발생일부터 지금까지로 정해놓고, 최신 여론부터 거슬러 올라가면….
"……."

[오, 오오….]

시야 공유하는 놈도 감탄한다. 나는 턱을 만졌다.

'프레임을 옮겼군.'

공공의 적을 설정한 것이다. 바로 방송사.

[방송국은 그래도 되나요? -김세화의 톡톡]

'무대가 무너졌다. 하지만 다친 사람은 없으니 문제는 없다.'

지난 10월 9일 SBC의 무대 세트장에서 벌어진 붕괴 사고에 관한 SBC의 입장을 두 문장으로 요약하자면 이런 말이 될 것이다.

PD에게 인사를 해야 퇴근할 수 있는, 내실보다 위계에 치중하는 공중파 음악 방송의 행태는 사고의 순간에도 여전했다.

…….

떨어진 것이 VTIC 콘서트 스탭 측에서 설치한 무대 세트가 아니라, 아예 방송국에서 기본적으로 관리하는 조명 장치였기 때문에 가능했다.

이 작업은 무대 사고의 충격이 한번 휩쓸고 지나간 후, 슬슬 책임론이 부상하며 VTIC이 욕먹기 직전쯤에 절묘하게 진행되었다.

-진짜 소름끼친다 사녹 사흘 빡빡하게 잡혀있었는데 누구든 철골 맞을 수도 있었음

-원인이 뭔지도 모른다며 계속 확인중이다 유감이다 ㅇㅈㄹ인데 묻히길 기다리는 듯ㅋㅋ

-테스타 직전에 갑자기 무대 중단한 것도 ㅂㅁㄷ가 무대장치 이상해보인다

고 그랬다는 카더라 있던데
　└헐 설마 확인해보려고 나왔다가 맞을 뻔했나
-이거 9시 뉴스감임 진짜... 아 개빡쳐서 미칠 것 같아

시간의 차이만 있을 뿐이지, 사실 그 무대가 몇 시간만 늦게 무너졌어도 철골 처맞는 건 VTIC이 됐을 것이다! 주최든 아니든 출연진은 누구든 다칠 수 있었고 아슬아슬하게 사고를 피해 갔을 뿐이라는 게 공인된다.
그리고 논점이 확고해진다.

－문제는 방송국의 갑질이다!

사건에서 피해자와 가해자를 딱 나누면 책임은 가해자만 지면 된다. 그리고 방송국은 음악 쪽에서 워낙 갑질로 전적이 화려하기 때문에 이 구도가 잘 먹혔다.

-출연료 후려치기가 관행인 업계니 뭐ㅋㅋ
-무대장치 문제생기거나 미끄러져서 애들이나 스탭들 다친 게 하루 이틀이냐
-연례 행사 또 발생.. 이러다 진짜 누구 죽어야 정신 차리겠넹ㅠ

그간 음악 방송에서의 갑질과 무신경함으로 공감을 사고, 무대를 정비하는 인력의 외주화, 안전 불감증으로 사회적 이슈까지 살짝 건드는 것이다. 그러면 괜히 말 얹고 싶은 사람들이 한마디씩 인증하듯이 딱

히 근거는 없지만 마치 증거처럼 보이는 이야기도 수군거렸다.

-나 그날 사녹 갔었는데 진짜 무대 점검하는 사람 없었어ㅇㅇ
-전날 같은 무대에서 맥시마이트 사녹 있었음 렛소가 조명 보고 뭐라뭐라 했는데 설마...? (유출된 흐릿한 캡처)

덕분에 인터넷에서는 보기 드문 일까지 벌어졌다.

-출연진 팬들끼리 합동 입장문이라도 만들자
-이거 타이밍 지나면 못한다 지금 제대로 말해서 사과받고 보상 받아야함
-입장문 의견 수렴용 링크 만들었습니다 (링크)

VTIC과 테스타의 몇몇 팬 커뮤니티에서 영향력을 키우기 위해 합동 입장문까지 기획했던 것이다.
'VTIC 팬들 쪽에서는 일부러 더 성낸 것도 있고.'
화살이 다시 돌아가는 순간 본인들이 피해를 볼 수도 있으니 더 적극적으로 타 출연진 팬들에게 우호적으로 나오며 방송국을 물어뜯는다. 거기에 입대 전 거의 마지막 행사를 초 친 것에 대한 분노와 VTIC이 사고를 당했을 수도 있다는 패닉이 합쳐지니 명분도 충분했다.

-SBC 무대 방송 사고에 관한 출연진 연합 입장문입니다 (사진)

그렇게 VTIC은 완전히 책임소재에서 빠지고 피해자 포지션이 되었다.

'말끔하다.'
부추긴 흔적 하나 남지 않도록 교묘하고 빠르게 여론을 몰아간 것은 과연 고인물이다 싶은 솜씨였다만…… 이러면 문제가 있지.

-그래서 기부콘은 어떻게 됨?

'공중파에서 이 콘서트를 계속 진행하기가 껄끄러워진다.'
여론 프레임을 '애초에 방송국 윗사람들의 태도가 문제다'로 크게 짜서 담당자 꼬리 자르기도 불가능하니, 방송국 윗분들도 제법 심기가 상했겠지.
결국 그쪽 반감을 사는 데다가 기부 콘서트의 진행 여부까지 불투명해지는 것이다. 자칫하다간 소속사 가수 전체가 방송국에 출연하기 어려워질 수도 있는 강수. 만약 활발히 활동할 예정인 그룹이라면 쉽게 할 수 없는 선택이지만….
'이놈들은 군대 가지.'
18개월이나 여유가 있다면 그 안에 방송국과 슬쩍 화해할 수 있을 거란 계산이 분명 있었을 것이다.
그리고 당장의 기부콘은… 이렇게 처리했다.

-브이틱 기부콘 SBC 방영 취소함
　└헐

이놈들은 화끈하게 공중파 방영을 취소해 버렸다. 사유는 '사고로 인한 진행 차질'을 들어 스케줄 때문이라 설명했지만, 사실상 먼저 선수 쳐서 보이콧을 때려 버린 것이나 다름없었다. 너희 큰 잘못 했다고.

'프레임 강화하는군.'

열 받아 있던 출연진의 팬들은 속 시원해하면서 우호적으로 반응했다. 아니, 비단 팬들뿐만이 아니라 관심 있던 대중들은 다 좋아했다.

-ㅋㅋㅋㅋㅋㅋㅋㅋㅋㅋ아 화끈하네
-괜히 3대 기획사가 아니었구먼
-하긴 미국 빌보드 나오는 아이돌 기획사가 SBC 음방이 아까울 리가 없지
아 갑질 타겟 잘못 잡았다고ㅋ

친구랑 싸우면 절교하라는 조언부터 나오는 인터넷 생태계에서 이런 사이다 메타는 통할 수밖에 없는 것이다.

그리고 여기서 다시 한번 빌드업이 나온다.

-VTIC의 기부 콘서트는 여기서! (링크) 가입하지 않아도 볼 수 있는 무한 관객 참여형 플랫폼... (더보기)

기부 콘서트 방영은 아예 취소된 게 아니라 인터넷 플랫폼에서만 계속 진행됐다. 그것도 위튜브와 각종 SNS를 통한 화려한 광고와 함께 말이다. 언뜻 보면 시청자 타깃층이 줄어들어서 손해로 보이지만, 이렇게 거하게 터뜨림으로써 도리어 시청자 어그로가 끌렸다.

바로 위튜브 렉카다.

[KPOP 정상급 아이돌 기획사의 방송국 참교육!]
[레티 클라스 인증~ 무대 붕괴부터 현재까지 1분으로 알려드립니다]
[그래서 브이틱 기부콘 어디서 보냐고요? 바로 여기!│이슈토크]

이런 게 인기 동영상에 뜨고 나서 바로 모금함과 선공개 동영상이 해당 플랫폼에 떴다고 한다. 그렇게 무대 붕괴로 끌린 어그로가 기부콘 자체가 핫한 키워드로 떠오르도록 이어지고, 모금 금액이 쭉쭉 늘어나고 있었다.
'그리고 그 모금 금액으로 다시 언플을 하겠지.'
선순환이었다. 나는 최신 언론 플레이 기사를 몇 개 보고 고개를 끄덕였다. 많이 해본 솜씨다.

[우와 이런 방법으로 무사히 콘서트가 진행된 건 줄은 몰랐어요, 대단하시네요!]

내 탐색 경로와 해설을 쭉 따라오던 큰달이 팝업으로 감탄했다.
하지만 말이다.
"그 정도가 아니야."

[예?]

수지 타산이 맞다? 무사히 잘 살아남았다? 이건 그런 수준이 아니었다.

나는 쓴웃음을 지으며 스마트폰 화면을 두드렸다.

'이놈들 어마어마하게 이득 봤어.'

[????]

이 플랫폼이 어디 건지 아는가?

'이거 자사 플랫폼이야.'

본인들 거다.

[!]

Leti가 지분 절반을 가진 라이브 플랫폼이란 말이다.

이놈들은 이번 어그로로 어마어마한 수치의 새로운 이용자를, 그것도 그냥 홍보해서는 유입 안 됐을 만한 부류의 사람들까지 쭉 빨아들여서 이 플랫폼으로 낚았다. 게다가 자연스럽게 플랫폼 인지도가 높아지는 효과까지.

'Leti는 어마어마하게 이득을 본 거야.'

무려 플랫폼 사업자로서 말이다.

[그그런데 기획사가 이득을 본다고 해서 그룹이 이득을 보는 건 아니잖아요…? 맞죠? 형 소속사도 그렇고….]

오. 벌써 거기까지 추론하게 됐나.
'맞아.'
나는 선선히 긍정했다. 아마 T1 Stars가 매출 다각화를 노리며 쓸데없는 짓을 하던 사건을 떠올리며 한 말이겠지.
하지만 안타깝게도 이번에는 경우가 다르다.

[어어, 어떤 점이…?]

'Leti는 T1 Stars가 아니거든.'
테스타랑 처지가 완전히 다르다. 연차도, 속성도.
나는 무표정으로 중얼거렸다.
"VTIC은 거의 Leti를 먹은 상태야."

[으헉?]

VTIC은 재계약하면서 Leti의 주식까지 상당량 쥐고 있는 놈들이다. 중세 판타지로 비유해 볼까. 테스타가 허겁지겁 입양한 양자라면, 저놈들은 그 소속사 적장자라는 뜻이다. 가짜긴 했지만 Leti에서 데뷔해 본 경험에 비추어볼 때 더 확실히 안다. 그 사장은 그룹을 돈벌이용 이상으로 생각한다.
'게이머가 게임 아바타에 감정 이입하는 것처럼 과몰입하고 있었지.'
회사 이득보다 VTIC의 브랜드 가치를 더 신경 써도 이상하지 않을 환경에서 VTIC은 이 짓을 시작한 것이다. 덕분에 이젠 세대 교체할 직속 후배 남자 아이돌도 데뷔를 안 했다. 말도 안 되는 영향력이었다.

당장 테스타와 스페이서 두고 티원 스타즈가 환승 유도한 것 좀 봐라. 그걸 하고 싶어 하는 놈들이 위에 득실거릴 텐데 그걸 다 쳐냈다? 암묵적으로 의사결정권을 한 놈이 꽉 틀어쥐고 있다는 뜻이다.

…청려.

'그놈이 막고 있는 한 VTIC과 비슷한 노선의 남자 아이돌이 LeTi에서 나오는 꼴은 못 보겠군.'

그 새끼가 경영진이 돼서 직접 만든다면 모를까. 어쨌든, 소속사를 자기 수족처럼 쓸 수 있는 놈이 아니면 절대 쓸 수 없는 수였고… 이득이었다.

이 플랫폼은 앞으로도 청려가 잘 써먹을 것이다. 오랫동안.

[…형, 테스타도 그냥 독립해서 소속사 세우면 안 될까요?]

턱도 없는 소리 하지 말고.

[넵.]

저렇게 배후에서 조종할 수 있다면 모를까. 아이돌이 그룹 이름 내걸고 회사 세우는 순간 고난과 역경의 길이다.

테스타에겐 시간과 경험이 더 필요하다. 아직은.

'흠.'

나는 새삼스럽게 화면을 쓱 내린 후 어깨를 으쓱했다. 기부 콘서트에 대한 여론은 이 정도면 됐다. 다음으로 볼 건 나에 대한 여론인데.

[아, 그건 형 잠깐 쉬신다고 기사가 났어요!]

쭉 살펴본 결과, 걱정이 좀 있긴 하지만 거의 다치지 않았다는 기사 덕에 분위기 문제로 SNS 등에 글을 쓰지 않는 거란 추론이 대부분이다.

-전형적인 곰머짓
-셈별 다 같이 안 올리는 거 마음에 듬 우리까지 방송국이랑 싸울 생각 말어
-우리 효자 나는 믿어 슬슬 셀카 폭탄과 함께 등장할 거야

"……."
그래, 뭐… 열심히 찍어보마.
이제 다음 단계로 가자. 바로 스마트폰의 본 기능, 연락이다.

−부재중 전화 (64)
미리내 박민하 후배
골든에이지 하일준 형
스페이서 권희승
…….

'꽤 많군.'
스마트폰이 꺼져 있는 초기에 다양한 사람으로부터 온 부재중 통화

가 쌓이더니, 며칠 후에는 거의 없다. 아무래도 내가 쉰다는 게 암암리에 소문이 난 모양이다.

다만 꾸준히 온 연락이 있긴 했다.

[(사진)]

바로 쌓인 문자다.

'이젠 놀랍지도 않군.'

이건 뭐… 생존 인증 같은 건가. 나는 며칠 치가 쌓인 개 산책 사진을 보다가, 보낸 놈에게 전화를 걸었다.

— ――――.

짧은 통화음을 지나, 불쑥 말이 들린다.

—전화가 켜져 있네요.

"그래."

나는 스마트폰을 고쳐 잡으며 적당히 말했다.

"의사가 스마트폰 좀 쓰지 말라고 해서 며칠 떼어놓고 살았고."

—음.

"그쪽은 어때."

일단 체크부터.

"건물 사태, 기억하냐."

사실 그 붕괴가 없던 일이 되면서 나 외엔 전부 당시 기억이 없어질 수도 있다는 추측을 했었다.

그러나 테스타는 다들 기억하고 있었다. 나랑 같이 빠져나왔다는 것 때문에 그렇다고 보기에는 좀 독특한 상황이라, 다른 그룹은 어떤가 했는데… 뭐, 이놈에겐 당연히 즉답이 돌아온다.

-네.

"주단도?"

-음, 기억하지 못했으면 좋겠어요?

기억한다는 뜻이군, 잘 알겠다.

"어떻게 기억하는 건지 추론해 보려고 물어본 거였어."

-글쎄요.

청려는 꽤 흥미롭다는 목소리로 대답했다.

-어떤 추론을 했지?

"이전에 가짜 세계에서 다들 오류에 감염된 적이 있어서 그런 게 아닌가 싶은데."

선아현의 특성으로 생긴, 시스템 법칙을 무시하는 그 힘 말이다. 그게 아직 남아 있다면 예외 처리된 것도 이해가 된다.

-내가 GM 권한을 아직 가지고 있는 것처럼.

"그래."

-그럴 수도 있겠네요.

놈은 선선히 긍정했다.

별 긴장감 없이 말이 잘 흘러갔다. 이놈이 웬일로 사람 안 열 받게 하는 것도 있고… 흠.

'…설마 이것도 인터넷 디톡스 효과인가.'

내 정신머리가 느슨해지는 데에 기여를… 아니, 그럴 리 없다. 그냥 목숨 빚져서 그런 거겠지. …생각난 김에 나는 입을 열었다.

"그리고."

사실 당일에 했어야 했던 말이다.

"고맙다."

—…….

"그때 키 찾아줘서 고맙다고. 덕분에 살았어."

그러나 여전히 통화 상대에게선 대답이 없다. 흡사 말문이 막힌 것 같은 상태. 이렇게 이놈이 동요하는 것은 오랜만이었다.

—그래요.

그리고 한발 늦게 돌아온 답도 짧았다. 어떻게 대답해야 할지 잘 모르는 것처럼 들리는군. 흠.

'겹쳐 보여서인가.'

이놈이 그 개판 수라장을 헤쳐나오려다가 여러 번 죽어봤다면, 멀쩡히 해결된 이번 사태에 대한 감회가 새롭긴 했을 것 같았다. 자신의 대처로 상태이상 실패 사태가 해결되는 건 이놈도 처음이었을 테니까.

오래 묵은 체념이 있었다면 어느 정도 해소될 법했다.

'흠.'

나는 고개를 끄덕였다.

"그래서 말인데."

이 새끼를 포함해서 주단까지 탈출에 도움이 됐다는 건 부정할 수 없다. 원래라면 서로 챙겨 먹고 선 긋는 짓을 했겠지만, 어차피 군대 가서 공백기 오는 놈들인데 이 정도는 해줘도 되겠지.

'빚질 생각은 없어서.'

그리고 자기들끼리 다 해 먹게 둘 생각도 없고. 준비한 만큼 우리도 뽑아갈 건 뽑아가야 하지 않겠는가.

"아직 기부 콘서트 본방송 전이지."

나는 씩 웃으며 말을 이었다.

"제안할 게 있는데."

내가 제대로 '휴식'하고 있는지 혈안이 되어 감시하는 놈들이 득실거리는 이 펜션에 있으면서도 할 수 있는 일이 생각났다.

그리고 며칠 후, VTIC 공식 계정으로 공지가 하나 떴다.

'떡밥이 없다….'

음울하게 중얼거리며 아무 의미 없이 SNS를 돌아다니던 김래빈의 팬은 타임라인 너머로부터 공유된 글을 하나 보았다. VTIC의 공식 계정 글이었다.

[<Save the world> 나눔 콘서트

D-7 기념 파격 소식!

불굴의 게스트들이 돌아옵니다.

(사진)]

그리고 그걸 공유한 계정이 짧고 불길한 코멘트를 붙여놨다.

-설마 우리 애들?

"……."

김래빈의 팬도 싸했다. 주로 촉이 맞을 때의 예감이었다.
'아 제발.'
그 난리를 겪었지만 그래도 테스타가 VTIC 기부 콘서트에 나온다고? 좋기도 하고 싫기도 했다. 기부 콘서트가 화제성을 가진 마당에 흐름 안 놓치고 영리하게 딱 참가 선언한 건 좋았다. 컨텐츠 늘어나는 건 더 좋고.
문제는… VTIC 좋은 일만 시켜주는 것 같아서 X 같기도 했다는 점이다.
'아니, 그 새끼들 책임도 맞잖아. 지들이 사고당할 뻔한 것도 아니면서 뻔뻔하게 어딜 우리도 피해자 이 지랄이야…!'
뻔한 수작질이었지만 방송국이 더 열 받아서 넘어간 게 천추의 한이었다. 이제 테스타까지 나오니 나눔 콘서트는 더 성공적으로 해 먹겠지!
김래빈의 팬은 씩씩대다가, 결국 현실을 받아들였다. 취업 준비를 하는 고학번을 지나 그녀도 슬슬 인터넷에서의 전투력이 누그러들었기 때문이다.
'뭐… 무대 하려나.'
당일에 무대를 하기도 전에 사건이 터져서 확신은 못 하지만, 아마 적당히 타이틀 몇 개 할 것이다. 그러니 자연스럽게 생각 하나가 떠올랐다.
'…박문대 괜찮은 거겠지?'
아무리 걔가 기가 X나 세도 무대 장치에 깔릴 뻔한 건 트라우마로 남을 만할 것 같아서 말이다.

그래도 바로 어제 테스타도 다시 SNS 사용을 재개하긴 했다.

-신나는 보드게임 (강아지 이모티콘)

첨부된 짧은 동영상에는 망한 주사위 숫자를 보고 구르는 이세진과 폭소하는 테스타의 모습이 정겹게도 담겨 있었다. 풍경을 보니 실내였는데, 다 같이 지내는 걸 보니 분위기가 나쁘지 않아 보였다.
'당연히 그런 것만 올렸겠지만.'
단정한 파자마를 입은 김래빈의 모습이 순간 지나가는 것을 돌려 캡처하며, 그녀는 쓸데없는 감정 소모 말고 떡밥에나 집중하기로 마음먹었다.
하지만 예정된 '그' 떡밥은 그녀가 예상하던 게 아니었다. 그날 오후, VTIC의 공식 계정과 더불어 테스타의 공식 계정에도 글이 뜬 것이다.

[테스타의 고민상담소
오픈 준비 중 (알통 이모티콘)
지점 : <Save the world> 나눔소]

"…?!"
그녀는 당황해서 설명 글을 클릭했다.

-청소년 가장을 돕고 테스타에게 당신의 청소년 시기의 고민과 어려움을 상담해 보세요 (사진)

그렇다. 테스타는 무대를 하지 않았다.

그들이 그대로 기부 콘서트에서 준비한 무대를 하면, 무대 붕괴가 다시 떠오를 수밖에 없다. 극복했다고 서사로 만들기엔 다친 멤버도 없어서 애매하다. 시청자가 무대를 즐기는 대신 사고 생각만 나게 할 가능성도 있던 것이다.

그래서 그 대신 이런 방식을 택했다. VCR용 부가 컨텐츠!

-테스타랑 대화하기!

고민 상담이니 뭐니 말하지만, 사실 이건… 영상통화형 팬사인회였다!
'아아악!'
김래빈의 팬은 재빠르게 설명을 요약해 놓은 글을 타임라인에서 찾아냈다.

-모금 상자에 기부하고 원하는 멤버를 골라 사연을 적으면 응모가 된다. 상담하는 사람의 얼굴은 가려지지만, 사연은 익명 형태로 방송을 탈 수도 있다….
-그리고 사연은 멤버들이 고른다!

기간은 단 하루.
"……."
그녀는 만들던 발표용 PPT를 돌아보다가, 머리를 쥐어뜯었다.
"아아아아 진짜!"

몰라 밤새!

양심 없이 미친 팬싸 컷 때문에 지금까지 한 번도 당첨되어 본 적 없던 그녀는 이번엔 헛된 도전을 해보기로 했다. 당연히 어마어마하게 많은 사람이 응모했을 테니 안 될 확률이 높지만….

'김래빈!'

그녀는 워드를 켰다.

그리고 이틀 뒤. 자신의 당첨 소식을 보고 포효를 지르게 된다.

당연하지만 박문대가 이걸 기획하기 위해 어떤 과정을 거쳤는지는 짐작도 못 하고 있었다.

부정하진 않겠다. 놀랍게도 입원과 달리 펜션 생활은 꽤 괜찮았다.

배세진이 진지하게 '스마트폰을 다시 반납하지 않겠냐'며 설득하긴 했지만 참을 만했고. 좀 웃기지만, 지루함보단 느긋함이 있는 며칠 간이었다.

'설마 스마트폰이 있어서 이런 차이가….'

아니, 내가 무슨 중독자도 아니고 그럴 리는 없고. 음… 사소하고 위협적이지 않은 변수가 많아서 지루하지 않았던 거겠지.

"고양이가. 왔어…!"

"와, 이게 무슨 무늬지? 애기가 노랗게 줄무늬가 있네~"

"물 같아요! 이상해요!"

저런 거 말이다.

차유진이 흘러들어 온 길고양이를 개처럼 쓰다듬으려다가 당황하는 꼴을 보며, 나는 고개를 끄덕였다.

그 외에도 좀 부산스럽긴 해도 나쁜 생활은 아니었다. 운동하고 요리하고 그림 연습하고. 언젠가 은퇴하면 이렇게 지내도 되겠다는 생각도 들었다.

'이 몸에 들어온 이후에 이런 시간은 처음인가.'

좀 속되게 표현하자면 돈 많은 날백수처럼 하고 싶은 대로 시간을 때우는 일상 말이다. 물론 언제까지나 이렇게 있을 순 없기 때문에, 나는 며칠 분위기 보다가 저녁에 놈들을 불러 모았다.

그리고 그냥 대놓고 말했다.

"나는 일하는 게 속이 편해."

"……."

"쉬는 것도 좋지만 내가 원할 때 쉬어야 쉬는 거야."

'어쩌라고' 같은 눈으로 보진 않는군. 다음으로 가보자.

"그러니까…."

"알아."

"…!"

큰세진이 표정 없이 대답했다.

"그런데 속 안 편해도 쉬어야 할 땐 쉬어야지. …정말로 의사 권유였어. 너 젖산 수치 너무 높다고."

"…!"

"거짓말한 건 아니야. 넌 그렇다고 느낀 것 같지만."

"……."

나는 다른 놈들을 둘러보았다. 가장 표정 읽기 쉬운 놈까지 흔들림이 없었다. 진실이라는 뜻이다.

"스마트폰도 너무 자주 사용하는 편이면 얼마간 안 쓰는 게 좋다고 했고."

"내가?"

기다렸다는 듯이 즉답이 쏟아진다.

"어. 너 완전 중독이야."

"박문대 술 마시듯이 스마트폰 찾잖아."

"……."

아니, 술은 효용 가치가 스트레스 해소뿐이고 스마트폰은 이걸로 할 수 있는 일이 얼마나 많은데 무슨 개소리냐.

그러나 누구 하나 반박하지 않는다. 차유진도 어깨를 으쓱하기만 했다. 그나마 김래빈이 슬그머니 이런 발언을 했을 뿐이다.

"하지만 현대인은 대부분 도파민 중독 증상이 있다고 하니 지나치게 염려하지 않으셔도 괜찮을 것 같습니다!"

"너도 전자기기 중독이라 그렇게 말하는 거야."

"…??"

그리고 침몰당했다.

류청우가 그 틈을 타서 말을 시작했다. 오래 준비한 것처럼 부드럽게.

"하지만 문대가 당황스러웠을 순 있었겠다. 그렇지?"

"……."

"우리도 너무 당황해서 그랬나 봐. 데뷔 전부터 많은 일을 겪긴 했지만… 누가 목숨이 위험할 거라고는 생각하지 않았잖아. 그것도 그렇게 초자연적인 방법으로.”

그래. 그래서 나도 되도록 이놈들 태도에 협조해 주려고 했던 거 였지만….

"그래도 이 말을 먼저 했어야 했는데, 조금 늦은 것 같네.”

류청우가 웃으며 손을 내밀어 내 등을 두드렸다.

"고마워, 무사해 줘서.”

어딘가 속이 울렁거렸다.

"…그래, 고맙다.”

"감사합니다.”

미리 이야기라도 된 건지, 여기저기서 비슷한 이야기가 들린다. 그때마다 더 울렁거릴 지경이다.

'망할.'

나는 심호흡하고 차분히 대답했다.

"저도요. 고마웠습니다. …다 무사히 나와서 다행이었고요.”

"그래.”

둘러앉은 거실의 분위기가 누그러들었다. 입원 며칠간 화제를 피하며 생긴 묘한 긴장감도 사라졌다. 배세진은 얼굴이 좀 벌게진 채로 헛기침을 했다.

"그, 나도 예민했던 것 같아. 상상도 못 한 일이 벌어지니까….”

"그래도 나중에 비슷한 느낌의 작품 연기할 때는 도움이 되진 않을까요.”

"아니! 앞으로는 이런 일이 없어야지.”

배세진은 나를 쏘아보았다. 그리고 진지하게 물었다.
"앞으로도… 이런 일이 벌어질 수 있는 거야?"
"저도 모르는데요."
"야!"
"없을 것 같다고는 하는데, 솔직히 잘 모르겠다는 뜻입니다. 더 알아봐야 할 것 같아요."
솔직히 또 소리 지를 줄 알았다. 그러나 배세진은 고개를 끄덕이며 이렇게 말했을 뿐이다.
"…그래. 솔직하게 말해줘서 고마워."
"…!"
"아니, 널 추궁한다고 답이 나오는 것도 아니고… 아무튼, 그, 나도 이것저것 알아볼게."
SF 소설이라도 읽을 생각인가?
"좋아요! 우리 모두 서로에게 감사했어요. 이대로 가면 돼요. 문대 형 하고 싶은 말 해요."
차유진의 말이 끝나자 이세진이 쓴웃음을 지으며 입을 열었다.
"그래서, 문대문대는 일하고 싶다고? 하고 싶은 게 정확히 어떤 건데?"
제법 우호적이었다.
'여기서 바로 말해도 되겠군.'
심지어 굳이 펜션을 안 벗어나고 할 걸 고를 필요가 없었다는 생각이 들지만… 뭐.
"이런 거죠."
나는 멤버들에게 내 계획을 설명했다. 경청하는 분위기는 나쁘지 앉았고….

"재밌겠는데?"

결국 무사히 통과되어서, VTIC 계정을 통해 우리의 새 참여 방식이 공지되었다는 것이다.

-<테스타의 고민상담소>

[안녕하십니까! 통화 받아주셔서 감사합니다.]

"네, 어, 안녕하세요!"

김래빈의 팬은 침을 삼켰다. 화면 속에는 자신의 화면을 보고 있는 김래빈의 얼굴이 보였다.

별로 실감이 나지 않았다. 하지만 현실이다. 현실이다! 동생을 팔아먹은 자신의 사연이 당첨되어서, 이틀 만에 김래빈과 영상통화 중이라고!

'으아아악!'

그녀는 이상한 표정을 짓지 않기 위해 노력했다.

'오지게 잘생겼네!'

김래빈은 작게 꽁지머리를 묶고 있었다. 하지만 대충 집에서 흘려 묶은 상태였다는 뜻은 아니다. 피어싱과 올 굵은 회색 니트까지 신경 써서 잘 입은 게 보였다. 그리고 머리 밑으로 시크릿 투톤의 속색인 연보라색 베이지, 애쉬퍼플이 슬쩍 보이는 게 극락이었다.

팬은 탄식했다.

'이게 나라다….'

농담이 아니라 김래빈은 정말 나라를 받아도 잘 운영할 만한… 아니, 사기당할 수도 있겠구나. 순간 객관성을 되찾은 그녀는 최대한 침착하게 준비한 사연을 털어놓았다.

"제가 동생과 워낙 많이 싸워서요…."

대충 어릴 적부터 동생과 자주 싸우느라 가정이 무너지고 사회가 무너진다는 소리다. 열심히 듣던 김래빈은 진지하게 고개를 끄덕였다.

[저도 누나와 함께 자라며 다양한 갈등을 많이 겪었기 때문에 이 고충에는 도움을 드릴 수 있을 것 같아서 지원 님과의 대화를 요청했습니다.]

나랑 대화를 요청했대!

'단어 선택 죽인다….'

선택도 아니고 본인이 요청… 아, 아무튼. 사실 그 도움이 필요한 건 아니지만, 어떤 도움을 생각했는지는 굉장히 궁금했다. 화면 속 김래빈은 진지한 얼굴로 잘생긴 입을 열었다.

[동생분께 지원 님께서 마음이 상하신 지점을 가감 없이 정확히 말해주시면 어떨까 합니다.]

[저 역시 누나를 실망시킨 적이 적지 않습니다만, 정확한 피드백이 주어지면 그 점을 고칠 수 있다고 생각합니다. 물론 번거로우시겠지

만… 고려 부탁드립니다.]

"……."
그러니까, 애는 자기 누나가 훈계하면 곧이곧대로 성실하게 경청해 왔다는… 거지?
'부럽다.'
김래빈의 팬은 이를 꽉 물었다. 대체 무슨 짓을 하면 김래빈 누나로 태어날 수 있었냐.

―올 진짜 당첨됨? 사기 아니냐?
―근데 실제로 보는 것도 아닌데 뭘 꾸며 니 꾸며도 존못이야 그냥 대충… 악! 악!
―니 못생긴 게 내 탓이냐고!

그런 걸 동생으로 두고 산 세월이 파노라마처럼 지나갔다. 관심 없는 척하면서 방금도 주변에 얼쩡거리며 확인하려는 놈을 쫓아냈다. 한마디로, 사람 열폭하게 만드는 하등 쓸모없는 조언!
그러나 김래빈의 팬은 활짝 웃으며 고개를 끄덕였다.
"한번 시도해 볼게요!"

[…! 그렇게 말씀해 주셔서 감사합니다!]

김래빈이 자기 덕에 진심으로 감격하는 걸 놓칠 수 없지! 그리고 정말로… 충분히 가치가 있었다.
'본인 일화도 들려달라고 하자!'
최종적으로는 자신을 향한 귀여운 응원 문구도 끌어낼 것이다. 김래빈의 팬은 스스로에게 강력한 동기를 부여했다.

그리고 같은 시각, 펜션의 3층 방.

[안녕하세요.]

"…안녕하세요, 누나."
박문대도 식은땀이 날 것 같은 기분으로 첫 영상통화를 시작했다.
화면에 보이는 건….

[제 청소년기 고민은 언니와 비교되는 거였어요.]

류서진.
〈아이돌 주식회사〉의 작가였던 류서린의 동생이며, 류건우 시절 나와 같은 사진 동아리에 술 잘 먹던 신문방송학과 선배.

[아, 전 퍼피… 아니, 류서진으로 불러주시면 됩니다.]

…그리고 박문대와 이세진의 트윈홈마였다.
그도 지금 알았다.

'실화냐.'

술이나 얻어먹던 동아리 선배가 갑자기 영상통화에서 내 팬으로 등장하는 상황. 그리고 내 직업이 아이돌인 이 순간.
굉장히 당혹스럽다. 그러나 다년간의 직업 경험으로 단련된 입은 맞는 소리를 한다.
"…네. 서진 누나."

[네.]

미치겠다.
흡족해 보이는 화면 속 류서진의 얼굴을 보니 더 심란해졌다. 저 선배가 술자리에서 했던 말이 기억나서 〈아주사〉 노래방 캐스팅에 성공적으로 낄 수 있었긴 하지만 말이다.
'저 선배가 아이돌을… 좋아했던가?'
나 먹고살기 바빠서 동아리 놈들 취향이야 알 바 아니었다만, 저쪽은 주로 포트폴리오용 사진만 찍었던 것 같은데. 나한테 대리로 찍어오는 일감 준 적은 확실히 없거든. 그런데….
'그냥… 사회생활을 위해 비밀로 한 거였냐.'
심지어 홈마였다니.
이세진과 박문대의 사진을 올리는 '퍼피 베어'라면 나도 이름을 기억

할 정도로 이름값 있는 샷을 많이 뽑던 계정이다. 사진 올리는 간격이나 운영 지침을 보면 절대 테스타가 첫 아이돌은 아닌 것 같았는데, 내가 관심이 없어서 몰랐던 건지 저 선배가 잘 숨긴 건지는 모르겠다.
아무튼 말이다.
'…어쩐지 구도가 유독 자연스러워 보이더니.'
동아리에서 비슷하게 배워서 그랬던 거였나? 아니, 그만하자.
'일해라, 일.'
그냥 이벤트 참여해 준 고마운 팬으로 생각해야 한다. 녹화 중인 실시간 영상통화 중에 이상한 낌새가 들어가게 할 순 없지.
'팬으로서만 생각하면….'
그런데 여기서도 의문이 있긴 하군.
왜 나한테 사연을 넣었지? 큰세진이 아니라 말이다.
'큰세진을 좋아하는데 영업 규모 키우려고 일단 1위인 나도 끼워 찍어준 거 아니었나.'
그러다 어떻게 된 일인지 깨달았다.
'…급하게 진행하느라 1인 1멤버 신청 제한을 못 걸었군.'
치밀한 성격이라면 아마 모든 멤버에게 각각 맞춤형 사연을 만들어서 넣었을 수도 있을 것이다. 이러면 신문방송학과가 무조건 유리하지.
그리고 저 선배, 아니, 팬이 나한테 넣은 사연은 바로…….

─고등학생 때 언니와 비슷한 진로를 잡은 나, 과연 이젠 스스로를 인정하고 사랑할 수 있을까요?

언니와의 경쟁과 자신의 낮은 자존감을, 서바이벌을 통해 1위로 데뷔한 내 경험과 비교해 아주 그럴싸한 사연을 적어뒀었단 말이다. 당연하지만 그 언니의 정체는 《아주사》 작가 류서린이다.

[우선, 언니는 굉장히 목표 의식이 강하고 추진력이 좋은 사람이에요.]

어, 동감한다. 나는 한창 잘나가는 그 어그로 장인 작가를 떠올리며 눈을 꿈틀거릴 뻔했다. 그러나 티 내지 않고 제법 신중히 고개를 끄덕였다.
"멋진 분이시네요."
스스로가 놀랍다.

[네. 그래서 제가 같은 분야의 일을 하는 게 조금 힘들었던 것 같아요. 비교하게 되더라고요.]

류서진은 입에 침도 안 바르고 신방과답게 재구성한 사연을 쭉쭉 풀어갔다. 날조한 자소서 같은 스토리란 뜻이다. 그래도 큰 흐름이 보여서 나도 대답이 편했다.
"저도 처음에 아이돌 서바이벌에 나갔을 때 다른 참가자들을 보면서 그런 생각을 했던 것 같아요."
침착하게 그 흐름에 탑승하자 마치 대본 방송하는 것처럼 점점 괜찮아졌다. 그리고 끝이 다가올 즈음에는 나도 완전히 페이스를 되찾았다.

"…이렇게 저희가 고민을 이야기하고 있는 걸 보면 분명 서진 누나도 그분 못지않게 추진력이 좋은 분이라고 생각해요."

뻔하지만 스스로를 더 믿고 주변과 비교하지 않아도 괜찮다는, 아름다운 결론으로 마무리됐다. 그리고 화면 속 팬은 분명 자소설급 사연에 대한 아이돌의 뻔한 방송 스타일 피드백일 텐데도 진지하게 경청해 준다.

"……."

그래. 선배든 뭐든 저 사람이 나한테 돈과 시간 기꺼이 써주는 하드코어한 팬이라는 사실을 잊지 않….

[그러면 혹시 문대의 강아지 버전 화이팅 한번 받을 수 있을까요?]

입가가 떨린다.
"…그럼요."
'X발 진짜.'
이걸 뭐라고 불러야 할지 모르겠군. 수치심?
"화이팅!"

그러나 나는 기꺼이 한쪽 볼을 쥐어뜯고 머리 위로 손을 퍼덕거리며 응원해 줬다. 정신이 아득해졌지만, 어쨌든 몇 가지 팬사인회 특유의 모션을 더 취해주고 난 뒤에 첫 통화는 성공적으로 마무리되었다.

-띠릭!

"……."

재가 된 기분이다.

나는 기력이 쭉 빨려서 잠시 바닥에 누웠다. 스탭은 날 말리지 않았으나, 대신 벌컥 문이 열렸다.

"문대문대, 이거 재밌는데? 좀 뜻깊기도 하고~"

옆 방에서 진행하던 놈이 문밖에서 기다리고 있던 건지 제법 신나게 외친다.

"네 팬하고 했다."

"…??"

저놈이 조금만 섣불리 들어왔어도 사연 투고한 시간 대비 이득이셨을 텐데 안타깝군.

첫 타에 좀 기겁하긴 했다만 그래도 이 일 자체는 무리랄 것도 없었다. 스탭 끼고 펜션에 앉아서 팬과 몇 분 대화하는 거? 돈 안 받아도 하겠군. 심지어 멤버 하나가 맡은 팬은 7명뿐이다. 콘서트 VCR에 나올 만한 영상을 뽑으려면 그 정도 명수를 받아서 한두 명 건지는 식으로 합의됐기 때문이다.

'좀 더 뽑았어도 될 것 같은데.'

인당 5분, 10분 정도 통화를 하고 중간에 10분씩 쉬는 스케줄이라 2시간이면 끝난다. 일 벌인 것치곤 영 뽕을 덜 뽑은 느낌이 들어서 말이지.

나는 화면을 보고 웃으며 고개를 끄덕였다.

[우리 문대는 숙소에서 지내면서 힘들었던 적 없어요?]

무슨 대답을 해도 지뢰밭이지만 악의는 없단 건 압니다.
"음… 벌레가 나왔을 때 멤버들이 방에 못 들어가게 해서 거실에서 합숙한 적이 있어요."
답은 관련 있는 듯 보이는 동문서답이다.

[헐! 누가?]

좋아, 낚여주셨군.
그렇게 일화 하나를 털며 또 하나의 영상통화를 마무리했다.
나는 주로 사람들이 공감하기 좋을 만한 사연 중에 원인과 결과 구조가 뚜렷한 것을 여럿 골라서 랜덤으로 추렸다. 그래서 아까처럼 아예 아이돌과 통화를 생각도 안 해봤던 사람도 반절은 돼서 꽤 신선한 일이었다.
물론 자주 보던 얼굴도 있긴 했지만 말이다. 놀랍게도 네 번짼가 다섯 번째엔 첫 홈마가 나왔다.

[세상에, 안녕 문대야!]

"저 말고 다른 아이돌이 좋아졌다는 사연인가요."

[…?! 아, 아니…??]

농담이다. 친구와 진로 문제로 고등학교를 자퇴할까 고민했던 사연이 었지. 시작 후 3분도 지나지 않아서 고민 상담이라기보단 전형적인 팬 사인회식 대담으로 흘렀지만, 나는 대화를 끊지 않고 받아줬다.
그냥 그러고 싶었다.

[완전 고마워 문대야, 진짜 우리 또 봐요!]

그리고 새삼스럽게 느꼈다.
'…오랜만인가.'
테스타로 이런 일을 하는 건 오랜만이었다. 체감상으로는 1년이 훌쩍 넘는다. 시스템 박살 내고 돌아온 후에도 앨범을 안 내고 투어만 했으니까. 이렇게 직접적으로 내가 테스타라는 걸 느끼는 일은 감회가 새로웠다.
"……."
뭐, 빼지 말고 계속 열심히 해보자고. 나는 얌전히 머리스타일 수정을 받은 뒤 다시 스마트폰을 응시했다.
벌써 마지막 고민 상담이었다. 그리고 이번 사람은….

[아, 안녕하세요! 와, 어떡해!]

"…!"

화면 속에 비치는 것은 며칠 전에 봤던 얼굴이었다. 어두운 콘크리트 벽 사이에서 응원봉 불빛으로 봤던 사람.

"…안녕하세요."

대학원생이라는 팬이다.

[저 이런 거 당첨된 거 처음이에요!]

붕괴된 건물을 경험한 적 없는 밝은 얼굴이다. 나는 탁자 아래로 손을 꽉 쥐었다가 폈다. 신난 팬은 고민을 말하기 전에 자신의 사적인 이야기들을 풀어놓았다.

이미 아는 이야기였다. 그때, 무너지는 비품실 너머로 들었던 말들이었기 때문이다. 원래도 이렇게 밝고 낙천적인 성격인가 보다.

나는 무심코 말했다.

"…대학원생이시구나."

[네!]

학업에 관한 고민이어서, 검정고시를 본 박문대 입장에서 이야기하면 새로운 시각이 나올 줄 알고 고른 거였는데.

[하지만 추천하진 않습니다….]

대학원 이야기였구나. 나는 희미하게 웃었다.
"저는 하고 싶은 연구나 공부가 있다는 건 대단한 일이라고 생각하는데요. 그러니까 누나는 대단한 사람이네요."

[으헝흐헝.]

좀 이상한 소리가 나긴 한데 팬사인회 때마다 듣는 소리라 아무려면 어떤가 싶다. 나는 앞선 사람들에게 했던 것처럼 최대한 성의껏 말을 경청하고 반응했다.
끝날 때를 알리자 대학원생은 한결 긴장감이 가신 얼굴로 눈을 빛내며 이렇게 말했다.

[고마워요, 정말…! 사실 지금도 계속 고민 중인데, 이런 고민을 이겨낼 힘을 문대랑 테스타한테서 얻는 것 같아요, 진짜.]

화면 속 팬이 밝게 웃는다.
"아뇨. 저야말로, 고맙습니다."
정말로 나쁘지 않았다.
그리고 통화를 끊고 나서야 이 팬이 나에게 아무런 대사나 포즈를 요구하지 않았다는 것을 깨달았다.
'이런.'
뽕 못 뽑으셨군. 어쩌면 다음에 팬사인회에서 볼지도 모르겠다.
어쨌든, 그렇게 저녁 7시부터 시작된 영상통화는 거의 밤이 다 되어서야 마무리되었다. 방 밖으로 나가서 가벼운 엔딩 컷을 찍고 나면… 오늘 촬영의 마무리였다.

"고생하셨습니다~"

"재밌었어요!"

일이 고되지 않았던 덕에 스탭들도 표정이 밝다. 멤버들도 마찬가지고.

"이런 형식으로 가끔 팬미팅 진행해도 좋을 것 같아. 아무래도 현장에서 줄 서서 하시는 건 일대일로 대화하는 느낌은 아니니까."

"팬분들을 만나는 방식을 현대문물을 이용해 다각화하는 것이로군요."

"저는, 좋아요…!"

제법 재밌었나 보군.

나는 피식 웃으며 오늘의 후기를 찾아 화면을 넘겼다.

-배세에게 전공서적 추천을 요구받았다 질문 안 받는다

-청우에게 하트 챌린지 요청함 내 고민과 쥣도 상관없는 이런 말을 하기 민망했지만 정말 가치 있는 쪽팔림이었음 (동영상)

-김래빈ㅅㅂ미친놈감히꽁지머리를해? 누나라고불러? 쇄골니트 손민수한다 내가

여기도 다들 인상 깊은 경험을 했나 보다. 나는 큰세진의 '카톡 남친 프사 생성기' 후기와 '여행용 스페인어 1타 강사' 같은 차유진의 후기를 마저 읽으며 스마트폰을 넘겼다.

마지막 놈이 은근히 물었다.

"문대 형 지금 즐거워요?"

"그래."

스마트폰을 빼돌린 본인 덕분이니 부디 잘 기억하고 맛있는 걸 해달라는 뜻이다. 그리고 차유진뿐만 아니라 분위기는 어느새 회식 직전이 돼 있긴 했다.

"여기 배달이 될까? 안 되면 내가 나가서 사 와도 괜찮은데."

"아, 저희가 갔다 올게요. 마침 마트 가려고 했거든요."

대화에 끼어든 기부 콘서트 스탭들이 기꺼이 피자를 사 오겠다며 큰 소리를 쳤다. 고맙지만 사실 낯선 연예인과의 회식이 싫어서 도망치는 건 아닌가 싶다. 직장인으로서 당연한 일이지.

아무튼 그렇게 부리나케 나가는 스탭들을 배웅하고 난 뒤였다.

"그럼 우린 오시기 전에 테이블 좀 세팅하고…."

"Ohhhh, 고양이 또 왔어요! 우리가 이 고양이 책임져요!"

"유진아 배세진 형이 고양이 털 알러지가 있어…."

"오우."

잠시 개판… 아니, 고양이판을 지나서 회식 준비를 어느 정도 진행했을 때.

띵- 동.

초인종이 울렸다. 잔 놓던 놈들이 번쩍 고개를 든다.

"음?"

"벌써 오셨나?"

그럴 리가 있나. 스탭들이 나간 게 10분 전이었다. 피자가 화덕에 들어가지도 않았을 것이다. 뭘 두고 갔나 보군.
"제가 가볼게요."
현관에 가장 가까이 있던 죄로 내가 나섰다.

띵- 동.

알았다니까.
나는 걸음을 빠르게 바꿔서 바로 현관 문고리를 잡아챘다.

달칵.

그리고 열린 문틈에서, 빛과 소리가 쏟아졌다.
"안녕!"
이 목소리는…
"서프라이즈~"
"와. 박수."
"…!!"
나는 굳었다. 사복 차림의 VTIC 놈들이 다짜고짜 펜션 정문 밖에 서 있었다. 뭐야.
"문대 씨, 안녕하세요!"
이게 무슨 상황이냐.
청려가 밝게 웃으며 손을 흔들었다. 내가 생각하고도 이게 X발 무슨 개소리 같은 묘사인가 싶지만 현실이다.

원인이 뒤로 보인다.

카메라 위, 빛나는 조명들이 반짝인다. 그리고 그 조명을 들고 있는 건… 아까 나간 스탭들이다.

'오.'

동시에 상황을 파악하고 나는 서서히 주먹을 쥘 뻔한 손을 내렸다. 사실 서프라이즈로, 기부 콘서트 VCR 끝에 간이 무대를 하나 하겠다고 합의를 봐놨는데….

'…이렇게 할 생각이었나.'

이렇게 우리가 서프라이즈를 당할 줄은 몰랐다.

"테스타와 함께하는 특별 무대를 위해 왔어요!"

조명 앞에서 진채율이 빙긋 웃으며 손을 흔들었다.

'군대 가서 눈에 뵈는 게 없나.'

좀 열 받는 이상한 재회였다. 그렇지만….

"……어서 오세요."

"…!"

안 될 것도 없지.

나는 피식 웃으며 살짝 비켜섰다. 하자고.

논란, 홍보, 시너지 효과까지.

VTIC의 기부 콘서트는 한평생 아이돌만 해온 전(前) 리셋증후군에 의해 치밀하고 적확한 타이밍에 모든 것이 진행되었다.

물론 콘서트를 기획한 것은 자신이지만.

'흠.'

주단은 순조롭게 돌아가는 모든 상황을 보며 고개를 끄덕였다.

무려 건물이 붕괴하는 어마어마한 하강형 사건이 마치 없던 일처럼 원상 복구되었다. 그렇게 완벽히 행복하게 대단원의 막이 내렸다면, 당연히 직후에는 이런 긴장감 없는 성공 스토리가 나오는 법이다.

'다 좋게 흘러 가겠….'

"주단."

"예."

주단은 목소리가 들리자마자 재빨리 자신의 스마트폰을 정리했다. 결코 리더 형에게 습관적인 압박감을 느꼈기 때문이 아니라, 합리적인 요구였기 때문이다.

그리고 사실 종(種)의 차원에서 생각해 봤을 때 그가 일정량의 위압감과 공포를 느꼈다 하더라도 당연한 것 아닌가. 저토록 새파랗게 젊은 얼굴이지만 청려는 사실 어마어마한 세월 동안 자아를 쌓은 존재이기 때문이다. 머나먼 고대부터 인류가 오랫동안 살아남은 연장자를 존경한 이유가 필시 있다.

'침착하자.'

주단은 보이지 않게 입안으로 중얼거렸다. 그리고 당사자인 청려는… 힐끗 주단의 행태를 확인하며 말했다.

"네가 확인하지 않아도 괜찮다고 했을 텐데."

"취미입니다."

"음."

청려는 '하지 말라면 하지 마라' 같은 소리를 하는 대신 그를 살짝 응시한 후 자리를 떴다. 암묵적인 허락이었다. 제법 너그러운… 아니지, 너그러운 게 아니다. 허락이라니! 아무리 리더라고 해도 과한 권한 남용이었다.

'하지만 데뷔 전부터 저런 인물상이긴 했지.'

직접적으로 사람을 쏘아붙이는 게 아니라, 저 높은 곳에서 누르는 것 같은 이 느낌 말이다. 그룹의 리더로서는 효율이 좋은 타입이긴 했다. 그래서 지금까지 VTIC이 이렇게 오래 건재하지 않은가.

'재계약 때쯤엔 내가 망했을 줄 알았는데.'

다른 멤버가 망하긴 했다.

주단은 슬슬 그 상념을 뒤로 미루기로 했다. 그리고 대신 아까 보던 인터넷의 VTIC 콘서트에 대한 리액션들을 떠올렸다.

우선 부정적인 것.

-테스타 기부콘 따라 한 거 아님?
　└기부콘 전세냈냐

같은 플랫폼에서 진행되었던, 테스타의 교통사고 직후 기부 콘서트가 생각난다는 소수 여론이다. 테스타의 게스트 소식 덕에 거의 사라지긴 했지만 말이다. 물론 그들이 '관객 참여형'이라는 제법 참신한 방식을 사용했다는 건 인정한다.

'하지만 인터넷 애용자들한테나 통하는 마이너형 정책이지.'

자신, 그러니까 VTIC이 기획한 건 좀 더 고전적이고 화려한 맛이 있는 기부 콘서트였다.

그리고 그건 잘 먹혔다.

-진짜 볼 맛 난다
-아는 곡만 나오는 콘서트 오랜만이야 그리고 라이브 넘 잘 들려서 신나네 ㅋㅋㅋ

다만 테스타가 어느 정도 도움이 되었다는 건 부정하지 않았다. 2부에서 테스타의 (이미 예고된) 깜짝 VCR 등장은 꽤 재미있는 요소였다.

[박문대 : 일일 상담사 문댕입니다.]
[말티즈 : (소리 없는 비명)]

앞발 든 말티즈 강아지 캐릭터가 입을 틀어막았다. 바로 박문대에게 상담을 요청한 팬이다. 익명을 위해, 상담해 주는 멤버의 동물 캐릭터가 VR처럼 합성된 지원자들이 고민을 털어놓는 것은 제법 귀엽고 가슴이 찡할 만한 요소였다. 웃기기도 했고 말이다.

'격렬한 무대 중간에 템포를 조절하는 유머 장치라.'

[선아현 : 우선 따뜻한 물을 한 잔 드시고,]
[루돌프 : (딸꾹질)]
[선아현 : 그, 딸꾹질에도 도움이 될 거예요….]

"아 귀여우셔!"

"아현 씨 되게 열심히 해주셔서 보기 진짜 좋다."

주단은 다른 멤버들과 함께 '기부콘서트 VTIC 리액션'을 촬영하는 도중 내심 몇 번 고개를 끄덕였다. 물론 이 리액션 자체도 곧 공개될 컨텐츠였다.

바로 그들이⋯ 입대하고 난 뒤에 말이다.

"⋯⋯."

맙소사.

'입대라니.'

그 대단위 공백기 전에 이 일을 그만둘 줄 알았는데, 이상하게도 계속하고 있다. 주단은 고개를 끄덕였다.

'⋯그래도 그동안 소비할 게 없어서 팬들이 외부인으로 돌아가는 일은 별로 없겠지.'

자체 컨텐츠 3종, 무료 공개 음원과 뮤직비디오 2종, 세계관 연결용 시네마틱 트레일러까지 떠올리자 마음에 확신이 생겼다.

물론 청려가 만들었다.

'대체 언제부터 준비한 걸까.'

본인은 내년에 6개월만 가면서 공백기 컨텐츠를 이렇게나 빼놓다니. 이래서 초인적인 리더에게 그가 함부로 반발하기 힘든 걸지도 모르겠다.

어쨌든, 화면은 다음으로 넘어갔다. VCR이 끝나고 무대가 나와야 할 차례에 나오는 것은⋯.

[테스타의 상담 현장에 방문!]

갑자기 테스타의 펜션에 깜짝 방문한 VTIC의 모습이다.

-헉

이것이야말로 진정한 서프라이즈긴 했다.
만일 주단이 꺼둔 스마트폰 속 인터넷을 확인한다면 수없이 많은 느낌표와 신난 반응을 볼 수 있었을 것이다.

[허어억!?]
[어어? 선배님들?]

심지어 당사자인 화면 속 테스타도 눈이 튀어나올 것 같았다. 이건 합의하지 않은 사항이니까.
'흐음.'
주단은 남몰래 뿌듯함을 느꼈다. 다 훌륭한 리액션을 위해서였다.

-애들 기절하겠다ㅋㅋㅋ
-문대 안 놀란 척하는 것 좀 봐 마이프레셔스쏘리를댕댕이ㅜㅜ
-배세진 버선발로 달려 나왔는데요ㅋㅋㅋㅋㅋㅋㅋ
-저기 테스타 숙소야?
　└숙소 공개하긴 그러니까 어디 빌린 듯

어쨌든, 그들은 반갑게 인사를 나눈 후 피자를 나눠 먹으며 짧게 기부 콘서트와 그 의미에 관한 대화를 나누었다. 그런 다음에… 의기투합한다는 시나리오니까.

우선 테스타의 박문대가 이렇게 운을 뗐다.

[아무래도 무대로는 참여하지 못하게 된 점이 저희가 많이 죄송하고 아쉬워요.]
[죄송하긴요! 어떻게든 참가해 주려고 상담까지 했으면서!]
[맞아, 충분히 하셨어.]

쑥스럽게 서로를 돌아보던 테스타 사이, 류청우가 웃으며 입을 열었다.

[감사합니다. 그럼 아쉬운 걸로만 할게요.]
[그러면….]

채율이 밝은 얼굴로 대답했다. 딱 저걸 하기에 적합한 멤버였다.

[여기서라도 짧게 해보면 어떨까요? 무대요!]
[!]
[여기 조명도 있고… 또 다들 준비된 퍼포먼스 장인들이니까!]
[와하하!]

그렇게 마치 즉석처럼 보이는 무대가 컨펌된 것이다.

[나가죠!]

밖은 이미 해가 진 뒤였다. 야경과 동떨어진 위치에 있는 자연 속 펜션이었지만, 하나의 장점이 있었다. 펜션답게 큼직한 앞마당과 그곳에 쭉 깔린 램프 조명이었다.

[오오!]
[멋진 곳에서 상담하셨네요.]

자연스럽게 앞마당으로 신나서 달려 나간 VTIC과 테스타는 잠시 멈칫하면서도 히히 웃는다.

[저희 뭐 추죠?]
[그러게요, 생각 안 해봤는데!]

그리고 테스타의 이세진이 멤버들과 어깨동무를 하며 싱글벙글 웃는다.

[선배님들의 콘서트니까~ 선배님들 곡이 인지상정 아니겠습니까!]
[이야~]

물론 다 준비한 라인업이다. 그런데도 저 대사를 저렇게 자연스럽게 소화하다니, 과연 그가 불편해할 만큼 사교성 좋은 사람이었다. 주단은 고개를 끄덕였다.

어쨌든 결정 난 선곡에 박수를 치며 아이돌들이 앞마당에 둘러섰다.

[음악 주세요!]

⟨13권에서 계속⟩

데뷔 못 하면
죽는 병 걸림